JN046029

# 新編　文学にみる女性像

宮本百合子

新編　文学にみる女性像＊目　次

第一編　新しい女性像・作家像を求めて――5

## 第二編　近代日本の女性作家の歩み—— 75

婦人と文学　75

# 第一編　新しい女性像・作家像を求めて

## 女性の歴史――文学にそって

　私たちが様々の美しい浮き彫の彫刻を見るとき、浮き彫はどういう形でわたしたちに見られているだろうか。浮き彫の浮きあがっている面からいつも見ている。けれどもその陰には浮き上っている厚さだけの深いくぼみがある。人生も浮き彫のようで、光線をてりかえして浮き上っている面の陰には、それだけへこんだ面があり、明るさがあればそれに添った影がある。

　文学は人生社会の諸相を、眼の前にまざまざと見え感じるように描き出す。そこで社会の明るさと暗さはどういう関係において見られるのだろうか。ここに文学の新しい見方があると思う。婦人と文学という問題をとりあげて、それを人類と文学の歴史という問題から見てくると、第一に何故(なぜ)世界の婦人は、これまで男のひとたちよりも文学史的活動をしてこなかったのだろうかという疑問が起って来る。婦人の文学における立場は、知られているとおり、文学史の第一ページから男によって描かれるものとしての婦人であり、創作の対象としてとりあげられている婦人である。このことは意味深い事実だと思う。世界文学の最も古典のものとしていつも語られるギリシアの詩人ホーマーの「イリアード」のなかに、この描かれるものとしての第一の女性が現われている。「イリアード」の中のヘレネは非常に美しく、美しい女性の典型として描かれている。ヘレネは美しさにおいては、ヴィナスのようにも美しかったのであろうが、社会的な存在としてホーマーが彼女を描いているところをみれば、美しきヘレネは当時の支配者たちの、闘争における一人の「かけもの」のような立場におかれている。世界文学にあらわれた第一の女はそのような争奪物としての位置であり「イリアード」が字にかかれる時代には、ギリシアにも、もう家長制度というものが出来上っていたことを示している。ギリシアは自由な国であるとされ、ギリシアの文化はヨーロッパ文明の泉となったけれども、その自由、その文化は奴隷制の上に立っていた。奴隷が畠(はたけ)を耕し織物を織り、家畜を飼って――生活に必要な労働を負担して、ギリシアの自由人の文化生活の可能をつくり出していた。このような地下室つきの自由の上で、たとえギリシアの女の自由ということを言ったとしても、現実に女奴隷がその社会に存在しているからには、今日私たちの感情で理解するような本当の自由というものは存在しなかったというのが事実である。ギリシア神話そのものにも、この婦人の立場はよくあらわれていて、たとえばヴィナスは描かれ彫られ、女性の美しさの典型と考えられているが、どの彫刻を見ても、いつもヴィナスは、見られるように観賞物としての女としてあらわれている。織ものをしているヴィナスを見たひとがあるだろうか。子供を育てている普通の女の姿でヴィナスを見た人があるだろうか。キューピッドという彼女の男の子は、いつも恋の使として、金の弓矢をもってヴィナスのそばにいるとしても、ヴィナスの母としての人生、妻としての人生などは見たことがない。彼女は多く裸体で、女性の美しさを発揮しながら、必ず無為の姿であらわされている。ギリシアの生活で働かない女の美しさだけを描いたということは注目されずにいないのである。ヴィナスやヘレネのように女性が芸術の上にあらわれたというところに、人類社会の歴史にあらわれている権力の形の――婦人の悲劇の発端がある。

こうして婦人のうけみな社会的立場をおのずから反映してうけみな対象として文学に導きいれられた婦人は、ルネッサンスの時代、文芸復興期になって、どういう変化をうけたろう。
ルネッサンスは、最も早く商業が発達して市民階級の経済的・政治的実力のたかまったイタリーに十四世紀からおこりはじめた。そして、フランス、イギリス、ドイツと全ヨーロッパに拡がって、それまでの中世的な暗い王権と宗教との圧迫から、自由にのびのびと人間性を解放しようとする運動となり、社会生活と文化は全面的にヨーロッパの近代への扉をひらきはじめた時代であった。
ルネッサンスの時代が進んでからは、婦人の社会的な生きかたもひろがりをもちはじめ、スペインのコルドヴァ大学などで婦人の学者も数人あらわれた。ルネッサンス時代の豊富さ、人間性の横溢を代表する芸術家の一人としてシェークスピアの戯曲が、いつも話題にのぼって来る。シェークスピアの戯曲の登場人物は実に多種多様で、社会の現実そのもののように豊富なのを特徴としている。人間の可憐さ、狡猾さ、奸智、無邪気さ、あらゆる強烈な欲望が描かれていて、そこに登場する婦人も、決して一様ではない。マクベス夫人のようにおそろしい女から、リア王の三人娘のような諸性格、ロミオとの悲しい愛に命をおとしたジュリエットのような姫から、「ウインザアの陽気な女房たち」「奸婦ならし」の闊達おてんばな女、ハムレットの不幸な愛人としてのオフェリアなど、千変万化の女性があらわれている。

ところで、きょう私たちがこのシェークスピアの有名な傑作「オセロ」をみると、その女主人公デスデモーナの運命について、実に痛切に感じるものがある。

オセロはアフリカ生れの黒人の武将であった。勇敢な勝利者としてデスデモーナという、美しいヨーロッパの貴婦人を妻にした。ところがオセロの幕下にイヤゴーという奸物がいる。イヤゴーは単純で正直な人々の生活を、自分の奸智でかき乱して、その効果をよろこぶという、たちのわるい生れつきである。従順で、この上なく美しいデスデモーナと、黒いオセロの睦じい性格は彼の奸智を刺激した。機会をうかがっていたイヤゴーは一つのきっかけをとらえた。その不幸をオセロにうちあけないでいるうちに、イヤゴーはオセロの猜疑と嫉妬をかきたてることに成功した。黒人のオセロは、ただ良人として嫉妬したばかりでなく、一人の人間として、デスデモーナの浮薄さに自分の威厳を傷けられたことをも、たえがたく感じて遂にデスデモーナを殺し、自殺してしまう。オセロはシェークスピアの悲劇の中でも、イヤゴーの奸智、オセロの直情、デスデモーナの浄らかな愛情との点で、今日も活々とした感動を与える作品である。デスデモーナは一枚の見事なハンカチーフをもっていた。それはオセロがくれたもので、なくさないように、もしこれをなくしたら、あなたの愛も失われたと思うよ、という意味を云われて、愛のしるしとしておくられたものであった。イヤゴーの目がそのハンカチーフにひかれた。彼はもち前の巧みなやりかたで、そのハンカチーフをデスデモーナから盗んだ。そして、それはデスデモーナがそっとくれたもののように、周囲に思いこませた。

　ハンカチーフを失ったデスデモーナの当惑と心配とはいじらしいくらいだのに、デスデモーナはその大切なハンカチーフがなくなったことについては、ひとこともオセロに話さず、さがすことに協力をもとめていない。

　けれども、この悲劇をみているとわたしたち女性の胸は、デスデモーナへの同情にふるえるとともに、デスデモーナへの歯がゆさで煮えて来る。どうして、デスデモーナ！　良人のオセロをそれほど愛しているのなら、率直に早くハンカチーフのとられたことを告白して、その不安や困惑を、オセロとともにわかとうとしないのだろうか、と。デスデモーナは、オセロを熱愛しながら、一方で畏怖している。オセロの愛のはげしさをうけみにおそれて、これをなくさないように、と云われたその言葉の力に圧せられ、麻痺させられてしまっている。デスデモーナのこの分別のない過度の従順さ、清浄さ、無邪気さ、品のよさのために、オセロの悲劇は防ぐことが出来なかった。

ルネッサンスに、こういう作品の出来ていることを、わたしたちは意味ふかくうけとらずにはいられない。ルネッサンスは婦人の人間性も解放したけれどもその人間性は、デスデモーナにおいて、どんなにまで受動的であり、分別が不たしかであやうげなものだろう。私達の今日の常識でいえば、非常に大事なハンカチーフをなくした場合は、貴方(あなた)からいただいたハンカチーフをなくしました、どうか一緒に探して下さいと告げると思う。見つからなくて、非常に叱(しか)られたとしても、そのことによって自分の愛情が変っていないこと、失くなったのは一つの災難であるということを認めてもらう。何故ならハンカチーフはものにすぎない。ここで本質的な問題は夫婦の愛の問題である。愛のしるしのハンカチーフは失われても、愛は守らなければならないし守られ得る。そこに人間の自主的で、状況をのりこしてゆく愛情があるわけである。ところがデスデモーナをみると、ルネッサンス時代の上流の婦人というものがそういうふうに自分の愛を守り自分達の悲劇を防いでゆく能力はかけていたということが考えられる。女性のいじらしさとして、男の側からデスデモーナのような性格がみられていたということにもなる。デスデモーナの悲劇は、限りないオセロへの従順さ、献身が、はっきりした判断と意志とを欠いていたために、事態を悪い方へ悪い方へと発展させイヤゴーの奸智に成功を与えるモメントとなっている。こういうデスデモーナを思うとき、私たちの心には、自然さっきのヘレネの問題につづく婦人の立場ということが考えられて来る。

ルネッサンスはデスデモーナに、皮膚の色のちがうオセロを愛させる感情のひろがりをみとめたが、その愛を完成する知性までは開花させていない。ルネッサンス時代は文学作品ばかりでなく、絵画に彫刻に雄大な作品が花と咲き満ちた時期であった。けれどもじっと見ていると、ミケランジェロの絵のなかには何か憂鬱(ゆううつ)がある。有名なバチカンの壁画など見ていると、宇宙的なミケランジェロの雄渾(ゆうこん)

さとともに一種のみのがせない憂鬱がある。ミケランジェロの伝記を読むと、彼があれほどの才能を持ちながら、法王の我ままと気まぐれのためにどんなに圧迫されたかがよくわかる。ルネッサンスの半面には、まだまだ封建的な苦しいものがあり、法王と芸術家の関係にさえそれが残っていたことがわかる。

当時の法王は、ミケランジェロの才能を認めながら、自分の絶対性を信じる習慣から封建的で、ミケランジェロの芸術家としての人間性を十分認めなかった。ミケランジェロの巨大な才能と大きな人間性のなかには、いつも自分を出し切れない不安があった。丁度デスデモーナが愛と一緒にいつもオセロを恐がっていたと同じように。ミケランジェロは自分の才能と一緒に法王を恐れなければならなかった。

ルネッサンスの表は、華麗豪華な厚肉浮彫の歴史であるが、その陰の部分には封建性が濃くのこっていた。例えばレオナルド・ダ・ヴィンチのモナ・リザの微笑は、それが描かれた時代から謎のほほ笑みと云われて来ている。モナ・リザはどういう笑いを今日にのこしているだろうか。モナ・リザの笑いは、それを見つめている人の心を深くあやしく魅して気を狂わすような微笑と云われている。このモナ・リザのほほ笑みは解放された女のほほ笑みではなく、やはりデスデモーナの不安と、ミケランジェロの憂鬱につながったものであると思う。

世界的な謎の微笑をほほ笑んでいるダ・ヴィンチのこの婦人像は、唇、頬、そして眼の中でほほ笑んでいるだけで、歯をみせて嬉々として笑ってはいない。モナ・リザはじっと何か見つめている。そのまなざしは非常に深くて、こころをたたえているが、それも決して嬉しさにきらきらしている眼ではない。重い、ふっくりと美しい瞼の下の憂鬱な視線である。けれども彼女は、あんなにじっと見つめて、じっと笑いをもっている。モナ・リザ、ジョコンダの笑いの本質はどういうものなのだろう。

私たちは女としての自分の心から、モナ・リザとレオナルド・ダ・ヴィンチの心情の中に迫って見ようと思う。

レオナルド・ダ・ヴィンチは、この美しいモナ・リザの肖像にとりかかって数年間を費したが、到頭未完成で終ってしまった。レオナルドほどの画家が、一つの肖像画に着手して数年をかけながら、それが未完成であったというのはどういうことだったのだろう。レオナルド・ダ・ヴィンチが一応、モナ・リザを描き終ったと思う間もなく、モナ・リザの顔の上に、眼の中に、そして唇の上に、忽ちこれまでレオナルドの発見しなかった何か一つの新しい人間的な情感、女性としての美しさが閃き出たということを語ってはいないだろうか。

富貴な美しいモナ・リザを描くとき、レオナルドがどんなに心をつくして画室をかざり、音楽を奏させ、彼女をたのしくあらせようとしたかという情景は、レオナルド・ダ・ヴィンチを主人公としてメレジェコフスキーが書いた「先駆者」という歴史小説に詳細をきわめている。モナ・リザの幽玄な表情は、レオナルド・ダ・ヴィンチの限りないひろさと深さをもった知性をとおして、あのように把握されているものだけれども、あの幽玄なうちに充実している官能のつよい圧力は、決して、レオナルドの知性の生んだものではないと思う。モナ・リザの成熟した芳しい女性としての全存在には、あのように深い愁をもったまなざしでどこかを見つめずにはいられない熱い思いがあり、あの優美な手を、そのゆたかな胸におき添えずにはいられない鼓動のつよさがあったのだと思う、そして、また、レオナルドは、何と敏感にそれを感じとり、自分の胸につたえつつ画筆にうつしているだろう。描かれる美しい婦人と、描く聡明なレオナルドとの間に、いつか流れ合う一脈の情感がなかったという方が不自然である。モナ・リザは彼女の感覚によってレオナルドの知性を感じとり、レオナルドは彼のあらゆるデッサンにあらわれているあのおそろしいような人間洞察の能力で、モナ・リザという一人の女性の内奥の微妙な感覚までを把握したのであった。こういう共感が異性の間に生じたとき、これが恋愛の感情でないという場合は非常にすくない。人間同士の調和の最も深いあらわれは、こういうハーモニーにこそあるのだから。

　モナ・リザは、彼女の良人に、レオナルド・ダ・ヴィンチとの間に生まれたような複雑微妙な諧調(かいちょう)を感じていただろうか、おそらくそうではなかったろう。そして同時に、モナ・リザは、自分のなかに湧(わ)きいでた新しい人生の感覚について、それが、どういう種類のものであるかということは、自分に対して明瞭(めいりょう)にしていなかったと思われる。さもなければ、どうして彼女の顔の上にあのように無限に迫りながら、その意志のあきらかでない微笑が漂いつづけたろう。彼女が、はっきり自分の女としての感情の実体をつかんだとき、あのような微笑は、苦痛の表情に飛躍するか、さもなければ大歓喜の輝やきに輝やき出すかしずにいないものである。

　こうしてみると、ここでもまたルネッサンスの感情の姿が考えられる。モナ・リザは、自分の眼をそこからひきはなすことの出来ない快い情感をああやって見つめ、見つめて、我知らず語りつくせない心のかげを映す微笑を浮べてはいるが、ルネッサンス時代の彼女は、そのあこがれに向って行動しなかった。凝視し、ほほ笑み、そのはげしい内面の流れによって永久に一つの肖像を、未完成とレオナルドに感じさせたにとどまった。レオナルドがこの画(え)を未完成としたこころも推察される。未完成の肖像は、その依頼者であるモナ・リザの良人の館(やかた)に送られずにすむ。そして、モナ・リザは、果して、レオナルドが、それを未完成として、いつも自分の傍にとどめておくことに不満を感じただろうか。モナ・リザは、父兄の命令によってその選ばれた人との結婚をし、やがて良人の権力のままに一生を送らねばならなかったイタリーの婦人の運命を、自分の情熱によって破ろうとしなかった。ルネッサンスは、モナ・リザにああいう微笑を湛(たた)える人間的自由は与えたが、そのさきの独立人としての婦人の社会的行動は制御していたのであった。

こうしてみればルネッサンスの華やかな芸術も、その時代の人達を完全に解放してはいなかったことが明かである。

十八世紀になって、フランスではルソーのような近代的の唯物的な哲学を持った人達が現われて来た。働かねばならないという状態をもたらした産業革命は、この時代から本当に働いて、働くことだけで生きてゆかねばならない勤労大衆を産み出して今日に及んでいる。

プロレタリアの婦人というものが歴史の上に現れはじめた。この時代に、イギリスやフランスに、幾人もの婦人作家が擡頭(たいとう)した。十九世紀のイギリス文学では、その名を忘れることの出来ないジョージ・エリオット。ジェーン・オースティン。ブロンテ姉妹。ギャスケル夫人。フランスでは、スタエル夫人をはじめ、日本の読者にもなじみの深いジョルジ・サンドなど。そして注目すべきことは、これらの婦人作家たちがスタエル夫人のほかはみんな中流階級の女性たちであったことである。ジョルジ・サンドは、はじめの結婚にやぶれてのち、生活のために苦闘しながら、女性の権利を主張した「アンジアナ」をかいたし、エリオットも文筆からの収入で生活しなければならない婦人として小説をかきはじめた。これらすべての婦人作家が、様々のテーマを扱いながら、結局は、当時の社会が婦人の生涯に与えるフランスの絶対王権でつくり上げられ形式主義と宗教的なものの考え方に対して、人間の自然性というものを強く要求してルソーが現われた。

哲学者、教育者としてのルソーの考え方は、フランスのルイ十四世から十六世ごろまでの猛烈な専制主義に対して、人間の平等と自由独立、女も男もひとしい人間性の上に立つ自由を主張した。近代民主主義の先駆者であったルソーのほかに、ヴォルテールやディドロのような、近代思想の啓蒙家(けいもうか)があらわれた。

一七九三年のフランス大革命によって、フランスおよび全ヨーロッパに新しい息吹きがふきこまれた。このフランスの大革命の中心人物であったマリー・アントワネットは、腐敗しきっていたフランス宮廷生活の中で、その若々しく軽浮であった一生を最も悪く利用された一人の女性であった。けれども彼女の運命は全く受動的で、歴史的にあれほど様々の角度から話題とされる生涯を送りながら、マリー・アントワネット自身は何も書かなかった。オーストリアのマリア・テレサの娘として最も高い教育を受けていたし、最も多い自由も持っていたはずだけれども。彼女の書いたものは、オーストリアの宮廷への密書だけで、ただ一篇の小詩さえかいていない。あのように小詩がはやり、貴婦人の文学熱がたかかった時代だのに。こういう例をみても、婦人の地位とか学識だけが芸術を生むものではないということが判る。

ヨーロッパ諸国の資本主義社会がその発展の頂上に近づいた十九世紀になって、ルネッサンス以後十八世紀になってはっきり方向を定めた人間解放の問題が具体化して来て、特にイギリスではどこよりも早く蒸気機関の利用による産業革命が行われ、繊維産業が非常に発達した。イギリスの婦人と子供が非常に沢山(たくさん)工場に働き出した。機械の力は多くの工場から筋肉の力を必要とする仕事に必要であった男を首にして、女房も娘も子供も桎梏(しっこく)に抗しているところは、十分注目に価する。ジョージ・エリオットは、自分が婦人だとわかると、いろいろうるさい差別待遇がおこるのをいやがって、筆名は男のジョージ・エリオットとしてさえいる。ジェーン・オースティンにしても、イギリスの中流家庭で結婚ということについてどんなに打算や滑稽(こっけい)な大騒動を演じるかということを、諷刺(ふうし)的にその「誇りと偏見」の中に書いている。われわれのまわりでも、まだまだ結婚適齢期の娘をもった母親は、時にふれ、折にふれて眼の色を変えている。食べるものも食べないようにして箪笥(たんす)を買ったり、着物を拵(こしら)えたり、何時(いつ)でも売物のように誰かが買いに来るというように待っている。「女のくせに」ということを男だけではなく女自身が云ってもいる。十九世紀にオースティンが非常に諷刺的に書いた状態は、封建的な風習の多くのこっている日本のなかにはまだつよく残っている。同じ十九世紀に、ポーランドの婦人作家オルゼシュコの書いた小説「寡婦マルタ」を、きょう戦争で一家の柱を失った婦人たちがよむとき、マルタの苦しい境遇は、そのまま自分たちの悲惨とあまりそっくりなのに驚かないものはなかろう。

ところで日本の婦人は、歴史の中でどういう文学を作って来たのだろうか。わたしたちは万葉集というものをもっている。万葉集は当時のあらゆる階層の女の人のよい作品を集めている。女帝から皇女、その他宮廷婦人をはじめ、東北の山から京へ上った防人（さきもり）とその母親や妻の歌。同時に遊女、乞食、そういう人までが詠んだ歌を、歌として面白ければ万葉集は偏見なく集めている。日本の古典の中に万葉集ほど人民的な歌集はなかった。万葉集以前の古事記や日本書紀の中で、最初に描かれた女性であるイザナミノミコトは、古事記を編纂させた人は女帝であったにもかかわらず、それを書いた博士たちの儒教風な観念によって、男尊女卑の立場においてかかれている。

万葉集は、この歌集の出来た時代に日本の社会全体がその生産方法とともにどんなに原始的であったかということをそのまま反映している。人々は直情径行で、美しいことは美しく、泣きたい時に泣き、愛すれば心も身もその愛にうちこむ日本人の感情が現われている。万葉集をみると、当時は支配権力が決して後世のように確立していなかったこともうかがえるのである。

万葉集の時代が過ぎて文学のうえで婦人が活躍した藤原時代が来る。王朝時代の文学は、主として婦人によってつくられたということがいわれている。栄華物語、源氏物語、枕草子、更級日記その他いろいろの女の文学が女性によってかかれた。なかでも紫式部の名は群をぬいていて、「源氏物語」という名を知らないものはないけれども、その紫式部という婦人は何という本名だったのだろう。

紫式部というよび名は宮廷のよび名である。大阪辺りの封建的な商家などで、女中さんの名前をお竹どんとかおうめどんにきめているところがあった。そういうふうな家では、小夜という娘もそこに働いていているうちはお竹どんと呼ばれるが、宮中生活のよび名で宮中に召使われているものの名であった紫式部、清少納言、赤染衛門というのも、それぞれ使われているものとしての呼名である。紫式部が藤原の何々という個人の名前は歴史のなかへあらわれて来ない。清少納言も同様である。これまで日本歴史の家系譜の中にはっきり名が現われている婦人は藤原家も道長の一族で后や、中宮になったり王子の母となったりした女性だけである。美しきヘレネのように、藤原一族の権力争いのために利用価値のあるおくりもの、または賭けものであった婦人達だけが名前を書かれている。

源氏物語を書くだけの大きな文学上の才能と人生経験をもちながら現実の、婦人としての生活は男子なみでなかったということがよく判る。更級日記をかいた婦人も名がわかっていない。そして、この中流女性の生活をかいた更級日記には、不遇な親をもった中流女性が、不安な生活にもまれる姿が優美のうちにまざまざと描かれている。枕草子は非常に新鮮な色彩の感覚をもっている。青い葉の菖蒲に紫の花が咲いているのを代赭色の着物を着た舎人が持って行く姿があざやかであるとか、月の夜に牛車に乗って行くとその轍の下に、浅い水に映った月がくだけ水がきらきらと光るそれが面白い、と清少納言の美感は当時の宮廷生活者に珍しく動的である。感覚の新しさはマチスに見せてもびっくりするであろう。十一世紀の日本の作品とは信じまい。その清少納言という人は誰だったろうか、そして、どうなって一生を終ったかということも判らない。文学の歴史の中にさえ普通の個人の婦人の生活は残っていない。そのような当時の社会のなかで清少納言、紫式部そのほかの婦人がそのように文学作品を書いたという動機は何だったのだろうか。藤原家の権力争奪は烈しい伝統となっていて后や中宮に娘を送りこむときその親たちは、政治的権力を社交的場面で確保するために文学的才能のある宮女をその娘たちの周囲においた。装飾と防衛をかねて。その女主人を飾り、優秀な宮女の名声によってその女主人の地位をも高くたもつために紫式部にしろ、清少納言にしろ、庸(やと)われていた。そしてまた、更級日記をみてもわかるとおり権門(けんもん)に生れず、めいめいの才智でよい結婚も見出してゆかなければならなかった中流女性にとって、宮仕えは一つの生きる道でもあった。源氏物語の「雨夜のしなさだめ」は、婦人の一生をみる点で紫式部がリアリストであったということを証明している。当時の貴族社会の男の典型として紫式部は光君(ひかるのきみ)を書こうとした。今日からみれば、とりとめない放縦な感情生活のなかにも、なお失われない人間性というものがありたいということを彼女は主張した。

当時は風流と云い、あわれにやさしい趣と云って、恋愛も結婚も流れのうつるような形で、婦人は隷属せず行われたようでも現実には矢張(やは)り男の好きこのみで愛され、また捨てられ、和泉(いずみ)式部のような恋愛生活の積極的な行動力をもつ女性でも、つまるところは受けみの情熱におわっている。紫式部のえらさは、文学者として美しいつよい描写で光君を中心にいくつかの恋愛を描きながら、一貫して人のきずなのまこと、まごころというものを主張しているところだと思う。「末(すえ)つむ花(はな)」のような当時の文学のしきたりから見れば破格の面白さも、その点からこそ描いた源氏物語には女のはかなさというものへの抵抗が現われている。紫式部は決して、優にやさし、というふぜいの中に陶酔していなかった。

藤原時代の栄華の土台をなした荘園制度——不在地主の経済均衡が崩れて、領地の直接の支配者をしていた地頭(じとう)とか荘園の主とかいうものが土地争いを始めた。その争いに今ならば暴力団のような形でやとわれた武士が土地の豪族の勢力と結んで擡頭して来て不在地主であった公卿(くぎょう)を支配的地位から追い、武家時代があらわれた。やがて戦国時代に入る。ヨーロッパにルネッサンスの花が開きはじめた時代から日本が武家時代に入ったということを、私たちは忘れてはならないと思う。この事実は明治維新に影響し、今日の日本の民主化の問題に重大な関係をもっているのである。

　武家時代に入ってからの婦人の生活というものは実にヘレネ以上の惨憺たるものであった。女性は美しければ美しいほど人質として悲惨だった。人質としてとられ、又媾和的なおくりものとして結婚させられる。戦国時代の婦人達の愛情とか人間性というものがどんなにふみにじられたかということは細川忠興の妻ガラシアの悲壮な生涯の終りを見てもわかる。明智光秀の三女であったおたまの方はキリスト教を信仰してガラシアという洗礼名をもっていた。石田三成が大阪城によって、徳川家康に反抗しようとしたとき、徳川の側に立っていた細川忠興の妻であり、秀吉によって実家の一族を滅された光秀の娘であるガラシアは、大阪城へ入城を強要されたのを拒んで、屋しきに火をかけて、老臣に自分を刺させて死んだ。三十六歳の短い生涯の間に、おたまの方は、武門の女の人生の苦痛を味わいつくして、その生をとじたのであった。

　この時代には文学の創造者としての婦人は存在し得なくなった。この時代の特色ある文学として現れた謡曲の中に婦人は描かれるが、それは例えていえば物狂い――気狂いとか、愛情の絆によって、生きながら生霊となり、また死んでも霊となって現れるような、切ない女の心に表現されている。当時の婦人はどんなに自分達の希望を殺して生きていたか、また殺させているという暗黙の恐怖が男たちの意識の底を流れていたかが解る。物狂いと云い、生霊、死霊と云い、そこでは普通でない人間に対する怖れがある。謡曲は僧侶の文学とされている。女のあわれな物語を、現代の闇商売で有閑的な生活に入った人々が唸っているのは、腹立たしく滑稽な絵図である。

　徳川家康が戦国時代に終止符をうって江戸の永くものうい三百年がはじまった。この時代の婦人の立場は「女大学」というもの一つを取上げただけで十分に理解することが出来る。徳川三百年と云えば、ひとことだけれども、そこから尾をひいていて今日私どもが解決しきっていない沢山の封建性についての問題がある。支那の儒教の精神を模倣して、封建時代には絶対に家が中心問題とされた。家風にあわざるものは去る。子供を生まねば去る。嫉妬ふかければ去る。七去の掟ということが貝原益軒の「女大学」のなかに堂々とあげられている。妻たるものは早く起きて遅く寝るべきである。女は食物におごってはいけない。この貝原益軒が養生訓をかいて、男の長寿のための秘訣をくどくど説明しているのを見くらべると、私たちは心からおどろかずにはいられない。眠り不足で栄養不良で体のつめたい女に、子を生まなければ去る、というむごたらしさはどうだろう。子のないのを女のせいばかりにする人にどうして養生訓がかけただろう。

徳川時代の文学者としては近松門左衛門にしろ、西鶴、芭蕉にしろ、文学的にはずっと劣るが、有名ではある馬琴だとかが出ている。けれども婦人作家は一人もこの三百年間に出ていない。辛うじて俳句の領域に数人の婦人の名が記されているにすぎない。男が殿様の命令を絶対のものとして服従しなければ生きてゆく道がない。自分の意見で生きられない。親や兄、良人、また息子に服従しなければならなかったとおり、女は男に服従しなければならない時代に、その婦人に文学が書けるはずがない。武士階級にも文学は創造されなくなった。戦さの間には深くものを考えてはいけない。この軍事的教育はついこの間までの日本にも怪異のように存在した。頭を切り取ったその代りに鉄兜をのせられたような人間の生存で、どうして文学という人間らしいうちにも人間らしい創造が行われよう。自分が自分の心の主人であることさえ認められない時代には、それがいつであっても文学は生れない。

芭蕉はどういう境遇のものだったろうか。彼は下級武士で、やがて武士をやめて俳諧の道に入った。芭蕉の風流というものの規準が極端に小さい経済的基礎の上に立っていることは、意味ふかいことである。芭蕉は、小舎の柱に一つの瓢箪をつるし、そのなかに入れた米とそのほかほんの僅かの現世的経済の基礎を必要としただけで、権力のための闘いからも、金銭のための焦慮からも解放された芸術の境地を求めた。それは芭蕉の時代にもう武士階級の経済基礎は商人に握られて不安になっており、したがって武士の矜持というものも喪われ、人にすぐれて敏感だった芭蕉に、その虚勢をはった武士の生活が堪えがたかったことを語っている。

大きな商人の隠居だった西鶴はまた違っていた。西鶴が経済的な面で大阪の当時の世相を描き出した短篇「永代蔵」その他は芭蕉と全然違ったリアリティーをもっている。武士出身の芭蕉が芸術へ精進した気がまえ、支那伝来の文化をぬけてじかに日本の生活が訴えてくる新しい感性の世界を求めた芭蕉の追求の強さ、芭蕉はある時期禅の言葉がどっさり入っているような句も作った。その時代を通過してから芭蕉の直感的な実在表現は、芸術として完成された。芭蕉の弟子には婦人の俳人もあった。が女の生活は、たとえ彼女が俳句をつくろうとも、徳川時代の女に求められているすべての義務を果したうえで辛うじて風流の道のためにさかれなければならなかった。芭蕉の芸術のように精煉し圧縮し、感覚をつきつめた芸術の道が、そのような女性の生活ではなかなか歩むにかたいことであった。家事に疲れた僅かの時間を行燈のもとでひっそりと芸術にささげるのでは、女の才能が伸びる可能もまことにおぼつかない。

近松門左衛門は封建の枠にしばられなくなった武家、町人などの人間性の横溢をその悲劇的な浄瑠璃の中で表現した。そして、当時の人々の袖をしぼらせたのであったが、ここには様々の女性のタイプがその犠牲や献身や惨酷さにおいて扱われている。しかし、近松や西鶴に描かれた女性は、自分で自分たち女性の声をかく能力はもたなかった。当時社会のきびしい階級、身分制度によって動かすことの出来なかった堰で、互の人間的発露を阻まれた男女、親子、親友などのいきさつが浄瑠璃者の深情綿々とした抒情性で訴えられている。義理と人情のせき合う緊迫が近松の文学の一つのキイ・ノートであった。近松門左衛門の文学に描かれた不幸な恋人たちは、云い合わせたように心中した。

幕府はあいたい死にを禁じていたにもかかわらず、この世では愛を実現出来ない男女が、あの世に希望をつないで死を辿った。

このような哀れな人間性の主張の方法は、決して明治になってからも、日本の社会から消えなかった。そして今日では恋愛から心中しないけれども、生活難から心中する親子が少くなくなって来ていることを私たちは見ているのである。

さて、日本の歴史は明治に移った。明治維新は近代のヨーロッパ社会に勃興した市民階級（ブルジョアジー）が封建社会に君臨した王権を転覆し歴史を前進させた革命ではなかった。日本のブルジョアジーが薩長閥によって作られた政府の権力と妥協し、形を変えて現れた旧勢力に屈従することによって資本主義が社会へ歩みだしたという特殊な性格をもっている。新しい明治がその中にどんな古さをもっていたかということは樋口一葉の小説にも現れている。一葉の傑作「たけくらべ」は、たしかに美しいと思う。雅俗折衷のあいう抒情的な一葉の文章も古典の一つの典型をなしている。

樋口一葉は二十五歳の若さでなくなっている。彼女がはじめて小説を書こうとしはじめたとき、その相談のため半井桃水という文学者との交渉があった。樋口一葉ほどの才能のある女が、桃水のような凡庸な作家とどうして親しくなったかということが、研究者の間でよく話題にされる。小説「雪の日」の題材となる雪の日の日記があって、それを見ると半井桃水は樋口一葉と同様に貧乏であったことがよくわかる。一葉は当時上流人を集めていた中島歌子の塾に住みこみの弟子のようにしていたが、わがままな育ちの若い貴婦人たちのなかで彼女がどんなに才能をねたまれ、つらいめを見ていたかということは、こまかい挿話にもうかがわれる。貧乏というものは口惜しいものだということを一葉は日記の中で書いている。半井桃水が借金に苦しめられて居どころをくらまして、小さい部屋にかくれ住んでいる。そこへ一葉は原稿を読んでもらいにもって行く。貧乏な生活が一葉の現実である以上、それをむき出しにしている半井桃水を自分の仲間、一番近い男だと感じたことがうなずける。生活の現実の類似。貧しい仲間だという気持。それが強い動機となって一葉は桃水に親しみを覚えたにちがいない。ところが桃水との交際を中島歌子から叱られる。一葉は桃水との恋などとは思いもよらないことだといって、桃水とのつきあいは絶ってしまった。桃水とつきあいのあった間、樋口一葉に恋の歌は一つもなかった。実際に桃水とのつきあいをやめて、もう誰も自分の身を非難する人がないというようになって樋口一葉はやっと封建的な圧力からぬけて恋の歌をよんでいる。それもどっさりあふれるように、恋の歌をつくっている。これは、明治という時代にあらわれた一つのデスデモーナのハンカチーフだと思う。

ここに一葉の生きていた明治十九年という時代の封建性の強い性格が私たちに多くのことを語っている。この明治十九年という年を世界の歴史でみれば、アメリカで第一回のメーデーが行われた時代であった。そして、はじめて八時間の労働、八時間の教育、八時間の休養を世界の労働者が要求してたった時であった。明治二十三年に日本では、それまでの自由民権運動を禁圧して、専制権力の絶対性を擁護した。この年に世界の国際メーデーがはじまっている。私たちはこんなにヨーロッパ、アメリカとはずれた歴史の本質の上に今日の歴史をうけついでいるのである。一葉の「たけくらべ」は封建的なものと、藤村(とうそん)などによって紹介されはじめていた近代ヨーロッパの文学にあらわれたロマンティシズムの影響とが珍しい調和をもってあらわれた一粒の露のような特色ある名作である。

明治も四十年代に入ったころ、平塚雷鳥(らいちょう)などの青鞜社(せいとうしゃ)の運動があった。封建的なしきたりに反対して女も人間である以上自分の才能を発揮し、感情の自主性をもってしかるべきものと主張した。田村俊子(としこ)の文学は明治の中葉から大正にかけて日本の女がどういう方向で独立を求めたかという段階を示している。田村俊子の人間としての女の感情自由の主張の中には、きょうの目からみると非常にはきちがえた素朴な男女平等の考えかたがある。男のするようなわがままは同じ人間である女もしていいものだし、男が煙草（たばこ）を吸うなら、女だって吸ってあたりまえ、というように、男が中心をなして——つまり封建的な社会的風習を批判せず、ただ男がやっているのなら女もする、という考えかたの限界をもっていた。本質的な発展というものが見られていなかった。それにしても婦人が人間としての自分を主張しはじめ、次第に婦人の経済的独立の必要に理解をすすめてきたという点で明治末期から大正にかけての婦人解放運動は意義をもっている。

昭和のはじめ第一次世界大戦後の各国の社会主義運動の擡頭につれ、日本にもプロレタリア文学運動がはじまった。その時代になってはじめて婦人の社会的地位の向上や婦人解放の課題は、その国の大衆生活全体の地位の向上と解放の実現とともに解決される問題であるということが明瞭になった。男に対して女も、という性の対立の問題ではなくて、勤労する大衆の男女がおかれている社会的地位と搾取する階級との間におこっている近代社会の階級の問題であることが理解されて来たのであった。

プロレタリア文学は文学の分野で、はじめて、おくれた資本主義日本の封建的のこりものの多い社会機構の中で、文化はどういう歪（ゆが）みを強いられて来ているか、婦人はどうして文学創造の能力を低められているかということを追求し、明白にしはじめた。婦人大衆が社会の現実の中で持っている条件、その不幸な社会的な条件の由来するところ、その不幸や不平等は女を苦しましているとともに、男も不幸にしているということを発見したのであった。それまでの小説には書かれていなかった人民の声、訴え、そのよろこびとかなしみ、未来への希望が書かれ、表現されなければならない。女の胸の中に埋められて来た訴え、語られるべき物語、要求と希望とを発表する能力をやしない、その機会をつくって行ってこそプロレタリア文学は本当の意味で婦人の文学を肯定することになる。

昭和のはじめ、日本の歴史のなかにプロレタリア文学運動があったことは、明治維新に解決し残した沢山の社会的・文化的の矛盾をはじめて近代社会科学の光のもとに、整理し解決しようとしたことであった。婦人と社会・文学の問題を、全人民の半分である女の幸福、創造力の発展としてとりあげた。この時代に新しい素質の婦人作家があらわれはじめた。今日作品を書いている佐多稲子（さたいねこ）、平林たい子、松田解子（ときこ）、壺井栄（つぼいさかえ）など。これらの婦人作家は、それまでの婦人作家とちがって、貧困も、勤労の味も、女としての波瀾（はらん）も経験した人々であった。そういう人達によって、本当に社会矛盾を認識し、人間として伸びようとする女性の声が文学のなかへ現われはじめた。

　プロレタリア文学運動が順調に発展していたならば、今日、日本の新しい民主主義文学というものも、よほどちがった明るさに照らされたろう。ところが日本の支配階級が、大衆の進歩性を抑圧することは実に烈しく、特に最近の十余年間は、全く軍事目的のために民衆の意志を圧殺しつづけた。プロレタリア文学というものは、結局新しい社会的発展を求めて、半封建的なブルジョア社会の矛盾と桎梏とを、否定する方向をもつから、軍事的な日本の専制支配権力が、それをうけ入れよう筈（はず）はない。人民解放のための全運動とともにプロレタリア文学も殺された。女も率直にものをいいはじめた。ほっておけば、考えも、いうことも、行動も大人になる。男につよい影響を与える女の心と言葉、動きをいまのうちにふさごう。手足を押えようと、解放運動とともに、婦人がほんとの自立にすすむことを否定されてしまった。こうして圧殺されてしまった長い年月が一九四五年の八月十五日までつづいたのであった。

　戦時中、少年であり青年であった人々は、どういうふうな生活をして来ただろうか。そのなかには、特攻隊へ連れ出された人もあったろう。徴用でいろいろな職場で働き、学徒動員で、生涯の目標を挫折された人も少くなかった。家を焼かれ、肉親と生活の安定を失った人も沢山あるだろう。めいめいの人生に、深い深い傷を受けて、そうして戦は終った。

民主的な日本にしなければならないというポツダム宣言を受諾した。日本の人民を解放し、民主社会にしなければならない責任を、いまの政府は世界から負わされている。云わば、その責任の故に存在を許されている。ところが、今日において民主的な文学というものへ、どれだけの若い新しい作家がおくり出されて来ているだろうか。自分は新しい日本とともに生れ出た新しい作家であると、そのように生々として、新しい作品をもたらす人はいたって少い。ここに今日深刻な問題がある。

今日の二十四五歳から三十代の人々は、男女ともに戦争のなかった時代の日本の青年たちとは、くらべものにならないほど多くの人生の経験をもっている。自分の生命を、一たん否定して闘っても来ている。餓死する人間も見たであろうし、その人たち自身、栄養失調で這って帰って来たかも知れない。何故そこから新しい文学が生れないのだろうか。歴史的な野蛮行為のなかにまきこまれて、苦悩し、ひそかに泣き、人間らしさを恋うた心が一つもなかった、とどうして云えよう。それだのに、何故それを書いた小説は出ないのだろう。これほど愛を破壊された婦人がいるのに、何故その声がほとばしって来ないのだろう。これこそ、きょうの私どもの実に大きな問題であると思う。

文学が書かれるには、現象の記憶があるばかりでなく、自分がそれをどう見るか、どう考えるか、そこから何を受けとったかという一つの経験に対する複雑な人間的摂取を経なければならない。そこから小説は生れる。もしただ肉体で経験しただけで文学が出来るなら、あんなに苦しい思いをして三度も子供を産んだ婦人はだれでもそれについて立派な小説が書けるはずだとも云えよう。ところが肉体的な経験からだけではどんな小説も出来ない。平和的な人民の一人として、あの戦は本来どういうものであったか。日本の大衆の誰もが戦争の可否について議論し、一票を投じ、決心して参加した戦であったなら、その歴史的意義と個人の運命への影響を反省もし、そこから人間らしい何かをくみとることも可能な経験だったろう。ところがそうではなかった。頭から脳髄をとり、心臓をつぶしてしまって、ただ一つの忍耐という形の中に男も女も干しかためられてしまった。その石にされた心臓、そして脳髄をすりつぶされたような頭に鉄兜をつけて、毒瓦斯マスクをつけ、そしてみんなが運命を賭し、生命を賭した。日本の婦人は、世界の婦人がそれを信じかねるような程度まで自分の愛情さえ主張することが出来なかった。この状態に対してわたしたちはどう抵抗出来ただろうか。権力で戦争に引張り出されるか、さもなければ戦争はいけないという人間として牢屋に引張られた。このなかに云いつくせない惨酷を自分の意志で踏み込んだ経験としてではなく受取った。私どもは人間として誇るべき何ものもない戦に追いたてられた。全く家畜のように追込まれた戦争で、自分たちを犠牲にして来ているために、殆ど夢中で体だけで苦しさに耐え、文学をつくるところまで精神を保っていることが出来なかった。あの当時は女も男も夢中で生きていた。あまりに受身で過ぎた。民主主義文学への翹望は高いのに、何故戦争に対する人民としての批判をもった文学、婦人が母親として、愛人として、また婦人に対して重荷の多い社会の中で経済的に自分が働いて家の柱となって来たその経験について、女の人が文学を書き出さないか。この原因は、今日になってみればただ経験の仕方があまり受けみであったばかりでなく、戦後の生活に安定がもたらされていないということに重大な関係がある。戦争で蒙った心の傷をいやし、文学を生み出してゆけるような生活のみとおし、勤労による生活の確保が失われている。二三ヵ月に物価がとび上るインフレーションは、一人一人の経済を破滅させているとともに、婦人の社会的生活、家事の心痛を未曾有に増大させている。先ず、生きなければならない。生きてこその文学である。文学は逆に云えば、最も痛烈な人間的生の発現である。

　私どもはここで、一つの現実的理解に到達した。文学の発展にはそれにふさわしい社会的な基盤が必要であり、勤労階級の生活の安定の要求は全くぴったりと私たちの人間らしい文化の要求と一体のものであるという事実である。改正された憲法は男女を平等としている。しかし現実の生活で男女の労働賃金は同一でない。男女はひとしく選挙権も被選挙権もあるといってもその土台になる経済的・社会的生活のひとしさはまだまだ実現していない。労働組合や、すべての民主勢力が要求している賃金、待遇改善の問題、家事の社会化の実現などは、婦人の二十四時間の内容を男の二十四時間の内容と、おのずからのちがいはありながらも、その社会的質の高さでは等しくしてゆくために、絶対に必要な前提条件である。

あらゆる文化の基本になる教育についてみよう。憲法は、すべての人は教育を受けることが出来るといっている。だが今日、毎日ちゃんと通学している学生が、殆ど有産階級の子弟だということは、民主日本の建設にとって、どういう重大なマイナスであろう。学生も食うために闇屋さえやっている。憲法で云われているだけでは駄目である。実際の可能を作って行かなければ、教育の民主化という問題は甚しい欺瞞となる。

すべての人は働くことができる。そうであるならば最低限の生活の安定がその勤労によって保たれ、勤労人民としての社会保護が確保されなければならない。そのような全人民の社会的な生きかたの要求、その実現の努力とともに、民主文学の可能性も拡大されるのである。労働時間と賃金の問題は、人民にとって、人間的生存の問題であり、文化の問題でもある。人間であれば時間によって命をきざまれている。その時間をその人と社会の幸福のためにつかうか、搾取の対象とされるかでは、本質的な運命のちがいが起る。これを否定するものがあるだろうか。

こういう文化・文学の問題にふれて六・三制の問題を、見直す必要がある。日本の国民学校六年の卒業生の実力が四年修業程度しかないことが、アメリカの教育視察団によって報告された。民主日本建設のために人民一般の知能水準の向上のために義務教育の年限を長くしなければならないとされ、文部省は六・三制ということをきめた。九年の義務教育と云わず六年と三年を分け六・三制と考えている。何故一まとめに九年制といわないのだろうか。九年制にしてどの子供もその間は勉強出来るように国庫がその保証をしてやらなければこのインフレーションの中で月謝を払い御飯を食べさせ学用品を買ってやるということは益々貧困化して来ている親の多数にとって負担である。

文部省にこの実状がわかっていない筈はないのに、六・三と分けて、後の三年は通信教授だけでもいいということを法文化しようとしている。あとの三年は実際に学校へ行かないでもただ通信教授をうけただけで義務教育は終ったということになる。第一、初等中学三年という新しくふえた生徒のために学校が足りない、教師がない。教科書さえそろわない。しかも一応六年を終った年ごろで親の役に立つようになった子供は買出しの手つだいにも行ったりして困難な日々のやりくりにまきこまれ時間がない。戦災者、復員者、引揚者みんな困窮している人々は六年を終った子供を生計のための助手にしなければやりきれない場合が多い。工場へなり給仕になり店員になりやってせめて喰べるものだけは、何とかして雇主にもって貰いたいという非常に切迫した要求がある。現に職人のところで使われる小僧さんの姿が目立ってふえて来ている。ブリキヤとか大工とか。労働基準法では少年の労働について保護的な規定をもうけているし、労働組合が青少年婦人の待遇改善を要求している。生活必需品の値上げについて賃上げ要求をして七百円から千五百円になり、千八百円ベースの今日、物価はぐっと高くなり公定価も上って、とても千八百円ベースではやって行けなくなっている。つつましく暮して四人家族で五千六百円ばかりかかる現実となった。大学生一人二千五百円もなくてはやれない。あとの三年は通信教授でもいいということになれば郵便のとどくところならば、どこにいても義務教育は完了されるというわけだろうか。学校へ行けないで生活のために工場へやられ職人の内弟子となった子供達に、どんな勉強のゆとりが与えられるだろう。

婦人の問題として繊維産業をみると今日の婦人労働の最低のありさまがよくわかる。どこの紡績工場でも、大体寄宿舎制で、そこに国民学校六年を終っただけの十四五から二十歳前の娘が、何万人と働かせられている。喰べるものは会社で賄って、働いた給料は、すべての紡績工場で、ほとんど全額を娘さんにわたすところはない。その何パーセントしか渡さない。会社で積立てている。四国の郡是という工場では、去年の秋ごろ、二百三十円前後の収入というのが一番多かった。何百、何千、何万の娘たちの給料の半額を会社で預って、預った金を一ヵ月間会社のために流用するなら、その金融的効力はどのくらいだろう。六年制の国民学校を出ただけの、子供のような女工さんには、こまかい話はしても判らない。会社は若い娘の夢をもたせるために、工場の建物を白く塗って、きれいな花壇をつくったり演芸会をしたり、工場の内に女学校の模型のようなものをおいて、お茶や、お花などをやらせている。その若い娘たちの文化水準が、とりも直さず、日本の婦人の文化的水準の基礎となっている。最も労働条件のおくれた日本の紡績産業に働く娘さんたちのもっている最低の文化的水準が、日本の民主的文化水準の底辺なのである。

人民の文学、民主的文学の課題はここから第一歩の出発をよぎなくされている。六年間の義務教育で四年の実力しかなかったのだから、六・三制で六年だけ出た若い人が四年修業者だということは明瞭な事実である。智能の低い、考え判断する能力を与えられていない人民の多数が、自分たちの貧困を克服するために、組織的に行動するよりもアナーキーに陥り、選挙権をもっていてもどういう政党に投票してよいか分別もつかないで、資本主義の搾取というものに疑問をもたない人間として育ってゆくとしたら日本の民主化というようなことは実現しないどころか、政府の無力のため或は無力であることを標榜するより深刻な打算によって、人民大衆は、全く奴隷化した状態におとされてしまわないものでもない。自分の国の政府によって、人民が隷属の立場に追われるようなことを誰が承服出来よう。

このような現実を現実として見て、それを改善の方向に導こうとする意志。それこそ今日の日本人民にとって生きている文化性であり、文学の内容であり、その素材である。今日の文学は芭蕉の風流より、もっと社会的要素において深刻であり、客観的必然に立っている。

愛情の問題においてもデスデモーナのハンカチーフは捨てられなければならない。婦人の生活も、自分の支配者である男のために、女らしさを粧うのではなく、ほんとうに人民の幸福をうちたててゆく道で互に頼りになる男女として、ほんとうに女らしく生きられる条件をつくり出してゆく情熱でなければならない。のぞましい社会の招来のために、その建設の方へ一歩一歩と前進の旅をつづけなければならない。そこに新しい世代の詩があり、歌があり、文学があり、また行進曲があるのだと思う。

文学は何か現実生活とはなれたもののように考えられている習慣があったけれども、決してそうではない。文学は一つの歴史的・階級的な行動であると云える。行動は生存の意義のために、発展の方向を持つことが当然である。わたしたちはこの多難な社会生活の間で自分の爪先がどっちを向いているかということを知ることが大切である。文学に大切な個性ということも、つまりは社会と、そこに存在する階級と自分とはどういう関係にあるかということを理解し、その関係にどう積極的に働きかけてゆこうとしているかという現実のうちに個性はきたえられる。われわれの一歩は、われわれの一生にとってかけがえのない一歩である。私たちは生きる権利をもっている。良心にしたがって、あることを肯定し、あることを拒絶し、社会と自分のために労作し、生を愛するうたを歌う権利がある。その権利を知り、実現する義務をもっているのである。

文学につれてよく才能ということが云われる。わたしは才能ということにふれて語られている一つの忘られない言葉をここにしるそう。

「すべての才能は義務である。」(＊)

〔一九四七年四月〕

＊「すべての才能は義務である。」　ドイツの画家ケーテ・コルヴィッツ（一八六七～一九四五）が祖父から言われた言葉。宮本百合子は「ケーテ・コルヴィッツの画業」のなかで次のように紹介している。「才能というものが与えられてあるならば、それは自分のものであって、しかも私のものではない。それを発展させ、開花させ人類のよろこびのために負うている一つの義務として、個人の才能を理解したループ祖父さんの雄勁な気魄は、その言葉でケーテを旧来の家庭婦人としての習俗の圧力から護ったばかりでなく、気力そのものとして孫娘につたえた。多難で煩雑な女の生活の現実の間で、祖父の箴言は常にケーテの勇気の源泉となったように思える。」（『新編　若き知性に』・新版全集第十五巻に収録）

# 衣服と婦人の生活――誰がために

女性と服装のことについては今日まで、実に多くの話をされて来た。服装一般の問題、糸を紡いで織って縫って着るという仕事に、女の人生はこれまで歴史的にどんな関係をもってきたものだろうか。着物と女の運命についてすこし社会的に見直されてもいい時になっているのではないだろうか。

衣類または服装と婦人との社会的な関係をあるがままに肯定した上で、これまで整理保存の方法、縫い方、廃物利用、モードの選びについてなどが話題とされて来ている。けれども考えてみれば女性が縫物をすることになったのは一体人間の社会の歴史の中でいつ始まったのだろう。糸を紡ぐこと、織ること、そしてそれを体にまとえるように加工することは非常に古い時代から女のやることであった。これはギリシア神話の中のアナキネという話の物語にでも推察される。アナキネは大変美しく可愛い娘で、織物を織ることが上手であった。みごとな織物をする上に美しいものだからオリムパスの神々の間にさえ大評判になった。神々の首領であったジュピターはその大変美しい織物上手の娘が好きになった。ジュピターの妻ジュノーの嫉妬がつのって、到頭哀れなアナキネはジュノーのために蜘蛛にさせられてしまった。そんなに織ることがすきなら、一生織りつづけているがよい、と。女神から与えられた嫉妬の復讐として、美しい織物ばかり織りつづける蜘蛛にさせられたという伝説の中には、女はいつも糸を紡ぎそれを織らなければならないということについての悲しみの感情の現れがあると思う。しかもそれが、神の罪のように逃げられない運命と語られているところに古代のギリシアの社会でその仕事が何かしら、幸福の表徴としてはうけとられていなかった証拠だと思う。ひろく知られているところのギリシアの社会は、人類の若々しい文化をはじめて花咲かせ、古典文化のつきない源泉となったが、このギリシアの繁栄と自由とは奴隷使用の上に咲きほこっていた。人口比率は一人の自由人に対して五人ぐらいの奴隷があって、その奴隷が生活に必要なすべての労役的仕事をしていた。紡ぐことも、織ることも、縫うことも、奴隷がした。主に女奴隷が主人たちの必要のために糸を紡ぎ織りして、主人たちは直接そういうことをしなくてもよい生活を送った。そういう社会構成の上にギリシアの自由都市は築かれていた。アナキネの物語は、ギリシアの社会に、婦人の本当の自由がなかったこととともに、女に課せられている紡織仕事に対し疑いをもっていたことがうかがわれる。

　ジュノーとアナキネの関係が織り紡ぐ仕事における奴隷と主人との関係、義務を与えるものと、義務づけられたものとの関係を語っている。これを一つの例としてみてもすべての神話はその神話のつくられた時代の実生活とその社会的な根拠から湧き出ているということがわかる。ヨーロッパの封建時代、中世にはいろいろな騎士物語がある。騎士物語が近代小説の濫觴となっているのだが、なかで有名なランスロットを主人公とした長い物語がある。その中に美しい孤独のシャロットの姫君が登場する。テニスンが物語っているとおり古い城の塔の中に孤独な生活をしているシャロットの姫はというとその古い蔦のからんだ塔の中で一面の大きな鏡の前で機を織って暮している。もしシャロットの姫を愛し、その孤独から救ってくれる騎士があらわれれば、その騎士の姿は必ずこの大鏡の上にうつる、という予言がある。

　シャロットの姫はもう何年も鏡の面をみつめながら、古城の塔で機を織りつづけたろう。今日もきのうも、そしてあしたも、シャロットの姫のものうい梭の音は塔に響いた。ところがある日シャロット姫がいつものように鏡を見ながら機を織っていたら、鏡の面をチラリと真白い馬に跨った騎士の影が掠めた。シャロットの姫がはっとしてその雄々しい騎士の影に眼を見張った途端に鏡はこなごなにくだけ、もう決してその騎士に会うことはなくなった。哀れな運命であったシャロットの姫の物語は、今日、私たちに何を告げているだろう。

　ヨーロッパの封建時代である中世に女の人の生活は、どんなに運命に対して受動的であり、その受動的な日々の営みは、あてのない幸福を待ちながら城に閉じ籠って、字を書くこともなく、本を読むこともなく、朝に夕に機を織ったり刺繍したりしているばかりであったという現実が現われていると思う。日本でも太古の社会で既に紡織の仕事をしていた。天照大神の物語は日本の古代社会には女酋長があったという事実を示しているとともに、その氏族の共同社会での女酋長の仕事の一つとして彼女は織りものをしたということが語られている。天照という女酋長が、出来上ることをたのしみにして織っていた機の上に弟でありまた良人であって乱暴もののスサノオが馬の生皮をぶっつけて、それを台なしにしてしまったのを怒って、天の岩戸――洞窟にかくれた話がつたえられている。天照大神の岩戸がくれは日蝕の物語だともいわれる。けれども、私たちに興味があるのはあのままの物語――太古の女酋長の日常の姿ではないだろうか。

　ずっと後世になりヨーロッパの中世にあたる日本の藤原時代、女の人はどんなふうに縫ったり織ったりしていたのだろう。源氏物語の中には貴族の婦人たちが、自分で縫物をやっている描写はないと思う。優婉な紫の上が光君と一緒に、周囲の女性たちにおくる反物を選んでいるところはあるけれど、落窪物語はやはり王朝時代に書かれた物語ではあるけれども、ここに描かれている人たちは源氏物語のように時代にときめく藤原の大貴族たちではない。貴族でも貧乏貴族のような立場の人の生活だと思う。落窪の姫は、昔から日本にある悲劇女主人公、継娘であった。自分の娘を引立てて、まま娘である姫は、建物の中で日もよく当らないような粗末な部屋だか廊下だかわからないような一段おちくぼんだ部屋に住まわせた。物語の終りは、そのようにいじめられた落窪の姫に思いもかけない立派な愛人が出来て、堂々とした生活をするようになる、一種の「シンデレラ物語」であるけれども、ここでまた私たちの目をひくのはこの落窪の姫が非常に縫物が上手で家中の者の縫物をやらせられるという点である。大貴族の婦人達は勿論自分で縫物などはしなかったけれども、貧乏貴族ぐらしの藤原の末流の人達になれば姫といっても自分で縫物をしたし、家中の縫物もさせられるような哀れな状態であった。王朝時代の文化と文学との中に美しい綾や錦を縫いつづけて、その細い指先が血を流した落窪の物語があることは注目に価する。

　藤原時代の経済は荘園制の上に立っていた。京都にいる貴族の所有地である荘園とそこの住民は荘園の主にまかされて、すべての生活必需品を現物で京都の貴族たちに収めなければならなかった。あらゆる貴重な織物もこうして荘園の女の努力からつくられた。藤原時代というと十二単衣ばかりを思いおこすけれども当時一般の女ははだしか又は藁草履でさらさない麻を着るような生活をしていた。綿というものは貴重品だった。徳川時代になって服装は、一層複雑に当時の封建社会の矛盾をてらし出すようになった。

　擡頭しはじめた町人が、金の力にまかせて、贅沢な服装をし、妻女に競争でキラをきそわせたことは西鶴の風俗描写のうちにまざまざとあげられている。幕府はどんなに気をもんで、政治的な意味でぜいたく禁止令を出したろう。それは、町人たちによって、きかれたようで実は決して服従されていなかった。江戸趣味といわれる、着物や羽織の裏に莫大な金をかける粋ごのみ、一見木綿のようでひどく質のいい絹織である結城紬、こういうこのみは、政治上の身分制に属しながら、経済の実力では自分を主張した町人階級の反抗の形としてあらわされたのであった。

　徳川時代にももちろん紡ぐこと、織ることは一般の婦人、特に町人の婦人たち以外の仕事で、全く手工業として行われているのだが、興味あることは日本の織物として特色のある絣、それに縞、これらが女の人によって発明され織られていったことである。思いつきのいい或る女の人、感覚のいい人が独創性を発揮してそういう絣や縞を作り出した。それだのに、こういう独創性や能力は社会的に日本の生産に現れた婦人の地位を高める条件としては、ちっとも蓄積されていない。

例えば今日ではもう昔の物語になってしまった琉球のあの美しい絣織物にしても染めの技術にしても今はみんな壊れてしまってなくなったが、あれも土地の女の人の労作であった。ジャワ更紗など高い価値をもっていて大変美しい芸術的な香りをもっているものだが、あの更紗の製作者は誰だろう。ジャワの婦人たちである。写真でみると、極めて原始的な方法で染め、織っている。彼女たちの方法は幾百年来の方法である。

日本の軍人が、トランクや荷物の底に、価でない価で「買った」ジャワ更紗を日本に流行させたことを、わたしたちは決して忘れないだろうと思う。

インド更紗の美しさも世界にしられている。この立派な技術をもち美しい芸術的な生産をするインド婦人の生活はどうだろう。回教徒とバラモン教徒との対立は、一人一人の婦人の運命に重大に関係している状態である。

李白が「万戸砧をうつ声」と詩にうたったその日夜の砧は、宋国のどんな男がうっただろう。それはみんな婦人たちのうつ砧の音であって、数千年の間、人類の女性は、誰がために、何を、どういう事情のもとに紡ぎ、織り、染め、そして縫って来たのだろう。今日こそ私たちは、はっきり自分に向ってこのことを質ねるべきだと思う。何故なら、今日の発達した資本主義の国の生産の中でも紡織、裁縫の中で最も苦労しなければならないのは、婦人たちであるのだから。紡織は、イギリスで蒸気の力で紡績機械を運転することを発明して産業革命があって後、繊維産業というものが世界中ですっかり変ってしまった。

今日の紡績工場は耳が聾(つんぼ)になるほどうるさい。何千という錘(つむ)が絶え間なく廻っている。そこに十四五から、七八くらいの娘さんが一人か二人で働いている。平均一日五里以上を歩く。そこに働いている若い少女労働者は、殆(ほと)んどみんな国民学校を出ただけの娘さんである。紡績業は明治の初め日本の資本主義発展の基礎になって、少女の安い労働でもって作った紡績生産量を、世界市場へ最も安く売り出し、イギリスのように紡績業が発達していると同時に一般の社会生活が進んでいて労働賃金の高いところの生産品と競争した。近代日本の資本主義は実に少女労働者の血と汗との上に立てられた。

明治維新は本当のブルジョア革命でなく、昔の殿様である封建領主、下級武士たちの権力に未熟な産業資本が結合したもので、土地小作の関係は実に古い封建制度のままもちこされた。そのために日本の農村の貧困は甚(はなはだ)しく農家から貧乏のために一年幾ら、二年幾らと前借金して工場に集められた小さな娘たちの生き血が搾(しぼ)られた。そして工場に二年ぐらい働いていると悪い労働条件のために肺病となるものの率が多く、その娘たちは田舎(いなか)の家へかえって不幸のうちに死んでしまう。工場ではそれに対して責任を負わない。工場の衛生問題、早期発見などということは関心をもたれなかった。紡績工場の生活がその労働や懲罰の方法、寄宿舎生活の内容において、どんなに非人道なものであったかということは、「日本の紡績女工のひどさは実に言語道断です」と、明治四十年代に、桑田熊蔵(くわたくまぞう)工学博士が議会でアッピールして満場水をうったようになった、と記録されているのをみても分る。また細井和喜蔵(ほそいわきぞう)の「女工哀史」は日本の悲劇的記録である。第一次ヨーロッパ大戦後に出来た国際連盟の世界労働問題の専門部では、日本の労働者のおかれている条件は全く植民地労働の条件だと定義された。つまり世界労働賃金平均の半分から、三分の一の賃金で日本の労働者は働いていた。しかもその世界的にみると植民地的労働賃金である男子労働賃金に対して女はさらにその三分の一から半分で働かされた。今だって決してすべての婦人労働者の賃金は男と同じにはなっていない。日本の紡績女工の賃金の低さは世界の注目をひいているわけであった。

昔の日本では大抵田舎のお婆さんが綿を紡いで自分で染めて織って家内の必要はみたしていた。ところが紡績が発達して一反五十銭、八十銭で買えるような時代になると、農家の人々は、どうしてもそういう反物を買うようになった。貧乏のために娘を吉原に売るよりはまだ女工の方が人間なみの扱いと思って紡績工場に娘をやって、その娘は若い命を減しながら織った物が、まわりまわってその人たちの親の財布から乏しい現金をひき出してゆくという循環がはじまった。日本の農村生活は封建と資本主義生産と二重の重荷を負って生きて来たことは、この簡単な堂々めぐりを観察しただけでも十分にわかると思う。

今日衣服、服装の問題は社会的な問題で、決してただ個人の趣味だけのことではなくなった。ただひとこと「おしゃれをしている」といわれる人のおしゃれを、はっきり開いた眼でみれば、その女の人の生活の裏がこのインフレーション地獄の下でどうやりくりされているか見えるようなおしゃれもある。

ここで、誰のために何を縫うのかという質問は、もっと身に迫って、私たちは、どういうものを自分で着られるような社会にしようとしているのかということが問題になってくる。近代の資本主義の社会で裁縫は一つの職業になった。アメリカなどでも労働者の比率から見ると被服工場に働いている婦人労働者が第一位を占めている。アメリカの能率のよい生産行程では、一つの型紙でもって電気鋏で一度に数百枚の切れ地を切って電気ミシンで縫う。

特に裁縫ではいろいろ細工がある。衣料関係の労働は、こういう大量の既製品製作ばかりではない。金モール細工をする人、刺繍をする人、さけた布地をつぐ専門家、大体それは女の仕事であった。

或(あるい)は、立って働くには不便な不具の男の仕事とされた。アンデルセンの「絵のない絵本」の一番初めの話は、高い屋根裏の部屋で朝から晩までモール刺繡をして暮している娘の窓に月が毎晩訪れて、お話をして聴かせるという話だったと思う。都会の屋根うらのそういうふうな娘の人生を、アンデルセンは悲しい同情をもって理解した。

　またこんどの大戦前に堀口大学(ほりぐちだいがく)氏の訳で出版されたマルグリット・オードウの「孤児マリー」という独特な小説があった。この小説の作家、マルグリットはパリのつつましい一人の裁縫師であった。裁縫工場に勤めて働いている裁縫女工ではなくて、個人から小さい註文を受け取って働くお針さんであった。

　孤児として修道院で育てられたマルグリットは、農家の家畜番をする娘として働き、やがてパリに来て初めは裁縫工場に働き、やがてお針さんをしているうちに眼が悪くなり、だんだん手さぐりで縫うよりしかたがないようになった。長い間本をよむことや書くことが好きであったためマルグリットは遂にお針を止めて書くようになり、そして「孤児マリー」と「町から風車場へ」など、フランスの婦人作家に珍しい淳朴(じゅんぼく)な美しい作品をかいた。

　このように、孤児のお針さんであった人が、小説も書くようになったということにはフランスの社会のどこにかある民衆の文化性の高さ、ゆたかさが思われる。マルグリットの文学の真似(まね)のしようのない美しさ純粋さは、視力を失うほど生活とたたかい、その苦しい生活の中にも理想をもって人間らしく生きようとした思いの凝固(こりかたま)ったものとして作品の中に溢(あふ)れている。

　日本でも女の人ならお針だけは出来るからと、お針の内職を思いつくことは決して少くない。「和服仕立て致します」「裁縫致します」と細長く切った紙に書いた広告はその家の前に大きく堂々と掲げられていることは殆どない。小さい紙に女のいくらかたどたどしい字で「和服裁縫致します。何番地何某」と、姓だけしか書いてない紙が板塀や電信柱に貼られている。そこに、和服裁縫の内職という仕事にからみついている独特な雰囲気がある。

この節のようなインフレーションでどの家でも貯金もなくなり、子供に一本の飴でも食べさせたいため、また夫の誕生日にすきなものの一つも食べさせたいというつまり妻や母の気持で、紙に「裁縫致します」と書くことになって来ている。けれどもこの「和服裁縫いたします」の貼紙は、何とまざまざと、日本の家庭というもののよるべなさ、妻の活動能力の低さ、切ないこころをつつむにあまる姿で示しているだろう。一九四七年の日本インフレーションのこんなすさまじい波風にもまれて、電柱に和服裁縫内職の紙のひらめいている光景は、実に悲惨な時代錯誤の感じを与える風景だと思う。樋口一葉の小説の中にあるにふさわしい風景だと思う。

こういう時代錯誤的な切ない風景を街に現出した根源には戦争による国民経済の破壊があり、そこに君臨した制服万能の問題があることをわたしたちは決して見のがしてはならないと思う。制服というものは土台、一人一人の人格や個性、その人の人生を抹殺して、一定目的のための集団性を示す手段ではないだろうか。一人一人から名前を取って番号形にしてしまうと同じで、兵隊でも監獄でも個性を示す銘々の着物は決して着せない。女学校でさえ制服のスカートの長さを、長いとか短いとか、喧しくいった。男はすべていがぐり、女のパーマネントは打倒。そして私たちは戦争に追いたてられ、今日のギセイとなっている。

ブルジョア民主主義の進んだ国ではそれぞれの人が自分の能力とこのみに従って、どんななりをしようとも、好きなものを着て個性を発揮していいところまで行っている。しかしその段階では、まだ着るものも買えない人々の存在が絶滅されていないないし、「着るに着られない」という状態も、またそのひとの力相応とみる矛盾がのこされている。

本当にわたくしたちが社会で働き得ること、その働きによって、衣食住が保障されること、こういう生存の必要条件が合理的に保証されていなければ、最も長い時間裁縫工場で働かなければならない婦人が、着るに着られず生活しなければならない矛盾は解決されない。

いい身なりということについても、随分わたしたちの感覚はしっかりして来たと思う。美しい身なりというものを生活的に感じとるようになって来ていると思う。私たちは誰でも、雨の降る日にレイン・コートもないのに絹の着物なんか着て歩きたくないと思っている。雨になって直ぐ縮むような縮緬の服をつくるより、麻のワンピース、木綿の着物、雨が降っても大丈夫な長靴が欲しいし、そういう生活の役に立つ服装がすべての人に余り差別なく出来るようでありたいと思う。私たちが衣服についてもつ希望や要求はこんなに遠大な本質をもつものであることを、私たちは知っていただろうか。

政治というと、私たちの生活に遠いことのようだけれども、こうして、衣服一つとして追求してもやはり結局は社会的な意味をもっている。人民全体が、どう食べ、どう住み、どう着ているのか、そしてどんな教育をされているかということは、ひとの政治問題ではない。じつにわたしたちの運命の課題なのである。

服装について、センス（感覚）ということがよくいわれる。服装についてセンスというのは、ただ単純に配色、アクセントなどについてだけ語られるものだろうか。そうは思えない。やつれた体に粉飾してアクセントをつけたとして、それがよいセンスだろうか。美しさの基本に私たちは健康をもとめる。健康な体に、目的にかなったなりをしたいと思う。それには食べ物が確保されなければならない。安心して寝る家を確保しなければならない。人間らしい気品の保てる経済条件がなければならない。

本当に深く人生を考えて見れば、今の社会に着物一つを問題にしてもやはり決して不可能ではない未来の一つの絵図として本当に糸を紡いで織ったり染めたりしている紡績の労働組合が強くなって勤労者全員のための衣料について積極的に作用するようになったら、衣服事情は今日では信じられないほど大きい変化をみるだろう。今の日本の繊維産業は大体総同盟のしめつけで非常に組合としては無力化されてしまっている。もしそういう抑圧から自分を解放して繊維の組合が自主的な企画で生産をやるようになれば、組合間の健全な物質の交換で布地の流れは本当に違ってくる。

今日新聞に出た経済安定本部の経済白書をわたしたちは、どんなこころもちでよんだだろう。あの白書のなかにかかれている文句を、数字に直し、それを原型として一枚の生活図をひいたらば、それは果して人間生活という肉体に合うようなものだろうか。

日本のあらゆる女性が手にもって暮して来た物指(ものさし)やテープをハトロン紙の上に走らせるばかりでなく社会の上に、わたしたちの人生とその建設のために使うことを知るようにならなければならないと思う。

〔一九四七年十月〕

# 明日の知性

## 一

　第二次ヨーロッパ大戦は、私たち現世紀の人間にさまざまの深刻な教訓をあたえた。そのもっとも根本的な点は国際間の複雑な利害矛盾の調整は、封建的で、また資本主義的な強圧であるナチズムやファシズムでは、できなかったという事実である。もっと進歩した、もっと合理的な方法でなくては――ただ殺戮（さつりく）、侵略、武力では、国際間の問題は解決しないということを血をもって学んだ。

　このたびの大戦の結果は、二十五年以前の第一次世界大戦のときよりも、いっそうまざまざと人間理性の勝利の意味、民主的社会の価値を教えたのだが、それにつれて、世界の女性のうごきも、独特の飛躍発展を示してきている。日本はこの十数年間、鎖国の状態で、世界事情は知られなかった。そのために、スペインの民主戦線に有名なパッショナリーアと呼ばれた婦人がいたことも知らなければ、大戦中フランスの大学を卒業した知識階級の婦人たちの団体が、どんなにフランスの自由と解放のためにナチス政権の下で勇敢な地下運動を国際的に展開したかということも知らなかった。耳も掩（おお）われ、眼もかくされ、日本の女性は戦争の犠牲とされた。

　去年の春ごろ、内山敏氏が、ある雑誌にトーマス・マンの長女のエリカ・マンが、弟のクラウス・マンと共著した「生への逃亡」について、エリカ・マンの活動を紹介しておられた。この短い伝記は、感銘のふかいものであった。知識階級の若い聡明な女性が、そのすこやかな肉体のあらゆる精力と、精神の活力の全幅をかたむけて、兇暴（きょうぼう）なナチズムに対して人間の理性の明るさをまもり、民主精神をまもったはたらきぶりは、私たち日本の知識階級の女性に、自分たちの生の可能について考えさせる多くのものをもっているとおもう。

　トーマス・マンというドイツの民主的精神をもつ作家の名は、日本にもよく知られている。「ブッテン・ブローク」や「魔の山」「ロッテかえりぬ」などは翻訳でひろくよまれている。マンには六人の子供たちがある。長女エリカ・マン。そのつぎのクラウス・マン。この人は反ナチ作家で、ヒトラーが政権を確立させてからはオランダで、『ザンムルング』という反ナチの文学雑誌を発行していた。ロシアの作曲家チャイコフスキーを題材とした「悲愴交響曲（パセティックシムフォニー）」という作品がある。二男は歴史家であるゴロ・マン。次女モニカはハンガリーの美術史家の妻。三男ミハエルはヴァイオリニスト。末娘のエリザベート・マンがピアニストで、イタリーの反ファシスト評論家ボルゲーゼと結婚しているそうである。

　内山氏の紹介によると、エリカ・マンは一九〇五年生れで、日本流にかぞえれば四十四歳になっている。幼年時代を、たのしく愛と芸術的な空気にみちたトーマス・マンの家庭に育って、十八歳で学校を卒業すると、ベルリンへ出て、マックス・ラインハルトの弟子になった。ラインハルトといえばドイツの近代劇と演出の泰斗（たいと）である。（ナチスきっての芝居気の多かった男ゲーリングも、ひところ門下に加っていた。ナチスの大がかりな舞台効果は、はからずもゲーリングのこの経歴が役立ったといわれている。）

　ラインハルトの下で女優となったエリカ・マンは、やがてハンブルグでおなじ俳優であるグリュントゲンスと結婚した。グリュントゲンスは才能はあったが、あとではナチスに加って、ベルリン国立劇場支配人と立身したような性格であったため、エリカの結婚生活はながくつづかず、離婚して故郷のミュンヘンにかえった。そして、国立劇場や小劇場に出演した。ショウの「セント・ジョン」でジャンヌ・ダークを演じたりして好評をえている。

エリカ・マンには、女性にめずらしい特長があり、疲れを知らない行動力、強靱な運動神経がある。ヘンリー・フォードが催したヨーロッパ早まわり競争に参加して、十日間に六千マイルを突破して一等になり、フォードより自動車を一台おくられたことがある。この早まわり競争の道づれも弟のクラウスであり、しかも早まわり記事を新聞におくり、あとから一冊にまとめて「欧洲一周」として本にした。

一九三〇年に入ってから、ヒトラーのナチスは総選挙で多数党となり、ドイツの全人民が知識階級をもこめて、その野蛮な軛の下に苦しむ第一歩がふみ出された。どうして、第一次ヨーロッパ大戦後のドイツに、ヒトラーの運命が、そんな人気を博したのであったろうか。内山氏の紹介は、「まったく敗戦後のドイツの姿は、今日の日本を彷彿させるものがある」と当時の事情にふれている。大戦後の混乱は有名なマークの暴落をひきおこし、一方にすさまじい成りあがりを生み出しながら、中産階級は没落して、エリカ・マンさえ靴のない春から秋までをすごさねばならぬ状態におちいった。絶望し、分別を失ったドイツの民衆は、それがなんであろうと目前に希望をあたえ、気休めをあたえるものにすがりつき、いかがわしい予言者だの、小政党だのが続々頭をもたげた。

ヒトラーのナチスも、はじめはまったくその一としてあらわれた。当時のドイツは軍国主義教育でやしなわれていたから、戦争に敗けさえしなかったなら、という感情が民衆の心につよくのこっていた。そこへ巧みにつけ入って、ドイツ民族の優秀なことや、将来の世界覇権の夢想や、生産の復興を描き出したヒトラー運動は、地主や軍人の古手、急に零落した保守的な中流人の心をつかんで、しだいに勢力をえ、せっかくドイツ帝政の崩壊後にできたワイマール憲法を逆転させる力となったのである。

　アメリカにわたってから、エリカ・マンが語った意味ふかい警告が、内山氏の紹介に録されている。それはエリカ・マンが「私はドイツにいるあいだ（中略）政治のことは政治家にまかせておけばよいというあやまった見解でした。私どもも多くのものがそう考えたために、ヒトラーが権力を握ったのです」そして「事実上ドイツ文化を代表するすべてのものが亡命する」結果になったのであるといっている点である。ドイツの知識人たちは、ナチスの運動がその背後にどんな大きいドイツの軍国主義者と資本家の大群をひかえているかということを洞察せず、馬鹿にしていたために、祖国とその文化とをナチスに蹂躙されつくした。

　一九二〇年代のドイツは、左翼が活躍し、ドイツ共産党も公然と存在していた時代であった。その時代に育ったエリカ・マンが民主主義の精神をもち、日に日につのるナチスの暴圧に反抗を感じたのは自然であった。エリカ・マンは、はじめ小論文や諷刺物語を書いて反ナチの闘争をはじめたが、一九三三年一月一日、ミュンヘンに「胡椒小屋」（ペッパー・ミル）という政治的キャバレーをひらいて、おなじ名の諷刺劇を上演したり、娯楽と宣伝とをかねた政治的集会を催し、演劇的才能と行動性とを溌剌と発揮して活動しはじめた。

　ところが二月二十七日の夜、ドイツ国会放火事件がおこった。真の犯人はナチスであるが、それを口実に共産党への大弾圧を加えるために、計画された陰謀であった。また反ナチ派の勢力の下にあったバイエルン州のミュンヘンでは、この報知をきいても、ナチの悪計とは知らず、エリカ・マンの胡椒小屋は謝肉祭の大陽気で、反ナチの寸劇などに興じていた。

　あくる朝、すべての興奮は恐怖にかわって、全ドイツの人々が国会放火の真実の意味を知った。ナチスは、その火事を機会として、ドイツ中の共産党員、社会主義者、民主論者、平和論者、自由主義者、ユダヤ人の大量検挙をはじめたのであった。ヒトラーの手先がミュンヘンにも入ってきて、公共建物のすべての屋根に気味わるい卍(マンジ)の旗がひるがえることになった。

トーマス・マン夫妻は、おりからスイスに講演旅行に出かけていてエリカとクラウスとは、もう一刻も安住すべきところでなくなったドイツを去る決心をなし、スイスの両親にそちらにとどまるようにと電報して、ただちにスイスのアローザへおもむいた。こうして、ドイツの知識人の代表的なトーマス・マン一家の亡命生活がはじまったのであった。

当時トーマス・マンは、「ヨゼフとその兄弟」という作品の執筆中で、原稿があわただしくみすてられたミュンヘンの家にとりのこされたままであった。トーマス・マンのために、このたいせつな原稿は、どうにかしてとり出さなければならない。父を愛するエリカは、農婦に変装した。そして、いつぞやの早まわりで賞品としてもらった小型フォードにのりこみ、ミュンヘンに潜入し、危険をおかしてひとたびはすてた家に忍びこんだ。そして原稿を盗み出し、真夜中に、もう二度とみる希望のないその家を去った。

## 二

エリカ・マンの「胡椒小屋」は四年間、オランダ、スイス、オーストリヤ、チェコ、ベルギー等を巡業し、いたるところで喝采をえた。小粒ながらも胡椒のきいたその移動演劇は、ナチスにとっては小柄な蜂(はち)のように邪魔であった。エリカは、舞台のうえにいていくたびか狙撃された。が、無事に千回以上の公演をつづけたが、一九三六年、解散させられた。チューリッヒで、「公安妨害」の口実で公演禁止されたのをはじめとして、ナチス外交官が出さきの外国でまでエリカの活動を妨害して、とうとう、それを解散させてしまったのであった。この時分に、エリカ・マンはイギリスの詩人ウイスタン・オーデンと結婚した。スペイン人民戦線軍に従軍したオーデンは進歩的な作家で、のちには中国の抗日戦にも参加し、「戦線への旅」という作品がある。

スペインの内乱とともにヨーロッパはますます戦争の危険にせまられた。エリカ・マンは、一九三六年、アメリカへゆき、スペイン救済の必要と、ナチス・ドイツが、戦争の温床であることを警告した。第二次大戦が勃発してから、エリカ・マンの反ナチ闘争と民主主義のためのたたかいはいっそう広汎におこなわれ、「生への逃亡」ではドイツの亡命知識人の物語を描いた。これらの人々がなにゆえにドイツを去らなければならなかったか、ということについて劇的に描かれた物語である。

大戦直後に刊行された「もう一つのドイツ」も弟クラウスとの共著であるが、ここには、ナチス・ドイツ以外のもう一つのドイツのあることを訴えたものであった。ドイツの国民性を解剖し、ワイマール共和国の功罪を論じ、一知識人の日記の形でナチス運動の発展のあとをたどり、ナチス以外のドイツが、ヒトラー打倒のためにどうたたかっているかを訴えた。「野蛮人の学校」では、ナチス治下の教育が、どんなにドイツの少年たちを毒しているかをあからさまにしたもので、映画化され、世界に深甚な影響をあたえた。エリカ・マンはまた子供のための冒険物語「シュトッフェルの海外旅行」をも書いているそうである。

ナチス・ドイツの絶滅した今日、エリカ・マンはふたたび故国のドイツの土をふんでいるであろう。が、行動性にとみ、民主精神に燃える彼女に、敗れはてたドイツの姿はどううつっているであろう。ことばにつくせない犠牲をはらったドイツの民主主義のために、エリカ・マンの美しいエネルギーは、まだまだ休む暇はあたえられていないのである。

ふかい犠牲をはらった民主主義への道と書かれている内山氏の紹介の文章をよむとき、私たちの魂にひびく共感がある。ほんとうに！　私たちの日本が、民主主義の黎明(れいめい)のためについやした犠牲は、なんと巨大なものであったろう。かぞえつくせない青春がきずつけられ、殺戮された。知性もうちひしがれた。民主の夜あけがきたとき、すぐその理性の足で立って、嬉々(きき)と行進しはじめられなかったほど日本の知性は、うちひしがれていたのであった。

日本にエリカ・マンはありえなかった。けれども、いまやっと、人間の基本的人権の確立がいわれるようになったとき、日本の知識階級の若い女性たちは、自分たちめいめいの運命の開花の問題として民主主義社会建設の課題を、どのように真剣にとりあげはじめているであろうか。自分の才能の達成と、愛の達成そのもののために、民主社会の諸条件がどんなに必須(ひっす)なものであるかを、どのように理解しはじめているだろうか。

「キュリー夫人伝」を書いて、日本にもしたしまれているキュリー夫人の二女エヴ・キュリーは、一九四三年に「戦士のあいだを旅して」という旅行記をニューヨークから出版した。それがさいきん「戦塵の旅」という題で、ソヴェト同盟旅行の部分だけ翻訳出版された。一九四一年十一月より五ヵ月ばかり、連合軍側の戦時特派員という資格で、アフリカ、近東、ソヴェト同盟、インド、中国を訪問し、ファシズム、ナチズムに対して民主主義をまもろうとする国々のたたかいの姿を報道した。「ポーランドに生れ、フランスに眠るわが母マリー・スクロドオスカ・キュリー」という献辞のついたこの旅行記は、日本語に翻訳されている部分だけでも、ふかい感興をうごかされ、エヴの公平な理解力と人間としての善意にうたれる。

エリカ・マンの各国巡業、エヴの戦時中の旅行。それらはどれもすべて、民主主義と、平和と、民族自立のための旅行であった。侵略に抗する世界の善意としての旅行者であった。

東京裁判（＊）のラジオをきいている私たちの心の苦痛はいかばかりであろう。私たちは、世界の女性に向って叫びたいとおもわないだろうか。私たち日本人がすべてこういう兇暴な本性をもっているとはおもわないでください！　と。日本にあふれている寡婦の涙をおもってください！　と。けれども、同時に私たちは、身の毛のよだつおもいで省みずにいられないとおもう。日本の半封建の権力は、なんと文化そのものを美しさにおいて無力な、血なまぐさいものにしていたのだろうか、と。

日本の婦人作家が幾人か、戦争中、海をわたって、彼女たちにとってはじめての海外旅行をし、他国の人々に接触した。そのとき、それらの人々のおかれた役割はなんであったろう。侵略の銃につけられた花束であったというのだろうか。それとも、故国にとりのこされている無数の妻や母たちに、女のあたしたちも行くところ、と侵略の容易さや、いつわられた雄々しさのうらづけをするためであったろうか。客観的に歴史のうえにみたとき、これらの旅行者は決してエリカ・マンや、エヴ・キュリーのような善意の旅行者ではありえなかった。

婦人の知性は、洗われ、きよらかにされ、明日の生命をあたえられなければならないとおもう。去年の春の選挙に婦人代議士がどっさり出て、そのことは、知識階級の婦人たちをかえって失望させもした。そして、その騒々しさからは幾歩か身をはなしておいて、政治的には発展せず、政治屋ふうになった一部の婦人のうごきを眺めている気分も感じられる。

けれども、私たちは、自分の身につける肌着が清潔であるか、ないかという責任を、誰にゆだねているだろう。わたしたち自身が自分の身のしまつはしている。そうだとすれば、どうして自分の一生の価値のため、そのゆたかさと多様な希望の実現をもたらす生きかたとして民主的方法の確立のために、素直になり、まじめにならないでいられよう。私たちの心情には一つの熱望がある。それは日本の女性の真の心を、世界の女性につたえたいおもいである。だが、それには世界に通じることばがなければならない。「民主的日本の女性から」という生きたことばが確立されなければならない。

〔一九四七年二月〕

＊ 東京裁判　一九四六年五月から四八年十一月にかけておこなわれた極東国際軍事裁判（東京裁判）。東京裁判は、戦争犯罪人の処罰を規定したポツダム宣言第十項にもとづき、極東国際軍事裁判条例によって、アメリカ、イギリス、ソ連、中華民国など十一カ国が原告となり、「平和に対する罪」「通例の戦争犯罪」「人道に対する罪」から、最終的に東条英機をはじめ二十五人の被告に有罪判決をくだした。同裁判では、最高の戦争責任者である昭和天皇裕仁は、裁判の主導権を握るアメリカの意向で訴追を免れ責任を追及されず、侵略戦争で大きな利潤をあげた大資本や高級官僚もその罪を問われなかった。また、関東軍七三一部隊の化学戦・細菌戦問題、さらにはアメリカによる原爆投下問題も審議の対象から外された。

# アンネット

好きな物語の好きな女主人公は一人ならずあるが、今興味をもっているのは、ロマン・ローランの長篇小説 The Soul Enchanted（魅せられた魂）の女主人公アンネットです。この小説はジャン・クリストフのように、アンネットという女性の一生を取扱ったもので、まだ第三巻目が発行されたばかりで、而もその「母と子」という題の三冊目はまだ読んでいないから、私の内でアンネットの人格は全く発展の中途にあるのです。

大体、外国の本当に偉い作家たちはよく女性を描いているので感心します。トルストイも実に生きた女を描いていたし、このロマン・ローランもジャン・クリストフの中に面白い沢山の活々した女性を描写している。ロマン・ローランは本当に女性を細かく理解している。例えば、生れつき流眄を使う浮薄な、美しい上流の令嬢であるミンナ。無精で呑気で仇気ない愛嬌があって、嫋やかな背中つきで、恋心に恍惚しながら、クリストフと自分との部屋の境の扉を一旦締めたらもう再び開ける勇気のなかったザビーネ。白く美しい強壮な獣のようなアダ。フランスの堅気な旧教的な美を代表するアントワネット。強烈な火の急流のようなアンナ、または男がいつも我流に女を愛して平然としていることその他、女性の家庭生活の不満に充分苦しみながら「でも、大半は婦人に敵対している社会で、一人で生活しなければならない女性の生活の恐ろしさ」の前にちぢんで、諦めの力でよき妻となっているアルノー夫人。

どれも興味ある女性たちですが、アンネットの面白さは、彼女が現代の知識階級の女性の代表である点です。クリストフの中に現れる女性は、各々（おのおの）豊富な感情や性格をもっていたが、現代女性の理智に欠けていた。彼女達は我知らず性格のままに生き、境遇につまりは順応した。

アンネットは、自分の心がどのような生活を欲しているかをはっきり自覚し、その為に境遇の膳立（ぜんだ）てに逆ってでも、自己の生活方向、方法、内容を自力で決定しようとする女性なのです。時代的にいえば、アルノー夫人の後進者です。そして彼女の腹違いの妹のシルヴィが、生粋（きっすい）のパリの市民で――プロレタリアートで、イリュージョンを持たず、機智的で実務家で、恋愛と結婚とをはっきり区別し、「そりゃ恋人には危っかしくたって面白い人がいいけど、良人（おっと）には、一寸（ちょっと）退屈だって永持ちのする確（しっか）りした人でなくっちゃ」と云う女なのに反し、アンネットは理想家です。アンネットは、将来政治界に活動しようとする或る青年を愛した。が、いざ結婚というところまで進んで、腐敗した政治界、善良ではあるがごく世間並なその青年の結婚観に一致出来ないことを感じ、苦しむ。アンネットの裡（うち）には、不羈（ふき）な自由精神があって、彼女の心臓（ハート）の力で殺すことが出来ない。然（しか）し彼女の成熟した女性は愛を欲し、大きな情熱によってその婚約した青年とは永劫（えいごう）に別れつつ、彼の児の母となった。社会の常識と闘い、アンネットはそれを機会に新たな生涯に入った。彼女は、彼女の父親の代から属していた有産階級と絶縁し、家庭教師その他知的職業によって生活する一人の無産者となった。

アンネットは美しい。若い。然し恋愛を或る点恐怖している。アンネットは一旦自分を譲ったら徹底的に譲歩する自分の性質、並（ならび）に必ず反抗するに違いない自分の自由を欲する魂をよく知っている。

中年に成って、アンネットはその恋愛に征服された。彼女は精力的な、社会の下層から身をのし上げた、有名な、派手な、素晴らしく天才的な外科医を愛するようになった。アンネットは、その男が征服的な、革命的な、精力に満ちた社会的闘士でなかったら愛するようにはならなかったろう。その男も、アンネットがアンネットでなかったら愛しはしなかったであろう。彼は自分の美しい若い妻を、女に知識は必要ないという主義で馴らしていたから、アンネットの裡に全然別種な、自分と共鳴することによって異常な興味を呼び醒された一箇の女性を発見したのであった。

　この恋愛も破滅した。原因は、男の強大な主我主義と肉情によって、アンネットは自分が彼の愛人として人格的に陥りかかっている屈辱の深淵を見透し、自分の健康な自尊心をとりかえさずにいられなくなったのであった。――アンネットが確実に彼のものとなった後、彼は、アンネットの誠実な、熱烈な純一を愛する心を無視した一つずつの肉的な抱擁が、どんなにアンネットの霊魂を傷つけるかまるで考え得なかったのであった。アンネットは、大きな、死ぬばかりの苦痛を味った。

　彼女の傍で、息子は次第に大きくなって来た。彼の青年期が始りかけている。――ここで第二巻は終っている。欧州戦争が始まる。アンネットは母とし、一箇の自由主義者、理想主義者としてどう行動するであろうか。

　私が感興を感じるのはアンネットが今日の進歩せる知識階級の女性の来ているところまで来ている点です。彼女は先天的な精神力によって階級のコムベンションを打破し、家族制度や過去の道徳に反抗している。彼女は自分一人の自由は或る程度まで完うし得た。然し、彼女はこれからどのように発展し、明日の女性に向ってどんな予言を与えるか？　次の時代に役立つどんな生活の新しき拠りどころを見出すであろうか？

　有産階級から出たアンネットは、その思想の母体がブルジョアであるアナーキスティックな思想に止るであろうか――これは、作家がそこに止ることを同時に意味するが――更にどの方向に進展するであろうか。私はそこを見ものと思い楽しんでいる訳です。

〔一九二七年十月〕

# 「或る女」についてのノート

有島武郎の作品の中でも最も長い「或る女」は既に知られている通り、始めは一九一一年、作者が三十四歳で札幌の独立教会から脱退し、従来の交遊関係からさまざまの眼をもって生活を批判された年に執筆されている。

「或る女のグリンプス」という題で『白樺』に二年にわたって発表されたらしい。私共がそれを読んだのはそれから足かけ七年後、作者が題を「或る女」と変えて著作集の一部として発表した頃であった。一九一七年、一九年に出たから作者は既に四十二歳になっていた訳であろう。

今度読み直して見て、私は作者がどうしてこれほどの執着をもって、この題材にあたったのであろうかという好奇心を感じた。何故なら、率直に言ってこれは菊判六百頁に近い程長く書かせる種類の題材でなく感じられたし、長篇小説として見ればどちらかと言えば成功し難い作品であるから。しかも、作者は一種の熱中をもって主人公葉子の感情のあらゆる波を追究しようとしていて、時には表現の氾濫が感じられさえする。

葉子というこの作の主人公が、信子とよばれたある実在の婦人の生涯のある時期の印象から生れているということはしばしば話されている。

作者が二十六歳位の時分、当時熱烈なクリスチャンであった彼は日記をよくつけているが、その中にこういう箇所がある。

「余は去りて榊病院に河野氏を訪ひぬ。恰もMiss Read、孝夫、信子氏（＊1）あり。三人の帰後余は夫人の為に手紙の代筆などし少しく語りたる後辞し帰りぬ。

神よ、余は此の筆にするだに戦きに堪へざる事あり。余は余の謬れるを知る。余は暫く信子氏と相遭はざりき。而して今日偶彼女と遭ひて、余の心の中には嘗て彼女に対して経験せざりし恐しき、されど甘き感情満ちぬ。彼女の一瞥一語は余の心を躍らしむ。余は彼女の面前にありて一種深奥なる悲哀を感ず。彼女のすべては余に美しく見ゆ。余は今に至るまで彼女を愛しき。されども今日は単に彼女を愛すてふそれにては余の心は不満を感ずるなり。さらば余は彼女を恋せるなるか。叱！　神よ、日記は爾が余に与へ給へる懺悔録なり。余はこの紙に対して余の感情をいつはり記すこと能はず。故に余敢ていつはらずして此事を記しぬ。嗚呼。神如何なれば人の子を試み給ふや。如何なれば血熱し易き余を捕へ給ひて苦き盃を与へ給ひしや。如何なれば常に御前に跪き祈りし夫れを顧み給はざるや。余の祭壇には多くの捧物なせる中に最大の一なりし余がlauraを捧げたる夫れなりき。而して余は神の供物を再び余のものたらしめんとするなり。汚瀆の罪何をもつてかそゝがれんや。ヒソプも亦能はざるなり。苦痛、苦痛、苦痛。神よ、願くば再び彼女と相遭ふを許し給はざれ。願くば余の心に彼女を忘れしめ給へ。彼女の心に余を忘れしめ給へ。彼女に祝福あれ。彼女によき夫あれ。彼女によき子女あれ。而して彼女の天使の如き純潔何時までも地の栄たれ光たれ。直かれ。優しかれ。美しかれ。神よ、余の弱きを支へ給へ。余をして汝の卑きながら忠実なる僕たらしめ給へ。若輩は徒事に趨るもの多し。願くば余を其道より引き戻し給へ。余は彼女を恋せず。彼女は依然として余の愛らしき妹なり。愚者よ何の涙ぞ。」（下略）

「頭痛堪へ難し。今日又余は彼女に遭ひぬ。然り彼女と共に上野を歩しぬ。余は彼女に遭はざらん事を希ふ。余の頭は今克く其戦に堪へず。」云々。

同じ頃、まだ生活の方向をも定めていなかった若い有島武郎は信仰上の深い懐疑を抱いたままアメリカ遊学の途に上った。一九〇三年の九月にシカゴに着いた。そこで森という一人物に会って信子について物語をしていることがやはり日記に残されている。

「……兄と余とは交る〴〵信子君（＊2）につきて見聞したる所、並に余等の彼女に就きてかくと信じたる事を語りぬ。彼の胸の屢々波打ちて涙睫に逼らんとせしは、余之を見逃す事能はざりき。余も幾度か涙に破れんとせり。森は曰く『余今に及びて彼女を娶らんとは云はず。されども初めて彼女と約する時、余はよく彼女の性質素行の如何なるものかを知り、彼女が世上に種々なる風評を伝へらるゝとも決して之を以て煩ひとなす事なく永く相信ずべきを以てせり。而して此度の事、事甚大にして既に疑惑を挟むべき余地なきが如きも、未だ動かす可らざる証左を得たりといふにあらず。軽々しく人と世との評する所を信じて妄動せんは余の極めて堪へる能はざる所なりしなり。然れども余は他の方面より、余の此事あるが為に老年の両親を苦しましめ、朋友に苦慮を増さしむるを思へば、自己一身の為に他者を損ふの苦痛をなすに堪へず。遂に彼女に送るに絶交の書を以てせり。されども余の素願は、固より彼女の内部に潜める才能を認め、願くば其外部の附属物を除かんとするにありしが故に、自今と雖も若し嘗て余の行為にして彼女をいさゝかなりとも苦しましめしものありとせば、余は甘んじて是を除去するに勉めざる可からず』と。是れ実に美しき覚悟なり。余は彼が何処までも彼の面目を失ふことなく、其恋を終始せんとするを見て今更に云ふ可からざる感慨に入らんとするなり。嗚呼彼女の堅き頑なゝる皮殻を破りて中心に入り、彼女が聖愛によりて救はるゝの時来らん事を見るは如何によき事なる可きぞ。余は主の摂理願くば彼と彼女との上に裕かにして、嫉みによりて破られし総てが愛によりて酬はれん事を望むや切なり。……」

後年、有島武郎が客観的に見れば平凡と云い得る女主人公葉子に対して示した作家的傾倒の根源は既に遠い昔に源をもっていることを理解し得るのである。

作者が独立教会からも脱退し、キリスト教信者の生活、習俗に対して深い反撥を感じていた時、「或る女」が着想されたことは私どもにとって興味がある。作者は葉子を環境の犠牲と観た。日清戦争の日本に於けるブルジョア文化の一形態であったキリスト教婦人同盟の主宰者として活躍した葉子の母の、権力を愛し、主我的な生き方に対して自然の皮肉な競争者として現われた娘葉子が、少女時代から特殊な環境の中で驚くべき美貌と才気とを発揮させつつ、いつしか並はずれな生き方をするようになった、その女の苦痛と悲しみを理解しようとしている。頭も気も狭い信徒仲間の偏見と、日本の重い家族制度の絆と戦おうとする葉子を、作者は彼女の敗戦の中に同情深く観察しようとしている。人間の生活の足どりを外面的に批判しようとする俗人気質に葉子と共に作者も抵抗している。それらの点で作者の情熱ははっきり感じられるのであるが、果して作者は葉子の苦痛に満ちた激情的転々の根源を突いて、それを描破し得ているということが出来るであろうか。

　私の感想では、作者は葉子と共に、あの面、この面、と転々しつつ、遂に葉子の不幸の原因は摑み出すことが出来なかったように思える。葉子が自分の死の近いことを知った時、自分の二十六年の生涯を顧みて、それは間違いであった、だが、誰の罪だか分らないけれども後悔がある、出来るだけ生きてる中にそれを償わなければならない、という意味の述懐をしている。そして、木村との関係、倉知との関係が何れも間違っていたということを言っている。最後には凡てを思い捨てた形で、許すことも許されることもない、凡ての人に水の如き一種の愛を感じるような心持に置かれている。

　葉子は自分の生活を間違っていたとだけ云っているが、葉子と共に作者もそこで止まってしまっているように見える。何が葉子の中で間違っていたのだろう。それが今日「或る女」を読む読者の心に湧く当然の疑問であると思う。しんでは極めて物質的な葉子が、女の幸福、この世に於ける女の喜び、誇りの全部をかけて、ただ男とのいきさつの間にだけその解決を求めていたことに対して、それが葉子のみならず、現実に女の不幸の最大原因であることを、作者は明確に観察して描き出していない。経済的なよりどころとして葉子の生活においては次から次へ男が必要であったこと。葉子自身がただの一度も自主的に何とか経済的な面を打開しようと思っても見なかったこと。それは、日清戦争前後のロマンティックな文学的雰囲気に触れ、非常に才気煥発で敏感な葉子にあっても、やはり環境的にもたらされてそこから脱ける意力ははぐくまれていなかった不幸の最大の原因であったということを、葉子が理解しないと同時に、作者もはっきり作品の中にこの点を描き出していない。

「或る女」では、男に対する女の官能の面も鋭く忌憚なく描こうと試みられている。心が愛すばかりでなく女も男のように肉体で男に引かれるという点も作者は語ろうとしている。作者としては一歩踏み出した作家的境地においてこの決心をしているのである。だが残念なことに、経済的な理由、肉体的な理由をひっくるめての複雑多岐な男との交渉をもその一部としてもちながら、女の全生活は立体的に成り立つものであるという理解を、作者は葉子の生き方とその悲劇を語る広い背景として頭に置いていないように見える。それ故「或る女」全篇の読後感は、作者が非常に熱心に目を放さず葉子の矛盾の各場面に駈けつけてそれを描いているが、葉子という一個の女と当時の社会的な事情との相互関係から生じる深刻な摩擦については、比較的常識的な見方で終っている。葉子の悲劇を解くためには、葉子が倉知をあのように愛し、自分がこれまで待っていた人が現われた、待ちに待っていた生活がやっと来た、と狂喜しながら、何故、妹や、或は古藤に向って、噂が嘘であるかのように、いわゆる潔白な自身というものを認めさせようとするような小細工をする気になるか。その点こそ十分に作者によって解剖されなければならないところであったと思う。遺憾ながら作者の眼光はそこまで徹しなかった。作者は、ただひたすら「昔のままの女であらせようとするものばかり」かたまっている周囲の社会に対して戦っている葉子を理解している。作者としてそれを支持している。しかし、ではどのような新しい道が葉子のためにあったろうか。葉子の時代はその新しかるべき道が女のために未だはっきりとは示されていなかった。キリスト教の文化から背を向ければ、芸術的気質のない葉子には、擡頭しようとする日本の資本主義の社会、その社会のモラル、いわゆる腕が利く、利かぬの目安で人物を評価する俗的見解の道しか見えなかったことは推察される。

作者は一九一七年に再びこの作に手を入れている。そして婦人に対して作者は道徳よりも道理を重んずることを求めている。このときに到っても、やはり葉子の中にあって彼女を一層混乱させ、非条理に陥らせている封建的な道徳感への屈伏を作者は抉り出すことに成功してはいないのである。

葉子の恋愛の描写の中に感銘を与えられることがもう一つある。それは作者が、恋愛というものに、消極的な性質を帯びたものと、積極的なものとあり、ある人の一生の時期の微妙な潮のさしひき、社会と個人との結合の関係などによって、恋愛のそれぞれの性質が発端において何れかに決せられると共に、発展の過程で恐ろしい作用を生活の上に及ぼすものだという事実を、無邪気に或は溺情的に見落している点である。葉子は最後に、倉知と自分とはお互に零落させ合うような愛し方をしたが、それもなつかしい、と云っている。作者もそれ以外には何も云っていない。恐らくこの蔭に有島武郎という人の情緒の感傷的な性格が潜んでいたのであろう。作者自身がそれによって最後を終った恋愛も、激しく震撼的ではあったであろうが、本質的にはある零落と呼び得る方向へ向って行く性質を帯びたものであった。しかし、当事者はそう思わず、主観的な歓喜と平安とを主張して終ったのであった。

「或る女」の第二章はその部分だけを取扱って十分一つの長篇を描き得るものである。この部分の価値を若し作者が十分理解して少くとも前篇を構成していたら、「或る女」は一つの古典として読まれるに堪えるものになったであろう。

葉子が自分の乳母のところで育てさしている娘定子に執着し、愛している情は筆をつくして描かれている。葉子の優しい心、女らしさ、母らしさの美を作者はここで描こうとしている。

定子を見ていると、その父であった木部に対して恋心めいたものさえ甦える場面は、ある種の読者を魅するであろうが、真にある男を愛し、やがてそれを憎悪したという痛烈な経験をもっている女の読者がその部分を読んだとしたら、果して共感を胸に感じるであろうか。

木部に対して、葉子はその貧弱な肉体と一人よがりの気質を軽蔑憎悪している。定子が生れた時、葉子は自分が木部のような者の子を生むという屈辱に堪えないで、他の男との間に出来た赤児であると母にさえ話した。そのような劇しい憎しみを持っている男の俤を伝えている定子が、無条件に可愛いということがあるだろうか。まして葉子のような気質の女である場合。——

母性は非常に本源的なものであるが、それだけに無差別な横溢はしないものであると感じられる。しんから打込んだ男の子こそ生みたいのが母性の永遠の欲求である。過去の日本における結婚が女の生涯を縛りつけた重みの中には、生まされた子を育てるという悲しむべき受動性も勘定に入れられなければならないだろう。

葉子の鋭い感情の中でこの生々しい部分は何か安易にまとめられて描かれている。葉子自身が母の心というような通俗的な定形に従って解決していたのであろうか。作者は「或る女」の広告として「畏れる事なく醜にも邪にもぶつかって見よう。その底には何があるか。若しその底に何もなかったら人生の可能は否定されなければならない。私は無力ながら敢えてこの冒険を企てた。」といっている。その「人生の可能」の一つとして定子に対する葉子の曇りない愛情を押したてているのであろうか。

作者は性は善なりという愛の感情を人間の全般に対して抱こうとした人であった。それ故葉子の定子に対する愛をもあのように描いたのであったろう。しかし今日の眼で真に人生の可能を探ろうとすれば、却(かえ)って軽蔑を押えられない木部の俤を伝えている定子に対する自身の女として堪え難い苦しい感情、子供には告げることの出来ない複雑な愛憎の陰翳(いんえい)を勇気をもって突きつめて自身に究明することによって、葉子の人生には苦悩を通しての新たな可能性が見出されたのであったろうと思われる。

直接「或る女」には関係ないことであるが、書簡集の中に、ある親密な若い女の人に宛(あ)てて作者が送った手紙がある。こう書かれている。「とにかく張りのあるあなたにお会いするのが気持がよい。(中略)張り……それはあなたの身上です。ピンと来るようなところが全く気持がいい。あれであなたから都会人の感傷性とをマイナスすれば当然ソシアリストになる人柄です……と云うと胸が悪くなりますか。」

女の掠(い)があった時代の書簡であるから、胸が悪くなる云々(うんぬん)の言葉は今日にあっては、その時代の背景の前に解釈されなければなるまい。けれども、水野仙子氏の遺著の序文に書かれている文章を見ても、作者が婦人の生活力の高揚ということについては、唯心的に内面的にのみ重点を置いて見ていたことが感じられる。私には、作者有島武郎が自身の内にあった時代的な矛盾によって、一見非凡であって実は平凡な葉子の矛盾に興味を引かれながら、まぎれもないその理由によって芸術の対象としての葉子の現実を徹底的には解剖も解決もし得なかったということを感じるのである。

〔一九三六年十月〕

＊1　信子氏　河野信子。新渡戸稲造の姉の娘。後の引用にある「信子君」とは同名の別人。
＊2　信子君　佐々城信子。一八七八〜一九四九年。国木田独歩の最初の妻。『或る女』の葉子のモデル。

## 歴史の落穂――鷗外・漱石・荷風の婦人観にふれて

森鷗外には、何人かの子供さんたちのうちに二人のお嬢さんがあった。茉莉と杏奴というそれぞれ独特の女らしい美しい名を父上から貰っておられる。杏奴さんは小堀杏奴として、いわば自分の咲き出ている庭の垣の彼方を知らないことに何の不安も感じない、自然な嬉々とした様子で身辺の随筆などをこの頃折々発表しておられる。

お姉さんの茉莉さんがまだ幼くておさげの時分、私は何かの雑誌でその写真を見たことがあった。写真であるから色はもとより分らないが、感じで赤いちりめんと思われる衿をきちんとかさねた友禅の日本服の胸へ、頸飾のようなものがかかっていた。おさげに結ばれている白い大きいリボンとその和服の襟元を飾っている西洋風の頸飾とは、茉莉という名前の字がもっている古風にして新鮮な味いとともにたいへん私の記憶にのこった。年月のたった今あの写真の印象を思いおこして見るとあの一葉の少女の像には当時の日本の知識階級人の一般の趣向を遥にぬいた御両親の和洋趣味の優雅な花が咲いていたのだと思われる。

森さんの旧邸は今元の裏が表口になっていて、古めかしい四角なランプを入れた時代のように四角い門燈が立っている竹垣の中にアトリエが見えて、竹垣の外には団子坂を登って一息入れる人夫のために公共水飲場がある。傍にバスの停留場がある。ある日、私がその赤い円い標識のところにぼんやりたたずんでいたら、森さんの門があいて、一人の若い女のひとが出て来た。そして小走りに往来をつっきってはす向いの炭屋へゆき、用事がすんだと見えてすぐまた往来を森さんの門に戻って来て戸がしめられた。それは昔の写真の少女の面影をもっていた。美しい人で同時に寂しそうであった。それからまた別の日に、私は団子坂のところで流しの円タクをひろった。ドアをしめて、腰をおろし、車が動き出したと思ったら、左手の窓のすぐ横のところには一人の若い女のひとの顔が見えた。かすかな笑いの影が眼のなかにあって、静かにこっちを見ている。再び私はその顔を、ああと写真の少女の面影に重ねて思い、そちこちに向って流れる感情を覚えた。だがそれなりに走りすぎてしまった。

　本年の夏は、例年東京の炎天をしのぎ易（やす）くする夕立がまるきりなかった。屋根も土も木も乾きあがって息づまるような熱気の中を、日夜軍歌の太鼓がなり響き、千人針の汗と涙とが流れ、苦しい夏であった。長谷川時雨（しぐれ）さんの出しておられるリーフレットで、『輝ク』というものがある。毎月十七日に発行されているのであるが、八月十七日の分に、「銃後」というきわめて短い感想を森茉莉氏が書いておられた。それは僅（わず）か、一二三枚の長さの文章である。「私達はいつの間にかただの女ではなく『銃後の女性』になってしまっていた。一朝事があれば私も『銃後の女性』という名にぴったりした行動は取れなくても、避難の時までものを見、感じ、書く、という形で銃後を守る心持はあるが」と、後半では物質に不自由がなくて生きる苦しみなぞと言うことは申訳のない事のようだが、「生きている事の苦しさがますますひどくなる」その苦しみに疲れてかえって苦しみを忘れたように感じられる瞬間の心持、また苦しさの中にあっても「少女のように新鮮に楽しく生きて行くという理想に少しでも近づきたい」それは書くことを機会としてゆきたいという気持が語られてあるのであった。

　森さんのこの文章をよんで、私はあの日、門をあけて出て来た女のひとが、やっぱり森さんであったろうという確信をたかめた。それから、あの日、車の中の私に向って目にとまるかとまらないかの笑みをふくんだ視線を向けていた女のひとも。あの女のひとの趣味や華やかさを寂しさに沈めて、それなのに素直でいるような風情（ふぜい）は、森さんの短いうちに複雑な心のたたみこまれている文章をよんで、はっきりとうなずける。現代の女は、社会のさまざまの姿に揉(も)まれ、生きるためにたたかっているのであるが、森さんの現実の姿と文章の姿とは偽りない率直さで、今日の女の苦悩の一つの姿を語っている。

森茉莉氏のふぜいある苦しみの姿とでもいうようなものの中には、よい意味での人間らしい教養、落付き、ゆとりというようなものがあって、それらは生活の上にある余裕からも生じているが同時に性格的なもので、しかも一応は性格的といわれ得るものに濃くさしているかげがあるように思われる。明治の末から大正にかけての社会・思想史的な余韻とでもいえようか。

私たちは実に痛烈に露出されている今日の矛盾の中に生き明日へよりよく生き抜かんとしているのであるけれども、日本では今日の女の上にただ今日の陰翳(いんえい)がさしかかっているばかりでない。非常にのろのろと傾きかかり、目前だけを見ればますますその投影がたけを伸ばして来つつあるかのようにさえ感じられる昔の西日の落す陰を身に受けていない者はないのである。

森鷗外という人は、子供を深く愛し、特に教養のことについては無関心でいられなかったらしい。真理と美との人類的遺産を十分理解し、それをよろこび、それに励まされて人間らしく生きる力を、子供らが持つことを希望していたらしい。

鷗外の女性観というものは、従って当時の現実生活にある日本の女の生活諸相に対して決してあきたりていなかったであろう。未来の女の生活ということについて、どのような拡大と波瀾(はらん)と活潑(かっぱつ)な女らしい活力の流露とを期待されていただろうか。茉莉や杏奴という日本語として字の伝統的感覚においても美しくしかもそのままローマ綴(つづり)にしたとき、やはり世界の男が、この日本名の姓を彼らの感情に立って識別できるように扱われているところにも、私は鷗外の内部に融合していた西と東との文化的精髄の豊饒(ほうじょう)さを思う。この豊饒さは、ある意味で日本文化の歴史の中に再び同じ内容ではかえり来ることのないものである。いわば明治という日本の時代の燦光であった。けれども、この豊饒さの中に、どのように深く、どのようにつよく、日本的な矛盾が埋められていたかということは、娘である茉莉氏が、今日、ますます多難な女の道を行きつつある感情の底で、おのずからうなずかれていることではなかろうか。

森鷗外のこと、また茉莉氏の内部発展のことについてはしばらくふれず、近頃、永井荷風の古く書いたものをちょいちょい読んで私は明治四十年前後の日本の知識人の感情というものの組立てを女として実に興味ぶかく感じた。

荷風は、ロマンティックな蕩児として大学を追われ、アメリカに行き、フランスに着し、帰朝後は実業家にしようとする家父との意見対立で、俗的には世をすね、文学に生涯を没頭している。

日露戦争前後の日本の社会、文化の水準とヨーロッパのそれとは驚くべきへだたりがあったから、この時代、相当の年齢と感受性とをもって、現実生活の各面に、自分の呼吸して来た潤沢多彩なヨーロッパ文化とにわか普請の日本のせわしない姿とを対照して感じなければならなかった人々の苦しい、嫌悪に満ちた心持は、荷風の帰朝当時の辛辣な作品「監獄署の裏」「冷笑について」「二方面」「夜の三味線」などにまざまざとあらわれている。

時代はすこし前であるが、漱石もロンドンから帰った当時は、同じような苦しみを深刻に経験している。漱石は、だが一身上の必要から、やっぱりいやな大学にも出かけなければならず、そのいやな大学の講義に当時の胸中の懊悩をきわめて意力的にたたきこんで、彼の最大不機嫌中に卓抜な英文学史と文学評論とを生み出した。

荷風の方は、家父もみっともないことをせずひっこんでおれといわれ、衣食の苦労もないところから、その内面の苦痛に沈酔した結果、ヨーロッパの真の美を、その伝統のない日本、風土からして異る日本に求めたとしてもそれは無理である、ヨーロッパ文学の真価も、実にきわめて少数のもののみが理解し得るのであるとして、自分は、ひとりローマをみて来たものの苦しくよろこばしい回顧、高踏的な孤独感を抱きつつ、真直(まっすぐ)に日本の全く伝統的なものの中に、再び新たに自ら傷(きずつ)くロマンティシズムで江戸の人情本の世界に没入して行ってしまったのである。

日本の文化と西欧の文化の接触の角度に、いつも何かの形であらわれて来ているというリアクションは、日本文学史の一つの特徴となる相貌(そうぼう)である明治、大正の期間に、これが微妙に相関しているのみならず、現代に到って、この点はいっそう複雑化されている。そのあらわれがたとえば一人の作家横光利一(りいち)氏の個人的な芸術の消長に作用しているばかりでなく、昨今では文化統制の傾向において強められ、さらにその傾向が一般の文化人が世界の文化に対して抱いている感情とは必ずしも一致していない状態にまでおかれている。

荷風のロマンティックな、芸術至上主義風なリアクションは、ヨーロッパ文化の伝統はそのまじりもののない味いにおいて、日本の文化の伝統はまたヨーロッパとは別個なるものとして、あくまでペンキで塗られざる以前の姿において耽美(たんび)したいという執着によっている。

いわゆる世にそむき、常識による生活の平凡な規律を我から破ったものとして来ている荷風が、女というものを眺める眼も特定の調子をもっていて、良家の婦女という女の内容にあきたりないのはうなずけることであると思う。荷風の年代で周囲にあった良家の婦女子というのは、恐らく若ければただの人形が多かったであろう。やや世故(せこ)にたけたといわれる年頃では、そういう階級の狭い生活が多くの女の心に偏見と形式と家常茶飯(かじょうさはん)への没頭、良人(おっと)の世間並な立身出世に対する関心をだけを一杯にしていたであろう。荷風が、弱々しき気むずかしさでそれらの女の生活と内容に自身を無縁なものと感じ、恋愛の対象としての女を花柳界(かりゅうかい)の人々に求めたことも理解される。荷風は花柳界が時代にとりのこされているものであることも十分承知の上で、ただこのマンネリズムの中にだけ彼の無上に評価する日本の伝統の美が保たれている、女の身ごなし一つにさえその歴史の、みがきがあらわれていると見て、自身を忘られようとする美の騎士になぞらえたのであった。

外遊時代に書いた「支那街の記」「西遊日誌抄」などをみると、荷風はしきりにボードレェルなどをひいて自傷の状をかなでているのであるが、荷風の本質は決して徹底したデカダンでないし、きっすいの意味でのロマンティストでもないことが感じられる。荷風の本質は多分にお屋敷の規準、世間のおきてに照応するものを蔵していて、しかもその他面にあるものが、自身の内部にあるその常識に抵抗し、常識に納まることを罵倒叱咤し、常識の外に侘び住まんことを憧れ誘っている。ロマンティストであるとして荷風のロマン主義の実質はいわば憧れる心そのことに憧れる風なものである。受動的なロマンティストとでもいえようか。このロマン主義にあらわれている彼の受動性は、ヨーロッパ文化の伝統に対して、日本文化の伝統というものをいきなり在るがままの常套、約束、陳腐ごと受けいれ得る性格にあらわれている。また、作品の到るところに散在する敗残の美の描写も、一方にきわめて常識的な通念が人生における敗残の姿としている。それなりの形、動き、色調を、荷風もそのまま敗残の内容として自身の芸術の上に認めている。荷風にあっては、それに侮蔑の代りに歌を添えるところが異っている。身は偏奇館、あるいは葷斎堂に住して、病を愛撫し、「身を落す」自傷を愛撫し、しかしてそれらを愛撫するわが芸術家魂というものをひたすらに愛撫する荷風は、ある意味では人生に対する最もエゴイスティックな趣味家ではあるまいか。

ヨーロッパの婦人の社会生活を見ている荷風は、ヨーロッパ婦人の美しさの讃美者であり、その頽廃の歌手であった。従って、婦人の社会的な自由や生活範囲の拡大ということに反対は唱えない。「英吉利の婦人が選挙権を得ようとする運動にも同情するくらい女権論者である。」男のやることなら女がやってもかまわないとする人である。ヘッダ・ガブラーや人形の家の芝居を眺め「日本にもかかる思想がなくてはならぬと思ったくらいだ」。しかし、彼の現実感情の要素は遥に錯綜した影をもっている。第一、荷風がその美にふける花柳の女たちの生きている世界はどういうものであろうか。彼女たちの身ごなしの美をあるがままに肯定するのであれば、その身ごなしのよって来る心のしなをも肯定しなければ、荷風の求める美の統一は破れてしまわなければならない。さらに荷風は男女の恋愛をも、その忍び泣き、憂悶、不如意とくみ合わせた諧調で愛好するのであるから、元より女が、私は愛する権利がありますと叫んで、公然闘う姿を想像し得ない。これらの事情が、荷風の現実としては「婦人参政権の問題なぞもむしろ当然のこととしているくらいである」が、「然し人間は総じて男女の別なく、いかほど正しい当然な事でも、それをば正当なりと自分からは主張せず出しゃばらずに、どこまでも遠慮深くおとなしくしている風がかえって奥床しく美しくはあるまいか」「もし浮む瀬なく、強い者のために沈められ、滅されてしまうものであったならば、それはいわゆる月にむらくも、花に嵐の風情。弱きを滅す強者の下賤にして無礼野蛮なる事を証明するとともに、滅さるる弱きもののいかほど上品で美麗であるかを証明するのみである」という考えかたに到達している。「日本女性の動かすことのできない美は、争ったり主張したりするのではなくて、苦しんだり悩んだりする哀れはかない処にある」と断言している。悋気も女はつつしむべし、と荷風には考えられており、女に悋気せしめる男の側のことは触れられない。その荷風の見かたに適合した何人かの「婦女」がかつて彼の「後堂に蓄え」られたこともあったのである。

　私が、荷風のロマンティシズムを常識的な本質であるとするのは、女のロマンティックな見かたそのものに現れている以上のようなあり来りの特徴にもよるのである。森鷗外は、漱石よりも早く、その青春の開花の時期をドイツで送った。鷗外の婦人に対する感情は、「舞姫」、和歌百首や他の作品の上にもうかがわれるのであるが、鷗外の婦人に対するロマンティシズムは、荷風の受動性とは全く異っている。鷗外は、女がさまざまの社会の波瀾に処し、苦しみ涙をおとしながらなおどこにか凜然とした眼差しを持って立って、周囲を眺めやっている姿に、ロマンティックな美を見出している。静的ではあるが、人生を何か内部的な緊張をもった光でつらぬこうとする姿が描かれている。「安井夫人」を読む者は鷗外が女に求めていた光りがどういう種類のものであったかをいささか知り得るのである。

荷風は、ヨーロッパにあってはその婦人観も彼地の常識に従って郷に従い、日本にあってはその婦人観も郷に従い、長いものにまかれる伝統に屈している如くなのである。

夏目漱石が、その恋愛や行動において積極的自発的、不羈な女を描くとき、それは「夢十夜」などのようなヨーロッパを背景とするロマンティックな空想の世界であったというのは、何と興味ある事実であろう。また、「虞美人草」「三四郎」などの中に、いわゆる才気煥発で、美しくもあり、当時にあって外国語の小説などを読む女を、それとは反対に自然に咲いている草花のような従来の娘と対置して描いているのは、注目をひくところである。今日の私たちの心持から見ると、漱石が描いた藤尾にしろ、迷羊の女にしろ、どちらかというと厭味が甚しく感じられる。あの時代の現実は、青鞜社の時代で新しい歴史の頁をひらこうとした勇敢な若い婦人たちは、衒気を自覚しないで行動した頃であった。それにしろ、何か当時の漱石の文体が語っているようなある趣味で藤尾その他は描かれている部分が少くないように思える。最も面白いのは、漱石自身が、たとえば「虞美人草」の中で藤尾と糸子とを対比しつつ、自身の愛好は、友禅の帯をしめて日当りよい中二階で何の自主的な意識もなく、兄と父とに一身を托して縫いものをしている糸子により多く傾けている点である。

十年間の多産豊饒な漱石の文学作品を見渡すと、ごく大づかみないいかたではあるが、藤尾風な趣味的・衒学的女は初期の作品に現れただけで姿を消し、藤尾の性格の中から、ゴーチェの「アントニイとクレオパトラ」を愛読するロマンティックな色彩をぬき去った女の面が、次第に現実的に発展させられて来ている。

鷗外の作品が日本の近代文学として不動に保っている意義の一つは男と女と、その自我の量とねばりとにおいて同等のものを認めたところである。しかしながら漱石は当時の社会的・個人的な環境によって女のもつ自我の内容、発露の質と、男のもつ自我の本質・形態との間に、裂けて再び合することないかのように思わせる分裂、離反、相剋(そうこく)を見出している。作品のテーマをなす知識人の人間苦として、深刻な凝視でこの一点をさまざまな局面の組合せの変化において描いているのである。

女の卑俗な意味での打算、散文性、日常主義の姿を、いきいきと描いた人には紅葉(こうよう)もある。荷風も描く。だがこれらの人々は浮世風俗の一つとして傍観的に描くのであるが、漱石の世界にあっては、女、とくに結婚している女のこういう性格が、良人である男を、死の際へまで追いやる精神的苦悩の原因として出て来ているのである。

荷風は、女を、くじかれたものとして眺め下す好みにいる。その好みの通る世界にとじこもっている。漱石は女を恐るべき生きもの、男を少くとも精神的に殺す力をもつものとして描いているのである。女の心を捕えようと欲する男の心持、その人間的な欲求が、女の敏感さの欠乏、精神的無反応、日常事の中での恐るべく根づよい居坐り(いすわ)かたなどによって、手も足も出ないような工合になる。その焦慮の苦悩は「行人」の「兄」が妻直子に対して「女のスピリットをつかまなければ満足できない」心持に執拗(しつよう)に描かれているのである。

最後の「明暗」に到って、女の俗的才覚、葛藤(かっとう)は複雑な女同士の心理的な交錯に達して、妻のお延と吉川夫人が津田をめぐって、跳梁(ちょうりょう)している。箱根の温泉宿で、これら二人の女に対蹠(たいしょ)する気質の清子が現れたところで、私たちは作者の死とともに作品の発展と完結とを奪われたのである。

「明暗」においても、漱石は女が結婚すると人間として悪くなる、少くとも素直でなくなり、品性がよくなくなるという彼の支配的な女性観、すでに「虞美人草」に現れている考えを反覆している。延子とその従妹（いとこ）との対照、お延が伯父から小切手を貰うところの情景などで、漱石は生彩をもってそのことを描いているのである。

結婚すれば女が人間としてわるくなる、という漱石の悲痛な洞察は、だが、漱石の生涯ではついにその本来の理由を見出されなかったし、従って果敢な解決への方向をも示されなかった。

トルストイは、「クロイツェル・ソナタ」を頂上として、結婚生活における人間の堕落を肉体的欲求への堕落に見て、人間性の高揚のために、家庭生活や結婚というものの従来の考えかたを、根本から懐疑し、否定した。漱石は、結婚が女を人間的に低め、そのために男も苦しみ、相互の悲劇であることを見ながら、やはり、結婚や家庭の日暮しというものの旧来のしきたりに対しては反抗しきっていない。女が結婚するとわるくなるという例から見て、何が女の人間性を結婚において害（そこな）うのであろうか。結婚、家庭生活の中にある何のバチルスが、その結合に入った男女を傷（きずつ）けるかという拡大された視野へ、この意味深い懐疑を展開させてはいないのである。

女が結婚するとわるくなるということが一面の事実であるとして、その理由となる諸事情は微妙であるが、日本の社会のしきたりが女により多く課しているもの、結婚についての男の我知らずの便宜的な考えかた、日常的な家内安全の運行がせちがらい世に女のやりくりに中心をおいていることなど、いずれも家庭にある女の精神に強いさわやかな羽搏（はばた）きは与えないのである。漱石は家庭の考えかた形づくられかたに対しては根本的な疑問は表面に出さず、その枠内でいつも人間性、智性と俗物性の葛藤、自我の相剋をとりあげている。これは漱石の芸術と生活態度との歴史的な特色の一つである。荷風が今日においてもそれと正面にとりくむことはせず、自身の好みとポーズにしたがって避けて生きている人間の社会的結合の形としての結婚や家庭内の問題を、漱石は正面から時代の良識の前に押し出しつつ、彼の生きた歴史と文学の性質は、社会の鏡としての結婚、家庭そのものの在りようを痛烈な疑問として提出せず、苦痛の間を低徊（ていかい）する精神の姿で描写したのであった。

今日、私たちの周囲にある文学作品が、このこされた意味深い矛盾、テーマを、どのように発展させているであろうか。日本の女の生活の現実が、どのように自らこのテーマを押しすすめて来ているであろうか。

風俗画としての面から今日の文学を見れば、たとえば丹羽文雄（にわふみお）氏によって描かれている女の姿も一箇の絵図であろうし、菊池寛（きくちかん）氏の家庭、恋愛観も常識というものの動きを除外していえば最もひろい底辺を示しているであろう。

だが、明治の初頭、『女学雑誌』を発行した人々が胸に抱いていた情熱、日本では半開のままで次の波をかぶってしまった男女の人間的平等への希望は今日どのような変貌（へんぼう）をとげて、どこに生きつづけているであろうか。今日のロマンティシズムさえ日本では女を封建の姿にポーズせしめようとするところに、一言にして尽すことのできない重いせつない未来へ向っての努力への呼び出しがかくされているのである。

〔一九三八年一月〕

# 第二編　近代日本の女性作家の歩み

## 婦人と文学

### 前がき

この「婦人と文学」は、はからずも思い出のこもった一つの仕事となった。

一九三八年（昭和十三年）の正月から、進歩的な数人の作家・評論家の作品発表が禁止されて、その禁止は翌年の三、四月頃までつづいた。やっと、ほんの少しずつ短いものが公表されるようになったとき、偶然三宅花圃（みやけかほ）の思い出話をよんで、そこに語られている樋口一葉（ひぐちいちよう）と花圃との対照的な姿につよく印象づけられた。それについて、随筆のように「清風徐（おもむ）ろに吹来つて」を書いた。そしたら、興味が湧いて自然、一葉の前の時代についても知りたくなり、またその後の日本文学と婦人作家の生活も見きわめたくなった。

日本の社会生活と文学とが日一日と窮屈で息づまる状態に追いこまれていたその頃、大体近代の日本文学はどんな苦境とたたかいつづけて当時に到っていたのか、その努力、その矛盾の諸要因をつきとめたくなった。人生と文学とを愛すこころに歴史をうらづけて、それを勇気の源にしたかった。そこで一旦「藪の鶯」に戻って、年代順に一九三九年の初夏から翌年の秋まで、一区切りずつ『文芸』に連載した。

文献的にみれば不十分であろうし、文芸史としても、もとより完璧ではないけれども、近代日本の社会が辿って来た精神の幾山河と、そこに絡む婦人作家の運命について或る概観はつかむことが出来た。

中央公論社から出版されることになって、すっかり紙型も出来、装幀もきまったとき、一九四一年十二月八日が来た。アメリカとの戦争が開始された。九日には、数百人の人と同様、私も捕えられて拘禁生活にうつされた。中央公論社では、この突発事で出版を中止した。

平和がもどって来たとき、私は紙型になったまま忘られた「婦人と文学」をしきりに思い出した。丸の内の中央公論社は焼けなかった。紙型はのこっていやしないだろうか。度々きき合わせたが、どこにも其らしいものはなく、多分よそにあった倉庫で焼けてしまったろう、ということになった。すると、或る日、思いがけず実業之日本の船木氏が、偶然よそから手に入れた「婦人と文学」のゲラをもって来られた。実におどろき、そしてうれしかった。赤インクでよごれて判読しにくいゲラを、すっかり原稿紙に写し直していただいて、又よみ直し、書き加え、中央公論社の諒解も得て出版されることとなった。

よみ直して、あの時分精一杯に表現したつもりの事実が、あいまいな、今日読んでは意味のわからないような言葉で書かれているのを発見し、云うに云えない心もちがした。日本のすべての作家が、どんなにひどい状態におかれていたかということが、沁々と痛感された。今日の読者に歴史的な文学運動の消長も理解されるように書き直し、最後の一章も加えた。

近い将来に、日本文学史は必ず新しい社会の歴史の観点から書き直されるであろう。この簡単にスケッチされた明治以後の文学の歴史は、そういう業績のあらわれたとき、補足されなければならない幾つもの部分をもっているにちがいない。けれども、一人の日本の婦人作家が、日本の野蛮な文化抑圧の時期、自分の最もかきたい小説はテーマの関係から作品化されなかった期間に、近代日本の文学と婦人作家とが、どう生きて来たかということを切実な思いをもって追究した仕事として、主観的な愛着のほかに、何かの意味をもっているだろうと思う。

一九四七年三月

著者

## 一、藪の鶯

### 一八八六―一八九六（明治初期一）

「藪の鶯」という小説が、明治になってからはじめて婦人の作家によって書かれた小説らしい小説であるということを、つい先達てになって知った。今の三宅花圃が田辺龍子嬢として明治二十一年に二十一歳のとき、書かれたものである。

花圃の「思い出の人々」という昔がたりの中で、この作品が出来た前後の事情が話されている。「私が風邪かなにかを病んで、女学校を休んでいたときでございましたが、なくなりました兄の一周忌が近づいて来るのに、その法事をするお金がないと母がこぼしているのを聞きました、ふと思いつきましたのが、小説をかいて法事の費用をつくろうということでございました。」

父の田辺太一という人は元老院議員という当時の顕官で、屋敷のなかに田圃まである家を下谷池の端に構えていた。青い着物を着た仲間や馬丁というものが邸内の長屋に家族づれで住み込んでいるという大がかりな生活ぶりであったそうだが、その父という人の気質には旧幕臣としての鬱憤が激しくもえていて、「金の出て行くうしろ姿がよい」などと申し、お金を湯水のように使ってよろこんでいたのでございますという事情だったから、そのお屋敷の内実は法事の費用にも窮するという有様だったのであろう。才八という「家来」と母とが、法事らしいことも出来ないと泣いているのを、風邪でねている若い龍子はしみじみと聴いていた。

すると、その才八という「一寸文のわかる男」が、風邪でふせっている令嬢の気ばらしに、「当時評判の坪内逍遥さんのお書きになった『当世書生気質』という小説本をもって来てくれました。私は、その小説をよんで居りますうちに、これなら書ける、と思いまして一いきに書きあげましたのが『藪の鶯』でございました。」

こうして出来た小説は、そのころ、春硒屋朧といった逍遥の序文、中島歌子の序文、作者の序文をつけて金港堂から出版された。原稿料三十三円二十銭という金は、二十五円の月給が立派に通用していた当時にあっては、大金であったろう。この金で、田辺家は亡兄の一周忌をすませ、田辺龍子という名は、その時代の若い婦人たちの目を見はらせ、若い婦人たちの間に女流作家志望の熱をまき起す刺戟となったのであった。

逍遥の「当世書生気質」という作品は、周知のとおり明治十八年に出た新しい文学への手びき「小説神髄」につづいて、書かれた小説であった。この一篇には、逍遥がそれを書いた当時の社会の歴史的な矛盾や、作家として個人的な持ちものの特色などが、複雑に絡みあってあらわれている。先駆的な価値は十分評価されるべきものだが、作品全体から云えば寧ろ、逍遥が理論においてはそこから脱しようとしていた戯作者風の調子のつよくしみ出たものである。その調子は今日の読者に生活感情として馴染みにくいものでもある。この「当世書生気質」の出た二年後の明治二十年に、二十四歳であった二葉亭四迷によって「浮雲」が書かれたとき、その頃の習慣で、はじめの部分を発表するときには自分の名をかして、二葉亭四迷と春硒屋朧共著という体裁にした。しかし、二葉亭の作品を見て聡明な逍遥は小説家としての自身の資質に深い反省をもった。イギリス文学から、現実主義の文学を主張した逍遥とは異って、ロシア文学の深い教養と、そういう文学に入ってゆくにふさわしい真摯な性格とをもつ二葉亭は、「浮雲」によって、逍遥にこれまでの自身を深思させる人生と文学への態度を示したのであった。将来の小説と小説家の生きる態度について、遠く見とおすだけの真面目さをもっていた逍遥は、文学者又処世人として最も現実的な良識をはたらかせ、以来次第に小説の筆を断った。

そして、日本における新劇運動とシェイクスピアの翻訳とに自己の歴史を完成させた。
明治初年の思いきった欧化教育をうけ、男女交際を行い、馬車にのって夜会にも行く明治大官の二十ばかりの令嬢が「当世書生気質」をよんで「これなら書ける」と思ったというのは、今日の目から見れば、なかなか面白いところだと思う。その明治二十年こそ「浮雲」が与えた衝撃によって新しい文学への思いがゆすぶられていた時であったが、花圃の生活環境は「当世書生気質」を先ず彼女に近づけたということも意味ふかいし、更に、当時の新教育をうけた一人の若い婦人の心持として、その作品の世界に大した反感も感ぜず疑いをも挟まず、誘い出されて小説を書いたというのも、婦人の生活と文学の成長の歴史と関係して、何かみのがせないものを感じさせる。

会話中心に、短く一回一回局面を変化させ、雅俗折衷の文章で話の筋を運んでゆく趣向にしろ、その局面のとり合せにしろ、「藪の鶯」は「当世書生気質」の跡をふんで行っている。独創があるということは困難である。作中人物の心持が惻々として迫って来るというところに筆が到るには、花圃の人生は、未だ浅くあった。やみがたい内心の叫びがほとばしったという作品では元よりない。謂わば才に従って偶然に書かれた「藪の鶯」一篇には、しかしながら、何という生々しさで、日本の明治二十年という時代の波の影がさし込んでいることだろう。

「藪の鶯」の開巻一頁は、こんな工合ではじめられている。男「アハ、、、このツーレデースは、パアトナア計りお好で僕なんぞとおどっては夜会に来たようなお心持があそばさぬというのだから」女「うそ。うそ計。」云々、と。

これは鹿鳴館の新年舞踏会の場面である。恐らくあたりに響いていたであろう音楽や、人のざわめく雰囲気の描写などは一切なく、桃色こはくの洋服を着てバラの花を髪にかざし、赤い房の下った扇子で折々胸のあたりをあおいでいる美しくも凜としたところのある「年のころ二八ばかり」つまり十六歳ばかりの少女。多分に作者の俤を湛えていると思えるこの少女は服部浪子。「白茶の西洋仕立の洋服にビイツの多く下れるを着し」前髪をちぢらせた夜会巻にしているやや年かさの娘は、成上り華族で、家の召使たちにまで西洋風の仕着せをきせている極端な欧化主義者の娘篠原浜子。この浜子が、交際の自由だの社交の術だのを、放肆ととりちがえて、家へ出入りの男と誤ちに陥る。ロンドンへ留学していて、浜子の良人となる筈であった養子の篠原勤は、本場で暮して見て日本の猿真似のような皮相の欧化にすっかり嫌気がさし、帰朝後は、些も心がたのしまない。そこへ浜子の不品行がきこえ、結婚は断念して浜子に財産をつけて相手にやるが、その男にはお貞というしたたか者がついていて、浜子は遂に悲惨な境遇になってしまう。勤は、生意気でなくて、しっかりした娘として毛糸編物の内職で弟の世話をしてやりながら弟に教えてもらって英語の万国史などをも読み、和歌も上手な松島秀子という娘と結婚する。その結婚式は芝の紅葉館であげられて、「藪の鶯」は大団円となっているのである。

どこやらに、極端な欧化主義への懲戒めいたところのうかがえる筋立てである。一回ごとに、作者の感想と思われる一見識が披瀝されている。鹿鳴館の夜会で桃色こはくの服を着た少女浪子が「うちでは交際の一つだと申してすすめられますけれども、どうもまだ気味わるいような心持がいたしまして外国人とはよう踊られません」というのなどは、かわゆく自然で、微笑まされる。第六回女塾の場面を、逍遥は序のなかで圧巻とほめているのであるが、明治二十年というその時分の女学生の喋り工合が活々としているばかりでなく、云われていることが、今日の私たちの心に、一かたならぬ様々の感想をよびおこすものをもっている。浪子がヒロインとして、女に学問をさせることが当時一問題となっていることを述べている。

「この頃は学者たちが女には学問をさせないで皆無学文盲にしてしまった方がよかろうという説があ

りますとサ。すこし女が学問すると先生になり、殿様は持たぬと云いますから人民が繁殖しませんから愛国心がないのですとさ。明治五六年頃には女の風俗が大そうわるくなって肩をいからして歩いたり、まち高袴をはいたり、何か口で生いきな慷慨なことを云ってまことにわるい風だそうでしたが、此頃大分直って来たと思うと、又西洋では女をとうとぶとか何とかいうことをきいて少しあともどりになりそうだということですから、今の女生徒は大責任があるのでございます。」浪子とりもなおさず作者と思われる少女は、「女徳を損じないようにするために」何でも一つ専門をきめてそれをよく勉強して生意気にならないようにしなければならないと云っている。そして、学問をする人と結婚して共かせぎをするという将来の方針をも、はっきり語っているのである。

明治二十三年の国会開設を目前にして、かつての中江兆民、板垣退助の自由民権運動は急速に圧迫し終息させられはじめていた明治二十年。明治初年の欧化に対する反動時代の暁としての明治二十年。中島湘煙や福田英子の政治活動が、なるほど或る点では奇矯でもあったろうが、それもその時代の歴史の生きた姿であり男女同権の真実な要求としては評価されず、「女の風俗が大そうわるかった」時代としてばかり教え込まれ、当人たちもそう感じるような自分の教育を正しいものと思いこんでいる時代の空気。そのような明治二十年代の雰囲気が、色濃くこの「藪の鶯」に盛られている。しかも、今日の公平な読者の目には、これらの識見が、決して二十歳そこそこであった花圃自身の自発性によって見出され身につけられたものばかりでないことは明瞭に写って来る。「女の人ではどうも物足りなくて、男子の方から啓発をうけたことが、やはり多かったように存ぜられます。」思い出の中でそう言っている。「藪の鶯」の作者が周囲の男子の方から啓発された当時の反動期に入った日本の上層者のものの考えかたの方向、周囲に語られていたその時代の主導的なものが、歴史の鏡として、作者も自覚しないところにこの作中に照りかえしているのである。

尾崎紅葉が法律学生であったことが伝記にかかれている。法律学校に学んだ青年を政治に幻滅させて、文化・文学の面に活動させるようになった明治の半封建の藩閥官僚主義への反撥や、猟官流行への軽蔑の風潮も、「藪の鶯」の中に響いている。作中の或る人物について、若い作者はなかなか辛辣で「ゴマカシウム百分の七十にオベッカリウム百分の三十という人物」と云っている。官吏よりも技術家を尊重する気風が女生徒の口をかりて語られているのも、いかにも近代社会として急速に成長しなければならなかった当時の日本の後進資本主義国としての必要が、女子教育にも娘の子の婿さがしの気分にも影響していたことがわかって面白い。

明治二十一年というときの日本は、二十ばかりの若い女の書いた小説でも、それが上梓され、世間が注目するだけには開化していた。一般がそこまで来るには、明治初年からたゆまず続けられた福沢諭吉の啓蒙もキリスト教教育で婦人の文化的水準を高めた新島襄の存在もその重大な先駆をなしたのであるし、中島、福田女史たちの動きも、ことごとくその土壌となっているのである。「藪の鶯」の女主人公である悧潑な浪子が、そういう歴史の脈動を評価する力を、反動期に入ったその新時代的教養からちっとも与えられていないで、至極皮相に「明治五六年頃には女の風俗が大そうわるくなって」と周囲から注ぎこまれ、おそわったとおりに片づけているところは強い関心をそそられる。廃娼運動が全国におこったのは明治五年であったし、男女交際の自由がとなえられてもいたけれども、それは特殊な上流の一部に限られていて、庶民暮しをしている当時の書生の恋愛の対象はまだ芸者だの娼妓しかなかったその時分のうすぐらい日本の現実は「当世書生気質」に描き出されている。

その上流の開化、欧風教育そのものでさえ、どんなに矛盾し、錯雑したものであったかということは花圃の追懐談にもその情景を溢れさせている。

花圃などは、当時の進歩的な大官の令嬢としてベッドで寝起きし、洋書を学び、洋装をして舞踏会にも出席し、家庭での男女交際ものびのびと行われていたらしい。男の友達から啓発されたことが多かったと語られているのは実際であろうが、この家庭の欧化の半面に「多勢男の方が家へ遊びにおいでになりましたので、父などは、『お茶屋が開けるぞ』と云って笑っていたほどでございました」と不思議もなく語られているのも、今日の私たちには、改めて当時の女の開化性というものの現実を見直す心持をおこさせる。

　明治十八年に出た「佳人之奇遇」などには、男子の政治的な活動に情熱をふき込む精神のつよい婦人の出現が理想として描かれたのであったが、「藪の鶯」の中のかしこい浪子は、もう政治家に対してよりも派閥から比較的自由であり、出世も出来、金もつくれる技術家へ女としてより関心をひかれる気持をはっきり表明している。政治はすべての若い人々の進歩性に対して、もうその「公論に決する」真実の機会を封鎖してしまっていたことがわかる。浪子は一向分析していない旧来の「婦徳」というものを損わざらんことをものわかりよい婦人の義務とわきまえ、或る程度まで自立し開化しながらも、決して女としての分を踰えたりしない良家の女主人としての存在を理想として、みずからに方向づけている。このことは、近代日本女子教育に一貫された政府の方針でもあったのである。作者は「男子のかたから啓発され」つついつしか当時の支配者たちの女子教育論を代弁している。

　社会的な意味で、「藪の鶯」の先駆をなした福田英子・中島湘煙たちは、文学の上ではこれぞというほどの足跡をのこさなかった。福田英子にはずっと後年になってから『妾の半生涯』という自伝があり、これは、明治初年からの女性史にとって、重要な参考品である。湘煙は漢学の素養がふかくて、明治二十年頃には「善悪の岐」その他の短篇や漢詩を『女学雑誌』にのせたり新時代の婦人のための啓蒙に役立つ小論文をのせたりしている。フランスやイギリスから渡って来た男女同権論を、湘煙は漢文まじりのむずかしい文章で書いている。当時の日本の文化がいかにも新しい勢と古いものとで混雑していた様子がうかがわれる。

例えば、湘煙は『女学雑誌』に「婦人歎」という論文をのせている。これは婦人の歎きとよみ下すのではなくて、「ふじんたん」とふり仮名がつけられてある。この文章の骨子は、明治になってから外見上婦人の位置は向上され、昔の女の生活とは比べものにならないように思われるかもしれないが、それは皮相の観察で、女の真の境遇の本質はやはり同じようにおとしめられている。女の姉妹たちは、「単に怨み多くして怒少なきなり」それではまちがっている、堂々正論を行う心持を養わなければいけない、という極めて明快率直な趣旨なのだけれども、それが書かれている文章はというと、「幸に濃妝をもつて妾が双頰の啼痕を掩ふを得るも菱華は独り妾が妝前の愁眉を照さざる殆ど稀なり」という文体である。私というところが男のとおり「余」と書かれている。そして、こういう漢文調の論文の終りには細かな活字で、アリストートルの詩の句が英語で引用されているのである。

開化期の文学は混沌としていて、仮名垣魯文のように江戸軟文学の脈を引いて、揶揄的に文明開化の世相風俗を描いた作者がある。その一方では「佳人之奇遇」などのように、進歩の理想を漢文調で表現した政治小説翻訳作品があり、中島湘煙のようなひとは、後の部に近くあったのだろうと思われる。

当時の教養の伝統が、こんな矛盾を湘煙にもたらしたということもあるけれども、その士族的な教養そのものが示しているとおり、当時の男女同権論者にしろ、女権のための運動家たちにしろ、その主体は一部の上流的な有識男女の間にとどまっていたのだということを、沁々考えさせる。

さもなければ、湘煙がどうしてああいうむつかしい文体で文章を書いて納っていられただろう。もしも、日本の女のおくれた生活というものが、あちこちの露路、そちこちの村で営まれている日々の生活のままに湘煙の心に映っていたのならば、彼女もおそらくはそれらの女性への同情からだけでも、

「濃妝をもつて妾が啼痕を」とは書かなかったであろうと思われる。

旧いものと新しいものとの混乱は別の形をとっても現れている。明治二十二年一月から読売新聞にのった木村曙（岡本えい子）の「婦女の鑑」という小説は、トルストイの「クロイツェル・ソナタ」がかかれた時代、モウパッサンの「死の如く強し」があらわれた同じ年の作として読むと、様々の意味で私たちを駭かすものがある。この小説は先ず、

「冬枯れし野辺も山路も衣換へて自づと告ぐる春景色花の色香に誘はれて」

という七五調のかき出しで、某侯令嬢国子その妹秀子が、飛鳥山に新築された別荘へ花見がてらコゼットというアメリカの女友達を招待しようとおもむく道すがら、飛鳥山の花見の人出のなかで放れ小馬が貧しい一人の少女を負傷させ、その春子という少女を別荘につれて行って介抱してやるというのが一篇の発端をなしている。

この小説が読売新聞に発表されるについては饗庭篁村がながい推薦の辞をつけている。「美学のうち絵画と小説は特に婦人に適す宜しく此地を婦人の領とすべし」という篁村の考えかたは政治は男のものとする常識で、文学・小説というものの社会的な本質を過小評価している気風を反映させていて面白い。「清紫の亜流世の風潮によどみて無形の美をあらはすこと少なく」それを憾みとしていたらば、「岡本えい子女史は、高等女学校を卒業して夙に淑徳才藻のほまれたかく学の窓の筆ずさみに一篇の小説を綴られしとき、」懇請して発表するとかいている。

花圃が「藪の鶯」を出した翌る年のことだから、その刺戟で書かれたものであったろう。今日興味をうごかされるのは、この小説がその七五調を徹底させて「いざや何々候はん」と会話までその文体でおしとおしているばかりでなく、筋のくみたてが全く馬琴流の荒唐に立っていて、モラルもそのとおりの正義、人情であやつられながら、他の半面では当時の開化小説の流れをくんで場面は海外まで

ひろがり、登場人物には外国少女も自然にとりいれられていて、しかも、それらの外国婦人の心情がそっくり日本の武士の娘の心情にとりかえられて表現されていることなどである。この「婦女の鑑」にも技術家尊重の気風は強調されていて、種々の波瀾ののち絹糸輸出のために秀子が小工場をおこし、貧家の女子供らをそこに働かしていくらかの給料のほかに朝夜二食を与え、子供のために工場の幼稚園をつくり、三つから十までの子供の世話をするようにすることで大団円となっているのである。こんな結末にしろいかにも明治二十二年ごろらしい。憲法発布のお祝いが東京市中をひっくりかえしているときに、森有礼が刺され、文学では山田美妙の「胡蝶」の挿画に初めて裸体が描かれ、それに対する囂々たる反響が、同じ読売新聞にのっている。

　その時分の文芸批評の方法や形式というものには客観的な基準などなくて、美妙の挿画への嘲笑も「東京にはＺＯＲＡが出まして都の花をさかせます。いかにも裸は美妙です。なるほど『美』はＡＲＴにはないものと見えます」と、徳川時代の町人文学の一つであった川柳、落首の様式を踏んでいる。ＺＯＲＡでなくてＺＯＬＡですよ、という投書ものっている。この読売新聞に医学士森鷗外がカルデロンの戯曲を翻訳し「調高矣洋絃一曲。三番続」としてのせていたのが、美妙の挿画に対する世論の卑俗猥雑さにつむじをまげて、まだまだ日本人にカルデロンなんか勿体ないというのを、篁村がなだめてつづけさせていることも語られている。鷗外の訳詩集『於母影』の出たのはこの年のことであった。

　こういう社会の雰囲気や真実を求めつつ新旧の間で混雑している「婦女の鑑」と見くらべれば、花圃の「藪の鶯」は、当時にあってたしかにそのまとまりのよさでも頭角をぬいた作品であったろう。全体の筋も割合に自然だし人間の感情も日常の常識のなか、その範囲ではリアルである。「藪の鶯」の世界は一種新時代との歩調を合わせ妥協していることも、若い作者花圃の人生態度の分別のよさとともに、まぎれもなく当時指導的な思想として、日本に擡頭しつつあった国粋主義の考えの一応のまとまりを反映しているのである。

「藪の鶯」の作者が、やがて、当時政教社をおこして『日本人』を発刊しはじめた雪嶺三宅雄二郎と結婚した内的必然もこの作をよめばうなずける。「どもりはかわゆい」と思ったなどという角度で雪嶺を語るのは花圃の性格或は風格であって、内的な相似は更に深くこの二人の男女の歴史性のうちにひそめられていた。今日七十を何歳か超え、中野正剛を愛婿の一人とする花圃の生きかたは、決して偶然ではなく、「藪の鶯」一巻のうちに、その展開のいとぐちを含んでいた。「藪の鶯」という題は、稚き初音という作者のこころであったろうが、一声の初音は、初音ながらも、客観的にみれば明治になっても決して野放しのまま生の愉悦にふるえた喉一杯の初音ではなかった。おのれにふさわしい籠を天地とうけがって、そこの日向に囀られた初のひとこえであったのである。

花圃と同時代には、木村曙女史のほかにも竹柏園女史・幽芳女史などというひとびとが短篇小説をかいていた。また、小金井喜美子、「小公子」を訳した若松賤子などという今日においても忘られることのない名前も、その翻訳の業績とともに登場しはじめている。花圃をはじめとしてこれらの有能な婦人たちが、早逝した若松賤子をのぞいて、文学上の活動をずっと積極的につづけて行けなかったのは、何故であったろう。

ほかならぬ「藪の鶯」がその答えを与えていると思う。女主人公の浪子は作者とともに、女の理想として、生意気に亘らない範囲で物を知っていること、全く旧套によるのではないがさりとて全く自身の責任で生活してゆくというほどの社会的な独立を求めるのではなく、ふさわしい配偶を得て、内助の形での品のいいともかせぎの生活を描き出している。

当時はものを書くにも学問として伝統をふんだ教養が必要とされていたから、女でそのような教養をそなえることの出来たのは、結局上流の子女たちばかりであった。従ってふさわしい好配偶というめやすも、浪子の言葉がおのずから限定しているとおり、何かの意味で社会的には「殿様」であるということになる。そのような良人たちの開化の精神の位置と程度とは、我が愛嬢を中心にお茶屋がひらけると冗談を云う大官たる作者の父親の心情と、果してどの位距り(へだた)をもっていただろう。福沢諭吉が「新女大学」の腹案を抱いたのは明治よりも昔のことであったのに、それを発表したのはやっと明治三十二年になって女学校令が出てからのことであった。その理由として、福沢諭吉は、世情はそんな女子教育論など真面目にとりあげる状態になかった事情をあげている。そうとすれば、若い婦人たちの教養見識そのものが、男の側からの「生意気でない範囲」を己(おのれ)の埒(らち)としているのと同じように、文学の仕事も、つまりは六分の旧套を守って行われている上層社会の日常生活に負担とならない程のたしなみ或は余技とならざるを得ないわけであったろう。

　中島湘煙が、女に文学の業はふさわしい、台所や茶の間に一寸(ちょっと)手帳をおいても物を書いて行かれるから、とその頃の女学雑誌で云っている。が、文学の本質的な精励は、半封建の日本の婦人にとって、上流人であってさえも、そんな手軽なものでなかったことを現実が証拠だてている。また篁村が「絵画と小説は特に婦人に適す」と云ったことは、近代のロマンの精神の理解に立って、婦人の社会生活のひろがりとそこからの表現の可能としてとりあげられているのではなかった。小説というものについての前時代的な解釈、軟文学としての理解で、女にも出来ることという過小評価が吐露されていたことがかえりみられるのである。

　この時代に「婦女の鑑」一篇を発表して、その後の文学活動は見られなかった木村曙の作品は、私たちの心にのこる何かをもっている。筋の組立ての人為的な欠点や文章の旧さ(ふる)、登場人物の感情の或る不自然さなどが欠点として目立つにしろ、「婦女の鑑」は当時にあって珍しい社会的な題材を扱っていた。

擡頭しつつあった当時の日本の繊維産業と、その生産で女・子供が使役されはじめた状態が扱われたのは珍しいことであった。工場の給食や託児所という、働くものの福利施設のことが出て来ていることも珍しい。木村曙という作家は、彼女の若い女性らしい正義感によって、尨大な数になりはじめた「女工」生活の非人間的な条件を観察し、それへの抗議として、そんな題材へも及んだのであったろう。けれども文体や文学技法の上での不十分さから「婦女の鑑」は所謂有名な作品とはならなかった様子である。そして、表面開化しながら内実は封建性の暗さ重さに圧しつけられていた社会全般の生活は、木村曙によって文学に導き入れられたひろい社会的生産的題材というものを、つよく云えば数十年後の今日まで、婦人による文学の領域で発展させないままに来たのであった。

## 二、「清風徐ろに吹来つて」
### (明治初期二)

三宅花圃が昭和十四年の春ごろ婦人公論にのせた「思い出の人々」は、いろいろの意味から面白い自伝であった。花圃の幼年時代の生活が、倒壊してゆく幕府の運命の埃を、その肩に蒙るばかり近くあったせいか、同じぐらいの年配でも地方出身の人たちは使わない徳川「瓦解」とか「御一新」とかいう表現のうちに、江戸から東京への推移の感情を生々しくつたえている。その思い出のなかに、明治十九年の秋、中島歌子の「萩の舎」で催された九日の和歌の月並会での一情景が、語られている。

「出席して見ますと、みんなの前におすしを配っている、縮れ毛で少し猫背の見なれぬ女の人が居りました。私は江崎まき子さんと床の間の前に坐ってべちゃくちゃお喋りをしておりましたが、ちょうど私たちの前へ運ばれて来たお皿に、赤壁の賦の『清風徐ろに吹来つて水波起らず』という一節が書いてございましたから、二人で声を出して読んで居りますと、若い女の人がそれに続けて『酒を挙げて客に属し、明月の詩を誦し窈窕の章を歌ふ』と口ずさんでいるではございませんか。

私たちは、顔を見合わせて『なんだ、生意気な女』と思っておりましたが、その人が他ならぬ一葉さんで、会が終って、帰るときに、先生から『特別に目をかけてあげてほしい』とお引合せがございました。一葉さんは、女中ともつかず、内弟子ともつかず、働く人として弟子入りをなすった様子に見うけられました。」

この数行をよめば、その時代の一葉の境遇が痛いように私たちの胸に迫って来る。

当時、日本は明治初期の欧化に対する国粋主義の反動期に入っていて、上流の人たちの間には、一度すたれかかっていた和歌だの国文学の教養が再びやかましく云われはじめていた。中島歌子が経営していた萩の舎の歌塾は、佐佐木信綱の追憶などによってみても、当時は大した勢のものであったらしい。和歌の例会の日には、黒塗の抱え車が門前にずらりと並んで、筆頭には、その頃錦鶏の間祗候田辺太一の愛娘であった花圃をはじめ、名家名門の令嬢紳士たちが花の如く集って来た。森有礼の理想によって、女子の最高学府として設立された一つ橋の東京高等女学校のポスト・グラデュエート（専修科）に通っていた花圃は、そういう歌会の席でも、床の間の前に坐っていたというところに、おのずから置かれていた地位がうかがえる。それらのはなやいだ才媛たちがうち興じながら、何心なく誦した赤壁の賦に和した僅か十五歳の夏子の才走った姿も目に見えるようである。また、彼女のかくし切れない才が穂にあらわれたとりなしが若い貴婦人たちの感情へはいきなり「なんだ、生意気な女」と、つよく映ったというのも面白い。当時まだ「家来」というものを日常身辺にもって暮していた上流の若い婦人たちが自分たちが坐っている前へおすしを運んで来るような身分の軽い少女に対して、風流の間にもはっきりと身分の差別を感じていたというのは、こわいように思える。

一葉の二十五年の短い生涯を、貧窮が貫いたのは周知のとおりだけれども、この時分はまだ一葉の両親は在世であった。明治五年に、東京府庁の山下町の官舎で、樋口家の次女として生れた夏子は、六つで本郷小学校へ入学した。しかしそこはどういうわけかすぐ退学して、手習師匠のところへ通わされ、十四年に家が下谷に移ったのち、その冬から池の端の青海小学校に通学した。そこに通ったのも二年ばかりで、またやめて、翌十七年に、和田重雄という父の知人である歌人の門に入った。十三の少女は、

いづくにかしるしの糸はつけつらむ
　年々来鳴くつばくらめかな

という、生気のある愛くるしい歌をつくったりしている。そこに通ったのも僅か半年で、その後は家で専心裁縫の稽古や家の手伝をしなければならなかった。

両親とも甲斐のひとで、母の滝子というひとは稲葉家に仕えたことのある婦人であった。父の樋口則義は甲斐の大藤村の農家に生れたのだが、侍になりたい志を立てて江戸にのぼり、則義は菊池という旗本の家に入り、後は、八丁堀の与力浅井の株を買って幕臣になったという閲歴である。今井邦子の「樋口一葉」に、「則義氏は旗本菊池家に、母君は同じく稲葉家に仕えたが」とかかれているところをみれば、甲州のひとたちらしく辛棒のつよいこの夫妻は、夫婦ともどもに江戸に出て、江戸へ出た上は別れ別れに旗本だの士族だのの家に入って、侍になりたいという素志を貫徹したのであったらしい。

そういう経歴の滝子が、夏子の母であったということは、一葉の一生を通じての娘としての苦衷と思いあわせ、私たちの記憶に刻まれる一事である。

明治初年に東京府のささやかな一官吏となった主人。やっと侍の妻になったかと思うと、もうその努力の結果は、歴史の怒濤に泡となって消え去ってゆくのを見送らなければならないような、かちきな母滝子の生活感情には、開化の声が、快く希望を唆る響としてはきこえず、世相の浮き沈みとして反映したであろう。次女夏子を小学校にあげてみたり又すぐさげてしまったりする樋口家の家庭の空気には、二つ下の幼い女の児邦子をかかえた母の、安定のない気分が少なからず作用していたらしくも推察される。

樋口の家庭の明け暮れは、鹿鳴館の賑いなど思いもそめない風俗であった。滝子は、昔ながらに、女の子に永く学問なんかさせると、ゆくゆく為によくないという方針で、夏子を躾けようとしていたのであった。

父則義は、侍になりたいと思った気持にしても、その底には好学の傾きも持っていた人らしくて、その点では必ずしも妻と同じように娘をみてはいなかった。どこか凡庸でない少女の眼差しや、心のうごきが察せられたとみえ、折にふれて和歌の集や物語本など買って与えたり、あれこれ歴史物語をきかしてやったりした。そして、到頭妻を納得させて、遠田澄庵という人の紹介で、当時閨秀歌人として、水戸の志士林の妻として女傑と称されていた中島歌子の萩の舎へ十五歳の夏子を入門させたのであった。

これが夏子の生涯の転機であった。花圃の思い出にのこっている赤壁の賦の場面は、一葉がそのようにして萩の舎に入門していかほどもない時分の一つの情景であろう。「女中ともつかず、内弟子ともつかず、働く人として弟子入りをした」と同門の令嬢たちが夏子の身分をことこまかに区別して観察しているところを考えれば、弟子というのは、十分な月謝や食費や衣類調度をもって師匠の許におき臥しする令嬢を云い、夏子の父は娘のためにそれだけのことはしてやれなかったのだと思われる。

特に当時盛名を馳せ、華やかに語られていた中島歌子の貴族的な塾へ娘を入れるように骨折ったりしたことには、父として娘の才能にかける仄かな期待とともに、母の胸中には、昔、自分が甲斐の田舎から江戸の稲葉家に上ったときの心持のつながりもあったかもしれない。

一葉の父が亡くなったのは明治二十二年七月、一葉は十八の夏であった。その前年、官吏をやめた則義は友人たちと馬車会社を起したというのも当時らしく、またその会社が思うように行かないで、則義はそのごたつきの最中、亡くなったのもその人らしい時代の俤である。夏子の上には、兄が二人もいたのだが、彼女がやっと萩の舎に入門した翌年に長兄が病歿し、次兄はよそへ養子にやられていたので樋口家の相続の責任は自然夏子の肩にかかって来た。

父の歿後、一家はしばらく養子に行った次兄の許に身をよせたが、円滑にゆかなくて、一葉は自分だけ中島のところで暮した。その翌る年十九の夏子が母滝子と十七の妹邦子とをひきとって、本郷菊坂につつましい一戸をかまえ、母娘三人の生活がはじめられたのである。

元来家産があったのでもない則義が亡くなった今、十九の夏子がいかに大人びていたにしろ、どんな方法で生計を立ててゆこうと計画したのだろう。一二年の間はどうやら女三人の生活は営まれたが、三年経った二十四年の秋には、初めて親戚の家へ三十円借金をしたことが日記に出ている。貧は次第にはっきり牙をあらわしはじめた。

花圃の「思い出の人々」のなかに、

「ある日歌の会が終って帰ろうとしておりますと、一葉さんが下駄をはいて玄関のそとまで送って来られて『私は大望をおこして、小説をかいて見たいと思うがどうか』という御相談をうけました。私は『書きたければ勝手にお書きになればいいじゃありませんか』とにべもない返事をいたしましたが」云々と、当時自分自身の身辺がとりこんでいておちおち相談にものれなかった有様が飾りなく語られている。

花圃が「藪の鶯」をかいたのは明治二十一年のことであった。それからひきつづいて「八重桜」だの「こぞの罪」だのという短篇を発表していたし、木村曙、小金井喜美子、若松賤子、竹柏園女史その他、婦人のものを書く人たちが少くなかった。そういう周囲の空気から心を動かされたことも無くはなかったろうけれども、一葉が「大望をおこして」と花圃のあとを追ってまでうちあけた一このうちには、ただ自分に小説をかくような才能があるだろうか、というような意味ばかりではない、犇と迫った生活問題も考えられていたのではないだろうか。今井邦子の「樋口一葉」には、花圃の思い出として「一時間くらいしいしなを作ってさんざんシネクネとした揚句帰る時に、あの、私、貴女様のお真似をしたいのでございますけれど、あの私のようなものがそんなお真似などをしたいなどと申上げるのはお恥しゅうございますわ」と云ってその日はそれでかえったということが語られている。これも同じ頃のことだろうか。こっちが前で、玄関の外までおくって出ての話は、心理的に見て、あとのことかもしれない。

萩の舎門下の才媛たちの間で、「あゐよりあをし」と定評されていたのは花圃であり、その花圃と並んでその才幹を着目されているのが一葉であった。が、世渡りの道も十分以上に心得ていた中島歌子の萩の舎の女ばかりがつくりだす空気の裡では、一葉に対する気分にも、その才能に対する評価と同時の意地わるさ、彼女の境遇への不言不語の軽蔑があったとみられる。

「中島先生のところで、みんなから集めました筆代の二円がなくなりましたとき、一葉さんに疑いのかかったことがございました。『貧乏はつらい』と云って泣いておられましたから」花圃が覚えがないなら泣かなくともよい、下らぬことで泣くものではないと慰めるよりも叱ったことがあるということも語られている。身に覚えがないのならそんな下らないことに泣くに当らないと判断する花圃は、いかにも「藪の鶯」の作者らしい。そんな下らない疑などをかけられようもない立場の令嬢らしい口ぶりと、どこまでも常識にだけ立った合理性をしめしていて、この人らしい。けれども、一葉としては、泣かずにいられない皆のしうちがあっただろう。

赤壁の賦のときの情景。そして、こういう涙をもこぼさなければならなかった周囲の空気。萩の舎門下の富貴な淑女たちから一葉が「ものつゝみの君」と呼ばれていたということも、そのような複雑な女同士の心理を背景としてみれば、肯ける。一葉が「一時間くらいしなをして」、小説のことに触れるような触れないような話しかたをしたぎりで、かえって行った時のことを、花圃は、単純率直でない一葉の人柄の一面として見ている。それも当っているだろう。が、私たちが今日遠くはなれた明治のその時代のその環境において、十九か二十だった一葉のそういうとりなしを思いやると、そこには、花圃に泣くなんて下らないと云われても、おのずとせくりあげて来た一葉の涙があったのと同じ心理の翳を感ぜずにはいられない。

たとえば、花圃に向ってしねくねとしながらの言葉づかいにしろ、同門の先輩への敬意というばかりで、ああいう口調になったのだろうか。「藪の鶯」のなかで、逍遥が最も傑出した部分として賞めている女学生たちの会話を見ると、当時でも開化の教育をうけた上流の令嬢たちはお互同士「アラ、よくってヨ。あんまりこもっているから、炭素を追出してやるんだワ。あんな口のへらないこと。」などという調子で喋りあっている。花圃の方ではお夏ちゃんと呼んでも、そのひとの屋敷のうちに田圃まであるような家を訪ねれば、一葉は、卑屈さからではなしに、私も小説をかきたいわ、とはあっさり云えない雰囲気のちがいを、敏感な心に感ぜずにはいられなかったのだろう。これは、時代のふるさ、一葉のふるさとばかりは云い切れないと思う。二人の若い女性は、とことんのところで全く別な二つの世界に住んでいたのだから。支配階級に属す人々の女選手としての花圃。名もない庶民生活に偶然芽生えた才能としての一葉。二人の間に共通な人生はありようなかった。

二十四年の一月に「かれ尾花」というごく短い小説をかき、その四月には、題のつかないままのこされた習作一篇をかいた。その年の「森のした草」という随筆に「小説のことに従事し始めて一年にも近くなりぬ」と云われているから、一葉はその前の年ごろから、積極的にはげましてくれる友達もない中で、到頭小説をかく決心をしたものと思われる。「いまだよに出したるものもなく、我が心ゆくものもなし、親はらからなどの、なれは決断の心うとく、跡のみかへり見ればぞかく月日斗重ぬるなれ。名人上手と呼ばるゝ人も初作より世にもてはやさるゝべきにはあるまじ。批難せられてこそ、そのあたひも定まるなれなど、くれ〴〵もせめらる」と述懐している。

一葉が中島の塾を手つだって貰う月二円のほかに、賃仕事や下駄の蟬表の内職をして生計の助けとしている母の滝子や邦子は、一葉の文作をたよって、早くものにしようとしないのを一葉の引こみ思案だとせめたてたのだろうけれど、一葉の心とすれば、「衣食のためになすといへども、雨露しのぐ為の業といへど、拙なるもの誰が目に拙しとみゆらん」とかえりみるだけの鑑識はおのずからあった。

生活の必要におされて小説をかく覚悟はしたものの、十九の一葉にはまだ小説をかいてゆく創作上の方向、態度などが一向つかめなかったのも無理ないことであった。「かれ尾花」は、小説というよりは一篇の作文であった。題のない習作の方は、会話などもさし入れての試みであるが、これも小説には未しというものである。

二十四年の四月十一日、萩の舎の人たちが向島へ花見に行った日からつけはじめられて、二十九年七月二十二日、生涯の終る四ヵ月前まで六年間つづいた日記は、一葉にとって初めは小説をかく勉強のつもりだった。「かれ尾花」と同じような流麗ではあるが型にはまった和文脈の文章でかかれている。

萩の舎へ行かないときは、上野の図書館へ調べものに行ったり、夜はたのまれた仕立物にせいを出したり、そういう朝夕も、小説のことが念頭からはなれない一葉にとって決しておだやかに送り迎えられる一日一日ではなかったろう。

二十四年の四月十五日に、友達の野々宮菊子の紹介で、初めて半井桃水に会うことになった。半井の妹を菊子が知っているというほどの縁故で、一葉は桃水に自分の小説を見てもらうことになったのであった。

桃水は当時、朝日新聞に小説を連載していて、小説担当の記者の一人であったらしい。今でいう大衆小説をかいていたのだが、その時代の作家たちのなかで、果してどれほどの文学的存在であったのだろう。

和歌と小説とは、文学のなかでもおのずから別の分野であるとは云え、明治二十四年というときは、紅葉と露伴、逍遥と鷗外が其々対立して盛に文学の本質論をたたかわせた年であり、『早稲田文学』『しからみ草紙』などが、新しい日本のロマンチシズム文学の成長の舞台であった。萩の舎のまわりには、一葉の小説勉強のために、師として適当な人選をしてやるだけの親切な人がなかったばかりでなく、萩の舎塾という存在そのものが、当時の若々しく激しいヨーロッパ文学の影響をうけた日本の小説界の動きに対して、全く圏外にある上流紳士、令嬢たちの嗜み余技の中心として安住していたことが察せられる。

初対面の桃水の印象を一葉は日記にこまかく熱っぽくかきつけている。

「君はとしの頃三十年にやおはすらん。姿形など取立ててしるし置かんもいと無礼なれど、我が思ふ所のままをかくになん。色いと白う、面おだやかに少し笑み給へるさま、誠に三歳の童子もなつくべくこそ覚ゆれ。丈は世の人にすぐれて高く、肉豊かにこゐ給へばまことに見上るやうになん。」

桃水はこの次はこういう小説をかいて御覧なさいというような話しをしたり、一葉の生活の楽でないことから桃水自身の「貧困の来歴など残るくまなくつげ」たりして、その上に、お互に若い男女のつき合いと思えば面倒くさい、お互に「親友同輩の青年と見なしてよろづ談合をも」するからなどと云っている。

次第に桃水にひかれて行くようになった一葉の心持を、其々の研究家たちが其々に評している。あれほど見識のあった一葉が、どうして半井ぐらいの男性に魅せられただろうか、という疑問を、ひとしく提出している。一葉は顔ごのみで、桃水はともかく美男だった、という点から観察するひともある。その時分かいたものの中にある描写から察しても、なるほど一葉の心におかれていた美しい男の風貌の標準は、ごくありふれた内容で、つまり彼女のかく美文めいた趣味であったことは推察される。けれども、一週間ほどして二度目にあったときの日記に、

「うしは先の日まみえまゐらせたるより今日は又親しさまさりて世に有難き人かなとぞ思ひ寄りぬ」

とかきしるした動機には、桃水の容貌ばかりでなく、一葉の若い心情をつよくとらえたものがあったと考えられる。

二年ごしひとりで苦しみながらあてもなく焦立っていた自分の小説について、桃水が新聞向きの作風ではないからと一葉の気質を鑑定した上、紅葉に紹介しようと云ってくれたことも、それこそが眼目で紹介されて来ている一葉にとって前途のひらけてゆくうれしさであったろう。母と妹とが、生活の上では彼女ひとりにとりすがって、息をこらし気配をうかがっているような負担を夜昼感じている一葉にとって、青年同士と思って語り合おうと云ってくれる男のひとのいることは、どんなにか頼もしく感じられただろう。

だが、もし半井桃水という男が、同じ親切を示しながらも、金持ちの子息であって、同じように小説をかいていたとしても、万端整然たる上流貴公子の生活をしていたのであったら、一葉の感情はどう動いて行っただろう。借金とりをさけて、かくれ家にとりちらしたままの男世帯の有様を見せるような桃水のくらしでなかったら、一葉は、師たり兄たりと思う意識の底に、果してあのようなさざなみ立った情緒を経験しただろうか。

日頃から一葉の生活では、自身の環境として身についている庶民風なものと、萩の舎門下としての貴族的なものとが、とけ合うことなく相剋しつづけて来ている。教養そのものの中にさえ、「士族の娘」という意識に立って、彼女を窮屈にしている幾多の古い力が与えられて来ているけれども、一人になった生活感情をさぐってみれば、なかなか逞しく不屈に生きる力ももっている。「我一生は破れに破れて道端に伏す乞食かたゐのそれこそ終生の願ひなりけり」という表現は文学的に気負った感懐で、現実の一葉は、下駄の緒のきれたときの用心にと、いつも小ぎれをもっているという、まめまめしい甲斐性のある気だてであった。一葉という号をきめたとき、花圃が大変いい名じゃありませんか、それは桐の一葉ですかと云うと、そうじゃない葦の一葉ですよ、達磨さんの葦の一葉よ、おあしがないからと小さい声で、これは内緒よと笑うという位の闊達な気持ももっている。

母や妹は平凡な安穏に恋着して朝夕いらだっているのに、そういう浮世の苦労にかかわりなく何ぞというと振袖を着て集る萩の舎の空気の間で、気性の激しい一葉は、気持のどこかにいつもさばさばしない何かをもたされつづけていたことは推察される。桃水のことは友達たちに相当話したらしく、誰かがそれを注意したら、わるくも噂はしてみたいトントンと都々逸で答えてにげたという庶民らしい面目も、一葉の気持の流動のタイプとして見られる一つの活々とした面白さである。

桃水のかくれ家に案内され、長火鉢一つを挟んでの種々の物語。小説「雪の日」よりもっと生彩にあふれた筆で日記に描かれている「雪の日」の情景。そんな住居で、男とさしむかいの半日が、当時のちゃんとした娘としていつもふれられる場面ではなかったからロマンティックな魅力を感じさせたというばかりでなく、一葉をひきつけたもののなかには、そこにありのままの生活がむき出しに示されている工合、とりつくろって冷然とした品よさなどはどこにもなく、女暮しのわが家の日々に充ち(み)ている煩わしい体裁などもすてられている趣(おもむき)が、魅力の大きい一部をなしていたと思われる。

　そういう生活的な共感として、自然にひかれてゆきながら、桃水との噂がたかまり中島歌子からも云われて、桃水と絶交しなければならなくなったとき、一葉は自分の心の底まで我から見つくそうとは試みなかった。普通の娘、その時分の女のようにそういう濡衣(ぬれぎぬ)を、「浅ましとも浅まし」「我はじめより彼の人に心許したることもなく、はた恋し床しなどと思ひつることかけてもなかりき」と、師匠の指図どおりに、桃水との交際を断つための行動をしている。

「我李下(りか)の冠(かんむり)のいましめを思はず、瓜田(かでん)に沓(くつ)をいれたればこそ」「道のさまたげいと多からんに心せでは叶(かな)はぬ事よと思ひ定むる時ぞ、かしこう心定りて口惜(くちお)しき事なく、悲しきことなく、くやむことなく恋しきことなく、只本善(ただほんぜん)の善にかへりて、一意に大切なるは親兄弟さては家の為なり。これにつけても我身のなほざりになし難きよ」と、あわれに封建世俗に行いすました心がけに納まろうとしている。明治二十五年という日本の時代がもっていた旧(ふる)さや矛盾と、一葉自身のうちにあった所謂(いわゆる)模範生型の怜悧(れいり)さがここに発露しているのである。

　桃水が金と女にだらしないと悪評を蒙っていたことは事実であったらしい。けれども、一葉に対しては、ある程度の雰囲気をかもしながら、それ以上のことはなく、一葉が愈々(いよいよ)最後の訪問をしたときなどにも、一葉に結婚をすすめている。「今のうき名しばしきゆるとも」二人が生涯一人でいたりすれば「口清うこそ云へ何とも知れた物ならず」と云われるだろう。「お前様嫁入りし給ひてのち、我一人にてあらんとも、哀れ不びんや、女はちかひをも破りたらめど男は操を守りて生涯かくてあるよなどはよもいふ人も候はじとては、と打笑ふ」これらの言葉や俤も一葉の心に忘れがたいものとして残されたろう。

桃水と交際を絶ってから、はじめて一葉が自分の心持を恋と知って、悩み、育ってゆく過程を、今井邦子はその人らしい抒情で「樋口一葉」のうちに辿っている。それと反対に、平塚らいてうが、大正二年出版の『円窓より』の中で「彼女の生涯は女の理想（彼女自身の認めた）のため、親兄弟のために自己を殺したもの。彼女の生涯は否定の価値である」と云っているのもその時代のその人らしく面白い。今日の第三者の心でみれば、桃水と一葉とのいきさつが心理の微妙な雰囲気でとどめられたものであったからこそ、断たれてのち猶その気持に一葉が深くもたれかかって行ったこともわかる。世間の口さがない批評を蒙る現実の対象が抹殺されてから、却って自分ひとりの心の動きに安心して、勝気で悧潑な一葉が綿々とつきぬ思いを対象のそとへまでも溢れさせて、恋の歌や日記の述懐に表現し、情感に身をうちかけているところも、あわれである。又、いかにも小説でもかこうという若い女性の心情の粘りづよさがあらわれてもいる。

小説のことで紹介された桃水との一年ばかりの交際は、このようにして一葉の女としての生涯の心理に計らぬ局面をうちひらいたのであったが、小説の方でも、桃水の紹介で、明治二十五年三月「闇桜」がはじめて『武蔵野』という同人雑誌にのった。つづいて四月に「たま襷」七月「五月雨」を同じ雑誌に発表している。「闇桜」「たま襷」「五月雨」などは一生懸命にかかれてはいるが、和文脈の文章に格別の力もないし、物語の筋も当時の所謂小説らしい趣向の域を出ていない。

一作二作と活字にはなっても反響がないので、一葉は深い不安と失望とで、自分にもし才能がないならば「今から心をあらためて身に応ずべきことを目論みたい」と「闇桜」をかいたとき桃水に相談したりした。どうしてそんなことを、とむしろおどろいて励ますが、一葉は依然として動揺した心持である。「女の身のかゝる事に従事せんはいとあしき事なるを、さりとも家の為なればせんなし。」

　そして何か思うところがあったらしく、俄に妹邦子について蟬表の内職につとめたりした。花圃の世話で『都の花』に「うもれ木」がのったのは、その二十五年の十一月。その原稿料は十一円七十五銭、一枚が二十五銭であった。それがきっかけとなって十二月に「暁月夜」をのせ、その稿料が入ったので、のどかな年越しをしたとかかれている。それを金額にすれば十一円四十銭也であった。

　萩の舎門下の二才媛とうたわれた一人の花圃は二十五年の秋に三宅雪嶺と結婚した。「近日鬼界ケ島へわたるから」と花圃は諧謔的に云っているけれど、桃水との交際も断った一葉の当時の心持は単純ではなかったろう。その夏に、旧父の在世の頃一葉の聟にという話があって、殆どまとまっていたのを父の歿後利害関係のいきさつでその話はこわれていた渋谷某という男が、一葉を訪ねて来たことがあった。とりたててどうということもない青年だったのが、今は検事試験に及第して正八位、月俸五十円。二十円が百円以上のねうちのあったその頃は、金時計など胸にかけ、もう一度昔の話のよりを戻したげな親しみをみせた。小説出版の費用を出してよいとも云う。しかし一葉の心の中には、その男が憎いのでもないし、我慢の意地をはるというでもなくて、「今にして此人に靡きしたがはん事なさじ」と思う感情がある。母と妹への責任さえ果してしまえば、我を「養ふ人なければ路頭にも伏さん、千家一鉢の食にとつかん。世の中のあだなる富貴栄誉うれはしく捨てゝ小町の末我やりてみたく」と思う一筋のものが在る。

　二十六年には、明治の日本文学の流れのなかに極めて生新な芸術的雰囲気をもたらした『文学界』のロマンティシズム運動がおこった。同人は星野天知、北村透谷、島崎藤村、平田禿木、戸川秋骨、馬場孤蝶、上田柳村などで、十九世紀イギリスのロマンティシズム文学、ドイツのロマン派の文学の影響をつたえたものであった。同じ『文学界』の同人たちの間でも、透谷のように主としてバイロンやシェリイにひかれて行ったひとと、藤村、禿木、柳村などのようにキーツ、ダンテ、ロセッティ、ウォールタ・ペイタアなどにより多く影響された人々など、資質的な相異はあったが、前時代の文学の影をひいて戯作気質のつきまとっている硯友社の境地にあきたらず、只管純真な美への傾倒に立って励んで行こうとする若々しい一団であった。

一葉はこの『文学界』にたのまれて「雪の日」「琴の音」などをのせている。「琴の音」のテーマとなっている芸術至上の情熱は、一葉の芸術観の骨格というべきものであったが、同時にそれは、年齢も一葉と余りちがわない『文学界』の青年たちの情熱でもあった。

なかでも禿木は一番早く編輯事務のことから一葉のところへ出入りするようになったが、纖細な禿木の情調や人となりは、生活的にずっと深く刻まれている一葉にとって、たのもしい友として感じられるには到らなかったらしい。禿木によって、文学的には硯友社亜流の桃水などより、遥に新しく濁りない空気をもたらされたのであろうが、そのデリケートな脆弱さが、却ってそれとはなしの殺し文句をいうことも知っている桃水の成熟を偲ばせるせいか、一葉の思い出の上に深まる恋の苦しさは、この二十六年が絶頂の如くあった。「名に求めず隠れたる秀才を同好の間に紹介し」ようというのが眼目の『文学界』に一つ二つの短篇を発表したとて、愈々苦しい家計が何となろう。母の着物も売りつくした。「友といへど心に隔てある貴婦人の陪従して、をかしからぬに笑ひおもしろからねど喜ばねばならぬ」萩の舎の日常は、益々一葉にとっていとわしいものとなった。これまでのいきさつから云えば、一葉が塾のあとをつぐ筈の中島歌子の性格や生活にも、おのずとひらけた一葉の目にあまるところもあるようになった。母の滝子が歎きに歎いて「汝が志弱くたてたる心なきから、かく成り行きぬと責め給ふ」と日記の文章でよめば、みやびているようだけれども、二十一歳の一葉の胸へじかにこたえた言葉できけば、お前がほんとに意久地なしで、ハキハキしないから、親子三人この始末じゃないか、という次第である。

心も物もせっぱつまりきった七月になって一葉は遂に一つの決心をかためた。それは、これまでのように小説でたべてゆこうという考えをすっぱりとすてて、心機一転、糊口のために商売をはじめることにきめたのである。

その前後、小説の註文が全くなかったというのではなくて二十六年の二月には金港堂（『都の花』出版書肆）から「歌よむ人の優美なることを出し給へ」と註文され、同じく四月には歌入りの小説というものを請われている。本屋のそういう註文ぶりを一葉はいやがって「いと苦しけれ」と云っている。『都の花』には前の年に書いた「暁月夜」をのせただけであった。

家のため身のすぎわいのためと思って書き始めた小説だが、生計的に窮まったこの時分「かつや文学は糊口のためになすべきものならず」と、はっきり云っている一葉の態度は、毅然たる芸術家の気魄として多くの評伝家に称讃しつくされて来ている。しかしその考えかたにはまだ追究さるべき文学上の問題がふくまれていて、糊口のためにならない文学は、当時の一葉の解釈に従えば、先ず恒産を得て常のこころを身につけたもの、塩噌の心配のないものが、月花にあくがれ、おもいの馳するまま心のおもむくままに筆とるべきものと考えられていた。文学は、彼女にとってやはり旧来どおり現実をはなれた美しい風流事としてみられているのである。生活と文学がきりはなされたままのこういう彼女の芸術至上論よりも、今日の私たちの関心をひく事実はほかにある。才女と称されている一葉が天稟のうちに一種融通のきかない律気なものをもっていて、何でもねっちりと熱してゆく一面があり、大衆小説には向かないと桃水にきわめをつけられたり、萩の舎塾の歌会なども詠草はいつも一番びりに出していたという素質こそ、芸術家一葉にとって非常に意義ふかく思いあわされる条件ではないだろうか。その悲しみやよろこびが小市民風な範囲の中に限られて終始した両親の身うちに、甲斐の農民の血がながれて、一葉につたえられていたところに興味がある。

「いでや是より糊口的文学の道をかへてうきよを十露盤の玉の汗に商ひといふことはじめばや。」歌の会などの折にと、とってあった一二枚の晴着まで売りはらって、七月十七日に下谷龍泉寺町、大音寺前とよばれているところに間口三間奥行六間、家賃一円五十銭の家を見つけて、引越した。

吉原のおはぐろ溝に近いその家には、殆ど徹宵廓がよいの人力車の音が響いた。壁一重の隣りには人力車夫が住んでいる。毎朝一葉は荷箱を背負って問屋の買い出しに出かけ、五厘六厘の客も追々ふえて、六十銭一円と売りあげもあるようになった。細かい商いだから一日百人の客がないことなく、そういうせわしなさにいくらか馴れると、一葉は店を妹にまかして図書館通いもした。

一年に足りないこの大音寺前の生活は、のちに「たけくらべ」を生む地盤ともなり、一葉の一生に特別の意義を認められている。同時にここの特殊な猥雑濃厚な生活環境は、一月一月と経つうちに、感受性のつよい一葉の二十こしたばかりの感覚に、極めて隠微な、しかもおそろしいような影響を与えはじめたのも事実ではなかったろうか。

荒物屋をひらくときの心機一転して裾を高々とはしょりあげたような気分、荷箱をはじめて背負ってみて案外に重きものなりとさらりとしている生活の感情。そういう思い決した颯爽さは、彼女が当時の日記の題を「塵の中」とつけた、全くそのようにしか云いようのない環境のみじめさ、いやしさ、異常性のなかで、勤労の清潔な鋭さを次第に曇らされて行ったのだと思われる。大音寺前の貧は、貧であっても、それは人間の屑のふきあつまりめいた貧で、その一方では、昼夜をわかたぬ廓の繁昌が鳴りとどろいている。界隈に瀰漫している空気には、何とも云えないモラルの虚無的な麻痺が漲っているわけであろう。堅気な、そしてくだける波にさえ花は咲くものを、という思いを抱いている一葉にとって、そういう近所合壁にまじって遂にここに朽ち果て終る我が身かという不安は、追々新たな落つかなさ、焦燥となって迫って来たにちがいない。

周囲から日夜あたえられる刺戟は、そういう不安からの脱出の方向の求めかたにも影響している。焦燥は一葉のこころをこれ迄になかった射倖的な、僥倖をさがす気分に狩り立てて行ったように見える。

二十七年の二月に、こんなことがあった。廓生活の見聞からであろう、美貌で才のある女は、よしやしもがしものしなりとも、遂にあまくも棚引位、山のたかきにのぼることもむずかしくはないだろうと云ったら、妹の邦子が、それはみさおというもののない人でなくては出来ないことだと云ったに対して、一葉は、

くれ竹のぬけいづるさへあるものを
　　ふしはこのよになにさはるらむ

と詠んでいる。

二月に門人の花圃が歌塾をひらくことをきいた。中島歌子は一葉にもしきりにすすめて、いかでこの折すごさず世に名を出し給はずや、と一葉の心を誘い立てている。

この月に一葉が「花ごもり」を書きはじめていることは、私たちの関心をひく点である。七月号（ママ）の文学界にのったこの「花ごもり」は、一葉の小説としてはじめて性格らしい性格をもったお近という五十女が描き出されているばかりでなく、余蘊なくリアルにうつされているそのお近の世道観、処世哲学というものは、よくもわるくも浮世はこうしたものという腰の据えかたに徹したものである。お近のモラルはこうかかれている。「親子夫婦むつまじきを人間上乗の楽しみといふは、外に求むることなく我に足りたる人の言の葉ぞかし。心は彼の岸をと願ひて中流に棹さす舟の、よる辺なくして

波にたゞよふ苦しさはいかばかりぞ。」「今の心いさゝかは屑よからずとも、小を捨てゝ大につくは恥とすべきにも非ず。」「陋劣しきこと、誹るは誹る者の心浅きにて、男一疋なにほどの疵かはつかん。草がくれ拳を握る意久地なさよりも、ふむべき為のかけはしに便りて、をゝしく、たけく、栄ある働を浮世の舞台にあらはすこそ面白けれ。」「望は高くせよ、願ひは大きくせよ。」「卯の毛の先きの疵もつかで五十年の生涯を送りたりとて、何事のをかしさあるべき。一人に知らるべきことは百人に、百人に知らるべきことは万人の目の前に顕はして、不出来も失敗も功名も手柄も、対手を多数にとりて晴れの場所にて為すぞよき。」そういう人生観に立って、お近は大学出の伜与之助と金持田原の娘との結婚話をすすめてゆく。

「わが為の道具につかひて、これを足代にとすれば何の恥しきことか、却つて心をかしかるべし」そして、「思召はきれいなりしが、人をも世をも一包みにする量なければ小さき節につながれて」「小さき結構人」で終った亡夫を罵っている。

更に目をひかれることは、このようなお近が末は一緒と思っていたお新を遠ざける方策をたてたりしていることに対して、与之助は優柔不断で、われながら解しがたき心のいず方に向いてすすむらんという状態のうちに、周囲ではどしどしことを運び、一番弱いお新が思いあきらめて、恋しいときはお姿を描けるように、と田舎住居の絵師の召使いとなって去ってゆくのである。

お近にこめている一葉の筆の力、それに対して与之助がたたかう力をもたない人物として現れている作者の内面的な機微、これらのことを、丁度一葉がこの作品をかいている最中に本郷の天啓顕真術師久佐賀義孝という男のところへ身のふりかたを相談しに行ったことと思い合せると、今日の読者として或る感想なしには居り難い。

萩の舎の代表する社会層の空気に反撥を感じつづけて来ている一葉は、そこにある富貴と同じ内容の他の極として自分の貧を対比して、そのどんづまりで一躍、生ぬるい富貴栄誉に水をあびせるような飛躍を希いはじめたのであった。一葉は「うき世にすてもの、一身を何処の流れにか投げ込むべき、学あり力あり金力ある人によりておもしろくをかしくさわやかにいさましく世のあら波をこぎ渡らん」とて、久佐賀の許を訪ねた。運を一時のあやふきにかけ、相場といふことを為して見ばやと相談した。

日清戦争がまさにはじまろうとしていた二十七年の二月、北村透谷がそのロマンティシズムの窮局に見た絶望によって自殺する三月まえ、堺枯川〔利彦〕が小説などかきはじめていたこの時代の日本の、より近代資本化への社会的混乱のなかで、二十三歳の一葉が、おもしろくさわやかに世を渡らんと相場を考えたというのは、決して只糊口のしのぎのためでなかったことは、種々の点から理解される。

天啓顕真術がまやかしものであったこと、久佐賀が面白い女とみて、妾のようにしようとしたこと、それに対して一葉が味のよい啖呵をきったことなどがあって、それが転機となって、一葉は悟りに入ったように解釈されて来ているのだが、一葉が、再び文学のことに携る決心をかためるに到った心の足どりの複雑さは、天稟うけ得た一種の福があると久佐賀に暗示されただけが動機ではなかったろう。

天啓顕真術へ行って来た翌々日、女学雑誌で、三宅龍子、鳥尾ひろ子がならんで歌塾をひらくという記事をよんで「万感むねにせまりて、今宵はねぶること難し」とあるが、その万感は、ただくやしいばかりのものではなかったろう。考えがめぐってめぐって火のもえるようであったのだろうと思う。

その燃える焔が、日記のなかで有名になっている花圃への罵倒となって迸り、同門の田中という女に、同じけがれとしても万人のすてた此人にせめては歌道にすすむはげましだけはと気負って表現されたりしているのだと思える。

頭の中を火がかけまわるようなその状態が次第に沈静して来たとき一葉はこう考えるようになって来た。「こゝろは天地の誠を抱きて、身は一代の狂人になりも終らば、人に益なくうきよに功なく、清濁いづれをまされりとせんや。」「されば人世に事を行はんもの、かぎりなき空をつゝんで限りある実をつとめざるべからず。」「一人の敵とさしちがへたらんは一軍にいか計のこうかはあらん。一を以て十にあたる事はいまだし。万人の敵にあたるはかの孫呉の兵法にあらずや。奇正此内にあり、変化運用の妙天地をつゝんでしかも天地ののりをはなれず、これをしるものは偉大の人傑となり、これをうしなふものは名もなき狂者となる」

誰の目にも明らかなこの常識論が、特に一葉の場合関心をひくのは、お近によって、もっとむき出しに云われていた同じ常識論に対して作者は与之助をずるずる敗けさせたまま「花ごもり」を終った、そのつづきを、今は、自身にうけいれているからである。しかも、一葉は、そういう常識に結局はおさまる我が心というものに対して、ちっとも観察批判を働かせていない。芸術家の生きてゆく問題の本質は、そういう常識を孫呉の兵法云々で表白することにはなくて、そう表現して自分に肯定させてゆこうとしている我が心の、もう一皮奥の心の在りようとでも云うべきものへの追究にこそ、かかっている筈ではなかろうか。

年齢の若さではない一葉の本質の或る一つのものがここに潜んでいる。この本質的なものと、時代の慷慨的なものとが微妙に結びついて、その年の三月には、「いでやあれしは敷島のうた斗か」という心持にまとまって行っている。「労するといへどもむくひを望まねば、前後せばまらず、左右ひろかるべし、いでさらば、分厘のあらそひに此一身をつながるゝべからず。」「このあきなひのみせをとぢんとす。」

一葉の文体はこの頃から少しずつ変化して来ている。定型をふんで来た和文脈の文章はその人のリズムのあらわれたものになりかかっているのも興味ふかい。

一葉の「もとの心はしるやしらずや」樋口の三人は三様の心で、大音寺前の長屋から、本郷丸山福山町の、ささやかな池の上に建った家賃三円の家へ引きうつった。一葉は「花ごもり」を心理のかくれた土台石として、

おもひたつことあり、うたふらく
すきかへす人こそなけれ敷島の
うたのあらす田あれにあれしを

という心持から。邦子はもう零細な商いにあきた気持から。そして母の滝子は、小さくとも門構えの家に住んでやわらかい着物でも重ねたいという願いから。引越しのあったのは二十七年五月一日のことであった。

これよりいよいよ小説のことひろく成してんのこころ構えから、この人の手あらば一しほしかるべしと母娘の相談で、うちたえていた半井桃水の許をも訪ねた。

中島歌子から、萩の舎号をゆずって死後のことを頼むべき人は門下の中にあなたしかないからという話があった。それも一葉としては「思ひまうけたる事」であり、もう先のように萩の舎の空気や師匠歌子のとかく噂ある生活ぶりへの潔癖をすてて、自分としても歌道のためにつくしたい心願だから、「此道にすゝむべき順序を得させ給はらばうれし」と月々報酬をもらって手伝いに通うことにきめた。「変化運用の妙」に立ち「一道を持て世にたゝんとする」生活の第一歩がこのようにして始められたのである。

金銭上の不自由はやっぱりつきまといながらもこの時代から、一葉の生活は方針のたった日々の落着きが、日記をみてもまざまざとあらわれて来ている。桃水に対して経た感情の幾風波も、おさえれ

ば却ってたぎるようなものだろう、悟道を共々にして兄の如く妹の如く、世人の見もしらざる潔白清浄なる行いして一生を送らばやという境地に達した。

この年『文学界』に連載された「やみ夜」は、おそろしき涙の後の女心の、凄艶な恨にかたまったお蘭と、そのお蘭のために身をすてる不遇な青年直次郎を配し、刃傷などをからめた作だが「花ごもり」に比べて興味のあることは、作者一葉がこの作で初めて作品の世界の雰囲気というものを或る程度まで描き出すに成功していることと、冷やかな笑のしたに凍る女の怨みの情緒をこまかに辿りながら「花ごもり」にない客観的な皮肉な態度で、一篇の波瀾の終末をややつきはなして眺め描いていることである。波崎が恨みの刃をうけながら、却って「向ひ疵とほこられんが可笑し、才子の君、利口の君万々歳の世に又もや遣りそこねて身は日蔭者」になる直次郎。三月もするうちにいつか主がかわった松川屋敷、「お蘭も何処に行きたる、世間は広し、汽車は国中に通ずる頃なれば。」と結んでいる。

やはりこの年十二月『文学界』へのせた「大つごもり」では、題材の範囲が一歩ひろめられ、これまで大体富めるも貧しきも当時の所謂小説めいた架空のシチュエーションで扱われていたのが、この作品で、貧につまって盗みをする下女が主人公として現実的な筆致で描かれているのが目をひく。

二十八年五月の「ゆく雲」で、一葉は初めて筋よりも心理を描く近代小説に近づいて来た。この年は広津柳浪の有名な「黒蜥蜴」や泉鏡花の「夜行巡査」「外科室」などが、文学史的な問題をもってあらわれた年であり、一葉も終生の代表作となった「にごりえ」を七月に「たけくらべ」を十二月にかいた年である。硯友社の文飾的要素の多い文学は内面的な発展の要因を欠いていたため紅葉の努力にもかかわらず陳腐に堕して、硯友社門下の中からも、鏡花のように、当時観念小説とよばれた新しい探求を世俗の常識的な概念に向って投げかける試みがあらわれて来た時代である。

一葉は、萩の舎の将来の後継者としての面では、進みゆく時代の文学的空気に極めて微々としかふれ得なかったが、二十八年の二月の日記には、文学についての保守的な考えかたに反対した意見をかきつけている。「ひかる源氏の物語はいみじき物なれど、おなじき女子の筆すさびなり。よしや仏の化身といふとも人の身をうくれば何かことならん。それよりのちに又さる物の出でこぬは、かゝんと思ふ人の出でこねばぞかし。かの御ときにはかのひとありてかの書をやかきとゞめし。此世には此世をうつす筆をもちて長きよにも伝へつべきを、更にそのこゝろもちたるも有らず。はかなき花紅葉につけても、今のよのさまなどうたへるをば、いみじういやしきものに云ひくだすこゝろしりがたし。今千歳ののちに今のよの詞をもて今の世のさまをうつし置きたるを、あなあやしかゝるいやしき物更にみるべからずなどいはんものか。明治の世の衣類、調度、家居のさまなどかゝんに、天暦の御代のことばにていかでうつし得らるべき。それこそは、ことやうなれ。」

これまでも、文学の純粋さを守ろうとする一葉の感想は様々の形で様々の矛盾をふくみながら語られて来ていたが、ここで、初めてそういう芸術至上の感慨の表現ばかりでなく、はっきりした自分の創作態度というものを表明しているのは興味ふかい。一葉はここへ来て、自分を旧来の女流文章家というものから区別する明瞭な一つの自覚をもち始めるようになったと思われる。自分の生きている時代の描きてとして自分と自分の文学とを後世に向ってうち出して行こうとするはっきりした意図。旧套の和文脈美文が示している表現力の限界を理解して、生活の中からの言葉、表現の評価に目を向けていること。いずれも、一葉の作家的自覚の著しい進歩と高まりである。

自分の芸術に対して、ここまで歩み出した一葉は同時に日常生活に向っても次第に雄々しい腰の据りを示して来ている。或る日の夕はんがすんだら、あとにはもう「一粒のたくはへもなし」と母の滝子はしきりに歎き、邦子はさまざまにくどく。もとの一葉であったなら、勝気な胸に忽ち例のわが身一つは捨てもの、という動揺を感じて癇をたてたであろう。けれども、この時は「静に前後を思ふてかしら痛き事さま〴〵多かれど、これはこれ昨年の夏がこゝろなり、けふの一葉はもはや世上のくるしみをくるしみとすべからず、恒産なくして世にふる身のかくあるは覚悟の前なり」と云っている。

一葉を、そこまで押しすすめた力は、果してただ一葉ひとりの天分とでもいうようなものだけによるだろうか。日記にはごくあらましの表現で云われているが、当時、一葉の周囲をとりかこんでいた『文学界』の人々の影響は、一葉の成長に見のがせない意義をもっていると思う。

「雪の日」を『文学界』にのせて以来、同人たちとの交際は次第にひろく近しく繁くなって来ていて、一葉が丸山町の池のある家へ住むようになってからは、一日に誰か同人たちが訪れない日はないという有様となっている。人生上のいろいろな若々しい感動、文学についての論談やヨーロッパ文学の噂も、論談風発という工合であったらしい。萩の舎では「もののつゝみの君」という名をつけられた一葉も、文学界の人々とのつき合いでは、なかなか闊達で、自在で、警句も口をついて出たらしい。二十五年ごろ内田魯庵が翻訳した「罪と罰」の話に一葉が興味を示したというのも、おそらくはこういう場面での収穫であったろう。「時は五月十日の夜、月山の端にかげくらく、池に蛙の声しきりて、燈影しば〳〵風にまたゝくところ、坐するものは」と若い文学界の誰彼の姿をも日記にかいている。

知られているとおり『文学界』のロマンティシズムを貫いて何より熱く流れていたのは、あらゆる封建の習俗への抗議であった。男と女との情愛と云えば肉体的なものしかみず、痴情しかみなかった過去のしきたりとそこから生れた文学への反撥である。女を精神あるものとみて、男と女との愛と呼ぶものに美しい勁い精神の輝きを発露させたいという希望が、『文学界』の雰囲気にどれほど濃くもえ漂っていたかということは、敗れて自殺した透谷の文章に、女性への幻滅がかかれていることにも知られる。

このロマンティシズムが日本の明治二十年後半という時代にあったという特徴は、例えば、藤村の初期の抒情詩のこころと形とが悲しいばかりまざまざと語っている。藤村は、何とうちふるえるような情感のたかまりで、若い男と女のやさしい心の恋をうたっていることだろう。同時に、それらの調子、様式は「お小夜（さよ）」の黄楊（つげ）の小櫛（おぐし）の古さがまだまだおもくきついなかから、重きが故に愈々その声の響きは遠く高くとあこがれる。そのような当時のロマンティシズムの日本らしい特徴は、同人たちの一葉をかこむ気分にも十分にじみ出していただろうと思う。

一葉が当時の婦人として例外であった作家でしかもその人がらが並々でないこと。一つ家に母や妹はいても、あるじは若い女性の一葉であるという珍しい空気。しかも、その家は若いロマンティストたちの反撥をそそる権門富家ではなくて、親しみやすくつつましい市井（しせい）の住居で、若い女の一葉が筆ひとつにたよって此世を過してゆこうとしている境遇も、その人々の心をひきつけてゆくものであったにちがいない。

文学論を文学論として一葉は何一つかきとどめていず、自分としてもそういう形でうけとってはいなかったらしいけれども、話の中から一葉が直感的に感覚としてうけた新鮮な刺戟、文学的亢奮（こうふん）は決して浅いものでなかったと想像される。

しかし、そのつき合いに対しても、一葉は一面に男の人たちはよろずにおおらかで、話し甲斐もありと見ゆれど「それもさるものにて、いさゝかやましきことそはぬにしもあらず」という気持をもっている。このひとたちは、今はこうやって、無識無学の女一人の自分に議論の仲裁などをもさせ、将来どんな境遇になっても友情に変りはないと云っているけれども「親密々々こはこれ何のことの葉ぞや」「偽（いつわり）のなき世也（よなり）せばいか斗この人々の言の葉うれしからん」という感情も一葉にあった。そして「かりそめの友といふ名に遊ぶ身なり。このかるやかなる誓さへ末全（まった）からんや」と人のつき合いのはかなさを歎いている。一葉は大音寺前をひき上げて来るとき一つの心の飛躍をしていて、その飛躍の性質はやがて彼女に「うら紫」のお律の人生態度を描かせたものと通じている。「花ごもり」のお近が一葉の処世の全部の気持であり得なかったと同時に、純真な青年たちの感激の言葉に対しても同じ年ごろの女性らしい全心の傾倒は示さないで、偽のない世ならこういう言葉もどんなにうれしく聞けるだろうという不信を抱かせている。

人生や友情に対するそういう実際的な不信頼懐疑をも、一葉はむき出しな人生論として皆とは話さず、その時代らしく仏教的に行方定めぬ人の姿として自分の感情の中にもっていただろうし、その期待するところのすくないような一葉の友情の態度は、『文学界』の人たちの情緒に、一種端倪(たんげい)すべからざる複雑さで映り、なお友情のニュアンスをふかめることともなったにちがいない。

一葉と『文学界』の潮流との交渉はこのように、文芸思潮の表面からは論じがたく、しかも、一葉の芸術の感情的なゆたかさ、高まりのための刺戟としては、血肉のつながりをもって進んだ。

二十八年七月の「にごりえ」は、このような周囲の雰囲気の中から生れた。当時も大変好評で、『文学界』の人たちはこころもちのよい無私のよろこびを示している。一葉は「此世にはこの世をうつす筆」というはっきりした自覚に立って、自分の住居の隣りにある銘酒屋の女たちの生活や身辺の実際の人の身の上などから、この一篇を書いた。庶民の日暮しの目撃に立ってかいている。この一篇も注目すべき作品ではあるけれど、源七がお力を殺して死ぬのが結末となっている全体の結構はやっぱりまだ「やみ夜」などの系列に属していて、裏長屋の描写の細部も精密ではあるが一般的である。広津柳浪は既に「残菊」などで心理描写だけの小説を試みているけれども、一葉は、お力の心の浮沈を辿ったその執拗さで源七の心理を追究しようとは試みていない。よしんば源七はあり来りの型どおりの心の動きにあっても、お力が得心ずくで死んだのか、あたりまえの怨(うらみ)の刃で命をおとしたのか、そこが、「にごりえ」のテーマの頂点であろうが、そこを近所の人々のとり沙汰(ざた)でだけ語らして、作者はそのかげに入ってぼやかして、人魂ばかりに長き恨みをかこつけていることにも関心をひかれる。第五節の終りの、お力が苦しい切ない乱れ心地で夜店の出た賑やかな町を歩いてゆくところの描写は、痛切で生々しく、今日でも実感に訴える感覚のとらえかたとして圧巻である。

「たけくらべ」は、はじめ『文学界』に連載されたものだが、のち、二十九年四月『文芸倶楽部(クラブ)』にまとめて発表されて、遂に一葉の名を不朽にする作品となった。

十ヵ月ほど一文菓子をやって暮した大音寺前の生活は、初めてそういう土地に住んだ一葉の観察眼に、実にくっきりとその朝夕の特殊な気風をうつして見せたにちがいなく、「たけくらべ」の女主人公、大黒屋のみどりをはじめ描かれている少年少女は、その感情のませかたも、動きも、モラルも、風俗もことごとくが、吉原という別天地をめぐる一画の具体的な真の姿として捉(とら)えられている。一つ一つの情景が「にごりえ」のような一般性で描かれていず、そのまま舞台へものぼせられると思うほど、立体的に動的で、それらの潑剌とした動きをつつんで、みどりと信如(しんにょ)の恋心とも名づけられない稚(おさな)い日の思いが、雨の日のぬかるみに落ちた友禅の小切れや、門の格子(こうし)にのこされた一輪の水仙に象徴されて、生新な息ぶきを全篇におくっているのである。

子供から大人にうつりゆく少年少女の心理を小説にかこうという意図そのものが当時にあって前例ない試みであった。一葉はその上に、女が女を描く独自の清らかさとふくみと情とをもって、みどりの少女から娘への肉体と心の推移を描いている。信如と正太郎の境遇や心持の対照、長吉と三五郎との対照、そこには子供の世界を描く大人の側からの感傷的な甘えというものがちっともなくて、子供たちの生活に映っている大人の世界、その中では子供たちも大人の義理や意地立て世過ぎの姿と同じものにまきこまれ動かされ泣き、こらえ生きている。そのような日々の色どりが描き出されているのである。

これまでの作品では、「にごりえ」にしろ一葉の才筆というものが作品の上側に浮いていて、とかく文章をよまされる感じであるが、「たけくらべ」では、文才は描き出されて来るもののかげにしっかりと入っていて、その頃は人々が暗誦(あんしよう)までしたという十二章前後の描写も、決してただ口調のよい美文ではない。

明治二十九年と云えば、日本の文学の空気の中に「吉原」はまだ伝統の響をもっていて、読者の感情はその名によって既に或る準備があたえられているところへ、男の作家は何人も見なかった大門そとの長屋暮しの界隈の生活をとらえ、そこに点ぜられたみどりと信如の淡くしかも忘れ難い稚い恋の色彩は、当時の感情にとって、どれほど懐しく馴染(なじみ)ふかく且(か)つそれ故に一層の新鮮さに駭(おど)ろかされるものであったろう。

『早稲田文学』によっていた逍遥などに対立して、ロマン派の文学的傾向に立ってその頃文学の神様のように見られていた森鷗外が、二十九年一月に発行した『めさまし草』三人冗語で「吾(われ)はたとへ世の人に一葉崇拝の嘲(あざけり)を受けむまでも、此人に誠の詩人といふ称を惜しまざるなり」と評し、露伴は「此のあたりの文字五六字づゝ、技倆(ぎりよう)上達の霊符(れいふ)として飲ませたきものなり」と称讃した。

「たけくらべ」の抒情の美は、一葉がどれほど大音寺前の見聞をこまかにとりあつめたとしても『文学界』の人々からの情緒的影響なしには決して生れ出なかったものだと思われる。それとともに、今日から眺めかえせば、当時のロマンティシズムがその旧さでも新さでもこの「たけくらべ」一篇にきわまったような形を示しているのも実に意味ふかく考えられる。

後に社会文学・自然主義文学の運動に活躍した内田魯庵などが、大体一葉の芸術の境地に疑問を抱いていて、一葉も魯庵はすきでなかったといわれていることも、時を経た今では公平に私たちを肯かせる必然が感じられるのである。

その頃一葉のまわりの賞讃の声というものは、作者に安らかなよろこびを与えるより以上に不安とその賞め言葉の浮動性を感じさせるほどであったらしく、一見傲慢とも見える苦しさで「たゞ女義太夫に三味の音色はえも聞きわけで、心をくるはすやうなはかなき人々が一時のすさびに取はやすなるらし」と歎じている。「我れを訪ふ人十人に九人まではたゞ女子なりといふを喜びてもの珍しさに集ふ成けり、さればこそことなる事なき反古紙作り出でても今清少よ、むらさきよとはやし立つる誠は心なしのいかなる底意ありてともしらず、我をたゞ女子と斗見るよりのすさび、さればその評のとり所なきこと、疵あれど見えずよき所ありともいひ顕はすことなく、たゞ一葉はうまし、上手なり、余の女どもは更也、男も大かたはかうべを下ぐべきの技倆なり、たゞうまし、上手なりといふ斗その外にはいふ詞なきか、いふべき疵を見出さぬか、いとあやしき事ども也」とも書いている。

この評への評にも、当時のロマンティシズムの限界が間接にうかがわれる。鷗外も「たけくらべ」に対してはハルトマンの美学をひいての分析は試みず、一葉の完成とそこにある新しさの土台をなしている旧さを捉えず、当時擡頭しかけていた観念小説、社会小説の波に向って、我が文学陣の選手とばかり推したてたのだろう。

それならば、一葉自身「たけくらべ」に対してどんな客観的な自評を抱懐していたかと云えば、今日私たちがうなずけ得るのは、賞讃への不安と物足りなさの表現ばかりである。正面から異議ありという魯庵を、一葉はきらいな人という自分の感情だけで見ている。一葉の「たけくらべ」以後の成長と発展とはこのような点からみても非常な困難におかれていたと思う。

題材的に「大つごもり」「にごりえ」「たけくらべ」と移って来た一葉が、初期の月並な和文脈からこの人らしい抑揚の雅俗折衷の文体へと変化しつつ、猶口語の文章にうつり行かなかったところには、作家としての深い必然があったと考えられる。二十九年に終った一葉の二十五歳の生涯を貫いた女としての情感は、外からうけた教養が開化期以後の反動時代で和文系統であったというだけでなく、情緒の構成そのものが、半ば解かれたる如くであって猶二つの脚はしっかりと封建の慣習にとらえられているところからの身もだえ、訴えの曲線をもっている。二つの手二つの脚をのびのびと動かしてうるさいものを払いのけてゆく女の生きかたとはまるで異った抑制と、その抑制をついに溢れ破らんとする力との苦しいかね合いにおかれていて、その情感の綿々たるリズムは、烈しければ烈しいほど、雅俗折衷の調べにこめ得る格調と曲線とを己の声としなければならない。

　口語というものには近代の論理性があって、文章の構成は立体建築に似ている。心理の追究は可能であるけれども、縷々とかきくどく雅俗折衷文の余情脈々のリズムは、そのままには存在しない。

　一葉が口語文でかかなかったことを遺憾とする学者もあるだろうけれども、一葉の心情の肉体的曲線そのものが、その一つ前時代の雅俗折衷にあったので、例えば口語体でかかれているただ一つの短篇「この子」をみても、それは考えられると思う。「この子」には一葉らしい才の閃きは小さく見えるけれども、骨格の常識性がいかにもむき出されて、もし一葉が口語の小説をその調子で書きすすめたらば、或は「たけくらべ」を嘗て書いたのはこの同じ人かという感想を与える結果を来したかもしれない。いつしか通俗文学に入ったかもしれないとも思える。一葉には、自分が恋愛について、友情について、人情のあやに対して抱いている人生感の窮極にある旧い常套を我から抉り出す力はなかった。当時のロマンティストたちの影響はそのような一葉の矛盾そのままを美に高める暗黙の作用としてだけ役立ったのであった。

「うら紫」は最後の作であって、このなかに一葉の新しい展開のモメントが蔵されているという意見もあるようだけれど、果してどうであろうか。表現の方から云って、もしこの作品から後に一葉が口語でかくように向ったとして、それが文学として高い峯に近づくためには、「うら紫」のお律の女としての生きかた、その居直りかたに、もう一歩つき進んだ作者の社会的な見解が期待されるのではなかろうか。無言に晴らす女の恨みのつめたい笑いへの共感以上に、自分の愛さえ良人に対して盗みの形で守ろうとしなければならない女の在りようについて、その正当な主張の可能を探ねる方向で、女としての大きい同情と哀憐と正々堂々さが求められるのではなかろうか。そしてそのことは、一葉にあっては、十五歳で萩の舎の門に入り二十五歳でその生を終るまでの複雑をきわめた十年間の生活が、彼女の内面につみ重ねた人生観の飛躍的な大整理、一つの歴史性から次の一つへの質の飛躍を意味しなければならないことであったのだろうと思う。

三宅花圃と樋口一葉とは、近代日本にとって先駆的な同時代の婦人作家、同門の出身、その上対蹠的な境遇ということから、常に照しあわせ対立してみられて来ている。

花圃の「藪の鶯」は当時として新しいものであったかもしれないが一種の風俗小説で、芸術としての美、詩情の美は、旧来の日本の女の最後の代表者ともいうべき一葉の作品に遠く及ばないというのが定評であると思う。だが「藪の鶯」の新しさそのものが、そこにある思想の本質では明治二十年以前にあった婦人の新しい社会生活への動きが幹で截られたあとに生えた蘖にすぎず、しかも蘖たる自身の本質について作者は全く無自覚であったということは、「たけくらべ」の作者一葉が、自身のロマンティシズムのうちにふくまれている矛盾について知る力を持っていなかったこととい かほど逕庭があるだろう。近代日本の婦人作家の歴史が、このように自ら流れる方向を知らない源から発して、今日に到っているということには、婦人作家たちが経なければならない歴史的運命が、ひととおりならぬものであるということについて十分の暗示をなげているると思われるのである。

## 三、短い翼

### 一八九七―一九〇六（明治三十年代）

樋口一葉の亡くなった翌年の明治三十年十二月に編輯され、三十一年一月に発行された『文学界』はそれを最終号として廃刊になった。明治二十六年一月に創刊されて、日本のロマンティシズム運動とともに忘れ難いこの雑誌は、五年間の任務を果し、今やその表紙に竪琴を、扉の口絵にはロセッティなどの絵をのせた姿を消すこととなった。藤村が「告別の辞」をかいた。

ロセッティ、ハント、ミレエなどがP・R・Bなる詩社を結ぶや、『ジャアム』という名で発刊されていた雑誌は四ヵ月で廃刊になったが、『文学界』は経済的にも困難な中を五年の間努力して来た。けれども今日の廃刊は「通例柳を折り草を藉きて相惜むの別離に非ず、これ永く相別るるなり。この草紙の終りにのぞみて読者と共に相酌むの酒はこれ再び相見ざるの盃なり」「別離の情は懐旧の情なり」「複雑なる泰西の文化が単純なる固有の思想と相たたかふの跡を見しも、フロオベル、ドオデエ、ゾラ等の奉ずるといふなる実際派の勢力は吾国の小説界にまで著しき傾向を与へんとしつつある様を眺めしも、またあはれなる『ロマンティシズム』の花の種のそこここにちりこぼれたるを見しも、実にこの間にありき。」「まだ百花爛灼たる騒壇に遇はずして先づ住みなれし故郷を辞せんとはすなり。」

藤村のこの告別の文章は、適切に当時の文学の動きうつりつつあった有様を語っている。

同じ『文学界』でも、終りに近い号には花袋の「かくれ沼」などという写生文脈のうかがわれる小説がのせられているし、藤村自身、詩文集『一葉舟』を出し、文学界には「木曾谿日記」をのせ、やがて小諸義塾へ教師としてゆき、次第に写実的な傾向で小説に固まろうとしている時代である。秋骨は、吾が国現在に主義なく、思想の破るべきなし、「やむなくば理想の世界に遊び、はた力行の世界にかへらんかな」と『文学界』の最終号にかいた。

日清戦争の後の日本の社会的な条件の変化は、各人に各様の刺戟となって、一葉の周囲に僅か一二年は渾然と在り得た文学界同人の方向をも分裂させたのであった。

三十年という年には、新しく子規の『ホトトギス』が創刊され、三十一年には社が東京にうつって、俳句の新運動と写生文が益々活潑な影響を与えはじめた。時代の空気は文学界の同人たちから「洋装の元禄文学」という批判をうけて来た紅葉にも「金色夜叉」をかかせるようになった。蘆花の「不如帰」の出たのは三十二年である。

与謝野鉄幹を中心とする新詩社から『明星』が発刊されたのが三十三年であって、『明星』のぐるりに今日洋画壇の元老たち、藤島武二、結城素明、石井柏亭、児島喜久雄、黒田清輝、岡田三郎助、青木繁、満谷国四郎その他の人々があつまったことも、明治二十九年の日本で初めての光彩ある前期印象派の団体白馬会の生れたことと照しあわせて興味ふかい。

この『明星』は、『文学界』の最終号で、藤村が「あはれなるロマンティシズムの花の種のそこここにちりこぼれたる」と云った、その一つの花の種であることは明かであったが、日清戦争の前と後とでは、ロマンティシズムの種も変化を蒙って、鉄幹の新詩社は、文学界の芸術至上に立つロマンティシズムを気弱だと評した。そして鉄幹は、三十年に発表した詩集『天地玄黄』で、戦勝日本に漲った民族の意識を代表し、新たにうちしたがえられたと思われた土地へ流れひろがろうとする欲望の歌いてとして自身をあらわしたのであった。

鉄幹のそのような「荒男神」ロマンティシズムは、三十四年に有名な「美的生活論」を書いて、後世から支配する者のロマンティシズムとして認められている高山樗牛のロマンティック思想と本質をひとしくするものであり、ロマンティシズムとしての社会的感情の源泉も、はなはだ目前の事象的亢奮に刺戟された支配者的な要素の多いものであった。

樋口一葉は、このような三十年代日本の渾沌の前後、前期ロマンティシズムの最後の光芒のようにその生涯を終ったのであったが、一葉の死の前後、『文芸倶楽部』の女流小説特輯に作品をつらねたような他の婦人作家たちは、文芸思潮におけるこの大きな変動期を、どのように経過しただろうか。

日本で初めてキリスト教文学と少年少女のための文学を紹介した若松賤子は、「小公子」をのこして一葉と同じ年、三十二歳の生涯を終っている。夢を見るのも英語でゆめみたというほど、開化期の洋風教育を徹底的にうけたこの婦人作家は、『女学雑誌』に啓蒙風な科学物語などをかき、全く病弱な体であったにもかかわらず極めて自然な温和に明るい日本の女らしさのしんにつよいピューリタン的精神をつつんで、婦人として翻訳文学に消えない足跡をのこした。若松賤子は、ほかの閨秀たちが殆どみな雅俗折衷の文章にとじこもっていたときに、口語体で翻訳をした。その口語文の表現はいかにも自由で漢語の熟語や形容詞にちっともわずらわされず、親密な日常の活々とした表情で駆使されていることは、森鷗外の妹として、明治二十年代の初頭から、訳詩の上に活動した小金井喜美子の名とともに翻訳文学の歴史からも十分評価されるべきことであると思う。

山田美妙との恋愛の紛糾から、習作を未だいくらも脱しない小説をかいていた田沢稲舟が自殺したのは、一葉の死と同じ二十九年の出来事であった。

一葉の死の直後は、日本の文学全体に亘る変動期に入るとともに婦人の文学的活動にも一種の低迷というべき沈滞が生じた。三十四年に与謝野晶子の「みだれ髪」が出て、『明星』のロマンティシズムが婦人の間に或る熱気を喚びさますまで、折々作品を発表した花圃、北田薄氷などとともに、殆ど毎月一篇の短篇を淋しそうに、おとなしく執筆していたのが大塚楠緒子である。

日本で最初の美学専攻者であった大塚保治博士の妻として楠緒子が明治四十三年その生涯を終ったとき、漱石は「あるほどの菊投げ入れよ棺の中」という句をおくって弔った。明治三十八年作の「お百度詣」などは当時の戦争に反対しそれを悲しむ女の心を語った歴史的な性質をさえもっているものだが、境遇が遂に文学を余技の範囲から押し出さず、従って作品の全体がまとめられた文集など、今日では図書館にさえのこっていないことは、女の文学上の努力の果てとして哀愁を覚えさせる。

さて、このようにして『文学界』のロマンティシズムは、その花からちりこぼれた時代的な変種の二番咲きとして一方に高山樗牛、与謝野寛などのような当時の権力と方向を合わせた政策的文学批評や慷慨の意気の代表者を生むとともに、他の一方には、そのような俗情に立つ合目的性の文学に反抗するロマンティック思想と、擡頭しつつある自然主義の傾向とのわかちがたく綯い合わされた独自の存在として国木田独歩を生んだのであるが、新詩社のロマンティシズムが、日本の近代文学の成長に寄与した何ものかがあるとすれば、それは鉄幹が意識してふりかざしながら詩壇に登場した日本帝国の支配者たちの口ぶりに合わせた政策的高吟の詩の幾篇かではなくて、

ひときれの堅きもちひをあかがりの
　手にとりもちて歌をしぞ思ふ

皮ころも虎斑のなかにうづまりて
　いねて笛ふくましろなる人

乞食等の箸すてし野辺の朽ちむしろ

くちめよりさへさくすみれかな

などという歌にこめられた一味新鮮な近代の生活感覚であったことは、特に注目をひく点であると思われる。一方で『天地玄黄』のような歌を出している鉄幹は、自身のうちからおのずとほとばしったそういう二色の歌の流れの間にある興味ふかい矛盾に、果して心付いていただろうか。

彼は辛酸な少年時代を経た。

孔子(くじ)のふみ読みてこもれど天雲(あまぐも)の
　立たまく欲しく止みかねつも

むなしくて家にあるより己が身し
　谷にうちはめ死なん勝れり

と思いきわまった青年が、二十歳(はたち)を二つ三つ越したばかりの血気で日清戦争の好戦的な気風にあおられ、師事した森鷗外が、「勲章は時々(じじ)の恐怖に代へたると日々の消化に代へたるとあり」とよんだ芸術境にも反した「荒男神」のロマンティシズムをもって現れながら、境遇の人間的な現実は抑えがたくて、

野に生ふる草にも物を云はせばや
　涙もあらむ歌もあるらむ

と詠(うた)う真情の新しい力が、近代文学として本質的な意義をもたらしたという事実は、何と興味ふかいだろう。作者は其(それ)を承知しなくとも、今日の目で眺めれば、ロマンティシズムも日清戦後の日本の現実のなかでは貴族的なロセッティの美の世界から歩み出て、当時『六合雑誌(りくごうざっし)』で安部磯雄(あべいそお)や片山潜(かたやません)がしきりに論じていた庶民の生活条件改善問題を必然とした、その生活事情をロマンティシズムの背景

にもたなければならなくなって来ている。しかも自分がおかれている庶民的な事情を歴史的に把握する力をもたないために、歌集『天地玄黄』のような時流に流されかたも示している鉄幹のロマンティシズムの分裂は、樗牛の晩年のニイチェ礼讃とともに、極めて意味ふかく明治の知識人の精神の動揺の一つの姿を見せているのである。

創作の原則で新詩社と常に対立していた正岡子規は「真摯質樸一点の俗気を帯びざる」芸術境を目ざすことで、国木田独歩は、少くとも「嘘を書かぬこと」という創作に対する「唯一つ」の意思をもっていて、その点では各々主観的な我を確保した。

鉄幹は、自身のロマンティシズムについて、真実追求に関するそういう問いかけを試みてもいないし、煩わされてもいなかった。偽はまことか、まことはうそかと、誇張をも顧慮せず燃え立つなりに自我を燃え立たそうと意欲し、その主情的な主張において、分裂矛盾のままに自身のロマンティシズムを立てていたのだと考えられる。

この自然発生的で又現世的匂いのきつい鉄幹のロマンティシズムが、泉州堺の菓子屋の娘であった鳳晶子の才能に働きかけ、それをひきつけ、目ざまして行った過程は、鉄幹、晶子の夥しい作歌のうちに色彩濃く描きつくされているのである。

鉄幹は京都の生れだが、晶子は堺の町の没落しかけている羊羹屋に、三人めの娘として明治十一年十二月、歓迎されない誕生をした。父親が娘を可愛がる通例とちがって、晶子は父から邪魔もののようにうとんぜられ、勝気な母は弟や妹の世話を彼女にまかせ、家のために青春をとざされ過した。堺の町にたった二冊だけ入る『文学界』のうちその一冊はこのとざされた生活の晶子が購読者であった。やがて『明星』が一冊六銭、当時のタバコのピンヘット一箱の代で発行されたとき、晶子はこの新詩社の運動に激しくひかれて、上京した。明治三十四年といえば晶子は二十三歳の年で、その秋に鉄幹と恋愛を通して結婚した。
『みだれ髪』はその年に出版された。

夜の帳にささめき尽きし星の今を
　下界の人の鬢のほつれよ

歌にきけな誰れ野の花に紅き否む
　おもむきあるかな春罪もつ子

髪五尺ときなば水にやはらかき
　少女ごころは秘めて放たじ

「早熟の少女が早口にものいふ如き歌風であるけれども」と後年斎藤茂吉が評しているこのリズムが、当時にあって、どれほど新鮮な感動を与えたか。おそらく今日想像の及ばないほどつよく烈しく芳しい新風であったのだろう。

やは肌のあつき血潮にふれも見で
　さびしからずや道を説く君

恋を知らでわれ美を神にもとめにき
　君に今日みる天の美地の美

ここにはただ女の恋のよろこびの歌のひとふしがあるばかりでなく、『文学界』のロマンティシズムがもたなかった肉体の愛の表現の肯定が、活々と脈うっていることに注目をひかれる。

封建の風をつたえて、紅葉などでも作家が自分の恋愛の問題を文学に扱うのを、人の前に恥をさらすと云っていたような時代。そして、吉原での痴戯は憚らず描かれているが、恋とはとりも直さず痴情としてみられていた時代、『文学界』の若きロマンティストたちは泰西の愛についての考えかたを主張し、封建風な低い痴れごとの観念に対抗して、男女の間にあり得るダンテ的な愛の境地を強調した。肉体をはなれた心と心との美しい愛を求め描いたのであった。

殆どあらゆる作品に、何かの形で破恋を描いた一葉も、恋愛そのものについては不確定な態度で、心の奥ではやはり昔ながらに恋はこわい執着、さけがたい人間の迷いという考えかたをかなりつよくもっていたらしい。一葉としてはそういう心の角度から、周囲の『文学界』の人たちが、すぐ世間並の恋のいきさつに入らない接触を保っていてくれるのが或るたのしさであったように思われる。この点でも、一葉とロマンティストたちの交渉はなかなか面白くて、云わば一葉のむかし気質と『文学界』の新しからんとする意図とが、それぞれ反対のところから出て来ながら或るところで一つにとけ合った形なのであった。

『みだれ髪』の巻頭の三つの歌をみても感じられるとおり、晶子は、一葉より六つ年が下であるというちがいばかりでない天性の情熱の相異と、芸術とともに燃え立つ恋愛から結婚への具体的な飛躍を経て、人間の美として精神に添う肉体の輝きを肯定したのは、日本におけるロマンティシズムの一推進として甚だ興味がある。

山田美妙が小説「胡蝶」の挿画に裸体の美女をのせたことで囂々たる論議をまきおこしたときから十年余を経た日清戦争後には、日本の常識のなかにある美の感覚も余ほど自由に解かれたことが思われるのである。そして、このことは『明星』のグループとして活躍した藤島、石井その他当時の若い印象派の洋画家たちの熱心な美のためのたたかいの成果と切りはなしては考えられないことであろう。

このようにして、漸々肉体の表現にも美をみとめるところまで来たロマンティシズムが、『明星』特に晶子の芸術において、女性みずからが自身の精神と肉体との微妙な力を積極的に高唱する方向をとって来ていることは、極めて注意をひく点である。

たとえば人口に膾炙した「やは肌の」の歌にしろ、そこには、綿々たる訴えはなくて、自分からの働きかけの姿があり、その働きかけは、

罪おほき男こらせと肌きよく
　黒髪ながくつくられし我れ

という、自覚に立ってはじめて可能にされている。そういう晶子の情熱と自覚とはあくまでも感情的なものであったが、その特質を、鉄幹の「荒男神」的ロマンティシズムの根にあった現実性との結合で観察すると、「やは肌の」の歌も「罪おほき」の歌も、今日の読者には一種のいじらしささえ加えてよみとれて来る。何故なら、感情の溢れるまま、主観の高まりのまま、そのような歌のしらべで発足した晶子も、やがては、

男とはおそろしからぬものの名と
　云ひし昨日のわれもなつかし

と、詠んでいるのであるから。もとよりこの一首のこころは複雑で、男のおそろしさという表現のかげには、女が女の心と体の恋着のおそろしさに深くうたれる思いをよみこまれてはいるのだけれども、それでも、猶このたゆたいは、生活的な日々の現実のなかで男と女とがかかわりあってゆく間の、女の身からの感懐が語られているのである。

文学の形式として、その色彩やリズムとして濃彩なロマンティシズムがうけいれられながら、晶子の歌には当時の現実の中に生き、現実の良人と妻とのいきさつに生きる女として、五色の雲に舞いの

ぼったきりではいられない様々の感想、自己陶酔に終れない女の切実な気持などの底流をなすものがどっさりある。

花に見ませ王のごとくもたゞなかに
　男は女をつつむうるはしき蕊

あはれなる胸よ十とせの中十日
　おもひ出づるに高く鳴るかな

いつしかとえせ幸になづさひて
　あらん心とわれ思はねど

人妻は七年六とせいとなまみ
　一字もつけずわが思ふこと

飽くをもて恋の終りと思ひしに
　此さびしさも恋のつゞきぞ

恋といふ身に沁むことを正月の
　七日ばかりは思はずもがな

晶子の歌といえば、「やは肌の」や「鎌倉や」などが表面的な斬新さでもてはやされ、特徴づけられているけれども、「御仏は美男におはす夏木立かな」というような興味で世間から彼女の芸術が期待され、その期待に沿って行かなければならなかったところに、却って芸術家としての晶子の真に立派な成熟をおさえた悲劇がかくされているようにも考えられる。

晶子は婦人の芸術家としての長い生涯を実に旺盛に力をつくして生きた。作品も多産であるし、母として十二人の子たちを産み、そだてた。文筆で生活をたててゆく辛苦もひとかたならなかった。四十歳前後には社会時評、婦人時評その他の評論をもかいて『太陽』に発表し、「男子を瞠若たらしめる」と評された。

今日からみれば、それらの評論はまだ男の所謂評論調を脱していず、女の感覚や文章の肉体が自在に溢れていないものではあるが、実際に芸術家、妻、母として生活の波とたたかっている壮年の婦人が、社会の因習に向ってその打破をもとめてゆく力はこもっている。『青鞜』の人たちが、現実的な社会時評は出来ないような、どちらかというと観念だおれな生活の空気にいたのに対して、晶子の評論は社会時評の範囲へずんずん入って行っていて、時には政論さえやっている。随筆では率直な話しかたで家計の苦しさ、その苦しいなかから子供たちの遠足の仕度に、原稿料をかきあつめて神楽坂に出かけて、バスケットやタオルなどをかってやったりしている母の心づかいが描き出されている。

随筆にあるそのような婦人の芸術家として全く生々しい生活の匂いや、評論に示された因習への譲歩しない対抗の態度が、何故彼女の短歌の世界へは反映されなかったのだろう。婦人の芸術というものの在りようの問題として関心をひかれずにいられない。

晶子は、ごく少ししか子供の歌をつくっていない。台所の景物だの買物のことだの、日常の生活的情景はその短歌の世界にとり入れられていない。初期の恋愛の情熱的な表現から次第に「蕪村と源氏物語」を交ぜたような濃艶、幽怨趣味にかわり、主として自然の風情だの

天上の善き日におとる日としらず
おんいつはりの第一日を

という調子で情懐をうたっている。三十七年の、「君死にたまふこと勿(なか)れ」という、戦争へ抗議した有名な長詩で、当時の「愛国詩人」大町桂月(おおまちけいげつ)と『明星』とが論争したことも、日本の近代文学史の上で記憶されるべき出来ごとである。晶子が短歌の世界と散文の世界とを区別して、歌ではいずれかというと刻々の現実から何歩かあゆみ離れた境地とでもいうものをもって制作していることは、『明星』のロマンティシズムの時代的な弱さとしてみられる。ああいう歌をつくる人が、このような議論も書くということに対して瞠(みは)られる目。そして、生活はこのようにして、と身近な同感で随筆も読まれるということは、一応は一人の婦人芸術家のゆたかな多面性のようではあるが、文学の現実としてみれば、歌にある情緒の型と随筆評論のうちにある生活的な意志との間の分裂を、ただ多様性とばかり見ることは出来ない。

「たけくらべ」が前期ロマンティシズムのきわまった所産として完成をもっているのは、その作品の世界が当時の多くの作品のような架空に立っていないで極めて具体的現実的な細部の描写を基礎としていながら、全節を一つの詩情でくるんでいる、その美感であった。

晶子の時代になれば、ロマンティシズムも既にそういうまとまりのうちに止まれない歴史性をもって生まれて来ている。大局からみれば、短歌における詩情というものの解釈や古来伝承している風趣への関心が、出発において溌剌生新(はつらつせいしん)であったそのロマンティシズムを、やがて評論や随筆に見られる社会的要素から遊離したものとしてしまったと考えられる。このことを逆にみれば、散文の著作では従来男のかいた論文の調子にそれなり追随する結果ともなって、晶子でなければ求められない論調の表現、リズム、詩性にまでたかめられた理性の光波というものは、見出されないままに止まったのである。
晶子は、いつか自分のこのような深刻な分裂に心づいた時があっただろうか。或は、ずっと気づかぬままに、年が閲されたのではなかろうか。あれだけ多量に影響のつよい作歌活動を行ったにもかかわらず、晶子は、自身として創作についての理論をもっていなかったことは『みだれ髪』以後、折々の芸術談にうかがわれる。『女学世界』の記者が、女流詩人の選手として晶子に作歌上の心がけを訊ねたとき、立派な歌を学ぶことと並べて、自分は自然にひとりでに歌をつくっているという一点を強調している。与謝野寛が丁度大阪に行っているときかで、そういうむずかしいことは主人にきいて下さい、お前がまた妙なことを云ったと叱られますから、という意味の言葉で笑い消している。

婦人の文学上の活動の歴史にとって、何と忘れ難い晶子の答えかたであるだろう。「やは肌の」は感性に溢れる自然発生の積極さはあっても、女の芸術上の自覚としての芸術理論はつかもうとされていない事実は、決して晶子の場合だけではない。そこに、明日の婦人作家への課題も蔵されている。一葉も、芸術に対する気構えはつよくもっていて、その芸術至上の気魄は評伝家たちに高く評価されている。けれども、創作に当っての方法などについての理論はもっていなかった。『文学界』の人々の談論や雰囲気が、従って一葉にとって知られざる創作方法の導きての役割を果して「たけくらべ」も生まれた。

晶子はその点或は一葉よりも一層受動的ではなかったのだろうか。鉄幹が子規その他のグループに対して行った芸術論争は常に息のあらいものであったらしく、そこには、『明星』終刊に際して岩野泡鳴が「僕は君の雑誌のため黙殺または罵倒されかけたことも度々ありしなれど、あれは皆君が雑誌経営上から来ていたことゝ思はれたにつき」云々と云っているのは一面の真をつたえていると思う、と後年茂吉に云わしむるものもあった様子である。

『明星』は明治四十一年十一月に、満百号で廃刊した。「経費の償はざること一、予が之に要する心労を自己の修養に移さむとすること」が鉄幹の理由であった。ここには、『明星』のロマンティシズムの内容にも既に本質的な分裂としてかくされていた写実的自然主義文芸思潮の成長と、ロマンティシズムに象徴派が影響しはじめた時代の推移が背景として含蓄されているのである。

御空より半ばはつゞく明き道
　なかばはくらき流星のみち

## 四、入り乱れた羽搏き

### 一九〇七―一九一七（明治四十年代から大正初頭へ）

近代日本文学の歴史のなかで、自然主義の潮流がその推移の裡に示した姿と役割とは実に複雑で、興味ふかいものであった。

永井荷風「地獄の花」を出しゾライズムを唱う、と記録されているのは明治三十五年のことである。花袋が「露骨なる描写」を主張して立ったのが三十七年であった。

日露戦争は、近代資本主義の一歩前進として日本の社会生活全般を震撼させた。それが表面の勝利をもって終った三十八年には日比谷の焼打事件があった。その囂々とした世間の物音をききながら、漱石の「吾輩は猫である」が『ホトトギス』にのりはじめ、藤村が独特の粘りづよさで当時の環境とたたかいながら「破戒」を完成したのは、翌三十九年である。泡鳴が「神秘的半獣主義」という論文を書いたのもこの年であったし、明治三十九年という年は、自然主義大いに興った年として特記されている。

四十年の文学の舞台では、正宗白鳥、徳田秋声、国木田独歩、真山青果、二葉亭四迷の活動が刮目されて、花袋の「蒲団」と二葉亭四迷の「平凡」は文学史的な意味をもった。こうして、四十一年になると藤村は「春」正宗白鳥は「何処へ」「二家族」、花袋は「生」等をもって、長谷川天渓の論文などとともに、自然主義の完成期を示した。

しかし、この自然主義の完成期、成熟期はまことに短かった。或る一定の期間、その成熟した活力によって幾多の傑れた実を生むまでの継続した期間がなくて、社会の圧迫よりも本能の圧迫を感じると叫んでいた花袋でさえ、僅か三年後の明治四十四年には、「男女の魂の問題を題材とするようになった」。つづいて激しい精神的動揺の数年を経て、一九一七年大正六年ごろには遂に「自然主義的なものを逸脱し、宗教的、哲学的」となって行ったのであった。

自然主義が、客観的描写をとおして、現実の真に迫ろうとしつつ、平板、瑣末、所謂暗い面の一方的な強調、単なる露骨さに陥ったということには、自然主義そのものが本来ふくんでいた現実の観かたの不十分さ、創作方法上の未熟さと、更に結びついて日本独自な伝統からもたらされた現実に対しての受動的な文学態度との関係があった。あれだけの熱風を捲きおこして、より広い、より多様な人間性の活躍の素地を拓いた運動が、新しい領野で一層豊富な近代のリアリズムへ伸び得なかったのは何故であったろう。その後、自然主義文学以前には思っても見られなかった闊達な文学的雰囲気の裡に育った若い世代が、ネオ・ロマンティシズムと呼ばれた唯美的、頽廃的、神秘的な傾向へ転化して行って、耽美的な「刺青」（谷崎潤一郎）、題そのものが作品の色どりを物語っているような三重吉の「千代紙」「赤い鳥」、夢幻的な気分で貫かれた秋田雨雀の作品、小川未明の作品などに、次代の声々をあげはじめたのは、何故であったろうか。そこには、漱石が、「自然派伝奇派の交渉」で語っているように、自然主義とロマンティシズムとは「対生に来る――互いちがいに来るのが順当の状態」というばかりで説明され得ないものがあった。明治四十三年に出た永井荷風の「冷笑」の序はこういう一節をもって現れた。「自分の著作『冷笑』は享楽主義をのみ歌ったものではない。寧ろ享楽主義の主人公が風土の空気に余儀なくせられて、川柳式のあきらめと生悟りに入ろうとする苦悶と悲哀とを語ろうとしたものである。」嘗て誰よりも早くゾライズムを唱えた荷風は、こうして社会批評の精神の放棄を自ら告げているのであるが、彼をこめての当時の若い作家たちの生活感情には、四十三年の幸徳事件以後、日本の社会に猛威をふるいはじめた反動保守の力が、微妙で強力な作用を及ぼした。当時は、科学書『昆虫社会』という本が「社会」というおしまいの二字のために禁止されたという有様であった。一旦自然主義の濤に洗われて目ざめた若い男女の個性、自我、つよく味い、つよく生きんとする欲求も、おのずから発展の方向を限られて、社会的現実から逃避したロマンティックな傾きに趨らざるを得なかった事情も肯ける。自然主義から流れ出たリアリズムへの道は、四十年代の色彩濃いネオ・ロマンティシズムの芸術の世界を、地味に縫いとって徐々にすすめられて行った。

既に知りつくされているとおり、自然主義は、所謂自然派の人々の間にもいくとおりもの見解をもって理解されていた。しかし、現実曝露の核心が、主として男女間の性的交渉の、感覚上の経験の告白におかれたことは、その目立った特徴であった。当時の表現をかりれば、肉の悩みを露骨に描いたのであったが、この傾向が当時の知識人の間に与えた印象は興味ふかいものがある。「読者より見たる自然派の小説」という題目で『文章世界』が、諸家の感想をあつめたとき、柳田国男氏は「自然主義小説に第一ありがたいことは人物事象の取扱いかたが超然としていること」第二に「大団円のつかない小説が通りはじめたこと」をあげて、最後に「自然派というと肉慾を書かなければならないと思うのも間違いである」という意味をのべている。「肉慾描写について」の意見を求められて、三宅雪嶺氏が「自然派の作家の作品が或種の画に似ていると云われて怒るなどとは卑怯だ。昔から偉い画家たちもそういう画はいくらも描いている。又実際世間におこなわれてもいる。シェイクスピアでも『ヴィナス・エンド・アドニス』を書いた。それを書いたからと云ってシェイクスピアの価値は下らない。ただ彼が其れを書いたのは三十代であった。若いうちはどんなものを書くのもよかろうが、一生そういうものを書いているにも及ぶまい」と常識論を述べているのも、自然主義に対する当時の一般の理解の水準を、おのずから示しているものである。

フランスにおける自然主義が、宗教と俗見でこね上げられた精神の神聖に対立させて、人間の生物的な獣的面という二元的な見かたで肉体の問題を見たのも、自然科学に機械的に結びついた近代精神の歴史性を語っている。特に日本では、生物的面からの現実曝露が、儒教的な因習への社会的なたたかいとして意企され、一種の人間解放の動きであった。ところが作品の現実のなかでは、描こうとする対象に足をとられすぎた。また自然派の作家たち自身の情感の組立のうちに、古い鎖がひかれていて、性的葛藤をこめて全体の社会的現実をみる新しい力が十分芽立っていなかった。何故人間の肉慾をも描くかという、以前における近代精神の問題は狭い経験主義の光りの下では、対象を扱いきれなかった。

漱石の「草枕」は、当時自然主義文学に対して、はっきり対蹠的なものの典型としての計画のもとに書かれた作品であった。ホトトギス派の写生文が現実の悲喜に対して、傍見的な鑑賞の態度を主張したのは、自然主義擡頭と併行した現象であった。漱石の「草枕」は、自然派の小説が「唯真を写しさえすれば仮令些の美しい感じを伝えなくとも構わぬわけだ」というらしいのに対して、「文学にして、苟も美を現わす人間のエキスプレッションの一部分である以上は、」「小説もまた美しい感じを与えるものでなければなるまい。」「私の『草枕』は世間普通にいう小説とは全く反対の意味で書いたのである。唯一種の感じ――美しい感じが読者の頭に残りさえすればよい。」そういう目的で書かれた。

この「草枕」が文学史にとって興味深い点は、当時の思想のあらゆる面に強調してあらわれていた二元性が、この美と醜と対立させた漱石の観念のうちにも、その反映を見出していることである。そして、漱石の美と云っているものの要素が、従来の所謂美学上の美を美の要素としているということは、醜と見られているものの要素も極めて常套であることが示されていて、そこに興味がある。「この美を生命とする俳句的小説」と作者自身云っている作品は、「余」という超然派の一画工が主人公である。「智に働けば角が立つ。情に棹させば流される。意地を通せば窮屈だ」「二十世紀に睡眠が必要ならば二十世紀に出世間的詩味は大切である」そういう人生と芸術への態度をもっている一画工が、旅先で、一美人に邂逅して、之を観察するのだが、自然派の女の観かた描きかたに反撥し、美の女として示されているその志保田の嬢様の姿、気分、動きは、ヨーロッパ風に主我的でもあり、常識家の意表に出るという範囲では気分本位であり、所謂漂々としている。才気も縦横で、伝説の長良の乙女のように二人の男に思われれば「淵川へ身を投げるなんてつまらないじゃありませんか」という女である。「あなたならどうしますか」「どうするって、訳ないじゃありませんか。ささだ男もささべ男も、男妾にするばかりですわ」「えらいな」「えらかあない、当り前ですわ」そういう会話がとり交されている室の外で、鶯が高く声を張ってつづけさまに囀る。那美さんというその女は「あれが本当の歌です」という。長良の乙女のあわれな歌は、本当の歌ではないという意味である。更にこの美人は、禅寺に出入りしていて、坊主に懸想されたとき、そんなに可愛いなら仏様の前で一緒に寝ようと、泰安さんの頸っ玉へかじりついたひとである。現実と自分との間に三尺のへだたりをおき、恋という人情からも「間三尺」へだてて美を味っている画家の所謂非人情を理解して、しかもその距離では、惜しげもなく自身の美に耽っている女である。

この那美という女の姿は、短篇「琴の空音」の中の女主人公にも似ており、「虞美人草」の藤尾とも血脈をひいている。周囲の俗眼から奇矯とみられることにひるまない女、思うままに云い、好むるままに行い、東洋と西欧との教養がとけあっている女。漱石が描こうとしたその種の女の美は、当時にあっていかにも知的であったろうし、ロマンティックであったにもちがいない。今日みれば、明治の四十年代という時代の知識人が、一般にはまだ低くくろずんで眠らされていた女の世界から、僅かに誘い出した一人二人の女に、どれ程強烈な色と、角度を求めて、それを自身の趣味に誇張して創ったかと、おどろきを与えられる。そこには、一人の自然な女がいるよりも、男である作者の好みがいる。女主人公に作為されたロマン的美と思われた奇矯さは、その衝動のあらわさ、本当の思想性ヒューマニティーの粗末さで、今日、寧ろ厭味であるし幼稚を感じさせる。文学作品の世界では、自然派の男の作家によって描かれる女と対立して、以上のような人工女も描き出されているのであるが、現実生活の中で、当時の若い婦人たちは、どのように時代の波をその心身に浴びていただろうか。

自然主義で云われた獣性の曝露は、男と同じような直接さで婦人の感情の必然に結びつかなかった。所謂肉慾描写というようなものが、いきなり女の創作のなかへそれなりの形で移入し得なかったのは、女の生きて来た長い深い社会的な理由からも当然であったと思う。

男が自身のいろいろな欲望の積極的な表現について自覚し、それを追究してゆくと全く同じ態度で、女が男を対象として自分たちの中にそれ等の獣的なものを発見し追求してゆくほど、生物的な面でさえ女が自主的であり得たためしは、過去の歴史に無かった。女の側から云えば、社会への視野がひろがれば広がるほど、実生活の上で男性のそのような欲望に圧ししかれて来た自分たち女の過去からの姿がまざまざと見えて来て、自然派の作品が、女を性器中心の存在のように扱う場合の多いことに対して、却って本能的な反撥が感じられていたと思われる。

従って、新しい思潮としての自然主義の波は、女にも綺麗ごとでない人生の局面に向って其を見きわめてゆこうとする勇気を与え、その勇気の正当であることを知らせた。客観的に現実を観察する力を幾分はっきりもって来たことから、婦人一般の社会感情が女性解放の欲求へ方向づけられ、イプセンの婦人解放思想とその芸術への影響へ準備されて行ったことは、意味ふかい事実であった。

このことは、水野仙子や小寺菊子の文学に、はっきりとあらわれている。

水野仙子は自然主義の文学が頂点にあった明治四十年に、二十歳で文学の仕事に歩み入り、二十二の年には田山花袋の門下となって、「徒労」「ひと夜」「貸した家」その他の作品を発表した。そして、大正八年三十二歳で生涯を終るまで、多くの短篇を発表して、堅実な作風の婦人作家として、地味であるけれども確実な文学的評価をうけた。

時期から云えば、水野仙子は最も強く自然主義の影響のもとに生い立つ婦人作家であった。田山花袋の文学に肯定できるものを見出したから、その家に寄寓もしたのであったろう。ところが水野仙子が自身の文学の境地として花袋からうけついだものと云えば、其は決して「蒲団」の世界ではなかった。寧ろ「田舎教師」に描かれている世界である。「田舎教師」で花袋が自然と人事とを見ているあの日常性、平凡事へこまかに向けられている人生的な目差し、周囲に対して激しく挑んでゆこうとする心を、終局には武蔵野の野末にこめる霧のなかへ溶し遣るような日本の伝統的な諦観の情緒。それらをうけて、二十三歳の水野仙子は「四十余日」「娘」など書いている。

自然主義の文学運動が、小市民の何の数奇もない日常生活の中に小説として、人生を見出してゆく可能を示したことは、婦人作家にも限られた自分のぐるりにある生活環境の中から、小説をかいてゆくことが出来るということを理解させた。つくりものの物語でない生活の描写ということを眼目とした自然主義の写実精神は、水野仙子等の文学に、過去の婦人作家たちの小説の世界とは全くちがった生活のありのままの姿を描き出させたのであった。身辺生活の描写ということが、日本の自然主義文学の消長の間ではおのずから日本の家族生活中心の生活伝統と結びついて、環境描写はよりひろい社会的生活の描写にひろげられてゆくよりも、却って益々家庭の中での身辺描写に狭ばまり縮小して行った。この過程は、フランス文学における自然主義の歴史傾向と比べて見て、少なからぬ感想をそそる。フランスの自然主義文学は、社会的な文学への道をひらいたのであったから。日本の社会と文学との土壌にうけいれられた自然主義の流れのこのような流れかたは、男の作家たちが生活環境を理解する力を社会的に拡大させ得なかった。ましてや婦人の作家たちにとって、彼女たちの置かれた環境の客観的な本質を追究するまでのような力は与えられなかったのである。

しかし、新しい思潮の核心であった、あるがままの真実を恐れず直視しようとする精神はその狭い限界をもった日常の環境の裡でも、日本の女のおかれている状態をあるがままに女に向って展いて見せる契機をなした。現実を直視することの正しさに対して示された一般の積極的潮流は、婦人の精神と感情とを勇気づけ押し出して、狭い家庭的環境の内での男女対立の現実へ彼女たちの目を醒させた。しきたりに圧せられて来ている女の日常が鮮やかに自覚されて、同時にそれに安んじていない女の本心の波立ちも女自身にとって勇敢に肯定されるものとなって来た。一葉の小説の世界では、女の意気地として描き出されていた女の自我が、この時代から初めて近代精神の内容での自我として女に自覚されて来たのであった。そして、時期として自然主義の胎内から生れた水野仙子のような作家でも、彼女が婦人作家として、この近代女性の人間的めざめをテーマとする作品では、寧ろ常に人道主義的なロマン的な主観の燃え立ちで、女のより自由なよりひろやかな生きかたに向って羽搏いているのである。「道」「神楽坂の半襟」等の作品には、この焔の輝きがまざまざとてりはえている。「犬の威厳」に含まれている諷刺の根も、婦人作家としての彼女のその心理の必然につながった作品であろう。

小寺菊子は、婦人作家としての稟質とすれば、水野仙子よりももっと普通の意味で現実性のつよい作家である。現実の環境を現実的に生き越して今日に至っているひとである。けれども、自然主義の潮流から生れた婦人作家として、独自に綯い合わされた心理の過程はこのひとにも内包されている。自然主義的作品として「他力信心の友」は小寺菊子自身、代表作と認めている作品である。北陸の旧家の没落と、生来の因業と信心との奇異な混合に生きるおやへの悲惨な最期とを、執拗濃厚な自然主義の筆致で描き出している。だが、この同じ作者が、結婚した女の家庭生活と仕事との間にある摩擦や、良人の生活感情と自身の女としての心持との間にある距離。或は恋愛において不幸に陥った女などについて描くとき、自然主義的な筆端は変化して、いつも或る正義感、或る人道的感情で動かされている。そして、この作家の正義感なり人道的感覚なりは、水野仙子の精神におけるほどつきつめられたものでなく、日常の平安をのりこしてまでもゆこうとする性質のものでないために、つまりは常識に譲歩して、自然主義的な真実追求の執拗さもそこで喪われているのである。

ポーランドの婦人作家エリザ・オルゼシュコヴァが「寡婦マルタ」を書いたのは、一八七五年、日本で云えば明治八年頃であった。イプセンの「人形の家」が発表されるより四年前に書かれていることの小説で、オルゼシュコヴァは自然主義の現実理解と手法とが許す最大限の力と熱とで、幸福な富裕な女性として生い立ち結婚し母となったマルタが、どうして最後にはひとの紙入れから札を盗んで逃げるところを馬車の轍にしかれて落命しなければならなかったかという、女として社会に生きる惨苦を描破している。オルゼシュコヴァは、社会のありのままをあるがままに観察した結果として、女が母として自身の愛を完うするためにさえどれ程社会的には無力におかれているか、愛の成就のためには「今一つの成分を其に加える必要がある」という、婦人の経済的自立の必要の課題に到達して、この傑出した「マルタ」を描き出したのであった。

日本に流れ入った自然主義の思潮は、辛うじて藤村の「破戒」や長塚節の「土」を記念としてもったのであったが、婦人作家の中からは、同じような意味で社会的な道標となるような作品は一つももたらし得なかった。花袋の「蒲団」が、自己に対して挑まれた戦いとして、私小説の濫觴とみられているが、その流れに沿うて見れば水野仙子の小説は、今日に到る迄日本の婦人作家の大多数をその枠内にとらえている身辺描写と、その範囲での女としての個人的な自己検討、自己主張の戸口であるとも思われる。

明治四十年に入れば、日本にも職業婦人が出現している。今井邦子が、若い詩人山田邦子として故郷をすてて東京へ出て、婦人記者としての職業についたのも、この時代であった。神近市子が婦人通訳として自立生活に入ったのもこの頃のことであったろう。現に水野仙子は、生活のために編輯員として働く職業婦人の経験をも持っていた。それだのに、概して当時の進歩的な婦人たちの関心が、男対女という関係の見かたの範囲で、男性の横暴から婦人を解放しなければならないという方向にだけ動いたということは、ブルジョア婦人解放史として見のがせないこの時代の歴史的特色であると思う。

水野仙子にしろ、その他の婦人たちにしろ故郷の生家は其々の地方で所謂相当な生活を営む中流的な旧家が多かった。経済的にも文化的にも、娘たちを女学校へ出すだけにゆとりもあり、開化もしていたのであったろう。が、いざ女の子がそれ以上進んで文学の仕事をしたい、勉強したいと云えば、そんな若い女の熱心そのものが周囲を驚愕させるような封建性は、強い枷となって地方文化のうちに生きた威力を逞しくしている。そのような家の空気、家長的な圧迫に抗する情熱は、生活力に溢れるそれらの婦人たちを様々な形で故郷に背かせただろう。父兄の圧制は、やがて女としてめざめた眼に良人の妻への専制とつづいて周囲や我身の上に目撃されるようになったろう。周囲の現実をあるがままに見れば、女として伸びたい心の痛切な叫びは高まって、而も、封建の要素を多分にもちこした社会の構成からもたらされている非人間的な条件の本質を理解する迄には成長していなかったこれらの婦人たちが、その鬱積を男に向けて、男の専横からの女性の解放という方向に赴いたことは、その時代の、それらの婦人たちの生活の環境や教養から推して十分に肯ける。

坪内逍遥が明治四十三年に何かの講演で、はじめて、「新しい女」という表現をしたということが、神崎清氏の「現代女性年表」に記されている。しかしながら、祖母たちの中にスタール夫人もジョルジュ・サンドも持っていない日本の「新しい女」というものは、その内容に、何と複雑な旧さと新しさの混淆を持っていただろう。自身の知らない歴史的な混迷がそこにあった。

新しい女という造語の動機をなしたのは、明治四十一年、ダヌンツィオの「死の勝利」をもじって「死の勝利」事件と云われ、当時の耳目を聳動させた文学士二十五歳の森田草平と女子大学生平塚明子との塩原の雪の彷徨事件であった。「教育界の胆を奪い、芸術界の人士をして之あるかなと膝をうたしめた」というような文章が当時の文芸雑誌に見えるのも、今日から見れば時代の色があらわれていて興味深い。事柄の核心は、恋愛と、それに絡む若い文学好みの男女の自我の観念上の格闘であるが、その時代の空気の中では、二十歳の明子が「われは決して恋のため人のために死するものに非ず。自己を貫かんがためなり。自己の体系を全うせむがためなり。孤独の旅路なり」という遺書をかいたということさえ、従来の女にあきたらず、しかもあきたりない女を生む社会の条件が自分にも作用していることに理解の到らなかった「人士」に対して一つの衝動として受けられたのであったろう。

森田草平は小説「煤煙」の中で、そのいきさつを描いた。当時の若い知識人の生活感情の混乱と矛盾とがこの「煤煙」によく窺われる。旧来の男の身勝手な生きかたと自然主義的現実曝露の気分との混淆で生きる主人公が、禅学趣味をもったり、外国小説をよんだり、自然発生の若い女らしいポーズを知的らしきもので粉飾する明子の珍しさに魅せられて、その交渉の面では受動におかれた姿が描かれている。

平塚明子自身は、その経験を自分のものとして芸術化する力は持たなかった。そのような行動に対して、よかれあしかれ周囲にまきおこった声々に対する抗議と宣言として『青鞜』が発刊されることになったのであった。

「青鞜」の名は、十八世紀の英国でメリー・ウォルストーン・クラフト夫人が婦人の社会的な向上は婦人の努力で解決されなければならないという主旨でおこした青鞜下の運動に、その源を発している。

日本においての『青鞜』が発刊されたのは明治も終りに近い四十四年(一九一一)であった。「新しい女」の代表と目されていた平塚雷鳥を筆頭として、物集和子その他三人ばかりの婦人たちが発起人となって、青鞜社が結ばれた。賛助員としては、劇作家として活動していた長谷川時雨、小説家として立っている岡田八千代、小金井喜美子、森しげ子、国木田治子、歌人の与謝野晶子、そして社員には、当時の新進であった野上弥生子、田村俊子、水野仙子をはじめ文筆的な活動をする十二人ほどの婦人の顔ぶれが網羅された。これはおそらくその頃の進歩的な婦人たち全員の勢ぞろいとも云うべき盛観であったろうと思う。

青鞜社概則第一条に「本社は女流文学の発達を計り、各自天賦の特性を発揮せしめ他日女流の天才を生まむことを目的とす」とかかげられていて、それがひろい意味の文学団体であったということも各種各様の婦人文芸家をそこに集めた重大な理由であったと見られる。けれども、文学的閲歴の古い、生活環境の温和な上流夫人たちである小金井喜美子や森しげ子が、「新しい女」の声におびえず、若い同性のために賛助員となっているということも、時代の姿として目をひかれる。女性の活潑な自由の社会生活への欲求は、それほど一般的で、その欲求では当時日本の女が年齢や境遇の相違もさながら忘れたかのようであった様子が髣髴（ほうふつ）する。

創刊号の巻頭には、興味ふかい時代の象徴をもって、次のような与謝野晶子の「そゞろごと」という詩がのった。

　山の動く日来る。
かく云へども人われを信ぜじ（中略）
すべて眠りし女（おなご）今ぞ目醒（めざ）めて動くなる。

一人称にてのみ物書かばや
われは女（おなご）ぞ
一人称のみにて物書かばや
われは。われは。

われは愛（め）づ。新しき薄手の玻璃（はり）の鉢を。
水もこれに湛（たた）ふれば涙と流れ
花もこれに投げ入るれば火とぞ燃ゆる
愁ふるは、若（も）し粗忽（そこつ）なる男の手に砕け去らば。――
素焼の土器より更に脆（もろ）く、かよわく。

続いてらいてうの有名な「元始、女性は太陽であった」という感想文がある。

「元始、女性は実に太陽であった。真正の人であった。今、女性は月である。他によって生き他の光によって輝く病人のような蒼白（あおじろ）い顔の月である。私共は隠されてしまった我が太陽を今や取戻さねばならぬ。『隠れたる太陽を、潜める天才を発現せよ』こは私共の内に向っての不断の叫声、押えがたく消しがたき渇望、一切の雑多なる部分的本能の統一せられたる最終の全人格的の唯一本能である。その叫声、その渇望、その最終本能こそ、熱烈な精神集注とはなるのだ。そしてその極まる所、そこに天才の高き王座は輝く。」

散文詩のような調子で書かれているこの感想は、女性が奮い立って自身の天才の目醒めを翹望する熱烈な言葉に鳴り響いているのである。同時に、今日の歴史の光に照して見れば、らいてうがこのように高い調子で唱えている婦人の天才の発現の現実の過程というものが、どこまでも抽象的で、主観的な個人の精神集注の裡に求められている点に、意外な感じを抱かせられる。らいてうの理解によれば、天才への道は、一人一人の心の中の熱誠の道とされた。「熱誠とは祈禱力である。意志の力である。禅定力である。云いかえれば精神集注力である。」「私は精神集注の只中に天才を求めようと思う。天才とは神秘そのものである。真正の人である。天才とは男性にあらず、女性にあらず。」「私共女性も亦一人のこらず潜める天才だ。」「潜める天才に就て疑いを抱く人はよもやあるまい。今日の精神科学でさえこれを実証しているではないか」と、らいてうは「アントン・メスメル氏に起源を発した催眠術」を例として「いかに繊弱い女性でも」催眠術にかかったときや非常の場合は日頃予想し得なかった活躍を示す。天才の発揮もそれと同じ状態の下に行われるというのであった。「私の希う真の自由解放とは何だろう。我れ我を游離する時、潜める天才は発現する。」そして「自然主義の徒」というような表現で、その思潮の浅薄さが反撥されている。同時に、らいてうは婦人解放のための運動の歴史に対しても一つのはっきりした反撥を示している。「女性の自由解放という声は随分久しい以前から私共の身辺にざわついている。然しそれが何だろう」「女性をしてたゞ外界の圧迫や拘束から脱せしめ、所謂高等教育を授け、ひろく一般の職業につかせ、参政権をも与え、家庭という小天地から又は親といい夫という保護者の手から離れて、所謂独立の生活をさせたからとて、それが何で私共女性の自由解放であろう。」そういうものは総て「方便である。手段である」「潜める天才偉大なる潜在能力」を発揮させる妨害となるものとして、取り除かなければならないのは「我そのもので」あるというのがらいてうの結論なのであった。

これらの論調は、今日の私たちに、おのずから高山樗牛のロマンティシズムを思いおこさせずにはいない。

樗牛は、『青鞜』が現れる丁度十年前「美的生活を論ず」という論文で、独特華麗なロマンティックな文筆的雄弁をふるいながら、人を服従させる立場に立って、三十年代の日本の市民的自覚の当然のみのりとして、権利と義務という観念が云われはじめたことに反対した。「人生の帰趨は貸借の外に超脱するを如何せむ。」「嗚呼憫むべきは飢ゑたる人に非ずして麵麭の外に糧なき人のみ。人性本然の要求の満足せらるゝところ、其処には乞食の生活にも帝王の羨むべき楽地ありて存在する也」「貧しきものよ、憂ふる勿れ。望を失へるものよ、悲しむ勿れ、王国は常に爾の胸に在り」と高唱した。そして、彼は田岡嶺雲や金子筑水が日清戦争後の日本に社会小説というものが発生した必然を肯定したのに対しても反対した。樗牛の意見では、社会が進化してゆく道程で貧富が分れその懸隔が日に日に大きくなってゆくのは当然であるとされた。社会小説は「分に応じた服従を示すことをもつて幸福を受けさせるべき」であり「貧弱者に教ふるに服従を以てせ」ざることを非難したのであった。

旧来女性は社会的貧弱者であるとされているのだから、教うるに服従をもってせよ、と云ったら、雷鳥は憤激したであろう。しかしながら、ニイチェの超人を説いたり、「吾人は須く現代を超越せざるべからず」と云ったりした樗牛のロマンティシズムと、「元始、女性は太陽であった」という文中の思想の本質とは、歴史的に観察すれば背中合わせの双生児とも云うべきものであった。

樗牛のロマンティシズムは三十年の日本に咲きかえった二十年代のロマンティシズムの惨めな変り咲きであった。『文学界』の人々の若々しく醇朴なロマンティシズムは、一葉の芸術に影響した過程をみても明らかなとおり、本来は前進的な意味に立つものであった。が、十年を経てあらわれた樗牛のロマンティシズムは、ニイチェに追随して自己の解放を個人主義に立つ観念の内に求めたばかりでなく、云うところの美的生活の実体を明らかにし得なくて、英雄崇拝に趨り、日蓮への憧憬に終末した。

雷鳥のロマンティックな天才についての翹望と理解の方向、自己を天才たらしめる道ゆきの定義は、其が社会の中での動きから超脱した個人の主観に基礎を置いていることからも、非常によく樗牛のロマンティシズムの影響をうけていることが感じられる。その面からだけ見れば、雷鳥の調子たかいロマン精神も、根本にはいかにも小市民層の特色を湛えた性質をもっているものであったと思う。当時の日本の社会は、日露戦争の後をうけて国内保守の状況にあって、『青鞜』発刊の明治四十四年には有名な幸徳秋水の事件のために管野すが子が死刑に処せられたときである。河田嗣郎著の婦人問題という本が発売をとどめられた時代。鳩山春子がデンマークの婦人参政権大会からの招待を拒絶した時代。そして一方では六千の市電従業員が待遇の不満を唱えて大晦日に市民の足を失わせ、紡績女工の数は激増した時期である。

婦人記者の月給は十五円平均であったという当時の社会の現実とてらし合わせて、雷鳥の感想の本質をよめば、彼女は日本の婦人一般の生活では一度もまだ明瞭に自覚さえされたことのない「我」というものを、超脱せよ、と云っていることに愕かれるとともに、婦人の社会での地位の向上を現実条件の改善から求めることに対する彼女の否定の性質が、どういうものかということも、考えられるのである。

嘗て自由民権の時代に大阪事件にかかわりをもった福田英子が『青鞜』の第二年目の或る号に感想を乞われて、老齢ながら「若き日の誇り」をもって、らいてう女史の識見は高いが、それは人生問題であって、婦人問題ではないと、その区別を明らかにしたのは正当であった。婦人問題の行くべき道としてそこに福田英子の述べているところは、資本主義社会の生産の機構の矛盾と、婦人の間にもある搾取者と被搾取者との間の階級分化とその対立、発展の歴史的必然にふれているものであった。

らいてうの感想そのものだけについて観れば、こうして小市民風の観念的なものを多分にもっていたにかかわらず、当時の婦人の間に生じていた動きの底づよさは、青鞜社というものに一つの中心を見出して、それぞれの積極性をもって種々様々の婦人たちがその周囲にあつまった。当時は英学塾を出てまだ間もなく、赤い帯をしめた一人の眼の大きい娘であった神近市子。辻という人と同棲していたらしい時代の伊藤野枝。大杉栄の妻であった堀保子。岩野泡鳴の妻岩野清子。それらの人々の名が、婦人の生きる道の狭さを自覚した息づかいと、それに抗し、方向は明瞭でないながらもそれをうちひろげて行こうとする試みの気分に満ちた文章とともに『青鞜』の各号にあらわれた。旧套にしたがった結婚や、家庭生活への疑問が公然とのべられて、共同生活という、男女の新しい生活様式も、岩野清子の短い文章の中で云われている。文学的なものとしては、瀬沼夏葉がチェホフの「桜の園」の翻訳をのせ、野上弥生子がソーニャ・コヴァレフスカヤ伝を送った。岡本かの子、原あさを、原田琴子等の愛と歎きとの短歌。茅野雅子の、慎しい妻としての明暮のなかに、やはり心の見ひらかれた女としての自分に見出す境地のあることを唱った詩。そのほか、毎号いくつかの短篇小説がのせられた。其等の作品は試作的なものが多く、既に文学の新世界として出現していたネオ・ロマンティシズムの色調を多分に盛り、耽美的、官能的な感覚の流れが、女としての時代的な要求と絡みあったようなものが大部分を占めた。生田長江、馬場孤蝶、岩野泡鳴、阿部次郎、高村光太郎、中沢臨川、内たをする世俗の偏見とたたかっていた青鞜社のグループに、好意ある支援を示した。

『青鞜』が第三巻を発行する大正二年頃になると、らいてうは「青鞜はムーヴメントをおこさむとするのではない、我々青鞜社員が目下の急務として努めるところは、真に新しい女として心霊上の自由を得た完全な一個の人格たらむとすることである」とやや弁明的な再宣言を行ったが、当時、一方では保守に傾いていた社会の常識と青鞜のグループとの摩擦は次第に激しくなって、青鞜社主催の文芸研究会の会場を借りるにさえ困難であるという状態になった。

らいてうの感想集『円窓より』は改訂して『扃ある窓にて』として初めて発売された。らいてうの主観が、いかに「我れ我を游離する時潜める天才は発現する」という境地にとどまろうとしても、現実の波は追々彼女を年齢の上からも押しすすめてエレン・ケイの「恋愛と結婚」の思想にも近づかせた。『青鞜』は、同人たちの成長とともにいつしか社会への意識に向って、推し動かされて行ったのであった。

時代の坩堝としての『青鞜』は、主宰である平塚らいてうの生活の変化をもこめて、巻を重ねるにつれて推移した。

明治四十四年、発刊当時の『青鞜』は、婦人の文芸雑誌としても或る新鮮さをもっていた。当時文学志望の若い婦人たちのための雑誌であった『女子文壇』や『ムラサキ』は如何にもネオ・ロマンティック時代らしい趣味をたたえた渡辺与平や竹久夢二の挿画や表紙で飾られながら、扉の写真には同時代に活動しはじめていた婦人作家や女詩人たちの肖像をのせようとせず、「日向代議士夫人の新粧」として洋装のきむ子夫人の写真をのせたり「代議士犬養毅氏令嗣及夫人」という題でフロックコートを着た良人と並んでいる洋装のマーガレットの若夫人の立姿をのせたりしている有様であった。代議士令嗣夫人という肩書ばかりで固有な女としてのその人の名は、其に不思議がないように抹殺されているところ。令嗣及夫人という身分ばかりは書き出されて、本人達の名前さえ全く消えているところ。若い婦人たちの文学志望が認められている当時の社会の一面に、どんな古い社会感情が湛えられていたかを具体的に示す例である。そういう空気の中で『青鞜』は、斬新であり、知識的であり、動的でもあった。周囲との摩擦の烈しさ、偏見、反動は、新しい女という言葉へ集注的に向けられたのであるが、大正三年、らいてうが、「独立するについて両親に」という文章を発表した頃から、『青鞜』のグループの生活と雑誌の内容とは、次第に現実的な動機を含んで変って行った。「独立するについて両親に」告げる文章は、平塚らいてうが「五分の子供と三分の女と二分の男を有っているHが、だんだんたまらなく可愛いものになって参りました」と、現在の良人である奥村博史氏との共同生活をはじめるについての宣言の文章であった。「現在行われている結婚制度に不満足である以上、そんな制度や法律に認めて貰う結婚はしたくないのです。私は、夫だの妻だのという名だけにもたまらない反感を抱く」と云い、両親が不安を抱くかもしれない子供の誕生ということについては「私は今の場合子供を造ろうとは思っていません」との断言が添えられてある。

娘を片づけるという考えのもとに行われている旧来の結婚の習俗にあきたらないで、故郷を去って当時共同生活を営んでいた『青鞜』の同人には伊藤野枝があり、思想的な根拠に立って其の実践としてそういう形態の生活をもっていた人々には『青鞜』に直接の関係はなかった大杉栄、岩野泡鳴などがあった。

嘗て『青鞜』創刊号に「元始、女性は太陽であった」という半ば神秘論に近い感想を発表した当時、らいてうは、その文章の中にも沢山女性という文字をつかって物を云っていたのに、実は、現実の社会に生活する女として、その実感を欠いていたということは、程経て自身心づいたということは、注目に価することであると思う。『青鞜』が第三巻に進んだ年、らいてうは初めてエレン・ケイの「恋愛と結婚」を読んだ。そして、その紹介と部分的な翻訳を発表するに際して、次のように語っている。「或る意味で自分は新しい女を以て自任しているものではあるが、実際を考えると多くの場合は自分は女だとは思っていない。(勿論男だと思っているのでないことは云う迄もない)思索の時も、執筆の時も、恋愛の時でさえも女としての意識は殆ど動いていない。只自我の意識がある丈だ」「そのせいか自分は女なのにもかかわらず十九世紀から――いや十八世紀からそうだ――喧しく云われている婦人問題も実のところいまだに自家内心の直接問題とはならずに来た」と。

中流的で当時としては自由な家庭の雰囲気の中にあった彼女の生活は、経済の面でも思想の面でも謂わば温室育ちであった。女として実感の目ざまされる現実が欠けていた。そのらいてうがエレン・ケイの論文にひきつけられて行った生きた関心の動機は、抑々何であったろうか。やがて三十歳に近づいていたらいてうの許を屢々訪れるようになった青年、彼女自身其人を若い燕と呼んだ愛人との交渉が、ケイの思想へも生きた脈動を感じさせたのであったと思える。

両親に宛てた形で書かれているとは云え、その実質は結婚の旧い習俗へ向って投げている昂然たる宣言とともに、らいてうは親の家を出て、巣鴨の植木屋の離れに、奥村博史との新生活を営みはじめた。ところが、従来『青鞜』の編輯事務に携っていたひとがその部署を退くことになって、『青鞜』の編輯の全事務は、その新居へうつされなければならないことになった。そして一年が経過した。

翌大正四年一月『青鞜』の巻頭に、「青鞜を野枝さんにお譲りするについて」というらいてうの言葉が現れて、人々に或る衝撃に似た感じを与えた。らいてうは、『青鞜』刊行のための経済的なよりどころを、新生活の開始とともに失ったのであった。「親の保護を離れた私には今日の食べ物を得る金があったりなかったりする位でした」そういう経済上の逼迫につれて、らいてうが、自分たちの家庭というものを考えている。その考えかたは、一つの社会的挑戦の意味をもつ雑誌発行の事務をつかさどるところとしては、全く調和しがたい本質に築かれていることも明瞭となった。「自分がじっと静かに物を考えたり、祈ったり、書いたり、恋愛したり、休息したりする『自分の住家』というものは、いつも出来るだけ外からのものに邪魔されることのないように、いつも静かに、安全に保ちたいというのが私の日頃からの願でしたから。」

　結婚の習俗に抗しつつ、らいてうと博史との家庭についての感情が、全くあり来りの、おとなしい、けれども我知らず排他的になっている小市民の家庭感情から一歩も歩み出ていないことは、家庭と仕事との摩擦を、耐え難いものと感じさせるに到ったと見られる。家庭と仕事とのやりくり、そのやりくりのために、今は赤裸々(せきらら)な皮膚にふれて来る実生活との摩擦で疲労困憊(こんぱい)したらいてうは、その苦痛と敗北と自身の生活態度の本質に客観的に考え究める可能性を見出さず「こういう散文的な生活が只私を疲らせ、私の中の高貴なものの総てを汚し、私から光と力とを奪い去るものだ」としかみられなかった。苦痛の経験から、彼女は体験的な現実への生活力を蓄えず、又それによって思想の実質を更新させることもせずに退嬰(たいえい)して、「心霊上の自由」へ引こんだ。

「独立するについて両親に」という宣言の中で、「私が若い燕だの弟だのと呼んで居りましたHという私よりは五つも年下のあの若い画をかく男」と、やや下目に語られている一箇の男性が、「私は太陽である」と叫んだらいてうに、男として及ぼした作用の現実は、社会的な過去の力をもこめて決して単純なものでなかったことがわかる。それが単に個人の問題以上に深刻な性質をもっていることは、らいてうが、やがて母となるという自然な出来ごとに当ってさえ当時の卑俗な揶揄(やゆ)的な偏見と全面に闘わなければならなかったにもかかわらず、そのような荒い路を経て女としての意識をさまされつつ生きなければならなかったにもかかわらず、彼女の活動と、所謂「天才の発現」とは、さまで広くない妻の限界に止まって、今日に及んでいることで考えられる。

『青鞜』をひきついだ伊藤野枝が、年齢の上でらいてうより若かったというばかりでなく、全体としての生活態度の上で、らいてうと対蹠（たいしょ）していたことは、まことに意味ふかく考えられる。伊藤野枝が『青鞜』を引受けた心持には、同棲者であった辻潤（じゅん）の協力が計算されていたこともあったろう。しかし、彼女は、その時分もう子供をもっていた。若い母となった野枝が、日常経済的な困難や絶間ない妻、母としての雑用に追われながら、その間却（かえ）って女、妻、母としての生活上の自覚をつよめられて行って、「社会的運動の中に自分がとび込んでも別に矛盾も苦痛もなさそうに思われました」という心持に立ったことは、今日の私たちの関心をひかずにいない点であると思う。らいてうと野枝との間のこういう相異は、唯二人の婦人の性格の相違だけのことであろうか。もとより個性的なものが大きく作用しているのではあるけれども、その個性のちがいそのもののうちに、既に新しい世代への水源が仄（ほの）めき現れている感じがする。『青鞜』は従来の社員組織をやめた。「無規則、無方針、無主張、無主義」なものとして総ての婦人のために開放した。事実、テムポが速い五年の間に、発刊当時集っていた婦人たちは、其々成長し、それぞれの道を独自に歩みはじめつつあった。明治四十年に処女作「縁（えにし）」を漱石の紹介で『ホトトギス』に発表した野上弥生子は、進歩的であるが温和でややアカデミックな環境の中でホトトギス派の水彩画めいた文学の境地から次第に新現実派と呼ばれた傾向の作風に進み、文章も欧文脈をうけて、知識人らしいポーズのうちに或る溌剌（はつらつ）さをもって自身のスタイルを定め、『中央公論』『新潮』に作品を発表して、田村俊子とは対照的な取材、人生への態度をもつ婦人作家として重きを加えていた。田村俊子の女及び作家としての生活は、既に『青鞜』から遠くはなれてひろく流れつつある。唯一のロシア文学専門家としてチェホフの翻訳で『青鞜』を豊かにしていた瀬沼夏葉は、この年春亡くなった。

画家上野山清貢の夫人であった素木しづ子が、病弱であった肉体と心との繊細さを美しく感覚に映した短篇をもってあらわれたのは、この時代の前後であったろう。婦人の文学活動の展開される場面も数多くなり『新潮』『文章世界』などのほかに、『スバル』もあり『番紅花』『詩歌』『朱欒』等のほか、片山広子のアイルランド劇研究の載った『心の花』もあるという盛観であった。

伊藤野枝が引きついで満一年後の大正五年の新年、『青鞜』はその経営の困難をまざまざと語って表紙には何の絵もなく発刊された。寄稿の中に吉屋信子の稚拙な詩があるのも面白く、更に注意をひかれることは、此号に初めて、山川（青山）菊栄が執筆していることである。津田英学塾を卒業してのち、社会問題の研究に進んでいた彼女は、当時まだ山川均との結婚前で、『番紅花』にカアペンタアの翻訳などをのせたりもしている。『青鞜』に彼女が寄稿したのは、伊藤野枝の廃娼運動否定論に対する反駁であった。

当時、歌人として地位を確立していた与謝野晶子が、今日からみるとその人のテムペラメントにふさわしいとも思えない堅い論文調で、社会時評を盛に執筆していた。それまで『青鞜』の人々が、刻々の時にふれた時評をしそうであってそれをしなかったことは、彼女たちの社会的な成長の程度をも反映して興味ある事実であるが、晶子が選挙運動に婦人の活動することにふれて書いた文章に対し伊藤野枝が、そういう有閑婦人の活動を無意味なものと評価しつつ、それと同類の暇つぶし、無益な努力として、廃娼運動をも否定的に評した。野枝が「男子本然の要求と長い歴史による」もので娼妓は存在するだけの理由をもっていると云ったに対して、山川（青山）菊栄は、社会問題としての廃娼運動の必要を力説したものであった。「男子の先天性というよりは不自然な社会制度」から生れているものとして、山川菊栄は、統計をあげ、社会科学の問題としての立場を明かにしつつ傍ら社会問題に対する野枝の気分まかせの投げやり、根気弱さを批判した。

伊藤野枝は次第にそれへの部分的な共鳴と反撥、弁明交々の感想を発表したのであったが、両者は完全な一致を互の間に見出さず、野枝が大杉栄の新著『社会的個人主義』についての好意ある紹介をしていることは、単に意味ふかい偶然であったとだけ云うべきであろうか。

欧州大戦三年目の日本では、吉野作造がデモクラシーを唱え一般に強い反響をよびおこしていたが、『新社会』による堺、高畠、山川均等と『近代思想』によるアナーキスト大杉栄との間に、思想的対立の兆したのは既にその前年のことであった。

『青鞜』が遂に発刊不能になったことは、同時に伊藤野枝と辻潤との生活破綻を語り、野枝は子供をつれて家を出た。大杉栄をめぐって堀保子、神近市子、伊藤野枝の苦しい渦巻が生じた。『青鞜』が嘗て婦人問題について諸家の回答を求めたとき、堀保子は皮肉に満ちた語調で次のように答えている。「男の申しますには、若い男と女とが相愛のなかとなれば、斯うして別々に住っていて、別々の独立の生活をして、猶もし他にも相愛の男か女があれば、それらの人とも遠慮なく恋し合って、そしてもし愛がさめれば、いつでもその関係を離れるという風になれば理想的なんだそうでございます。けれども猶男の申しますには、斯ういう理想は今日の社会制度、今日の経済制度の下では、僅の例外者をのぞいては、迚も出来ないそうでございます。其故私も安心して居ります」と答えた。

その記事の現れる僅か数ヵ月前、神近市子は『青鞜』に「手紙の一つ」という感想をのせたことがあった。彼女はその手紙の中で、若く結婚しようとする同性の友に警告して、「さめよ」「自覚せよ」「新しい生命を求めよ」と叫ぶ声は私共を救う人の声でなく、私共を呪う人の声ですね。少くとも嘲る声としかきこえませぬ。と男が女に求める所謂新しさの底に、本質には旧い男の我ままや放肆のかくされていることを痛切に訴えている。「男は悪魔です。獣です、」とそこには素朴な憤りの迸った表現さえあった。

社会の動きは、今これらの婦人たちを一つの渦の中に巻きこんだ。そして、この矛盾紛糾は、神近市子の最も深い犠牲において爆発し、数年の間彼女を社会から遮断した生活におく結果となって終結したのであった。

自叙伝のなかに、大杉栄は、自分の喉に刃の当てられた夜までのいきさつを飾りなく語っている。神近市子の性格の明暗、その苦悩、三人の婦人達と自分との間の感情の流れも、比較的公平に一流の流暢さで書いている。けれども彼自身のアナーキストとしての理論やその実践に含まれていた破綻の因子については、追究の筆をすすめていない。雑文家の才筆で現象を語っているだけで、「マア理窟はどうでもいいとして」と云って過ぎている。当時に小さくない震撼と問題とを社会に与えた事件として客観的な扱いをしていない点は、そのことにも彼の立っていた思想の特質の一端が語られているとも見られる。

このようにして、『青鞜』が明治の末から大正の初めにかけて持った歴史の役割は遂に終った。時代の波頭にもたげられておこり、又時代の波頭にうたれて砕け散ったこのグループの消長は、日本の中流女性の前進性の絵巻として、広汎であったその影響とともに、その終末の形においても、私たちに多くの学ぶべき様相を示したのであった。

## 五、分　流
### （大正前期）

明治四十二年の二月ごろ、『女子文壇』という当時の女性のための文芸雑誌は、夏目漱石の「作家としての女子」という談話をのせている。短いものだけれども、その内容を今日の文学の現実や生活の感情に映してみるとなかなか面白いし、歴史的な意味もある。
「男女の性(セックス)は自然に分賦(ぶんぷ)せられているものではあるけれども、教育は男女の別に拘(かかわ)らず同一の知識を与える。」そう冒頭して、漱石は更に其(それ)が職業に用いらるる時は、男女とも異るところなく生活を営んで行くのであって、その点では男女のテンペラメントが次第に同化されて来る。琴などでも男の盲人が習った琴も、令嬢が教えられた琴も、変りなく同様の音曲節奏となって現れる、と解釈している。さて、婦人にして小説を職業もしくは道楽としている人があるが「女だから男子と同様のものを書くべきもので無いとは云い得られないのは勿論(もちろん)である。女であっても、其(その)得意とする衣裳(いしょう)や髪容(かみかたち)の細かい注意以外に或(あるい)は男子の心理状態の解剖を為し得べき能力あるは、猶(な)お男子にして婦人の心理解剖を為すに等しいものであろう。要は作品の問題で、畢竟(ひっきょう)佳い作品さえ出来ればそれで宜(よ)いのである。外国ではエリオット女史の如(ごと)き、随分男子以上のところ迄突き進んでいる者もある。故に其作品から見て、成程遉(なるほどさす)がは女らしい筆致が見えているとか何とか云い得られようけれ共、其を逆に、其女らしいところが無いから其小説は偽だとか何とかいう批評は加え得られないのである。

併(しか)し又、一方から作品と作者を分けて、どうも怎(こ)ういう甚(はなは)しい事を書く様な女は嫁にする事は困ると云うのは又別で、作品の上には云い得られないが、作者の上には云っても差支(さしつかえ)は無い。

けれ共又、他方から考うれば作に現れた芸術上の我と、然(しか)らざる平常(ふだん)の我とは別物であって、作家は二重人格(ダブルパーソナリティー)であるべきものだと云った考えを持っているかも知れない。是(これ)も亦(また)不当でないと思うのであります。

女子にして小説に筆を染むる者のあるのは、勿論(もちろん)近代自意識に伴う競争心から来たので、多くは模倣でありましょう――尤(もっと)も男子にだって其は免れないが――要するにまだ〳〵個性を発揮したものは無いだろうと思われる。」と結んでいるのである。

或る意味では当時の知識人の常識の代表者のようでもあった漱石が、その進歩性として、学問や職業の部面では男女の性別や境遇の相異が消えるべきものだとしている点、所謂女らしさを要求する俗見に反対している点などでは、明らかに女の社会的な活動の可能性をより広い方向において受け入れ認めようとしているのである。けれども、同時にいかにも当時の社会感情らしい矛盾もあって、観念の上では素朴に男女同権を承認しつつ、実際に処して、嫁、又は妻という位置で女を見る場合には躊躇なく旧套の目やすへ置きかえている態度は面白い。

女が小説をかくからと云って、その観察は何れも衣裳や髪容の描写にとどまらず題材としては男と同じものを扱ってよいと云うことにつづいて、すぐ男子の心理状態の解剖をいうところへ飛躍して云われているところも、男女の対立の範囲で婦人の問題が観られていた当時らしい考えかただと思える。

また、作品の創られてゆく生々しい内的過程から推して、芸術の世界の現実は、果して男の盲人の弾く琴と令嬢の稽古事として弾く琴とが、変りなき同様の曲節を奏でることがあり得るだろうか。漱石は、自然主義に反対して芸術の世界を、生活的世界と一応切りはなしたものの裡に認めようとしていた。その作家としての態度が、此処にもおのずから反映している。そして、学問、芸術の前には、俗世間で通用しているような形で、男女の性別はないとしているその仮定から、却って、婦人作家の生れて来る現象についても、女の止めがたい息づきによるというよりも、寧ろ近代自意識に伴う競争心をその内的な動機としてみるという、皮相な見解に陥っているところは一層興味ある点だと思う。

漱石が女性に対して抱いていた考えかたの中には、一貫して、彼のうけた儒教的教育と西欧的教養との相剋が見られる。

漱石は、「吾輩は猫である」などの中に、女を、ソクラテスの有名な駻馬的細君を例にして、苦い皮肉と笑とで扱っているが、「行人」を読んだものは、学者である主人公と共に、この作家が「女のスピリット」を攫もうとして、苦しい焦燥にかられていることを印象されるのである。良人である自分にちっとも天真な情感を表現しようとしない他処他処しい妻。義弟にあたる二郎には自然な暖みをこぼして応対するように見える妻。兄には、そういう女の心が分らない。「自分は女の容貌に満足する人を見ると羨ましい。女の肉に満足する人を見ても羨ましい。自分はどうあっても女の霊というか魂というか、所謂スピリットを攫まなければ満足が出来ない」と云ったイギリスの作家、ジョウジ・メレディスに同感をもつ兄の苦悩は、「おれが霊も魂も所謂スピリットも攫まない女と結婚している事丈は慥かだ」という自覚にある。兄は弟にたのんで、わざわざ妻を小旅行に誘い出してその心持をきいて貰うという細工までするのであるが、夫妻の心持が打開されるような結果は何も齎らされない。

愛情の純粋さということに対しては、無力である習俗的な結婚の法律上の効力を懐疑する夫は、妻と弟との自覚されていない感情への猜疑を高め、兄は自殺しかねない精神状態となって来る。そこを親友が旅行に連れ出して、やや感情の均衡をとり戻させるということで事件は当面の終りをつげている。小説として「行人」のテーマは「何んな人の所へ行こうと嫁に行けば、女は夫のために邪になるのだ。そういう僕が既に僕の妻をどの位悪くしたか分らない。自分が悪くした妻から、幸福を求めるのは押しが強すぎるじゃないか。幸福は嫁に行って天真を損われた女からは要求出来るものじゃないよ」という結論を、その終局として得ているのである。

この力作の中で漱石は、執拗に兄の心理を追求しているが、兄の妻であるお直の心理は受動的に静的に置いている。又、女が妻となれば天真を害われずにはいないという悲痛な現実の条件を醸している夫婦というものの通念や家庭というもののありようを、作者として社会的に解剖する試をも企てていない。「行人」の中でもし一度作者漱石が、妻の心のうちに潜り入って、その沈黙の封印を破り終せたとしたら、全篇はどんなに違った相貌を呈したことだろう。しかし漱石はそういう風には、男女のいきさつの現実を摑まなかった。その精神を捕えたいという男の欲望の側からだけ進んで行って、ありのままの精神を発揮出来ないようになっている女の社会的、習慣的条件を分析して見ようとしていない。女の上にだけ重くのしかかる目に見えない日常の絆、女心は先ずそれを吐露したいのだという疼くような苦衷、それは「行人」のお直の心のなかにとらえなかったばかりでなく、漱石のあらゆる他の作品のなかに欠けている。初期の作品で、「草枕」の女主人公や例えば「虞美人草」の藤尾のような女と、素直に兄の導くままの運命に入って行くおとなしい娘とが対立的に描かれていた漱石の女の世界は、「明暗」の複雑さに進んで、そこには権謀と小細工に富んだ女の一面が、色濃く追加されているけれども、女自身が自身の天真さを求める天真な熱意で周囲の習俗にぶつかって行くというリアルな女の姿は一つも見出されないのである。

「作家としての女子」という感想の中で、芸術の分野では性別が消えると簡単に云われている半面に、女が小説をかいたりするのは近代自意識の目ざめによる男への競争心と云われているところも、漱石の場合としては、やはり、女の内面的な心情の必然のありように対する見かたの不十分さと密接に結びついている。平常の女にこそ女のまことの姿があることをリアリストとしてつかんでいない。

世すぎのための文学の仕事という意味で、職業としての自覚をはっきり持って小説をかきはじめた一葉にしろ、創作の衝動を男への競争として意識しなかった。女としての自身の境遇、そこを生きてゆく明治二十年代の日本の市井の女としての日常の心に、やみがたい疼きがあり、涙があり、訴えがあり、その上でそれを佳い作品に仕上げたいという勝気も熱意も加ったと思われる。時代が明治四十年代に進んで、日本の女の文化の水準が進み、社会的にも思想的にもやや複雑にされ、自覚を加えられたとして、女が作家となってゆき、小説を書いて行く心持の最も深いところにあるものは、依然として、この世に生きる女として真情吐露の欲望であったことは疑いないと思う。一葉の作品の世界では漠然と浮世のしがらみという風に見られていたものが、この時代に入ってはくっきりと社会の中心に男をおいて見られるようになって来て、それに対する女としての心を主張する形をとった。競争と云えば、そこを指すことも出来るかもしれないが、どっちが勝つというようなゴールが眼目ではなくて、少くとも、女の側からは、求めるものを求め抜こうとすることに伴った勝敗の感のあらわれであったろう。

そういう意味での男女相剋を、最も濃い時代的雰囲気の中で小説に書いて行ったのが田村俊子（としこ）であった。

明治四十四年、大阪朝日新聞の懸賞に応じて「あきらめ」という長篇小説が当選し、つづいて四十五年に発表した短篇「魔」から、俊子の名は当時の文学潮流の上に意味を有するものとなった。

小説がかきはじめられたのは、ずっと前からのことであった。

露伴（ろはん）の弟子となって露英という号で処女作「露分衣」という作品を『文芸倶楽部（クラブ）』に発表したのが三十六年と年譜に記されているのをみれば、それは俊子が十九歳ごろのことであった。小説ずきは子供時代かららしいが、露伴の弟子になったきっかけは、露伴の作品を読んだことからではなくて、「ひげ男」上演のとき、一方紅葉（こうよう）が「金色夜叉（こんじきやしゃ）」の上演につききりでやかましく云っているのと反対に、露伴は一切無干渉だという新聞記事をよんで、「人格を敬慕するの余り、単独にてその門を叩（たた）きたるなり」と語られているところに、何かこの婦人作家の気質がうかがえる。

俊子は、露伴の人柄の抱擁力の大きさというようなものを心に描いて、その指導の中に自由な自身の文学的成長を期待したのであったろう。けれども、当時の露伴を文学の世界において客観すれば、既に保守に傾いていた作家である。俊子の天分を評価することから、却って彼女に月刊雑誌をよませず、古典文学だけを熟読させる、という結果にもなったらしい。作家としての露伴は、女性に対して、衷心になかなか優しい思いをもっていて、昔一葉が「たけくらべ」などを書いて、名声喧しかった頃、小石川の家を訪ねたとき、一葉に向って、早くお婆さんにおなんなさい、と云い、しかしそうだったらやっぱり寂しいだろうなどと云ったということが一葉の日記にしるされている。露伴は若い俊子を、自分の若き日の思い出の中に生きている一葉と全く切りはなして眺め得ただろうか。或る年の春、師匠露伴のくれた菫の小さい花束に、やさしい敬慕の思いをよせるような稚い淡い心持のなかで、露英も二三年は、一葉まがいの文章でいくつかの作品を書いた。この人は才分ある人なれども、斯の如きものを書くは気の毒なりと鏡花が、評したというのは、この時代のことであった。

　やがて、そろそろ二十を超えようとする生活力の旺盛な俊子を新しい時代と新しい芸術の香りが動かしはじめた。彼女のぐるりにめぐらされている露伴の垣が彼女を苦しめ、自分のこれまでの作風にも嫌悪を感じさせるようになった。芸術の上で道を誤っていると感じて、毎日派文士劇の女優となったのは三十九年のことである。二十四のとき、当時米国から帰朝した同門の田村松魚と結婚する迄の俊子は久米八と同座したり川上貞奴の許に出入りしたりして女優生活を送りながら、新しい時代の文学の空気の中に生きていたのであった。「あきらめ」という小説は、選者であった抱月も云っているように、その一篇のなかにこの作者のあらゆる資質の芽と浅草蔵前の「昔の札差」という家に育った境遇の色どりがうちこまれている点で、興味ふかい作品である。白絽の襟を襟止でとめ、重ね草履をはきお包みを片手にかかえながら、片手にもった扇子を唇に当てがって歩くという気分の女学生。その脚本が好評で上演されるようになったら、学校から悶着を出されたというような、当時の女子大学生の富枝をめぐって、複雑な下町風の人事のあや。芸者や踊の師匠の明暮の光景あれこれ。女優生活の裏や表までが、自然主義の作風に近い平面な組立ながら、耽美的な、又官能的な都会人の気分をこまかに追って描かれているのが「あきらめ」であった。女学生同士がお姉様、妹という呼びかたで示しあうのが流行であった一種独特の感傷的な愛着。姉さんはそうやって女子大学に行っているのに、妹は芸者屋へ養女になっていて、早熟な、その社会では習俗となっている恋の戯れめいたいきさつを義兄との間に生む気分。そういうものも作者は自身の濃厚な気分をそこに絡めて描き出しているのである。「あきらめ」につづいて、「誓言」「女作者」「木乃伊の口紅」「炮烙の刑」と進むにつれ、田村俊子の気質と作品とは、益々あますところなく当時のロマンティックな文学の潮流に谺しながら、その流れのなかでも、まことに際だった一筋の赤い糸となって行った。官能を描く筆は執拗と頽廃の色を重ねつつ「女の前にだけは負けまいとする男の見栄と、男の前にだけ負けまいとする女の意地」とが、芸術上の張り合いの中で、逼迫した日常生活の気分の齟齬の間で、苦しく悶え合う姿をおおうところなく描いた。それらの作品が、当時にあっていかに独特、それでいて共感と刺戟を与える存在であったかは今日でも尚十分に推察出来る。「木乃伊の口紅」は、そういう意味で、血のしたたるような作品であると思う。義男という創作力を喪った男が「自分一人の力だけでは到底持ちきれない生活の苦しさから女をその手から弾きだそう弾きだそうと考えている中を、こうして縋りついていなければならない自分というものを考えた時、みのるの眼には又新しい涙が浮んだ。」「自分の内臓を噛み挫いでもやりたい程の口惜しさばかりはあってもみのるは何を為ることも出来なかった。みのるは矢っ張りこの力のない男の手で養ってもらわなければならなかった。」こういうみのるが、それを書かなければ「別れてしまうばかりさ」と脅す男の眼に見張られながら「書きさえすればいい？」「書くわ。仕方がないもの」と涙をうかべつつ、気のすすまない懸賞の応募作品を書きあげる。これが「あきらめ」の生まれた、背後の現実生活の絵であった。

　この小説の当選は、当座の経済の苦しさから義男とみのるとを救ったけれども、義男の精神生活は立ち直れず、その小説を書かせた自分の力を恩にきせるばかりで、それから先にきりひらいてゆく努力の道についてはみのるに何も与えるものをもっていなかった。「みのるは、自分の力を自分で見付けて動きだした」「みのるを支配するものは義男でなくなった。みのるを支配するものは、初めてみのる自身の力となって来た。」

　作家としての田村俊子は、現実に其の道を歩いたのであった。そして、婦人作家として、文学の上にも経済の上にも独立した。けれども「木乃伊の口紅」の中で、自身を支配するものは自分の力となったと云いきっている彼女は、女として又芸術家として、果して自身の力を飽くまで自分の支配の下に掌握しつくし得たのであったろうか。そのように完全な精神の自立が確保されたのであったろうか。この問いは、田村俊子という一人の婦人作家をチャンピオンとした明治四十年代という時代に向って、一層切実にかけられる質問でもある。

「炮烙の刑」で、作者は龍子に「あの青年を愛すのも、慶次を愛すのも、それは私の意志ではないか。私は決して悪いことをしてはいない。」謝罪するよりは炮烙の刑を良人から受けようという、愛においても自分を立てる女を描いている。だが、私の意志というその実現の中に、つつみきれない複雑なものが現実の心にあふれていて、経済の上に芸術の上に一人立ちして、男をも自分から選び愛して行っていると思う実際は、案外に「自分の紅総のように乱れる時々の感情をその上にも綾してくれるなつかしい男の心」に「長く凭れていた自分の肌の温みを持った柱」へのようにもたれて、生きてゆく力の半ばをかけていたのではなかったろうか。女は男を愛さずにはいられない。その自然さに、その自然さの時代的な主張にわれから靠れて、本質においての受け身なところや、又愛とひとくちに云い表わしているその愛の質を見わける力はまだ十分になかったのではなかろうか。

　男と女とが偶然向いあった世界の中でだけ男と女との問題が扱われていた当時の限界は、おのずからこの婦人作家の上にも照りかえした。社会一般としてその限界がうちひろげられるには時代が反動的であった。その反動の半面に爛漫と咲き出したネオ・ロマンティシズムの芸術は、「あきらめ」に窺えるこの婦人作家の所謂女学生っぽい潔癖さ、追究心を育てるよりも、遥に容易に華やかに、彼女のうちに伝統となっている頽廃の一面を開花させた。芸術家として、作家自身余りすらすらとその道を歩いた。作者をめぐる生活と文学の情緒の渦は、ロマンティックな色を配合しながら、段々高まるよりは低まって行った。

「あなたなどと一緒になって、つまらなく自分の価値を世間からおとしめられるよりは、独身で、一本立ちで、可愛がるものは蔭で可愛がって、表面は一人で働いている方が、どんなに理想だかしれやしません」「女の心を脆く惹きつけることを知っていなくちゃ、女に養わせることは出来ませんよ。あれも男の技術ですもの。」

田村俊子一人がこの過程を、経たのではなかった。谷崎潤一郎や長田幹彦などの耽美的傾向が、真にその養いとなる環境を持たないために次第に初めの清新さ、横溢性を失って行ったように、そして草双紙めいた情話物を書くようになったように、この作家も「小さん金五郎」を書いた大正四年の後二三年を経済と芸術と両面からの混乱苦痛に過して、大正七年、日本を去ってアメリカに赴いたのであった。

『白樺』が明治四十三年に創刊されて、日本の近代文学には、一種独特の溌剌たる生気がもたらされることとなった。

『青鞜』の出る一年前、自然主義文学の絶頂がややすぎた頃、武者小路実篤、有島武郎、生馬、志賀直哉、里見弴、長与善郎、木下利玄、柳宗悦、園池公致、児島喜久雄、郡虎彦等上流の青年たちによって発刊された『白樺』は、当時文壇的主流をなしていた「自然派の立場にあきたりない」この人たちの積極的な人間性の肯定の欲求から結ばれたものであった。

自然主義作家によって描かれる人間性の高貴な可能の否定に対する若々しい反撥、単調瑣末な日常にかがまった人生態度へのあき足りなさ。それらは『白樺』同人たち共通の感情であった。『白樺』の人々は、武者小路実篤が云っているとおり、主義、主張が一つだというのではなく、めいめいがめいめいの立場をもちながら、それぞれの立場で「自分が情熱を感じて書けるものだけ書こうとし」「個人は個人に与えられた宝を出来るだけ立派にして地に生かして、そして死んでゆくことを人類は望んでいる。」「人類が全体として生長しようとする意志がある事実を認めること」を芸術の仕事への精励と不可分として感情に湛えていることで、自然派とは全く対蹠的な誕生をとげた。同時に『スバル』の象徴派とも、谷崎潤一郎などの色彩つよいネオ・ロマンティシズムとも、又、現実から一歩身を退かした漱石の文学態度とも別種の、人間の新しい肯定としてあらわれたのであった。

個性の成長とその十分な開花の希望とを人類全体につたえたいからこそ仕事をするのであるという確信は、歴史の縦糸を辿れば、自然主義思潮に洗われて自己の目ざめを経た後でなければ、発生し得なかった動向であった。同時に、日本の自然主義が社会の伝統に風化されて、次第に小市民的な家庭生活の身辺描写に追い込まれて行ったのに対して、『白樺』は「殆どすべて食うことに困らなかった」上流青年の自己高揚拡大への意欲であるという社会的本質をも併せもった。

自己を生かし抜いた人々として天才への曇りない讃美が『白樺』を一貫した一つの特色であったことも、以上の思想感情から肯ける。当時の日本の若い知識人の間に美術家としてセザンヌ、ゴオホ、ゴーガン、ロダン、文学者としてホイットマン、ブレーク、ロマン・ローラン、音楽家の人類的選手としてベートーヴェン等への熱愛が高められ、自然主義の自己検討の内向性は、個人のうちにひそめられている可能に対する人類への責任という見方へと、内面の真実を尊ぶ傾向へとに推進したのであった。『白樺』の人道主義は、当時にあって人生に積極なものを求めるあらゆる若い心を捉えたと云って過言ではなかったのである。

ところが、今日顧みれば『白樺』の人々の人間性肯定とヒューマニスティックな意欲は、当時の日本文学に新鮮潑剌な気息を導き入れたにもかかわらず、自己のうちに人類の意志を感じるという場合、それは全く主観に立って云われていたものであったことも見落せない事実である。

芸術家としての本心、実感というものは主観的に「自分としては」という角度から監視を受けたが、その本源的な自分というものの内容が社会的に考えられたとき、どんな生活環境の伝統と習俗と気風とを因子(ファクター)として成り立っている「自分」かという客観的事実については、考えられなかった。従って、『白樺』の人道主義の傾向は、主観的でロマンティックな要素を多分にふくんでいた。人間的欲求の真実に立って生れたことは事実であるが、その半面には、『白樺』の人道主義が、個性の完成を社会条件と照し合わせず、内面的の可能でだけ見るそのことに、明治四十年末から大正初頭にかけての日本の社会が面していた反動の情勢が如何(どれ)ほど相殺の力で作用していたかという機微をもうかがい得る。『白樺』の各人の主観的誠実は年を経るままに種々様々の風波を閲(けみ)した。その中から有島武郎を出すとともに、里見弴のまごころ哲学の常套をも生み、武者小路の自在と云えば自在だが、現代の社会の様相の中では或る場合に悲しき滑稽(こっけい)としてしかあらわれない「生きぬいた人」の無軌道な評価の態度が講談社本の製作ともなって転化していることは周知のとおりである。

『白樺』と『青鞜』とは歴史の上で併行してあらわれたのであったが、『白樺』の人道的傾向は、婦人の歴史性についてどんな態度を示したろう。

この人達の人生態度として、一応女性の人間性、女性の個性のゆたかかで自然な成長を求め、互が人間として高まるモメントとして両性の結合をも見たのは動かせない事実であった。けれども、『白樺』の人々が、内心の問題として自分たちをとりかこむ封建ののこりの強い上流的或は公卿(くぎょう)的日常から個性の人類的成長の翹望(ぎょうぼう)へ向いながら、朝夕の現実としては依然として生れ出た社会的環境の偶然にとらわれたままであったという事実は、『白樺』の人道主義が、そこにおのずから限度を置いたとともに、両性の問題に対しても新しい時代を画してゆくための重大な支障であった。

男が人間として本心に忠実に生きなければならないとおり、女も自分の本心の声に従って生きるべきであることを、『白樺』の人々は当然認めざるを得ない。愛を貫くことで雄々しくあれ。運命を信じよ。武者小路実篤の初期の作品には、そういう意味で女の生活の主張を鼓舞したものがあるが、実に興味ある点は、それらの作品が、屢々(しばしば)殿様対侍女という人物構成で扱われていることである。そして信じよ、と云われる運命が男の運命であり、それを信じることによって女の運命もひらかれるという視点から見られていることである。自身たちの社会的条件のなかにある封建的なものとたたかうのに、封建的という語彙(ごい)さえ知らなかった当時の若い人道主義者たちは、同時に自分たちのお尻(しり)についている痣(あざ)として、自分たちの環境からしみ込まされている女に対する封建性を全く自覚しなかったということは何と深い暗示だろう。

『白樺』が、同人の中に社会的な出生を同じくするような若い婦人を一人も持たなかったということには、外見にあらわれている現象よりも深刻な歴史が、その蔭にたたみ込まれている。生活環境の伝統が上流の若い女のひとに、芸術を趣味以上につきすすんだ仕事とすることを許さなかっただろうし、又、『白樺』の人々の生活は、婦人の才能を、それとして自立させ人類的に成長させる手伝いをするよりも妹、愛人、妻、母として自分たちの生活を肯定してついて来る愛の道すじにおいてより美しく彼女たちの美と成長とを見ようとする傾向がつよかったことがよくわかる。

これに対して、当時、社会的な生活の向上をもとめて熱烈な表現をしていた若い女性たちの多くは、地方から文化の中心である東京へ新生活を求めて出て来ていた人々であった。上流的というよりは中流の或は地主としての空気の中に生れた女性たちであった。そういう肌合いは、『白樺』の人々が身近く感じている女性と、言葉づかいからして違っているわけであったろう。『青鞜』のグループと『白樺』とが若い世代の動きとして共通した脈絡をもち得なかったことには、末期の『青鞜』に『平民新聞』廃刊後のアナーキズムの色が流入したからというばかりでない内奥の理由もある。この事実を、十九世紀後半欧州各国に萌え立った文芸思想運動の中で、若い男女がどんなに共同の動きをして来たかということに思いくらべると、日本の歴史の独特さについて深い感慨にうたれざるを得ない。『白樺』も『青鞜』もくりかえし、「運動」をおこそうとするのではないと、云っているところも、時代の陰翳として見られるのである。

或る意味で『白樺』の影響をうけ、しかし女としての成長の過程では『青鞜』時代というものを全く知らないで、自分が「貧しき人々の群」を発表したのは大正五年の秋であった。ロマンティックな要素とリアリズムの入り混った人道主義の作風で描かれた窮乏の農村生活の絵であり、幼稚ながら、作家の生涯は、生活と芸術との現実的な推進の関係ではかられるべきものという理解に立った。生活そのものに向う動的な態度では、ホトトギス派を文学の苗床として成長した野上弥生子の現実鑑賞の態度とはおのずから質において異っていた。トルストイ、ロマン・ローランなどの芸術家としての生きかたに強く共感していたけれども、中流家庭の環境のなかで、自然に発生したそういう成長の意欲は、若い女の場合孤立的であったし、方向も定めがたいものであった。偶然のことから父につれられてアメリカへ行き、丁度欧州大戦休戦の前後、紐育にいた。そこでの感銘深い見聞は、漠然とした人道主義に対して一つの疑問を抱かせた。引きつづいて、より現実的な生活拡大の希望で結婚した。その結婚生活では、対手の生活目標とのくいちがいがあって数年に亘った苦しい生活の後、離婚した。そういういきさつの裡に、女として自身の抱いている人間的希望の社会的な関係、土台というようなものも徐々に作家として自覚されつつあったのであった。

大正八年に当時名女優として高く評価されていた松井須磨子が自殺した。芸術上の指導者であり愛人であった島村抱月が死んでから後一年の生活が、遂にこの情熱的な女優に死を選ばせるに到った動機は何であったろう。我儘一杯にふるまって来た彼女が、身をもてあました結果とだけ見るのは皮相である。島村抱月は新しい演劇運動の指導者であったばかりでなく、婦人問題についても、系統立った真面目な見解をもっている人であった。須磨子は舞台に情熱を傾けつつ、『人形の家』を人間の家とするの」は、抱月在って初めて可能なことと思えたであろう。その抱月は急死し、芸術座の経営の困難と、自身の女及び芸術家としての成長の苦難は余り巨大に目前に迫った。その半身は芸術的にも成人しており、又成人として現実生活に当ってゆかなければならない必然にさらされつつ、猶その存在の奥に過去の社会の重い暗い感情を内部のものとしても持っている日本の一箇の女である須磨子の自殺は、積極的な精神と肉体とがその深刻な矛盾に向ってうちよせて来る力に抗せず、倒れた悲痛な姿と見えるのである。

須磨子がいくつかの短い小説を書いていることを人は記憶しているだろうか。

大正二年という年は、『青鞜』創刊から三年目、丁度坪内逍遥の文芸協会から島村抱月と松井須磨子とが脱退して芸術座を組織した時であり、婦人問題に対する社会の関心は高潮に達した時期であった。『太陽』と『中央公論』とが婦人問題に特輯号を出した。『中央公論』のその号に、須磨子は「人形の家」を上演した感想と別に、「雌蝶」という短篇をのせている。幼い日の思い出物語であるが、親戚の御婚礼の日、雌蝶の役になったかつみという女の子が其の日雄蝶の役になった仙台平の袴の男の児に淡い魅力を感じ、はにかみと興味とをたがいちがいの稚い感情でその男の子のまわりに近より遠のく風情など、単純ではあるけれどもなかなか厚みと伸びと濃やかさのある筆致で書かれている。

同じ年の六月、早稲田文学に「店の人」という須磨子の短篇がある。「雌蝶」よりはいくらか粗くて鞆い筆致で、久江という「細かい縞の羽織に襟のかからない着物をグッと首に巻きつけて着て、帯の間からチラチラくさりの見えるだけが飾りの束髪頭」の若い女性が、義兄の菓子店へ遊びに来て、帳場で本を読みながら店番をしてやったりしている。お客がものを買ってゆくたびに店のものは「ありがとう」というのだけれど、久江はその云いかたを我知らずいろいろ観察したり研究したりしていて、一人の心持よい女客に自分が菓子を売ってやってのかえりしな、ひとりでに調子よいありがとうが唇から流れ出た。そのような情景を、写生風な文章で描いた小説である。

須磨子の身辺がおそらくそのままに描き出されているらしいばかりでなく、今日の読者には、久江という女主人公が、いかにも深い興味をそそわれてこのありがとうの云いまわしを研究しているところが、その頃の須磨子の小説らしく面白く思えるのである。

須磨子の芸熱心は、様々に彼女を批評した人々も認めずにはいられなかった一つの強い特色であった。それに、我を忘れてその役の実感に情熱をうちはめてゆく資質の傾向も独特で、例えば同じ文芸協会に女優として入った上山草人の夫人山川浦路の気質などとは、対蹠的であったと思われる。山川浦路は、文芸協会が創られた時、新しい日本の演劇のために献身しようとした草人を扶ける意味から女優の修業に立った。彼女の出身学校であった女子学習院はそのことで浦路を除名するという時代の絆に敢然と立ち向ったのであるけれども、芸術の道と女としての生活とは、彼女にとって一応一致していたばかりでなく、浦路は「実生活は実生活で芝居ではない」というけじめがいつもはっきりしている人であった。

須磨子は全くそれと反対の天性で「ノラ」の稽古について語っているところでも「東儀先生の落付き払った金貸振りに、私はほんとにくやしくなって思わずのり出して読む」自分を示している。

そういうむき出しの熱い気質であったから須磨子は抱月とのいきさつにおいては傍目の批評を蹴ちらしたような素朴な力で一杯に生きたのであったろう。

私たちにとって、須磨子がそうやっていくつか短い小説も書いているということは、何か特別な感想を誘われることである。

当時、新しい女優というものへの理想と希望、期待がどんなに初々しく混りけないものであったかということは、文芸協会の女優募集条件の第一に先ず性格と云われている点からも明かである。第一に性格を持っている女性、第二に芸術精進に可能な境遇の女性、第三頭脳、そして第四の最後に容姿が求められている。

日本の近代劇の誕生は、新しい社会の生活感情の探求そのものの反映であったことがこの箇条にも語られている。女優になるということは、当時一つの女性解放の門であるとも感じられたので、田村俊子も切れ切れの時期ではあったが女優生活を経験した。

森律子が大正二年に渡欧した折の意気組はまだ新鮮で、徐々に女優が商業化されたものになってゆく一歩が、無邪気に歩み出されていたのであった。

大正初期に、このようにして日本の新しい劇運動が擡頭し須磨子のような女優を生んだ背景には、日本の資本主義経済力の一層の進出があるわけであるが、そのような時期に日本の、婦人劇作家というものが格別目立った文学的誕生を遂げていないことは、注目をひかれる。

近代劇の移入は翻訳劇からはじめられた。シェークスピアやメーテルリンク、トルストイの翻訳劇からはじめられたのであったが、その頃はもうアイルランド劇の翻訳に手を染めたりしていた松村みね子などが、活動の場面を見出して行けなかったのは、どういう原因であったろう。

長谷川時雨のいくつかの舞踊劇、木村富子の振事や世話ものが舞台にのぼされるのは、所謂旧劇の畑に個人的な伝統の連絡が保たれているからであって、小山内薫を兄としつつ岡田八千代の劇文学における活躍の流達を欠いていることも様々な感情を誘う。その後の婦人劇作家は岡田禎子にしろその他のより若い作家たちにしろ、容易に上演の可能を捉え得ないまま今日に来ている。それは何故だろうか。

　脚本は文学のジャンルとしてむずかしい立体性、客観性を求められるものである。日本の女性が社会の過去から負うて来ている様々の持ちものは、そのような文学のジャンルにおいて特に力の不足が露出して、佳作を生み得ないということも云えるであろうと思う。外国の文学の歴史にも婦人のドラマティストは実に稀であるのだから。

　けれども、他方には、女性の劇作家が生れ難くされているような社会の習俗そのものの最も伝統の重しのつよい、最もしきたりずくめの部分が、近代興業資本と結びついた芝居道であるということもその原因をなしている。

　劇作を試みて、いくらかその間の事情に通じたとき、若い婦人作家たちはそのように伝統や金力やに制せられた舞台裏の現実に失望すると同時に、やはり芝居を好む気持は捨てられず、その矛盾の間で自身の芸術への努力を一部は諦め一部恋着するアマチュア風の穴へはまりこむのではなかろうか。

　小山内薫の新劇運動の流れや前進座の劇団としての発展性は、その本質のなかに婦人劇作家の誕生を期待する要素をもっているのであるけれど、やはりまだ永く忍耐づよい明日が待たれなければならないのかもしれない。『青鞜』は雑多な文学の芽生をそこに萌え立たせ、吉屋信子も稚い詩で、岡本かの子もその和歌で、一つの時期をその頁で過したけれど、一人の婦人劇作家も生み出すことはなかった。ずっと後、昭和に入って『女人芸術』の出来た頃戯曲で出発した円地文子が、それから後に小説に移ってしまっている事実も、私たちに婦人劇作家の成長の困難さについて考えさせる一つの実例である。

## 六、この岸辺には
### 一九一八―一九二三（大正中期）

日本の婦人の生活は、第一次欧州大戦終結を境として、各方面に大きい変化を生じた。「職業婦人」という言葉が出来たのも、この時代からのことであった。

大戦後の日本は好景気を現出して、一時に膨脹した諸企業は、どんどん若い婦人たちをひき入れた。同時に、これまでにない物価騰貴は、一家の経済の必要からも若い女を家庭から職業へと歩み込ませた。これまで働く婦人と云えば、志を立てて上京し新聞雑誌の記者として働いている少数の特殊な人たちか、さもなければ電話交換手、女店員、あとは夥しい女工、女中で、これらの勤勉で無知のままに暮している同性たちへの関心は、一般の女のひとの心に決して目ざめていなかった。十年前の『青鞜』の動きは、婦人の社会生活への自覚に多くの刺戟となり、成長の足場ともなったが『青鞜』をかこむ若い婦人たちは、自分たちを新社会へのチャンピオンとして感じながら、目のつけどころはその人々の直接周囲の習俗、恋愛、結婚、家庭の問題の革命に向けられ、彼女たちの目の前には少し遠くあった勤労階級や農村婦人の一生、そこで挫かれてふみつけられた当時五百三十万人の女としての悲しい無言の訴えを、自分たちの声につづくものとして感じてはいなかった。

第一次大戦終結の前後、ロシアの人民が悪夢のようなツァールの政権をとりのぞいて、世界にはじめて社会主義の社会を出発させ、他の多くの国々でも封建の要素のつよい王権を排除した。世界の理性は個人の幸不幸もその社会全体の幸不幸と直接関係していることを学んだ。これまで男対女の問題として個人生活の枠内で見られて来ていた軋轢、相剋、成長の欲望が、この時代に入ると所謂男女問題の域を脱して、はっきり帝国主義の時代にまで進んで来た資本主義社会の矛盾を生じる課題として、その社会的な動機原因にふれてとりあげられるようになって来た。そして、社会の動力として日々の社会的な労働に従っている人口の九割以上をしめる勤労男女の生活が、民衆の福利という民主主義及び社会主義の観点から考えられ行動されて来た。其につれて、婦人問題の中心は次第に参政権問題ではなくて婦人の労働条件、母性保護の問題にうつり、婦人がこれまで対男子の問題として来たすべての矛盾苦痛は、彼女たちの労力によって利得する階級とその利得を得てゆく方法とへ向けるものとして視点がのびて来た。例えば、女が一日一円以下の賃銀で九時間から十二時間働くから、男が失業するというような、働く男女が互に利害の上で衝突し合うような仕組みとされている現実に対しても、これまでのように働く女を働く男の邪魔と見ず、その根柢に横る男女共通の勤労階級としての利害を理解して、しかもその上に、女の母性が必要とする様々の条件を見て行こうとする段階に歩み出して来たのである。

婦人の動きのこの足どりは、当時日本ばかりでの現象ではなかった。大戦の間男に代って生産に従った婦人たちのイギリスでは、この戦争の後、婦人の参政権が認められた。アメリカの労働組合の活動に婦人が大幅に活動しはじめたのもこの前後である。

当時約十七万人ばかりの「職業婦人」と呼ばれる層は、主として女学校や専門学校を出て、職業についたような若い婦人たちを包括し、その経済上の自立に向ってゆく感情も、彼女たちの主観では、やはりその頃社会の隅にまで漲っていた「あらゆる人間が人間らしく生きようとする世界の心」にこたえるものがあったであろう。『青鞜』時代を経た若い婦人たちが、いくらかでも旧い因習から解かれようと望めば、経済の上での自立なしにはそれが達せられないことを、生活の実際から、原因と結果との両面から自覚して来たのであった。

ところが、このようにして、人生へ何かの希望をもって続々と職業に入って来た婦人たちが、その後のごく短時日の経験で、彼女達のとり得る報酬で現実に十分の独立生活は保ち難いこと、さりとて全く旧套に属した家庭内の空気にも耐えないこと、同時に働く女と云っても「女工」とはちがうものとして自分たちの上に見ている様々の小市民らしい色どりの多い気分などは、大正九年の大恐慌にひきつづく震災後の日本にモダン・ガールという一つの流行語を生んだ女群の存在の因子となったのである。その当時では、職業婦人の増大は、明らかに女の生活の社会的進出の活況とみられたのであった。

『女性』だの『女性改造』だのが、既に大正五年発刊されていた『婦人公論』などとともに、伸び拡がろうとする婦人の社会感、知識欲、芸術への愛好心を扶けようという目的で編輯され始めた。

その時分の『婦人公論』は『中央公論』によく似た編輯で、一方の論説欄に婦人に関する諸問題をとりあげているのがその違いであった。『女性改造』は表紙も『改造』そっくりで、白無地に黒く「女性改造」と題字が刷られ、創刊号の巻頭言は、筆者自身の感動をあらわした文章で、婦人の解放のために、率直で正義そのものである言論機関としての同誌の発刊を告げている。内容も、ロマン・ローランの「日本の若き人々へ」を初め、婦人の職業と民法の婚姻に関する法律の問題、山川菊栄の婦人運動の新局面についての論文などをのせた。貞操の問題についても、科学的な立場で研究するという態度が示されている。

それらは、どれも根本の心持では真面目で向上的な姉妹雑誌としての立て前に立ち、表紙も内容の扱いかたも無駄な飾りがすくなくて、いかにも婦人の生活発展への真率な期待に充ちたものであったことは、今日の私たちに、尠なからぬ感慨を与える。

明治十八年に、巌本善治等によって『女学雑誌』が初めて創刊された。それ以来、次第に下降させられて来ていた一般の婦人の生活慾は、『青鞜』に到って、女の側から男の世界への要求として甦り、それが大戦後のこの時代になって、更に再びそれを自身の社会問題としてとりあげる婦人生活向上の欲求として、世界的な新しい光の下に現われたのであった。

けれどもその『女性改造』や『婦人公論』が僅か数年の命脈を保っただけで廃刊されなければならなかったというのは、折角純粋な目的をもって創刊されたこれらの婦人雑誌は、『改造』『中央公論』社などの営利的利害から見れば、儲けがすくなくて損になったからである。『婦人世界』や『主婦之友』の所謂婦人雑誌の低俗さが日本の社会における婦人の位置の低さに巧につけ入りつづけたのであった。進歩的な婦人雑誌廃刊の事実と所謂モダン・ガールという流行語の発生とが、略々時を同じくしているという社会的な事実は、何を語っているであろうか。

『青鞜』が廃刊になってから五年目の大正九年、平塚雷鳥が「新婦人協会」を創立して、翌年の議会には参政権や花柳病男子排斥案を請願したことは、興味がある。自我離脱の天才論を唱えていたらいてうも、今や妻・母としての現実から、日本の民法が女子というものをどんなに片手落ちに扱っているかをも切実に省察するようになって来たことがうかがわれる。結婚した女性が、妻となるや否や民法上無能力者とされるということも意外であるし、子供と母との断ちがたさに照らしてみれば、両親のうち父だけに親権が認められて、無能力者たる妻、母は、夫婦の財産に対する権利、親としての権利を持っていないことも、らいてうの疑問をよびおこした。彼女は嘗て「自分の住家というものは、いつも静かに安全に保ちたい」という理由で、『青鞜』の仕事を伊藤野枝にゆずった。今は中流人の妻として母として家庭を「静かに安全に保つ」ためにさえも、妻たり母たる婦人の一市民としての無力さが痛切に感じられて来たのであった。参政運動を否定していたらいてうがそのことには動き出した。これは、当時国民全般の要望であった普選の要求の波と切りはなせない関係であり、ガントレット恒子を、日本代表として万国婦人参政権大会に出席させたような世上一般の気運が坂本真琴の「婦人参政権同盟」その他いくつかの同種の団体を生んだ。「婦人参政権獲得期成同盟会」の成立したのは大正十三年のことである。

このような動きにつれて、思い浮ぶのは福沢諭吉の「女大学評論」である。明治初頭の大啓蒙家の一人であった福沢諭吉の「学問のすゝめ」は明治五年に発表された。それだのに、「女大学評論」の公表されたのは漸々明治三十二年になってからであった。「二五歳の年、初めて江戸に出たる以来、時々貝原翁の女大学を繙き自ら略評を記したるもの数冊の多きに及べるほどにて、その腹稿は幾十年の昔になりたれども、当時の社会を見れば（中略）真面目に女学論など唱ふるも耳を傾けて静に之を聞くもの有りや無しや甚だ覚束なき有様」だったので、漸々彼が六十八歳の生涯を閉る僅か二年前の明治三十二年、「新女大学」とともに時事新報に発表したという事実は、深刻に日本の明治開化の非近代的な性格を反映している。自由民権論者の間に、男女平等は唱えられたが、その局部的な火は憲法発布の反動の嵐に消されて、明治は重い封建の軛をひいたままで進んで来た。

福沢諭吉は「女大学評論」の冒頭で、先ず「女大学」の著者貝原益軒が社会的なあらゆる立脚点で「男女を区別したるは女性の為に謀りて千載の憾と云ふも可なり」と云っている。「女大学は古来女子社会の宝書と崇められ一般の教育に用ひて女子を警むるのみならず女子が此教に従つて萎縮すればするほど男子のために便利なゆゑ男子の方が却つて女大学の趣旨を唱へて以て自身の我儘を恣にせんとするもの多し」「女子たる者は決して油断す可からず」旧い女大学に対する「新女大学」で諭吉は、「日本女子に限りて是非とも其知識を開発せんと欲するところは社会上の経済思想と法律思想と此二者に在り」「其の思想の皆無なるこそ女子社会の無力なる原因中の一大原因なれば」と強調しているのである。そして、結婚は男女の相互的な理解と愛とに立脚されるべきこと、家庭の父は息子と娘との取扱いに差別を少くして、女の子の経済的安定を計り、適宜に財産も分配してやるべきこと、これからの婦人は、科学知識もゆたかにしなければ不幸であることなどを、懇切に熱意をもって主張したのであった。

けれども、明治の支配者たちは、土台から日本民衆の自由と解放とを計画して出発したのではなかった。半封建的な土地制度と貧農の子女の奴隷のような賃銀によって儲ける繊維産業の上に立って、近代資本主義国の間の競争に参加しはじめたのであった。徳川支配の下に殿様であった島津、毛利などの藩主と下級武士と上層町人階級が、明治の日本のブルジョアジーと転身した。この事情は、市民社会を経て近代ブルジョアジーを成長させて来たヨーロッパ諸国の民衆の歴史とは、全く異った性格をもって、今日までの日本の社会と婦人の立場、働くものの立場に影響して来ているのである。

ところで、先にふれた通り山川菊栄等が、大戦を転機として婦人問題の中心は参政権問題ではなくて搾取するものと搾取されるものと対立した階級社会における勤労階級として婦人労働母性保護の問題にうつったということを世界の趨勢（すうせい）として告げているのに、一方では、らいてうなどを中心とする中流婦人たちが参政運動に歩み出して来た当時の日本の現実にあらわれた二つの潮流は、注目すべき現象であった。

「あらゆる人間に人間らしい生活を」望むという大戦後の進歩的な世界思潮は、歴史的な凸凹（でこぼこ）の甚しいのが特色である日本社会の上にうちよせて来たとき、あらゆる凹（くぼ）みにそれぞれの特徴をもつ溜（たま）り水として残った。その一つの溜り水が、らいてうなどによって示された中流層の要求としての普選、婦選を醸（かも）し出し、勤労階級というものの自覚に到達した有識人・労働者群のところでは、勤労者たる自分たちの運命を改善しようとする社会主義的な希望に立たせ、普選や婦選をその目的に沿う条件の一つの具体化と見るようになった。そして、ひとくちに婦人と云っても、それぞれの属していた社会層と、その集団が歴史の進展をどう把握しているかということで、婦人の間にも社会的な立場というものが、次第にはっきりわかれはじめ無産婦人運動が擡頭したことは意味ふかい事実である。昔、堺真柄などを中心とする赤爛会が小規模な無産婦人運動のさきがけを示した。後、大正八年に総同盟婦人部というものが、労働婦人の利益を守って、組合の活動で当時婦人の、勤労婦人の向上を計るために作られた。大正十三年総同盟の関東同盟が分裂して、関東地方評議会となったとき、ここに婦人部が設けられ、無産婦人運動は、組合活動から政治的闘争にうつり昭和二年には左翼の立場をとる若い婦人たちによって関東婦人同盟が創立された。

　文化のひろい面にも、本質的な変化が現れはじめた。東京帝大文学部が初めて婦人聴講生を許可して、一部の好学の若い婦人たちの胸をときめかせた次の年、女子のための労働学校がひらかれた。

　時代はこのように一年一年と推移して、文学の面でも人間らしく生きようとする民衆の意欲が主張され明治以来の既成文学の本質が見直されはじめた。明治十九年に発表された坪内逍遥の「小説神髄」は十九世紀以後イギリスのリアリズムの流れを日本につたえ、馬琴の小説などが封建的なものの考えかたの典型としてその文学に示した非人間的な勧善懲悪主義を否定した。現実は、支配者にとって好都合な善と支配者にとって不都合な悪とに分けて見ることも考えることも出来ないものである。人間の本質は、二つのどちらにも固定して考えられるべきでない活きた肉体の中に動くと見る近代のブルジョア自由主義のリアリズムが主張されたのであった。その後の日本の文学はどんなに発展して来ているであろう。

　明治より大正中葉まで出現した殆どすべての作家は、大学出身者であった。夏目漱石、鷗外の文学は、学識の文学であり、大正初頭に才能を発揮しはじめた芥川龍之介その他『新思潮』を中心として出発した、当時の中堅作家たちは、いずれも文化と文学の貴族性が、何かの意味で身についている人々であった。けれども、人口の過半をしめる民衆の日々の生活と文化とはどこで漱石の作品と一致し、どこで芥川の文学に共感する現実をもっているだろう。既に吉野作造の万人の福利のデモクラシー思想の時代から、過去の文化、文学が支配階級のものとして生れ、民衆生活に無関係であることに対する反省がまきおこった。大杉栄がロマン・ローランの民衆芸術論を訳し、「民衆のための、民衆によって創られ、民衆のものである芸術」としてのより広汎な民衆の生活を反映するものとしての新しい文学が、待たれた。「民衆芸術論」がおこった。小川未明、加藤一夫などという作家は熱心な「民衆芸術」の提唱者であった。この民衆の芸術を求める動きは次第に、ぼんやり云われていた民衆というものをブルジョア階級に対立するものとして現代の社会にあらわれた無産階級としてはっきり認識するようになって来た。そして労働文学又は王、貴族、ブルジョアに対する第四階級たる無産者の文学を求める第四階級文学が提唱されはじめた。一九二一年（大正十年）頃労働者出身の作家として現れた宮嶋資夫が労働文学を、平林初之輔は、第四階級文学として、どちらも無産大衆の文化と文学とを求めたのであった。

　平林初之輔によって第四階級の文学が提唱されたことは、無産階級の文学理論における一つのはっきりした発展であった。第一に平林初之輔は、従来の民衆芸術論でぼんやり対象としていた民衆の本質を、比較的正確に、搾取されている階級プロレタリア「第四階級」と理解して、新しい文学芸術は、この第四階級のものであり、その声でなければならないことを明らかにした。第二は、真・善・美というものを、これまでの美学は一定不変の概念と思っていたが、そうではなくて、美しさの内容や感じかた、善と見る判断のよりどころ、真理とする理解の標準は、民衆芸術論の時期に考えられているように「万人共通の超階級的」なものではない事実を把握した。虐げられている大衆が、よりよく、より人間らしく生きようとして、その要求に立つ示威行進をするとき、要求される側のものの感情が、素直に自然にそれをよいこととうけとるだろうか。はりつめた思いで汗をたらし、行進して来る民衆の列を、現代の新しい美の可能と思って、妻や娘にそれを見せようと願うであろうか。行進が街に出現したその現実が、現代社会の対立の真実の一面であることがそれらの人々に諒解されるであろうか。第三に、第四階級文学の理論の中に、平林初之輔は「第四階級の芸術は（中略）反抗階級の思想的武器として生れるのだ」と云って、階級対階級の闘いとしての政治と文化との関係にもふれはじめたのであった。

これらの無産階級文学の理論は、その後の発展から見れば、素朴であるしおおざっぱでもあるけれども、従来の文学の惰勢的な存在にあきたりない広汎の人々の共感を誘った。中心となっていた小川未明、秋田雨雀（あきたうじゃく）、藤森成吉（ふじもりせいきち）、前田河広一郎（まえだこうひろいちろう）、宮地嘉六（みやちかろく）、宮嶋資夫、内藤辰雄（たつお）、中西伊之助（なかにしいのすけ）などのほか、近藤経一（こんどうけいいち）、有島武郎（ありしまたけお）などという作家も、この新しい文学理論の同情者であった。

けれども、ここに決して見落すことの出来ない一つの歴史的事情がある。それは、当時提唱されはじめていた自然発生の労働文学、反抗文学、第四階級文学理論の中には、政治と文化との現実的な関係と、階級闘争におけるプロレタリアートとインテリゲンツィアの歴史的な役割についての具体的関係が、ちっとも科学的に究明されていなかったことである。しかも、第四階級の文学と云っても、その理論を組立て、その動きを主唱しているのは当時の急進的なインテリゲンツィアと、ほんとに自然発生に、偶然生れながらもち合わせた文才によって小説をかきはじめた無産階級出身の一二の人々であった。労働問題は活潑（かっぱつ）におこっていて、組合の組織もまとまりはじめてはいたものの、アナルコ・サンディカリズムの傾きがつよく支配していた当時の労働階級自身の政治能力、文化能力はまだ自身の階級の文化についてそれを自発的に提起するほどには発達していなかったのであった。これらの条件が組合わされて、当時の無産階級文学の運動は、自分たちの階級の中から文学創造力を引き出して来るような落着いた啓蒙・組織の活動よりも、寧ろ既成文壇に対する攻勢、既成の文学観念――「芸術の特殊性」「芸術の永遠性」への攻撃に重点がおかれる結果になった。当時はまだ、具体的な一つ一つの作品に即して新しい社会的文学的基準による批評、芸術における内容と形式との問題、芸術性の問題などを正当にとりあげる力をもっていなかったのであった。

それらの事情のために、当時のプロレタリア文芸運動は、雑誌その他の上では相当目立っていたが、一般大衆の生活とはごくかけはなれたものとなってしまっていた。その時分は実際運動という風に云われた組合の活動にしたがっていたサンディカリスト平沢計七が、プロレタリア芸術運動なんと云っても、実際には知識階級の一部のもので、大衆の実際には何の役にも立っていない、という非難を加えた。そういう批判の半面には、宮嶋資夫など自然発生の無産階級出身作家が、プロレタリア文学をつくるのは、プロレタリアでなければならない、とする機械的な主張があった。又プロレタリア文学であるにしろ、文学が文学として存在し、又持つべき文学としての機能があることを抹殺して、一面的に、階級のための思想的武器の目的ばかりが強調されたし、同時に、所謂実際運動と芸術運動との間に、階級的熱意の差別をおいて、本当に労働階級の役に立とうとするならば、実際運動に入るべきだ、という見解も支配的にあったのである。

無産階級の文学、プロレタリア文学の理論はそのように比較的迅い速力で一つの段階から次の段階へと推移していたが、当時書かれていた作品は、どういうものであったろうか。前田河広一郎の「三等船客」、宮嶋資夫の「金」、中西伊之助の「赭土に芽ぐむもの」などは、題材において、これまでの作家が扱わなかった領域に進出した。「赭土に芽ぐむもの」は、殖民地としての朝鮮とその民衆が自由をもとめるたたかいを描いたし、「金」は、無産者の側から資本主義社会の金融・株式市場を、「三等船客」は、色彩のつよい手法で太平洋航路の三等船客の姿を、上甲板の船客たちの華美贅沢と対立する社会群として描いた。けれども、それらの作品の筆致、創作の方法は、これまでの旧いリアリズムを脱し得なかった。それらの作家が、執拗に現実にくいさがってそれをあばこうとする熱情、それらの作家たちの生活と文化との来歴から来る丹念さ、自己主張のつよさなどは、リアリズムの手法として云えば、志賀直哉が主観的なリアリズムに於て到達した省略整理の方法さえも押しながし、その本質は発展の方向にあるが、一応の外見は却ってリアリズムを自然主義的なところへひき戻したようなあらわれをもった。このことも文学の問題としては、或る重要な意味をもった。何故ならば、プロレタリア文学運動そのものに反撥した小市民的知識人作家たちは、主として、この文学の創作されてゆく方法に斬新さが欠けているという一点にすがって、やがて一つの文学組織をつくったから。そして、そのうちのある人々の影響は、今日まで、日本の民主主義文学の多難な伝統と並んで、様々に変化しながら次第に害毒をつよめて、いつも対立物としての存在をつづけて来ているのであるから。

　このようにして擡頭し、数歩をすすめて来たプロレタリア文学運動の萌芽に対して、武者小路実篤、中村武羅夫、生田長江などという作家は、明瞭に反対の立場を示した。これらの人々の云い分に共通なのは、芸術は階級闘争のそとに超然としているべきものであるということであった。又生田長江のように、歴史の推進力としてのプロレタリア階級の意味を理解せず、その協力者としてのインテリゲンツィアの進歩性の価値を理解せず「資本主義の社会組織によって虐圧汚毒されているのは無産階級ばかりであると考える社会観の不徹底さ」とその点に反撥した評論家もあった。

「社会主義をとりあつかった文学は、永遠性がないからいけない」（一九二一年）といった武者小路実篤は、当時「新しき村」をはじめた。人間同士が兄弟姉妹として強制のない協力生活を営み、各自がその肉体にふさわしい条件で一個の労働者としての技量を見につけ、自給自足し「個人が自由をたのしめる独立人として生きられる世界は一番いい世界」をもち来すために、「先ず自分の心がけも生活も労働もその社会にふさわしいものにし」ようと、「人間生活の研究処」としての村をはじめたのであった。この着想は世界の社会主義思想の歴史の中では十八世紀にフーリエその他の人によって試みられた空想的なユートピア思想である。先に『白樺(しらかば)』の動きについて述べたとおり武者小路実篤の人道主義は、はじめから主観的な汎(はん)人間天才論で客観的な社会発達の歴史の具体的条件に立っての究明から出発しているのでなかった。階級の観念が次第にはっきりして、文学運動にもそれが反映しはじめている時期に考えられ、又実現した「新しき村」は、最も率直に表現すれば、経済と精神の一種の薄弱者のよりどころとしてしか意味を存しなかったのである。

ワルト・ホイットマンの詩集『草の葉』を翻訳し、無産運動とその文学運動に対しても必然な発生の理由を理解していたのは有島武郎であった。同じ『白樺』でも武者小路とは全く反対であった。無産階級の解放とその新しい文学の主張を、有島武郎は人道主義に立つ一個の知識人としての自身の良心にとって決定的な関係をもつものとして受けとった。しかも当時の新しい文学の理論は、その成長の段階として多くの未熟な解釈をもっていたところへ、一上流人、一知識人作家として彼の当面していた個人の複雑な条件が絡んで、悲劇的に進行することとなった。

芸術家としての有島武郎を見るとき、彼の人道主義的な傾向は、武者小路実篤の場合より、遥かに複雑であり、内面的に鋭く相剋するものから発端した。有島武郎が、二十八歳のとき、教育者になろうか、文学者になろうかと迷ったということなどなかなか意味の深いことだと思われる。

明治十一年という時代に生れた武郎は、幼時から「出来るだけ欧米の教育」を授けられる一方、「最も厳格な武士風の庭訓(ていきん)を授けられ」、三十二歳の年、『白樺』創刊とともに作家活動に入る迄には、子供のうちから植えこまれている様々の内的矛盾に苦しんで、一度ならず自殺しようとしたほどの精神の葛藤を経た。大正六年前後から作家活動が旺盛となり、ヨーロッパ文学の系統に立つ構成力や、流達であると同時にやや講壇風なところもある表現の力強さ、重厚な描写の間に、この作家のきわだった特質である心のやわらかさ、感傷が、人類の愛の正義に立つ芸術家としての彼の作品に常に一抹の哀愁、甘さとして加わり、当時の若い人々、知識婦人などを魅した。

上流生活の面倒な環境と結びつきながら作家として有島武郎が抱いた人類のひろやかな自由と愛への憧憬ははげしかった。絶えず彼の内部に存在したヨーロッパ風の自由主義に立つ教養と家風にしみている武士気質の躾との間の衝突、そういう精神の桎梏を何かの動機で一気にかなぐりすてて、生のままの人間一人の生きる爽やかさをもちたいという抑えがたい欲求があった。その自己の苦悩と欲求から出立して、社会により合理的な人間生活の可能をもたらそうとする熱意は偽りなく、この人間的願望が、彼を無産者文学への理解者としたのであった。解放ということの意味を直感させていたのであった。「カインの末裔」「或る女」などと「小さき者へ」などの対比はこのことを語っていると思う。

執筆や講演に多忙を極めた四年間の疲労と、愛妻を失ってから、三人の息子たちの父として自分に律して来た日常生活の停滞感とが彼を襲っていたとき、新しい無産者文学理論が、彼に芸術家として自身の属している社会の層の本質について、烈しい反省を促したのであった。

当時プロレタリア文学理論はさきにふれたように、未熟で、文学の基盤を云うとき、個々の作家の出身階級や題材だけを現象的にやかましく階級的見地から批判して、有産知識人の進歩的な部分がもっている発展の可能や必然を理解し得なかった。人間というものが、偶然生れた場所、その階級から自主的に移ることの出来ない樹木のように見られた。有島武郎の「宣言一つ」は、様々の点で歴史的意味がある。当時のそういうプロレタリア文学理論の未熟さに向って、彼としての良心、激情性、感傷をうちからめ、無産階級の文学発生の必然を認めることはとりも直さず自身をこめて知識階級というものの成長の可能を否定するものでなければならないと考え、作家としての自分の存在の意義さえも最も受動的に固定させたものであった。この「宣言一つ」の中で、武郎は自分の出生、教育が、勤労する人々と同じでないから彼等にとって自分は無縁の衆生の一人である。新しいものになることは出来ないことだから、成らして貰おうとも思わない。彼等のために働くという「そんな馬鹿気切った虚偽も出来ない」と、彼は、当時の考えにしたがって、体で働いているものでなくては、どんな学者でも、思想家でも、歴史の進歩に真に寄与することは出来ないと考えたものであった。

今日になって見れば、有島武郎のこの考えかたの誤りは、全く当時のプロレタリア文芸理論家たちが抱いていた階級闘争と階級の関係、また文化との具体的な関係を見る上での未熟さを反映したものであった。文化・文学が、階級の動きとの関係で見られる場合、文学はただ従の関係でだけ見られて、文学がそれとして働きかけてゆく能動の機能は見落されていた。「宣言一つ」には、インテリゲンツィアのそういう歴史的な悲しい絶望がまざまざと浮き彫りされているのである。

「宣言一つ」は有島武郎自身にとっても前途への一つの暗い宣言となって、一九二三年（大正十二年）波多野秋子とともに、軽井沢で遂にその生命を絶った。

有島武郎と親交があり、ロマンティックな作風から次第に無産階級文学の中心に入って来ていた藤森成吉は、やがて二年の間、労働の生活に入った。その動機には、友人であった有島武郎のこの生涯の推移が影響したと見ても、不自然ではないであろう。有島武郎を死へ動かしたものを、藤森成吉は、知識人として発展の可能の方向へ新しい歴史の担当者であるプロレタリア階級により直接移行するために、当時の考えかたにしたがって肉体の労働生活の実践に入ったと見られる。この労働経験から「狼へ！」という報告文学がかかれた。その後文芸論では、嘗て有島武郎に「宣言一つ」を書かせなければならなかった階級の文化・文学上の理解について未熟であったいくつかの点を前進させた。一九二一年十月（大正十年）進歩的な若いインテリゲンツィアによって創刊された『種蒔く人』は当時唯一のプロレタリア芸術運動の組織的な雑誌であった。

この時代に、今日も猶歴史的な文献としての価値を失わない細井和喜蔵の「女工哀史」が書かれたのであった。

深く且つひろい社会の動きと文学の渦潮とは、次第に婦人作家の生活にも波及したのであるが、其の形には個々の婦人作家の生活態度が微妙に映った。

『青鞜』時代、野上弥生子はソーニャ・コヴレフスカヤの伝記翻訳を連載して、読者をゆたかにするとともに、着実に自身の文筆生活と家庭生活とを時代の怒濤から守りつづけ、『青鞜』の朝夕をめぐった騒々しさに自分を捲き込ませなかった。

人道主義の時代に入るとともに、この婦人作家の生活に母親としての生活面が展開されて、大正初頭の「新しき命」「二人の小さい兄弟」などは、山の手の中流知識人の家庭の情景と、エレン・ケイ風に新しい生命を尊重しようとしている大人と天真な子供らの姿が、ヨーロッパ文学の匂いと艶とをうけついだ表現で語られた。

民衆の文学の理論の萌芽時代はどこまでもインテリゲンツィアらしいこの婦人作家に、或る精神の抵抗を感じたらしく、謡曲から取材した「藤戸」「邯鄲」「綾鼓」というような作品を書かれていることは興味ふかい。邯鄲夢の枕の物語が語っているとおり、当時の未熟な荒っぽいインテリゲンツィア否定論などに対して、この作者は、そういう熱っぽいいきりたちもやがてさめる夢であろう、という暗喩を示したものと思われる。野上弥生子は新しい文学理論との論争に加わらず、終始あくまで文学に固執し、そのリアリスティックな描写でこの作家の代表とされている「海神丸」を執筆したのは、大正十一年であった。漁夫の漂流の恐ろしい経験をとらえて、死とたたかう人間が、仲間に対しても人間らしさを守りぬこうとする奮闘のいきさつを写実的に描いた。この時代の野上弥生子は写実的な手法を益々磨いてゆくとともに、主観のうちに知識的な或は哲学的な均衡を保って、両性の課題をもふくむ社会事象を一段高い作者の見識とでもいうところから、自分としては性別からも超脱したような立場と態度とで扱ってゆく傾向を示していた。

大橋ふさの感想集が一抹のモダーニズムの味をもって出版されたのもこの時代であった。

注目すべきは、この新しい時代の底潮が、従来の婦人作家と異った社会生活の環境から、何人かの新しい婦人作家を送り出して来たことである。

「脂粉の顔」という短篇小説が時事新報の懸賞に当選して、藤村千代（宇野）という作家の名が人々に記憶されはじめたのは、大正十年のことであった。

貧しく若い一人の女給が、ひいき客から競馬に誘われ、自身としてはきおい立ち勢一杯の期待で出かけた。ところが、その客は一人の美しい自信ありげな女性を連れていて、女主人公は自分にだけ分っている自分の気持で切なく苦しむという短い作品であった。が、婦人によって書かれた作品の世界に初めてくりひろげられた女給生活の断片や、色彩の濃い筆致が注目をひいた。つづいて「墓を発く」という重く苦しい家庭関係を描いた自然主義的ではあるがリアリスティックで本気な作品が発表された。やがて離婚して宇野千代となり、二年三年と経るにつれて、リアリスティックな傾向と混りあって、この婦人作家の他の一方の特色としてははじめから現れていた抒情的デカダンスとでも云うような傾向が、作品の基調をなすように変化して行った。生活に対する虚無風な態度とそれをあやどる女心というようなものが、作品世界の調子として自覚的に扱われ、この婦人作家が情痴と貧困とを語る芸術の方法となって行った。

宇野千代は、これまでの婦人作家たちとは全くちがった生活の環境を通った人、又通っている人として当時の文学の分野に出現した。田村俊子がアメリカへ去ってしまってから、文壇と文学愛好者たちとは、田村俊子がその肉体と文学とから発散させてあたりに撒いていたような色彩と体温とを失ったままでいた。宇野千代がその作品中で「もっと困っていたのだったら屹度淫売をしただろうと思えるような困りかたであった」と云う女としての生活の苦の語りよう。だが「貧乏が苦にならない」「その上に彼女は性来の怠け者であった。そして怠け者に賦与された或る本能を持っていて」それに導かれつつ時々の世わたりをしてゆく我から捨てたような風情。しかもその一面には、ほかに着る物一枚なくて男のどてら姿で往来を歩いていても「私は仕方がなくてこんな恰好をしているのじゃないのよ、唯ほんの物好きでやっているのよというようなしぐさをするのであった」という自分の姿の眺めかた。それらは、野上弥生子にも小寺菊子にもない線と色調と人生に向っての身ごなしであった。

田村俊子は、その作品を感覚と情痴とで多彩にもりあげたが、そこには女として自分の肉体と情感とを旧い男の支配力に向ってうちかけ、主張してゆく形としての現れであった。所謂女の我ままは、女性のこの社会における存在権の表現として、十分にその場所をとっており、狂暴をさえ男、世間の平俗さに対して女の感情の燃え立つ生活力として肯定されていた。

けれども、谷崎潤一郎のネオ・ロマンティシズムさえ徒に情痴に堕したこの時代のエロティシズムへ、婦人作家としての特徴をすすめて行った宇野千代の、新しさの要素、魅力の要素は、田村俊子の示したものとは正反対のものであった。女の愛らしいもろさ、人のよいようなはかなさ、嫋々たるところを近代の脂粉のなかに我から認めて、女としてそこへ我が身をもたせかけ行くポーズにあった。男と野暮に言い争ったりしない女の提出であった。この作家は文学的自伝「模倣の天才」の中で次のように云っている。「恐らく滝田氏（当時『中央公論』の編輯者）は私が、あの給仕女であった私が小説を書いたということに興味を感じてあれを読んでくれたのであろう。給仕女が小説を書く。それはどこかの育ちの好いお嬢さんの書いたものよりも確かに六割方とくであるに違いない」と。そして、素手で貧しくて自分の手足や小さい才覚で此世（このよ）を渡って行く女の境遇というものを、そこから人間らしく脱却しようとする方向においてではなく、そのままとくな文壇ジャーナリズム文学の一つの商標として人と我とに肯定させている。又「同じ意味で、私はいま自分が男でなくて、女であることをさえ幸運だと思っている」とも云われている。「女であることの幸運」が、その後、「色ざんげ」を文学活動の頂点として雑誌『スタイル』の社長となっている今日のこの婦人作家にもたらしているものはどういうものなのであろうか。

一方に無産階級文学運動の擡頭があった時代の現象として、この宇野千代という婦人作家の歩みぶりを眺めた場合、今日においてもその意義を失わない示唆がくみとられると思う。

従来の文学にあきたりないインテリゲンツィアの急進性と大衆生活への階級的自覚が、無産階級文学運動をまきおこし、その社会の雰囲気に点火されて、宇野千代の作品も現れはじめた。それにもかかわらず、宇野千代自身は、当時やはりまだ自身の貧困、女の世わたりのむずかしさのよって来る社会的な理由を十分につかんでいず、意識的にか無意識的にか、例えば野上弥生子のアカデミックなリアリズムなどに対して批判をもつ男の側に身をよせ、同時に、無産階級芸術論も御勝手に、私は女で幸運だった、とその社会的雰囲気だけをみかたとする態度をとった。これで結構やってゆける、という計画で自分の女らしさに立ち、ジャーナリズムとその消費者に結びついて行ったのであった。

当時の無産階級文学理論が未熟であったことは、宇野千代の文学の立場と、それがこの日本の社会における婦人の文学であることこそ、婦人全体の課題としてひとしお真面目に検討されるべきであるという任務を自覚し得なかった現実にもうかがわれる。のち、数年をへだてて、一九二九年（昭和四年）『女人芸術』に「放浪記」を発表して、文筆生活を開始した林芙美子のその後の過程も、日本の文学にあらわれた、進歩的な文芸理論とその運動の進展に併行して、観察される一つの現象となったのである。

## 七、ひろい飛沫

### 一九二三—一九二六（大正末期から昭和へ）

一九二三年（大正十二年）の関東大震災は、日本に特有な自然の災害であったばかりでなく、日本の社会に根ぶかい保守精神と支配権力の暴力の、おそろしい爆発の記念であった。

東京中心の大地震、それにつづく大火災という災厄のごたくさまぎれに、朝鮮人の大量虐殺と社会主義者の殺害が、警察力によって行われた。無産階級文学運動に批判者としてあらわれていた平沢計七そのほか七名の人々が、亀戸警察署で殺されその死体は荒川堤にすてられた。アナーキズムの指導者として、クロポトキンの「革命家の思い出」ロマン・ローランの「民衆芸術論」の翻訳などのあった大杉栄がその妻伊藤野枝と幼い甥の宗一と一緒に、憲兵隊につれてゆかれ甘粕憲兵大尉とその部下によって縊殺された。そして、三つの死体は古井戸に投げすてられた。日本の民衆の自由、独立を求める精神を圧殺した治安維持法の発端は、震災の時に山本内閣によってつくられたのであった。

一九二三年九月におこった、自然的災害というよりもむしろこの社会的反動の暗く野蛮な現象は、一般の文化人を非常に恐怖させた。当分は、雑誌も出ないであろうし、小説などというものの存在さえ可能を失うのではなかろうか、という恐慌的な意見も、作家の間に生じた。大杉栄一家を殺し、平沢計七その他を殺した権力の暴力はその後二十二年間に亘って存続し、益々陰険に多くの犠牲者を出しつつその活動をつづけたが、出版事業の方は次第に恢復し、作家の活動は再開したのであった。一九二四年の六月頃には、震災と反動の波の下でつぶれた『種蒔く人』の後身である『文芸戦線』が発刊され、二五年の中頃からは、再びプロレタリア文芸運動も前進をはじめた。

ここで、第一次欧州大戦後の日本の文壇がどういう状態におかれていたかということを改めて見わたす必要がある。

第一次大戦中からひきつづく好景気と物価騰貴につれ、一般に作家の原稿料がひき上げられた。一九一八年に、米が一升五十八銭になったために富山の漁民の妻たちがその烽火をあげた米騒動が全国に波及した。一方では、内田信也その他の戦時成金が出来て、純金の足袋のコハゼをつけて誇示する有様もあった。所謂好景気につれて、出版企業も急速に大きくなる方向を辿り、従って、作家の原稿料もいくらか高騰したのであった。

「無名作家の日記」から発足して多くの短篇をかいていた菊池寛は、大正九年朝日新聞に「真珠夫人」を連載して、好評を博してから、段々と新聞小説に移りはじめていた。菊池寛の「屋上の狂人」と「恩讐の彼方に」そして、「忠直卿行状記」は、作品を貫く人生への態度がそれぞれに相反した本質のものであった。「恩讐の彼方に」は人間的行為の純粋な理想への憧憬を示し、「忠直卿行状記」では人間関係の、社会的地位に害されない真実さが求められた。「屋上の狂人」は、狂人なりにそれに満足しているものなら、何故はたのおせっかいでその平安を乱す必要があるか、というバーナード・ショウ風の常識を語っている。この時代から彼の「屋上の狂人」に示されている常識が伸長されはじめた。久米正雄が「破船」などの通俗小説で、大衆作家としての存在へ一歩を踏み出したのもこの時分のことである。大戦後、急に膨脹したジャーナリズムの資力と形態とは、このようにして当時中堅作家と云われた作家たちを、大幅に通俗小説の領域に吸収して行ったのであった。

同時に、従来の文壇で流行作家と云われていた人たちの活動にはおのずからその発展の限界が見えて来て、震災を境として、著しく停滞しはじめた。

「暗夜行路」前篇を終った志賀直哉は大正十四年ごろから「山科の記憶」その他の短篇を書きだした。作品からの抜きがきをいきなり作家の生活の現実にあてはめて見ることは危険を伴っているが、「邦子」のなかで作者が語っている数行はこの時期の作者の現実にふれていると思う。「邦子」において志賀直哉はある芸術家の生活を描き、無事平穏な日常生活が文学者である主人公を苦しめている状態を描いた。「それが自分を成長さすものならば」という気持で「自然、何か異常な事柄を望むようになっていた」と。これは、当時のこの作家の或る感情を語っているであろう。異常なことを求めても、作中の文学者と同様に、志賀直哉は、擡頭して来たプロレタリア文学の新しい波を身にかぶるような経済的、教養的な必然は持っていなかったから、その人の環境らしい対象の恋愛に動いた。「山科の記憶」「痴情」「晩秋瑣事」等、そこに東京をはなれた京都暮しの時代の一つの世界が描きあらわされた。

「暗夜行路」と前後して「多情仏心」を完結した里見弴は、有島武郎の兄弟であっても、武郎とは非常にちがった常識と古さに自分のモラルの土台をかため、自身のまごころ道にそろそろ安住しはじめた形であった。室生犀星の「庭を作る人」の出たのもこの前後の年代であり、貧しき詩人として出発した犀星は、流行作家の地位を確立させるにつれ、彼によって俳味として理解されている一種のたたずまいが生活と芸術に定着しつつある様が見られた。

このようにして、諸作家がめいめいの形で落着こうとしかけている傾向に拍車をかけたのは、改造社の計画になった現代日本文学全集その他の円本大流行の現象であった。日本の出版界としては未曾有の大広告、大競争をして予約を集めたいく種類かの全集によって、多くの既成作家が、彼等の単行本からの印税では嘗て獲たことのないぐらい纒った金をとった。それらの小資産めいた収入を得たことは正宗白鳥夫妻、久米正雄夫妻、吉屋信子などを外遊させもしたが、本質的には益々馴れた平常着の安楽なぬくもりにくるまれる生活へと作家を進めたのであった。

『文芸戦線』の発刊された一九二四年（大正十三年）には、雑誌『文芸時代』によって、新感覚派とよばれる一つの文学集団が形成された。横光利一、片岡鉄兵、川端康成、中河与一、今東光、岸田国士、十一谷義三郎等の諸氏が『文芸時代』の同人であった。このグループの主張するところは、文学の手法における平板な、自然主義風なリアリズムへの反抗であり、大戦後、フランスに現れた芸術上の即物主義、主観による外界の感覚的表現、物を動く姿に於て捉える近代性の強調等であり、大戦の後のヨーロッパにおこっていたキュビズム、ヴォナシズム、ダダイズム等の小市民的な芸術流派の影響を間接ながら蒙っていた。

横光利一が、このグループの主張を極端にまで押しすすめた表現で「園」「ナポレオンと田虫」等を書いたのもこの頃である。

主観的なリアリズムは、志賀直哉の作品でその山巓が示されていた。しかしその高き山の頂に住む静けさを愉しむような日常生活の条件は、これら後進の作家たちの経済にも文学的立場にももう失われている。さりとて、プロレタリア文学運動に身を投じることはこれらの人々の全く中流人らしい人生の見かたや、その習慣のうちに萎縮している心情の本質から望まなかった。単に文学の様式からだけ論じれば新しい無産階級の文学と云われる前田河広一郎、中西伊之助、宮嶋資夫等の作品が、自然主義風の描写から脱却していないところへ、この文学運動に反対して立つ一つのよりどころを見出した一団の人々は新感覚派という中間の芸術至上の集団として自分たちを結集したのであった。はじめに、新感覚派の集団に属し、後にプロレタリア文学の領域に移った作家片岡鉄兵は当時の有様を、率直に次のように云っている。「当時の文壇の実状として、私たちは、どんなに苦しくても既成文壇に順応して行っては、その亜流として埋れる他はないのだから降参するわけには行かなかったのである」けれども、この新感覚派の運動は「敗北した。世界観の確立において自信ある根拠を持たなかったからである」と。

新感覚派を生み出した、進歩性のかけた中流気質のインテリゲンツィアと並んで、更に浮動的であった層が「知識の遊戯」としての探偵小説を勃興(ぼっこう)させ、大衆文芸を興隆させて行ったことも、当時の日本の社会と文化・文芸にあらわれはじめた歴史的な分裂を語って注目をひくところである。そして「知識の遊戯」である探偵小説の作家として、日本にはイギリスのように婦人作家が現れなかった事実も注目される。

この時代になって、日本にはアメリカ、ソヴェト・ロシアなどの新しい文学作品の翻訳が盛(さかん)に出版されるようになった。アプトン・シンクレアの「ジャングル」「ボストン」、エルンスト・トルラーの戯曲、リベディンスキーの「一週間」、ロープシンの作品など。特にシンクレアの作品は当時の日本の無産階級文学運動の進展に深く影響した。

さきにのべたように、宮嶋資夫の労働文学論にしろ、前田河広一郎その他の人々の作品にしろ、自然発生的な圧迫されているものの痛苦と反抗を訴えたもので、シンクレアの作品のように客観的に、資本主義社会の機構の代表的な部分におこっている事件を各専門面から調査して、それを作品化すという様な着眼はされていなかった。労働するものの文学であるから、自然工場が描かれ、労働の姿が描かれるという関係にとどまっていた。ところが、一九二五年十二月（大正十四年）日本プロレタリア文芸連盟が創立される前後から生産機構に関連した「調べた芸術」の提案がされた。同時に、従来の作品批評が、批評するものの主観的な印象にだけ根拠をおく内在的な批評であったのに対して、作品批評は批評するものの主観をそのよりどころとするべきではなくて、批評するものの主観の外にある社会と文学との歴史的な現実関係の客観的真実を基準としてもつべきであると云われはじめた。そしてこの「調べた芸術」と「外在批評」を提案して、プロレタリア文学が、より客観的に社会真実にふれ得る創作態度と批評の一歩をふみつけた人が青野季吉であったということは、今日の読者に深い感慨を催させる事実であると思う。生活の発展と芸術の発展とを統一的な地盤の上に求めていたロシア文学専攻の評論家片上伸も、この外在批評の問題には深い興味を示した。

有島武郎の悲劇的な終焉後、労働生活に入り「狼へ！」という報告文学を発表した藤森成吉は、一九二六年「無産階級文芸論」を「社会問題講座」に書いて、これまでのプロレタリア芸術理論で不明確であったいくつかの点を、整理した。第一、プロレタリア文学とは、貧困、反抗、労働などばかりを書く文学ではなくて、現代資本主義社会のあらゆる問題をとらえて題材とし得る。プロレタリア文学は、ただ題材や作者の出身階級によって生まれるのではなくて、「作者の精神の問題」である。プロレタリアとしての意識がかけているならば、題材ばかり労働を描いても何らプロレタリア文学ではないということ。第二、プロレタリア文学が労働者とその階級出身の作家によってでなければ生れないと考えることは誤っている。知識階級の作家であろうとも本当に現代の歴史の中でプロレタリアが担当している任務を知り、その立場に立つ者ならば、それはプロレタリア作家と云い得る。歴史のすべての例を見ても、「偉大なインテリゲンツィア出身の革命家が理論のみならず実行において、如何に働き献身し、実効をあげたか」労働階級が自分たちの文学を生みだす過程に知識階級は協力するものとして理解された。第三に、プロレタリア文学の形式の問題がとりあげられた。初期の自然主義的な手法にあきたりない金子洋文、村山知義などの人々はドイツの表現派の影響をうけエルンスト・トルラーやカイゼルに追随していたが、ルナチャルスキーが表現派を大戦後のドイツの小市民的感覚から発生した様式であるとした判断に賛成して、プロレタリア文学の様式は表現派でなければならないという一部の論に反対した。

一九二五年十月（大正十四年）に『無産者新聞』が創刊され、二六年には労働農民党（略称労農党）が結成された。この前後のいきさつは河上肇（かわかみはじめ）の自伝の中にも興味ふかく物語られているが、この頃から、従来ひとくちに「無産階級運動」と云われていた解放運動のなかで、アナーキズムとマルクシズムとの対立がはっきりとして来た。労働組合の方では、労働総同盟が分裂して組合評議会が誕生し、労農党の分裂は右翼に社会民衆党をつくり、中間に日本労農党を生み、左翼に共産党の萌芽（ほうが）をもった。

こういう動きは、芸術運動にも反映した。日本プロレタリア文芸連盟はトランク劇場の活動や漫画市場をひらいて評議会が指導した共同印刷のストライキを支持・応援したし、（このストライキの物語が、後に徳永直（とくながすなお）の「太陽のない街」として文学化された）連盟員は『無産者新聞』に文学的・美術的協力をした。自然発生の労働者文学と云われたものに対して、「調べた芸術」と云い、「外在批評」と云い、藤森成吉の文芸理論の推進と云い、いずれもより科学的に、客観的にプロレタリア階級としての文芸理論を確立しようとして来た人々は、主観的な反抗を爆発させるアナーキズムとおのずから分離し、一九二六年（大正十五年）日本プロレタリア文芸連盟の第二回大会では再組織が行われた。そして日本プロレタリア芸術連盟（プロ芸）となり、『文芸戦線』もアナーキストとして態度を明瞭（めいりょう）にした村松正俊、中西伊之助等が中心を退いた。思想的雑居の状態で共同戦線をもっていた初期のプロレタリア芸術運動は、発展につれて基本的な階級の観念とその闘争の具体性を把握しはじめ、アナーキズムと訣別することとなった。画期的な意味をもつこの現象に直接影響したのは、青野季吉によって『文芸戦線』に書かれた「自然生長と目的意識」という論文であった。この「自然生長と目的意識」

という論文については、今日の読者にとっても十分関心をもたれるべき理由がある。この論文は、青野季吉の善意の所産であり、プロレタリア文芸理論に歴史的役割をもったにもかかわらず、当時彼が翻訳していたレーニンの「何を為すべきか」の政治理論をそのまま芸術運動にあてはめて来て立論したところに、重大な未熟さがあった。「目的を自覚したプロレタリア芸術家が自然生長的なプロレタリアの芸術家を、目的意識にまで引上げる集団的活動」という主張となって、芸術の芸術としての条件と機能とは見落されたのであった。この青野季吉の論文がモメントとなって、ひきつづき『文芸戦線』『プロレタリア芸術』に発表された谷一、中野重治、鹿地亘、久板栄二郎等の論文は、「ただ青野季吉の政治理論を福本の政治理論によって代えたものにすぎなかったのである。」一九二九年にこう批判しているのが、蔵原惟人であることに、注目しなければならないと思う。蔵原惟人はつづけて云っている。「だから『目的意識』がこれらの人々によって芸術作品に応用されるや、それは所謂『政治的曝露』や進軍ラッパの理論となり」「事実上芸術の否定にまで到達したのである」と。

一九三四年、プロレタリア全文化運動が弾圧によって崩壊しようとしたとき、日本プロレタリア作家同盟が書記長鹿地亘の執筆による「日本プロレタリア文学運動の方向転換のために」「文学運動の新たなる段階のために」を発表した。その前後から、作家同盟内には、既に獄中にあった蔵原惟人、三三年二月に虐殺された小林多喜二等に対する「政治的偏向」の非難がわき立っていて、三三年頃に発表された殆どすべての論文には、前小冊子と同じに蔵原惟人などの指導上の誤謬ということをあげないものはなかった。検事局の求めるその誤謬指摘によって、実に多くのプロレタリア文学者の政治と文学の階級性抹殺に役立てたのであった。僅か四年前「プロレタリア文芸批評界の展望」の中で、「目的意識論」の功罪を明瞭にして、芸術の芸術としての独自性を語っている蔵原が、もし発言する自由のある境遇にいたら、果して、あれらの批判は存在し得たであろうか。些細に見えるこの点が、今日くりかえして一般の前にとりあげられなければならない真面目な一つの理由がある。一九三三年以後十二年間、全く暗黒のうちに埋められてしまっていたプロレタリア芸術理論は、その期間に当然行われなければならなかった検討も発展もとげないまま、いきなり一九四五年八月以来の民主主義文化運動と接続させられた。必要な文学史的回顧展望が行われていない。その上、三三年当時の文学団体にあって獄外に活動をしていた人たちは、あれほどの多弁さで、「政治的偏向」を非難した自身たちの歴史的未熟さについて、今日系統だてて客観的に自己批判していないし、問題を今日の必要にまで推進させていない。そのために、今日の所謂民主主義文学発言者の一部には、例えば平野謙（ひらのけん）の場合のように、信じられないような判断の混同と評価の錯倒さえ生じているからなのである。

「目的意識」の問題をめぐる論争が契機となって、一九二七年六月（昭和二年）日本プロレタリア芸術連盟は、遂に分裂し、福本の政治理論に立って芸術至上主義と政治闘争主義とを機械的に結合させる傾向の中野、鹿地、江馬（えま）〔修（しゅう）〕、佐野碩（さのせき）等は残留し、藤森成吉、蔵原惟人、佐々木孝丸（たかまる）、村山知義、田口憲一、青野季吉、前田河広一郎、金子洋文、葉山嘉樹（よしき）、小堀甚二（じんじ）等は脱退して労農芸術家連盟を組織した。更にこの労農芸術家連盟は、同年十一月再分裂を行い、青野季吉、前田河、金子、葉山等は彼等の支持する山川均（ひとし）の「労農」派の影響のもとにプロレタリア芸術運動を置こうとし、藤森、佐々木、蔵原、村山等の人々は脱退して前衛芸術家同盟を結成した。ここで、当時の日本には、半年前に分裂して出来ている日本プロレタリア芸術連盟とともに「マルクス主義の旗の下に」たたかうと称する三つの芸術団体が併立することとなったのである。

混乱しながらも絶えずプロレタリア芸術理論を前進させていたこの三つの芸術団体は、一九二八年（昭和三年）三月十五日に行われた全国的な左翼の弾圧（小林多喜二の作品「一九二八年三月十五日」はこの事件に取材された）の後、政治的立場を一つにする「前衛」と「プロレタリア芸術」だけが合同して全日本無産者芸術連盟となり、その機関誌として『戦旗』を創刊した。この団体が発展して一九二八年十二月に全日本無産者芸術団体協議会（ナップ）となり、プロレタリア文学団体は日本プロレタリア作家同盟として、雑誌『プロレタリア文学』を発刊しながら一九三一年十月頃日本プロレタリア文化連盟の参加団体となった。一九三四年二月、作家同盟は大衆組織までを対象としはじめた治安維持法の圧力のためまた文学団体として当時もっていた様々の矛盾、困難な内部事情のため解散したのであった。

このような多忙をきわめた理論闘争と組織更えの間に、プロレタリア文芸の理論は一歩一歩前進し、一九二八年雑誌『前衛』による蔵原惟人の論文「生活組織としての芸術と無産階級」で、はじめてプロレタリア文学の創作方法の問題がプロレタリア・リアリズムの提唱としてあらわれた。同じ人によって訳されたファジェーエフの小説「壊滅」は、ロシアの国内戦時代の大衆の闘争を、その現実につき入って描いた作品としてリアリズム論にふれた一つの典型を示すものであった。グラトコフの「セメント」、リベディンスキーの「一週間」等の小説のほか、マルクス主義芸術理論叢書としてプレハーノフ『芸術論』、同『階級社会の芸術』、ルナチャルスキーの『芸術の社会的基礎』などが出版されていた。『戦旗』には小林多喜二の「一九二八年三月十五日」、徳永直の「太陽のない街」等がのって、日本のプロレタリア文学の大きい前進を示した。一九二九年には小林多喜二の「蟹工船（かにこうせん）」がかかれ、中野重治の「鉄の話」、黒島伝治（でんじ）の特色ある反戦的短篇があらわれたのもこの時代である。

殆どすべてが二十代の精鋭な新進によって押しすすめられていたプロレタリア文学運動の動きは、どんなにそれの未熟さを悪罵（あくば）しようとも、旧（ふる）い文壇にとっての脅威であることはかくせない事実であった。大震災からのち、沈滞した既成文壇では、自己批判がおこって、文壇の沈滞を打破せよという声となった。しかし、これらの人々は文学の旧さ、生活と文学とに対する陳腐なくりかえしを、何の力で、どういう風に打破すればよかったのだろう。佐藤春夫は、作家の経済的基礎の改善を云った。それに対して中村武羅夫は、作家の日常生活が余り常識になずんで、人生に対する冒険心を失ってしまっている点をあげて論じた。だがその中村武羅夫は、民衆の芸術時代から、最も頑固な芸術至上主義者であり、小市民的常識に反抗する文学に反抗しつづけて来ている人ではないだろうか。旧い文学からの脱皮は、話題となりつつ、各作家にとって真実の精魂を奮い立たせる熱情とならず、却って、久米正雄その他の有名作家の一団が麻雀賭博の廉で召喚されるという有様であった。

「貧しき人々の群」でロマンティックな人道主義に立って出発した中條百合子（宮本）は、ごく自然発生に生活と文学との統一的な成長を欲求しているばかりで、直接プロレタリア文学の潮流については何も知らなかった。五六年間の封鎖されたような結婚生活の中で苦しみ、やがて離婚して長篇「伸子」を書いていた。

「伸子」の作者よりも、より知識的な生活環境をもっていた年上の野上弥生子が、無産階級文学の運動にある注目をはらい、「邯鄲」などを書いたのに比べると、「伸子」の作者は全く何も知らず、従って無産階級芸術運動に対する批判も反撥ももたなかった。「伸子」の作者は、階級というものを観念として知らなかったばかりでなく、自身のうちに自覚していなかった。そしてただ、その熱望のさし示すままに、一人の若い女性が、中流の常套と社会通念の型を不如意に感じ、そこから身をほどいて一個の人間であろうとする「伸子」をかきはじめたのであった。

網野菊の「光子」が、過去七八年間の作品を集めて出版されたのもこの時期であった。幼いとき生母に悲しい事情で生別した光子という少女が、下町の町家暮しの環境のなかで、高等教育もうけながら、日本の伝統の深い複雑な家庭のいきさつに揉まれながら、次第に一人の女として成長して来る生活のいろいろの断面が語られている。志賀直哉に師事したこの作家の作風は、甘さと誇張のない地味な、要約してリアルな描写力をもっている。婦人作家に共通な多弁や情緒の誇示、ポーズのない純潔な筆致であるけれども、その筆致に力を与え、テーマを人間的に一段高める気魄、常識以上の人生への態度のつよさが不足している。そのうらみは「光子」にも感じられた。

　昭和二年七月におこった芥川龍之介の自殺は、そういう時代の空気に深刻な衝撃をもたらした。彼はプロレタリア文学運動に対して単純な保守ではあり得なかった。単純に反動であり得るために芥川龍之介は聡明すぎた。「敵のエゴイズムを看破すると共に味方のエゴイズムをも看破する必要」と云い、もし善玉、悪玉に分けてしまえるならば「天下はまことに簡単なり。簡単なるには相違なけれど——否日本の文壇も自然主義の洗礼は受けし筈なり」という附言とともに、「蒼生と悲喜を同うするは軽蔑すべきことなりや否や。僕は如何に考ふるとも、彫虫の末技に誇るよりは高等なることを信ずるものなり」と云った。同時に「新感覚派」の試みに対しても、芥川龍之介は、芸術上の冒険の一つとしての注目を示している。

　彼は、自身の日常生活にある旧套の重荷についても知っていた。しかしながら、彼はその気質から、例え彫虫の末技に誇るよりは高等なる本質を認める文学の傾向に対しても、やはり最後には、自身の知的な優越に立って無限の皮肉を含みながら「唯、幸に記憶せよ。僕はあらゆる至上主義者にも尊敬と好意とを有することを」と云わずにいられないものを持っていたことは、悲しき彼の矛盾であった。同時代人の知っているほどのことなら知らぬことなく知ろうとする芥川龍之介の負けずぎらい、同じ時代の久米正雄、菊池寛等が大衆小説にうつり、菊池の「文芸春秋」などが企業として伸びてゆくのに対して、あくまで芸術的な短篇作家としての境地を守り、「玄鶴山房」のような作品を生み、やがて「歯車」「或る阿呆の一生」などを書いていた。ゲエテのみならずあらゆる傑出した万人を気取るものなりと、諧謔のうちに本音をはいている彼として、如何なる力を奮い立てれば新しい歴史の頁から溢れはじめた澎湃たるプロレタリア文学運動に対してその天才主義を完うすることが可能であると思えただろうか。

遺稿となった「或旧友へ送る手記」の中で彼は次のように書いている。「少くとも僕の場合は唯ぼんやりした不安である。何か僕の将来に対する唯ぼんやりした不安である」

その「ぼんやりした不安」というものこそは、プロレタリア文学から云えば前時代の本質に立つあらゆる既成作家の胸底に投げられていた痛切なかげではなかっただろうか。都会人の感覚とインテリゲンツィアらしい鋭さ、もろさをもちつつその明敏のゆえに自身の矛盾をごまかせなかった芥川龍之介の三十六歳の死は、有島武郎の場合とはちがったより知的な、知識階級にとってより歴史的な衝撃で人々をうったのであった。

島崎藤村は、芥川龍之介の死後一年おいて、昭和四年から、現代文学の一つの記念碑となった「夜明け前」を執筆しはじめた。これはすべての旧いものを押し流すかのように流れはじめたプロレタリア文学に対していかにも藤村らしく、奥歯をかみしめて顔つきはおだやかな抵抗の示しかたであった。藤村は明治維新というものを、馬籠の宿の名主一家の生活に集注して、維新というものの中に生きのこった封建性の側から、執拗に描きはじめたのであった。

このような激しい新文学運動の波動につれて、日本の婦人作家も、その本質に変化をもちはじめた。年齢で云えば何かの形で第一次大戦後の経済波瀾をうけた一家の中に少女期をすごし、そのことによって境遇上にも平坦な道を失った年代の若い婦人たちが、文学に登場して来た。宇野千代が作品を発表しはじめてから、つづいて中本たか子が新感覚派風の作品から次第にプロレタリア文学に接近しつつ精力的にかき出した。長谷川時雨の主宰した『女人芸術』が全女性進出行進曲を募集したとき、当選した松田解子が、伊豆の大島から上京して、プロレタリア作家として詩と小説を書きはじめた。

平林たい子の「施療室にて」が、『文芸戦線』にのって、その野性的でつよい筆力を注目されはじめたのは一九二七年頃のことであった。自分の通っていた女学校のある長野県上諏訪町の書店で、赤いバンドをかけた一冊の雑誌を初めて見て平林たい子の受けた刺戟と驚異。埋もれる天才と環境との問題へ目をひらかれ、ひいては女の社会条件とその関係へと心をひろげられて行った過程。「交換手見習」として上京してから二三年のうちに、いつしかアナーキズムの流れにまきこまれ朝鮮や満州を放浪した。その生活をきり上げて文学に精進しようとしていた時代の彼女の窮乏生活、畸形的な探偵小説を時々『新青年』に売ったりしつつ、平林たい子は『文芸戦線』のグループに近づいた。そして彼女の文学的一歩を印した「施療室にて」が生れた。

一九二五年に書かれた「投げすてよ！」という作品は「色々な意味で苦しんでいた自分にもよびかけ、女性の新境地を描くことをもって」当時新しくおこったプロレタリア文学に「独特の生面をひらく決心をした」作品として、作者自身にも評価されている。「投げすてよ！」は、この作者の代表作である「施療室にて」などとともに、アナーキストである男と朝鮮、満州を放浪した時代の生活を描きつつそこから何かの方面へ脱け出て行こうとする一人の若い女性のもがきを描いたものであった。

この作品に描き出されている男女の関係は苦しく混乱し、虚無的である。「布団で押えつけられるような息苦しい小村の愛がどろ〳〵と淀んでいたばかりであった。女をまもる為には、思想までを古着のように売飛ばす痴者を光代はしみ〳〵と自分の傍に感じた。」しかし、そう感じながら光代はその夫について、大連まで放浪して行く。「腹の子はどうするか」「彼を失って自分の生活は果して幸福かしら」そんなことにも心をとられる「意力のない、男性の一所有物にすぎないはかない女を光代は驚いて自分自身の中に見た。」そのように自分を見ている作者の感情には、前途のない旅立ちの前、船つき場で荷物を乱暴になげとばしている「人足の動作にまで自分に訓えている意味を感じて」それを「フ、ンと鼻でわらった」人生への角度なのであった。

　殖民地の鉄道会社でシャベルをもって働くようになると、小村という男はそこの経営主である義兄の気分に媚びて日常的に益々無意力になりつつ、その力ない鬱積を洩して何か書きちらしたノートを義兄に密告されてとらわれてゆく。お光！　お光！　と呼びすてられて妊娠の身をこきつかわれていた光代は、その家を追われ、婦人ホームへ身をよせる。「小村からは顔を掩いたいようなあわれみを乞う調子の手紙」が来るのであるが、光代は、自身に向ってあらゆる感傷を投げすてよ！　と叫びかけ、自分の足の上に立った婦人としての道を進もうと決心する心持で、その小説は結ばれているのである。

　一九二七年にかかれた「嘲る」という短篇は、大正末から昭和のはじめ頃のアナーキストの群の生活感情、ものの考えかたを、そのうちに息づいた女の側からむき出しに描いていて、これまでの婦人作家の文学にない世界を展開した。この小説は「私」と一人称でかかれている。「過去に三人の男を知り、三人の男を何の悶えもなしにすてて来た女」としての自分が、現在の男との無為な生活で金につまって来ると、男はその女主人公である女と過去にかかわりがあった男たちの「誰かに頼んで少しつくって来る」ことを女にすすめる。女は「無能な夫との生活を守るために私は街に出て、こんなことまでして」一晩とまって一円もらって来る。かえって来て男に金は？　ときかれ「電車賃だけですのよ」と答える。その中流めかしい言葉づかいは、その男女の生きかたの異常さと対照して読者の心持を妙にさせずにはいない。女は泊って来た男のところへ手紙をかきかける。「こういう世の中で無産の女性が、自分の生存を救うため唯一つのものを投げるのはやむを得ない事です。貴方にして真実な無産者の良心があるならば、それを認めなければならない筈です」だがどうせその男は金持ののらくら息子だ。三十円なんかよこすものか。女はその男の部屋へ訪ねてゆき、来あわせたアナーキスト仲間と丸の内の或る会社の寄附デーへ出かけて行って、五円ずつのところを十円とって来る。そのかえりに芝居を見物する。舞台の上では、心にない結婚をした女が、永年の後昔の愛人にめぐり合い、蒼白となって地獄と叫んで卒倒していた。「私も地獄と叫んで卒倒する女になって見たい」自嘲と苦しみの漲った作品である。

この作品で力づよく描き出された混乱と自嘲とは、作者の身も心も全くその渦中にあっての自嘲である。過去にかかわりある男の誰かにたのんで金を借りるということと、そのことですぐ体を与えなければならないということとは、どうしてそんなに疑問のないぴったり一つこととして女である「私」に見られ実行されているのだろうか。苦しみ嘲りながら作者の心に、当然なその疑問は人間性の真実の問題として起っていない。男への手紙に語られている無産の女という考えかたや生活への態度も、もし無産の女が生きてゆくために、体を売るのはやむを得ないと云えるものならば、無産階級の解放運動の必然はあり得ない。いかにも初期の無産階級文学らしい素朴な特色を示していると思う。「嘲る」の後に「生活」「新婚」等が書かれており、それらの作品では時代の動きにつれて同棲の対手が変ったこととともに、女主人公の生活が、虚無的な混乱の中から次第に引出されて来る道筋が描かれている。「夜風」「荷車」「敷設列車」などで平林たい子は自伝的な作品から農民生活・労働生活を描く作品にうつったのであった。しかしながら、なお何となく特別な関心をよびさまされることは、昭和五六年頃、この作者の発表した「悲しき愛情」という小説の中で、再びこの、食うために身をまかす女が、勤労する人々の現実の一タイプとしての見地から描かれていることである。

「悲しき愛情」にふれて、作者は次のように言っている。「私は自分の文学的な主張として勤労生活者の日常をもっと取上げなければならないという考えから悲しき愛情をかいた」と。尤もこの作品は、書き直されなければならないものと云われている作品である。それにしても、昭和五六年という当時勤労階級解放運動があれほど高揚していた歴史の現実との対照で、特にこの時代にそういう女を勤労階級の一タイプとしてかかれたモティーフは、どういうところにあったのだろう。

プロレタリア作家としての平林たい子をもその波幅の一端にのせて当時の社会につよくさしひきしていた解放運動は、その頃、最も行動的な時期にあった。したがって、勤労者の日常感情の内容にしろ、婦人労働者、婦人の組合活動家たちの生活、そのこころもちにしろ、自分たちの独立を確保しようとして進んでゆく者の心持や行為の雄々しさの面で描くことがプロレタリア文学において積極的とされた。勤労する女の生活の進路も、勤労する男たちとその方向を一つものとして解放をめざした。男と女との間におこる様々の愛情の問題も、この時代には伝統的な重荷とのたたかいの形、封建の否定としてとりあげられていたのであった。婦人の解放は男とともに勤労階級としての解放なしには不可能であるという理解に立って、歩み出している女の像が文学にうつされて来た。その歩みの中では、男女の愛情の内容もおのずから新生面をもって拡げられて来た。

この動く部分、積極な生活の態度をとりあげて文学に描き出して行こうとする努力は、決してたやすいことではなかったから、その間には文学作品として類型に堕した場合もあり、感情の一面だけが誇示されたような例も生じたのは事実であった。

一人の婦人作家として、この作家がそのような当時の傾向に反撥して、自分こそは、現実にあるとおりの勤労者の日常生活を描こうと執した心持は、この作家の気質と照し合わせて考えたとき、極めて理解されやすい情熱である。だが、何故（なぜ）この作者が、勤労者の日常生活として見たものは「悲しき愛情」の石上の心理と、その妻小枝の生きかたでなければならなかったのだろう。嘗（かつ）て「投げすてよ！」で侮蔑（ぶべつ）をもって語られた男の態度と同じように動く石上の心理と、自分を食わせてくれる男と一つ家に棲（す）むからには、それなりいつか夫婦になることをあやしめない小枝という女を、特に何故働くものの日常生活や感情典型としてこの作家はとりあげなければならなかったのだろうか。

英雄的に動く男女ばかりが、一般の働くものの心持の全部を代表するものでないと主張しようとするならば、小枝のような女の生きかたも、又それなりでは決して働くものの生活の現実の心持を語っている典型とも言いきれまいと思う。この作品を社会と文学との歴史の中において読みかえすと、作者の意図は、勤労する者の感情をどこまでもリアリスティックに描き出したいという単一な愛から出発しているより、寧ろ、プロレタリア文学の一方で或る理想化が行われているのに対して、これが現実だ、と反対の一つのものを自分の作品によって強烈なスポット・ライトの下に提示しようとしたところにあるように理解される。そして、その作者の意図が余り強烈であるために、テーマは遂に他の極端まで押されて、社会の現実としても文学としても歴史の又別の消極面へすべり込んでしまったものと見られる。現実の簡単な理想化に反対する作家としての抵抗は、その抵抗において現実を別な歪めかたに誇張する危険に陥らなかったとき、より客観的な真実に近づいたときだけ、初めてその試みの価値を発揮するのである。

プロレタリア文学とその作家とが、新しい歴史の本質に立つということの根本には、当時もいまも、そしてこれからも、作者がよりひろいより客観的な現実の明暗を複雑多様にその作品に描き出す能力の確保の課題がある。ブルジョア文学が従来のせまい主観と個性との枠ではもうすくい切れなくなった社会現象を、プロレタリア文学は、より社会性の拡大された個性を通じ、より豊富な客観にうらづけられた、より潤沢な実感によって描く筈である。

従ってプロレタリア文学には、旧い文学の世界にあるような才能だけの競争はあり得ず、一つ一つの作が、どれだけより真実に、芸術として現実を描き出しているかということについての差別と、比較と、よりよい達成への努力があり得るだけなのである。

作家平林たい子の一つの特色は「施療室にて」一巻を貫き、そして現在につづいている根づよい自他に対する抗議の資質である。そして「出札口」その他の作品に店の宝石や釣銭やのちょろまかしという行為で表現された勤労者の現代社会への抗議の様式が、時をへだててちがった形で作品の中に反復されることに読者は無関心であり得ないと思う。なぜなら、勤労階級の抗議は、そういう盗み、ちょろまかしなどによってあらわされるものでないことを人々は歴史によって学んでいるのであるから。

## 八、合わせ鏡

### 一九二六―一九三三（昭和初頭）

「ひろ子はいつものように弟の寝ている蒲団の裾をまくりあげた隙間で、朝飯をたべた。あお黒い小さな顔がまだ眠そうに腫れていた。台所では祖母がお釜を前に、明りにすかすようにして弁当をつめていた。明けがたの寒さが手を動かしても身体中にしみた。」

「ひろ子は眉の間を吊りあげてやけに御飯をふう〳〵吹いていたが、やがて一膳終るとそゝくさと立ち上った。」そして、火鉢の引出しから電車賃を出した。小さいひろ子は、あつい御飯をいそいでたべられないのに、会社の門限はきっちり七時で、二分おくれても、赤煉瓦の工場の入口からしめ出された。ひろ子の「電車賃は家内中かき集めた銅貨だった」けれど。そして「遅れた彼女はその日一日を嫌応なしに休ませられた。彼女たちの僅な日給では遅刻の分をひくのが面倒だったから。」

「まだ電燈のついている電車は、印袢纏や菜葉服で一杯だった。皆寒さに抗うように赤い顔をしていた。味噌汁をかきこみざま飛んで来るので、電車の薄暗い電燈の下には彼等の台所の匂いさえするようであった。

ひろ子は大人の足の間から割り込んだ。彼女も同じ労働者であった。か弱い小さな労働者、馬にくわれる一本の草のような」ひろ子の小ささに目をつけて言葉をかける労働者は「親しげな顔付をした。その車内では周囲の痛ましげな眼が一斉に彼女の姿にそゝがれはしなかった。彼等にとってはそれが自分たち自身のことであり、彼女の姿は彼等の子供達の姿であったから。」

ひろ子たちの工場での仕事室は川に面した、終日陽の当らない、暗い室であった。「窓からは空樽をつんだ舟やごみ舟など始終のろ〳〵と動いているどぶ臭い川をへだてゝ、向岸の家のごた〳〵した裏側が見えていた。」そこに立ててある「広告板には一日中陽が当っていた。その陽の光は幸福そうであった」「その暖かそうな色だけが見える」寒く暗い板の間に、「腹巻をして、父親のお古の股引を縮めてはいている」どれも体格のよくない娘たちが、甘い匂いをたてて粉にまびれたキャラメルを小さい紙につつんでいた。「白い上着をき、うつむきになって指先を一心に動かしながらお喋りをしていた。みんな仕事の調子をとるために、からだを機械的に劇しくゆすっていた。」ひろ子は、年の小さいほかの二人の娘と一緒に一組とされ「みんなからはなれた室の片隅」に一台もって、「手元がまだきまらない調子で小さな紙きれにキャラメルをのせていた。」キャラメル工場では、毎日、女工たちの仕事の成績表をはり出した。優勝者三人に、劣等者三人。小さいひろ子は、いつも劣等者の中にかき出された。又工場は、女工たちの帰るとき一人一人の袂、懐、弁当箱の中などをしらべた。やがて、日給制がやめられて、一缶として賃銀を数えるようになり、女工たちは今までの「日給額に追いすがるために車をまわすコマ鼠のようにもがいた。」

「三時になると彼女たちはお八つをたべた。それは彼女たちの僅な日給の中から出された。それはいつも一銭にきまっている焼芋に限られていた。」その焼芋をかいに「白い上着をきて、まくり上げた裸の腕を前だれの下に突こんで、ちゞかんで歩く彼女たちの姿は、どこか不具者のように見えた。」

大体、「女工たちはみな徒歩で通えるところに働き口を探す。」「しかしひろ子の父親はそんなことは考えなかった。その工場の名がいくらか世間へ知れていたのでそこへ気が向いたにすぎなかった。」小都市の勤人だった父親は、ひろ子を生んだ妻の死後、段々生活につまって「方針や計画は一つもなく」一家をまとめて上京した。「彼は酒をのみ、どなりちらして家族に当った。」父親の弟は病人でねていた。十三のひろ子が八時頃やっとかえって来て、七輪（しちりん）の上にかけられている雑炊鍋（ぞうすいなべ）から夕飯をたべる頃、「しめ切った六畳の間でみんなが内職をしていた。」電燈の明りにその茶色の毛くずを舞い立てながら祖母が編ものの毛出し内職を、「隅の壁ぎわでは病人が床の上に腹這（はらば）って」雑記帖（ちょう）の表紙になるバラの花や小鳥の絵を緑色の紙にかいていた。体を使う仕事に耐えないで失業している父親は、「ひろ子も一つこれをやってみるか」と何気なさそうな態度と言葉で、キャラメル工場の女工募集の広告のある新聞を投げ出した。

「どうした、ひろ子」

しばらくして父親はそう云って薄笑った。

「だって学校が……」

そう云いかけるのと一緒に涙が出て来た。

「まだお前、可哀想（かわいそう）に……」

「あなたは黙ってらっしゃい」

「ひろ子の弟がなぐさめ顔に時々そっとひろ子をのぞいた。床の中で病人は仰向きに目をつぶっていた。もう翌日、十三の小さいひろ子は、その工場で事務員と父との交渉の間にぽつんとほうり出されていた。」かえり道で父親はひろ子をそば屋へつれて入った。前こごみにあぐらをかいて低いお膳の上で酒をつぎながら父親は上機嫌だった。

「すこし道が遠いけれど、まあ通って御覧。学校の方はまたそのうちどうにかなるよ」

そういう調子で五年の優等生だったひろ子はキャラメル工場の小さい女工にさせられたのであった。が、日給制がやめられると、ひろ子の稼ぎは三分の一値下げされた。すると、父は「又何でもないように云い出した。」

「いっそもうどうかね、やめにしたら」

ひろ子はハッとして顔をあげた。

「そしてどうするの？」

「しようがない、後はまたどうにかなるさ」

キャラメル工場をやめさせたひろ子を、父親は口入屋のばあさんにたのんで、「ある盛り場のちっぽけなチャンそば屋へお目見得に行った。」

「ある日郷里の学校の先生から手紙が来た。誰かから何とか学資を出して貰うように工面して――大したことでもないのだから――小学校だけは卒業する方がよかろう、そんなことが書いてあった。」附箋つきで、ひろ子が住みこんでいたチャンそばやへその手紙が来たとき、彼女は「それをつかんだま、便所に入った。彼女はそれをよみかえした。暗くてはっきりよめなかった。暗い便所の中で用も足さずしゃがみ腰になって彼女は泣いた。」

一九二九年（昭和四年）二月の『プロレタリア芸術』に、窪川いね子という女性が「キャラメル工場から」という小説を出した。

四十枚ほどの短い小説であったが、「キャラメル工場から」は前年『施療室にて』という短篇集を出した平林たい子の作風とは全く異っていたし、又新感覚派の傾向のつよい中本たか子の作品ともちがった。「キャラメル工場から」には、アナーキスティックで濃厚な反抗がなく、又頭脳的に、都会風に色どられた階級意識がつよく出ているというのでもなかった。

　おちぶれた、気まぐれな小市民である父親の思いつきのままに、生活とたたかう場面にぐいぐいと押し出されて行く十三の少女の、素直で忍耐づよい姿と、同時に、どことも云えずそのリアリスティックな作品全体に溢れている清純な人間らしい向上の熱意が、読者を感動させた。当時にありふれた所謂意識でかかれた小説ではなくて、「キャラメル工場から」は勤労生活の中にある人間、女性の思いからあらわれた生活の小説であった。

「キャラメル工場から」にかかれたように、窪川稲子（佐多）は少女時代から働きつづけた。チャンそばやにお目見得に行った小さい娘の手にじゃが薯をむく庖丁がもちきれなかった。「大きくなったら、またおいで」と片言で云われた。次にやられたのは或る料亭の奥の小間使いであった。そこをやめてから祖母と病身な叔母との暮しで「いっそお半玉になってしまおうと思う」と決心するほど窮迫した。やがて父の許で、自身野ばなしにされたように暮したが、十七で再び東京に現れて彼女は以前小間使として働いた料亭の女中になった。それから、ある輸入商兼書店につとめ、その三年間の生活は、彼女にすきな文学書をよませ、音楽会へ行かせもしたが、彼女をその単調な反覆で絶望させ、自殺したい思いをさせた。中流的な結婚をした。それは、その厭世的な女店員生活からの脱出であったが、変質的な良人との間が苦しくて、一人の女の児をもって離婚した。遊んでいることの出来ない児もちの若い母は、レストランに通いはじめた。「艶々と髪に波をうたせ、水色に紫に錦紗の袖をひるがえし、オーケストラの間をおよぎまわる金魚であり、花である彼女らの一人であった。」

　その生活を一年余りつづけたとき、窪川稲子は、雑誌『驢馬』の同人たちと知り合った。中野重治、堀辰雄、西沢隆二、宮木喜久雄、窪川鶴次郎などが同人として、室生犀星、芥川龍之介、萩原朔太郎などの名もつらねられていた。窪川鶴次郎を通じて、『驢馬』は彼女に身近いものとなったのであった。十三の小さい女工は、それより前うちで『中央公論』や『太陽』や『新小説』の小説を拾いよみした。小さい娘をつれたまま芸者遊びに行く俥の上で、頼りない、気分やの父は「お前は女文士にしてやろう」と云ったりした。女店員時代から詩を書いて、「文学をやろうという意志で自分の生活を計画しているというような自覚的なものはなかったけれども」彼女は「文学に対しては高い喜びで接していた。」比較的上流の婦人ばかりで作られていた『火の鳥』という雑誌に、「ビラ撒き」という詩を発表し、『女人芸術』に「お目見得」という小説を書いたりしていた窪川稲子は、良人にはげまされて一少女工を主人公とした小説をかき、中野重治がそれに「キャラメル工場から」と題をつけて、『プロレタリア芸術』にのせた。それが、日本のプロレタリア文学運動の初期の作品の系列のなかで、独特なものとなった「キャラメル工場から」であった。

貧しくて逆境におかれ、しかも伸びようとする願いを胸にあふらしている一人の若い女性として、窪川稲子は、自分が女であるということや、貧しいということや、様々の経験を経て来ているという来歴やらを、どう自分に感じていたのであったろうか。一九二九年、「キャラメル工場から」が出て好評を得た翌月に「自己紹介」というほんの短い小説がかかれた。その小説の背景は、府会選挙に、労農党が勤労者の中から代表を立て、その応援の活動に空腹を忘れ、過労と不眠とをひきずって、私という女主人公も「髪の毛からは絶えず滴が落ち、ちゞみの浴衣をきた肩はぐっしょり濡れ」ながら働いた。その運動も一段落をつげた投票日の朝の懇談会である。一座の男たちが、めいめいの労働経歴の自己紹介をやったあと、女主人公である私の番が来た。彼女は、今日まで経て来た自分の境遇の幾変化について自己紹介した。「下田の読む社会問題などの本をよみはじめましたが、子供の頃から貧乏な生活を続けている私にはそうしたことは、何の疑いもなくすっと入って行けたのであります。しかし、生れた家が小市民根性そのものである勤め人階級であり、その後の殆ど全部の生活も、茶屋奉公とか、女店員とか、カフェーの女とかでありましたので、現在もなお、その小市民根性を多分にもっているのであります。私は今それを、その根性の出るたびに克服すべく心がけております。」そして、この座で、一人の男が、そういう経歴の彼女に対して「その海千山千のみね子氏を」云々と云ったことについて、深く考えている。「海千山千という言葉は売笑婦的にきこえる。Eさんは本当にそうとったのであろうか。」「けれど私は一言云い足せばよかった。そんないろんな境遇の中に置かれたけれど、その間に一度の男女関係も、恋愛さえも下田以前に絶対になかったことを云い足せばよかった。」「もしも生活経験というものが男女関係に対する予想のもとに問題になるならば、私はその点では確かに生活経験が乏しいのに違いなかった。」

「キャラメル工場から」の作者のこういう人生への律気さ、真面目さは、同じ女給の生活の中から小説をかき出した手近い先輩の婦人作家が、女のそういう境遇さえ、有名な雑誌編輯者が面白く思ってくれるだろうとだけ考えた考えかたと、何たる相異だろう。同じ年に書かれた「レストラン洛陽」は、金魚であり花であると見られる女給の生活にいる女一人一人の現実生活の姿が、粉粧を洗いおとし、錦紗の着物をはぎとった人間生活のいきさつとして描かれた。

感性と筆致の柔軟さと、着実でリアリスティックな気質の裡に一筋貫いていつも鳴っている澄んだ人間意欲のより高いものへの憧れは、窪川稲子の作品を小林多喜二の作品と又ちがった感じで、人々に愛させた。

一九三〇年「四・一六の朝」「幹部女工の涙」、三一年「別れ」、三二年「何を為すべきか」、三四年「押し流さる」等これらの作品には、当時のプロレタリア文学が最前線にもっていた労働階級のテーマが積極的にとりあげられているばかりでなく、どの作品も、階級闘争の間におこる人間葛藤の微妙な心理、モメントが、愛と憎み、明るいものと暗いものとの縺れ発展する形の中に、立体的に把えられ描かれた。小林多喜二が一直線な運動と文学との実践のうちに「蟹工船」につづいて「暴風警戒報」「不在地主」「オルグ」「工場細胞」「地区の人々」「安子」「沼尻村」「党生活者」と、彼の全生活を賭した闘争とその文学を創って行った時期、窪川稲子は、当時の運動が彼女に強いたあらゆる困難とたたかいながら二人の子供をつれて、絶えず窮迫しながら、記憶されるべきこれらの作品を生んで行った。一九三三年、日本のプロレタリア文化運動が全面的に圧殺されてからは、窪川稲子の作品も当然変化をうけた。すべての作家の善意と努力から階級としての表現が抹殺されなければならなくなった。彼女の文学の題材は、依然として勤労する者の生活を描き、その人間的成長の願望を訴えながらも、次第に男女のいきさつにあらわれる旧い不合理に対して、働き生活を担当する女として社会的にとりあげてゆく面に中心をうつして行ったのであった。

窪川稲子のこの時代の作品は、その一つ一つにそれぞれ問題をもちながらも小林多喜二が社会と文学の歴史において、真に新しい本質に立つ到達点として画した線に並んで、どの時代の婦人作家も書くことの出来なかった女としての生活と文学との実質をもったのであった。

このようにして、窪川稲子が清潔、活潑な創作活動を旺盛にはじめたことは、ただ偶然、親切な男の友達たちがその周囲にいたから、というばかりの理由であったのだろうか。友達であるそれらの男の人たちの考えかたと感情との中に、婦人の生活とその創造力について新しい理解が自覚されていた、ということにこそ重大な意味があった。

明治以来、卓越した作品活動を行った婦人作家、詩人はある。一葉は直接『文学界』に属していなかったけれども、擡頭する自然主義の文学潮流に対して、古く新しい『文学界』のロマンティシズムの代表者であったし、『明星』は、晶子の短歌なしにその篝火を輝やかすことは出来なかった。田村俊子がその作品に感覚世界における女の自我を主張したことも、注目されるべき歴史的な意味をもっている。けれども、これらの婦人作家、詩人のうちの一人も、自分の文学理論というものをもち、そのために活動したということはなかった。一葉も晶子、俊子も、みんな純一に勁く創作したけれども、その態度は全く内在的で、自分を導く文学理論としてまとまったものはもたなかった。晶子が「歌のつくりかた」について語っている言葉には、明星派に流れ入った彼女自身の物語はあるが、明星派の芸術理論は、与謝野寛のもち場として、はっきり区分されている。一人のスタエル夫人も、ジョルジ・サンドも、日本の近代文学はもっていなかった。客観的にはいつも偶然に、その人の才能と好機との偶中によって、婦人の創造性は既成の文学のうちに登場して来ていたのであった。

　社会的な基盤において芸術を理解し、階級の解放によってより人間らしい生存に達しようとする表現、そのうた、その光る矢として芸術をみるプロレタリア文学の運動は、富貴に対する庶民の貧しさを貧しさのままに、ルンペンの詩として肯定しなかったとおり、この社会で抑えられている大衆のその中で更に圧えられている婦人と青年の芸術の可能性を、重大に考えたのは自然であった。自分たちの陣営から、独自な女選手を送り出そうという個人的な或は党派的な利己的な動機からではなく、人民の半分を占める働く女の脈動として、解放のためにすすむ勤労者の声に合わせてうたう女の声々として、あらゆる芸術面に婦人の能力を導き出そうとした。

　プロレタリア文学運動の中には、詩人として北山雅子、一田アキ、後藤郁子、東園満智子、作家として、窪川稲子のほかには松田解子、のちに参加した中條百合子（宮本）などの婦人作家があった。一九三一年には、日本プロレタリア作家同盟のなかに、特に婦人の文学活動に対する助力の組織がつくられ、工場や農村その他の諸経営、兵営などの文学サークルの活動とともに、組織的に、勤労民衆の文化の一面として、最も端緒的な婦人の文学能力も見守られ育てられはじめた。小坂たき子などが試作を発表したのもこの頃であり、壺井栄がまだ自分の語りかたが分らないままに、リアリスティックな「財布」その他一つ二つの作品を書いたのもそのすこし後のことであった。「ローザ・ルクセンブルグの手紙」の訳者松井圭子も、プロレタリア作家の団体に属していた。

演劇の面には、小山内薫時代からの山本安英などのほかに、原泉子をはじめ、数多い女優が現れ、声楽家関鑑子は、演出家小野宮吉と結婚して、次第に人間的深みを加えつつあった。職場にいる若い婦人たちの絵のグループは柳瀬正夢などによって指導され、リアリスティックな画家新井光子があった。

これらのすべての婦人作家、俳優、音楽家たちは、この時代になってはじめて、婦人として自分たちの芸術理論をもった。一人一人の発見物としてではなく、日本の進みゆく歴史の中で、その進む足どりを、歴史の真実にしたがって、一層多数の民衆の解放と独立のために押しすすめようとする共通の立場に立った。抑えられて来た女を、前進させる歴史のうちに社会的・芸術的に立ち上らそうと希う進歩的な男の人たちの自覚を等しくわが自覚として、婦人たちは自分たちの芸術理論をもったのであった。

雑誌『女人芸術』が、一九二八年（昭和三年）長谷川時雨によって発刊された。特にプロレタリア文学に限らず、ひろく、多様に婦人の文学的創造力を発揮させる場面として発刊された。この雑誌には、山川菊栄、神近市子、板垣直子のような評論家からフランス文学の翻訳の仕事をした大久保（八木）さわ子、そのほか下位文子、正宗乙未、松本恵子等の翻訳家、平林たい子、中本たか子、戸田豊子、大田洋子、円地文子、大谷藤子、真杉静枝、大石千代子、林芙美子、詩人として永瀬清子等の作品ものせられた。『女人芸術』は「全女性進出行進曲」というものを募集して松田解子の歌詞が当選した。それが発表された号の編輯後記にはこう書かれた。「奮え、諸氏、我々はこの歌を高唱して怯懦なる我を追い退けよう」と。

一九三三年頃、左翼への暴圧の余波をおそれて『女人芸術』が組織がえをして『輝ク』となるまで、この雑誌は、広い範囲での婦人の急進性の中心となった。『輝ク』はその後戦争進行につれて遂に軍部に御用をつとめる一小団体となり、発刊当時の意気は全くあらぬ方に消耗されて、長谷川時雨の死去とともに廃刊された。

この『女人芸術』に林芙美子の「放浪記」が掲載された。画家の良人の浴衣さえ売りつくして、広い廃園の中の家で、一夏を紅い海水着で暮しているという生活であった。同じ酒屋の二階に間借りしたりしていた「平林たい子さんはその時はそうそうたる作家になっていました」と「私の履歴」にかかれている。

アナーキスティックなその日その日の暮しぶりとしても、平林たい子と林芙美子との間には、その色調に著しい相異がある。「放浪記」は、「施療室にて」一巻におさめられている平林たい子の初期の作品とは全く別種のものであった。そこには経済の上にも恋愛の上にも見とおしと計画のない生活なりに、抵抗もなくその日々の生活と気分とをうちまかせている一人の若い女が、かこち、歎き、憤り、舌を出し、そして嗤う姿が描かれている。「放浪記」のなかには、木賃宿の住居、露店のあきない、薬品店での働き、セルロイド女工としての生活、牛肉屋の女中、女給、転々とする生活からの呼吸が、或る時は「地球よパンパンとまっぷたつに割れてしまえ——と呶鳴ったところで私は一匹の烏猫」という表現となり、或るところでは、「私は男にとても甘い女です。そんな言葉を聞くとサメザメと涙をこぼして、では街に出ましょうか。」云々という調子をもって語られている。「いったい何時の日には、私が何千円、何百円、何拾円、たった一人のお母さんに送ってあげる事が出来るのだろうか、私を可愛がって下さる行商をしてお母さんを養っている気の毒なお義父さんを慰さめてあげることが出来るのだろうか！　男に放浪し職業に放浪する私。」

空と風と
河と樹と
みんな秋の種子
流れて　飛んで

「うんとお金持ちになりますよ、人はもうおそろしくて信じられないから、一人でうんと身を粉にして働きます」

「放浪記」は、その後数年間に発表された夥しい作品の素材的な貯蔵所でもあるし、作家として作品の世界に盛ってゆくその人としての雰囲気の諸要素、気分的特徴も明らかに見られるものである。

「放浪記」が書かれた当時の心持は「仕事してゆく自信、生きてゆく自信がなくなり」と言われている。女としてまた芸術家として自分の一切への絶望が感じられていたこの作者のこころもちも、昭和十年に当時を回顧してかかれた文章のなかでは「プロレタリア文学は益々さかんでした。私は、孤立無援の状態で」と、その対比のうちに何ごとかを含めるように言われていることも注目される。自分の仕事にも生存にも自信を失って海外旅行に出たこの作家が、一二年のうちには、「自分の感覚ばかりが逞しくなったが」日本の若い作家に軽い失望を感じ、「近年ロマン主義だとか能動精神だとか行動主義だとか言われるようになったけれども、誰も彼も詩を探しているのではないだろうかと思ったりもします」「日本の今の文学から消えているのは詩脈ではないかと思ったりしました。詩のない世界に何の文学ぞやと思ったりしました」と、自分の文学的世界を確信した。ひとたびは絶望した自身の詩性への自信が、どこから甦り何をよりどころとして再び獲られたのであったろう。どっさり新聞雑誌に連載した長い小説があるこの作者に、小説というものが「詩で言えば十行で書き尽せるような情熱を、湯をさますようにして五十枚にも伸ばしてかく小説体というもの」として理解されていることも、印象づけられる事実である。

一人の若い女として、生きるためには精神に肉体に一方ならず努力して来たこの作者が、「女の日記」では京都の物持ちの五十男を描いた。その小柴という人物に水石を愛玩させ、小間使として入った伊乃という娘を愛させ、大彦からの衣類をおくらせている。そしてその長篇の結語はその小柴と結婚してもよいと思う伊乃のモラルとして「世の常の道徳を蹴とばしてしまって、わたしはわたしの生活をきりひらいてゆきたい。きっと。――」とかかれているということも、何かを考えさせる。果して、そこに、世の常のモラルと分別をけとばす何かの新しい人生価値があるのだろうか。「小柴という人物は、作者の私の永遠の男性であるかもしれない」と創作ノートにかかれている。「放浪記」にあった自然発生の一種の揮発性の匂いは世路の向上の間にぬけた。いつか富裕な数奇をこのむ生活雰囲気へ順応し、今はこの作者の現実にとってはただ文学の上の持ち味としての約束にしかすぎない乏しさ、いじらしさ、虚無感だのが、必然のないとり合わせで作中に見えがくれしている。

宇野千代と林芙美子とはどちらも、時代の進歩的な空気に道を拓かれるようにして婦人作家として出現した人々であった。それにもかかわらず、この二人がその時代的な雰囲気だけをわが身の助けとして、婦人として、芸術そのものの発展の可能についてさえ思いめぐらさず、「女に生れた幸運」やポーズされた「孤立無援」「詩情」を、文筆の商牌としたことは、この人たちばかりの悲劇であるだろうか。

世俗の心情が世路のかたさ、社会内の利害対立、そこからおこる文芸思潮の相剋などから暫くはなれて未来はどうあろうと今このひとときの気のまぎらしをと求めるとき、一人の婦人作家が、くりかえす、私は孤立無援であったという述懐は、そこにひきつける何かの共感をもって響いたにちがいない。云うひとには、その効果が知られてもいたであろう。一定の文学団体に属して、埃を浴び、あるときは避けがたい傷を蒙ったりするよりは、「女であることの幸運」にたよって、その小説は女が書いたのだということにもたれる興味の水脈をつたわって、ジャーナリズムとその購買者に結びついて行ったことは、深く考えさせられる点である。そして、その面で獲られた或る期間の成功が、却ってそれらの作家の文学の限界をなしたのであった。

宇野千代、林芙美子というような婦人作家たちのこういう文学上の足どりは、横光利一や小林秀雄などの出現とその存在の過程と本質において似かよった轍の上に立っていると考えられる。

横光利一や小林秀雄は、芥川龍之介が理性の冴えたインテリゲンツィアらしく率直に「漠然とした不安」の抗しがたいことを告白した、その社会と文学との発展がひきおこす歴史的に必然の動きを、糊塗してみせる手腕で存在しはじめた作家、評論家であった。芥川龍之介が生命を絶った次の年「『敗北』の文学」を書いた宮本顕治と時を同じく評論家として登場した小林秀雄は、その思想の骨格を先ず「批評とは己れの夢を語ることだ」という命題においた。同じ頃発表された蔵原惟人の「批評の客観的基準」という論文と対比して、無邪気な、好奇心にとんだ人々は、小林秀雄の発言があんまり素朴で疳だけはつよい面白さに目を見はったのかもしれない。「あらゆる人間的真実の保証を、それが人間的であるということ以外に、諸君はどこに求めようとするのか？　文芸批評とても同じことだ」「プロレタリア派だとか、芸術派だとか云ってやぶにらみしているのは洵に意気地がない話である。」「作家が己れの感情を自ら批評するということゝ、己れの感情を社会的に批評するということゝ、現実に於てどこが違うか。」市民社会を経験しないまま今日に立ちいたった日本文学の惨苦は、人間性について又己れと社会とのこの関係が、小林秀雄と同じように多くの作家によって正しく把握されていないからこそではなかろうか。「言葉というものは、こんがらかそうと思えばいくらだってこんがらかすことが出来ます」「問題を解くこと、解かないこと、は大変よく似ている」（おふえりや遺文）

という評論家小林秀雄は、プロレタリア文学理論が、様々の未熟と曲折を経ながらも、昔から感性的に主観的にばかり存在した日本文学に少しでも強固で合理的な理解と発展のよりどころを与えようと試みている努力を、片っぱしから「こんぐらかす」ことに得意の技をふるった。プロレタリア文学の動きは若々しく青年らしく、この社会と文学のすべてを知ろうと願う動きである。自分の苦悩について、自分たちの夢について、一心に解ろうとし、それを解決しようとし、それを発展させようとする動きであった。それ故、その理論は究明であり、より分るように、という方向で押された。小林秀雄に対する興味の一部は、謂わばそのよこについて歩く、彼の「こんぐらかし」工合が眼目である。小林秀雄にかかると分っている筈のことが分らなくなって来る、その麻痺が、面白いという魅力で表わされるのである。丁度、子供がぐるぐるまわって目をまわして、その眼にうつって揺れる部屋や景色に興がるように。小林秀雄の面白さは、あらゆる意味で文学の本質をゆたかにする力を欠いている。何故なら、彼の存在意義は、彼の「こんぐらかし」術にかかっており、万一彼が、知識人らしいまともの分別に立って社会と文学とを理解したならば、もう今までの小林秀雄ではなくならなければならないから。単に、文学意識に於てさえも非常におくれた日本の一人の平凡な評論家を露出するにすぎないから。そして、刻薄な現実として、利潤を追うジャーナリズムと出版のある限り、小林秀雄は、その「こんぐらかし」によってのみ評論家として存在しつづけることが出来る。おくれた社会的覚醒が日本の社会と文学とにはびこっているその割合で、条理にくらく、感覚にぶく、分らないのが勿体なく思われる横光利一の小説が出版されつづけられるのと同様である。

　宇野千代、林芙美子という婦人作家たちは女と詩という、感性に立っていて、小林秀雄のように、「知的こんぐらかし」には立っていない。けれども、文学というものは、何と人間らしく、容赦なく又興つきないものであろう。作家の現実が、その人の文学をのりこえてしまったとき、文学はもうその人の書く作品の中にはなくなって、却ってその作家と出版企業とのいきさつが、近代小説のテーマと形象として浮き上って来るのである。

社会の現実のうちに階級と階級との対立があるという事実は、プロレタリア文学に対して、常にそれに対して、反対する一方の社会要素があることを予定している。

「新感覚派」と云われたグループは、六七年前、生まれて間もなく解体していたが、一九三〇年中村武羅夫の「花園を荒す者は誰だ」とプロレタリア文学を侵入者として見た論文をきっかけとして、十三人倶楽部による「新興芸術派」が組織された。中村武羅夫、岡田三郎、加藤武雄、浅原六朗、龍胆寺雄、楢崎勤、久野豊彦、舟橋聖一、嘉村礒多、井伏鱒二、阿部知二、尾崎士郎、池谷信三郎等の人々であった。「新興芸術派」の特色は、これぞと云って系統だてて主張する独自の芸術理論というものはもたなかったところにある。雑誌『新潮』を中心としたこれらの作家たちは共同して、当時プロレタリア文学が問題として提起していた世界観の問題、文学の社会効用の問題、作品の内容が形式を決定する、という内容と形式についての論などに反対し、これらの束縛、圧迫から解放された新興の芸術をうち立てようとしたのであった。けれども、当時のプロレタリア文学の諸問題に反対し、それを否定するという立場だけで貫かれていた作家たちの現実に行った文学活動は各人各様で、かつての新感覚派の作家たちが、ドイツの表現派まがいの奇抜さで束の間の好奇心を刺戟した、その目新しさも生じなかった。

プロレタリア文学運動も高まるだけの必然をもっていた当時の日本の社会的な感覚の目ざめに動かされて、新感覚派に属していた片岡鉄兵が、プロレタリア文学にうつり「綾里村快挙録」という彼の代表的農民小説を書いたばかりではなかった。ドイツ文学の教師から出発して人道主義風の作品を書いていた山本有三が、彼の文学経歴の中で社会的意味の大きい「波」「風」「女の一生」等を生み出したことも記憶されるし、上司小剣が「東京」という大長篇を思い立って第三部まで執筆したことも見落せない。ゾラに「巴里」がある。震災で古い東京はなくなった。その思い出のためというばかりが、小剣のモティーヴではなかった。社会の渦の中心としての都市「東京」が描きたかったのであろう。しかしこの大長篇が、完成されなかったということも同時に記憶されることである。広津和郎がこの頃盛に書いていた連載ものの一つに「女給」というのがあった。プロレタリア文学理論に対しては懐疑的な一面をすてないこの作者も、「女給」は、ただ享楽の対象としてではなく女が働いて生きてゆく形として、三上於菟吉その他の大衆文学とは異った面から描こうとした。「田園の憂鬱」「都会の憂鬱」の作者佐藤春夫が執筆していた「心驕れる女」という通俗作品に登場する人物にさえ時代の空気は流れ入っていた。通俗小説さえその現代性を粉飾する要素として、左翼的な若い男女の行動や心理を、歪め、誤解し、逆宣伝しつつその中にとり入れていたのであった。

　両性問題がこの時代のように社会関係と道徳の建て直しの意味で広汎に論議され、広汎な現実で試みられた時期は、おそらく明治開化期以来なかっただろうと思う。

　第一次大戦後の経済恐慌によって未曾有な失業の問題が社会の前面に立った一九一九年以後、男女の失業、生活難による婦人の貞操問題がやかましく云われて、当時創刊された『婦人の国』などは「貞操十字軍の高唱」を標語としたほどであった。同時に、生活難に対する政策の一つとして、産児制限が常識のうちに当然のものとして地位を占めるようになったし、女にばかり向けられて来た「貞操」というものに、科学的研究が向けられるようになった。『青鞜』の時代、人格の問題としてだけ扱われた両性問題は、山川菊栄の訳した「結婚難・離婚流行の社会的研究」を『女性改造』が特輯したり、ベーベルの「婦人論」、エンゲルスの「家族、私有財産、国家の起源」などを背景として、婦人の社会的境遇と両性関係は、全く社会科学の光りに照らされはじめたのであった。山本宣治の生物学を基礎とした性科学論。法学博士浮田和民が生物学的立場から両性問題を進歩的に見ようとした「新道徳の中心問題と婦人の解放」。評論家厨川白村は、「近代文学十講」を書いた平明流達な筆致で、エレン・ケイの思想から一層社会性を稀薄にしたロマンティックな恋愛論を発表し、三宅やす子が、日本の習俗として、女に辛い未亡人の立場を反駁した「未亡人論」など、ひろく流布した。

当時三宅やす子の平明な人柄や常識性が、一般家庭の婦人の前進性の一番近い啓蒙となったことは肯ける。しかし、「未亡人論」によって因習とたたかって立った三宅やす子は、その後十余年のジャーナリスティックな活動とその成功のうちに、いつしか、彼女自身のうちに根づよくあった旧套に足をうばわれた。自身の生活にある両性関係の現実においても、窮極は、独立している女の自由というものの解釈において、田村俊子の後期の作品に表白されたと同じ卑俗に堕した。「一本立で、可愛がるものは蔭で可愛がって、表面は一人で働いている方がどんなに理想だかしれやしません。」婦人の幸福というものがそこにあり、その形でよいものならば、抑々三宅やす子は、何のために「家庭は家庭」として妾をもつ男の性的放縦とそれを許している社会の習慣に抗議したのであったろう。「偉い男がお雛妓を可愛がる。そのように女が男を可愛がって何故わるいのだろう」そう云って、素性もいかがわしい若い男をひきつけて暮すのが婦人の自由の確立であったのなら、逆の隷属物としての女を、未亡人の立場で非人間に封鎖して来たえらい男の自由を、何の根拠で咎めるのであろう。女としてすこし明るい常識に立つ発言でジャーナリズムにおける常識の指導者となり、その成功の果は、菊池寛が陥ったと全く同じな社会悪に対する感覚欠如に陥った三宅やす子の生涯の後半は、無限の教訓にみちている。

時代の内容は複雑であった。両性問題についてもはっきり、階級の姿が見られた。失業と生活困難とを根底において、ルンペン的になった小市民層の男女の感情は、当時の急進的な見解が小市民層というものを規定した簡単な否定的な評価に反撥して我から虚無的になり、旧い道徳の規準は破れたが、未だ新しい道徳は確立されていない性問題に虚無性を結びつけて実践して行った。失業と生活難をよそに有産有閑の男女には戦後の経済変調によって失われてゆく従来の家庭の安定性の崩壊があり、不良良人のためには、慣れっこになった芸者ではないステッキ・ガールと呼ばれた若い街の女たちがあらわれた。不良マダムという名のもとによばれた不幸な妻たちの周囲には、彼女たちの空虚にくい下る各種各様のとりまき男が出現した。

これらに対して、昔ながらの勤労と家庭の負担にくるしむ勤労階級の婦人を、男への隷属から解放するためには、その形こそちがえ男も女とともに、その束縛の下に挫（ひし）がれている資本主義社会の矛盾とその悪い伝習とをとりのぞかなければならないとする社会運動の努力に若い男女の熱意が傾けられた。そのような進歩への努力の道すじにおいてさえも、日本独特な過去の伝統が微妙に作用した。新しい世代の性道徳が建設されるのは、つまるところ新しい社会の招来以外にない。そのために生じる闘争の必要のためには婦人の貞操は一箇の私なものとして扱われるべきではなく、大きい階級の利害の下に歩み踰（こ）えられて行かなければならないものという考えかたが、一部の左翼的男女の間に生じた。本来、両性のいきさつを、よりひろくより健全な社会共同・男女連帯の責任の上にうち立てて行こうとしている筈の動きの間に、林房雄その他によって、ソヴェト同盟の革命当時、ブルジョア貞操観念に機械的に反撥（はんぱつ）したコロンタイ（＊）の「赤い恋」「偉大な恋」などが紹介され宣伝された。コロンタイの性関係に対する解釈は、既に当時ソヴェト同盟では批判され著書も売られていなかった。それだのに、日本の当時に、一時期にしろそういう誤った考えかたがつよい影響をもったのは何故であったのだろうか。

ここにも日本の旧いものと新しくあろうと欲するものとの間の錯雑した矛盾があらわれた。社会の経済、政治、文化、生活全般に亙るより健やかな関係の設定の可能が、どの程度具体的にあらわれているか、その段階に応じて期待される両性関係の改新だけを、観念の上で性急に局部的に解決しようとしても、それは現実的でなかった。しかも階級闘争の必要のためには、婦人の貞潔などは拘泥されるべきでないと云ったそれらの人々が、育ち、生きて来た伝統そのものは、昔ながらの日本の封建的な男の身がっての習慣であった。新しい言葉で云われるその階級の必要ということで、女性の貞操に対する従来の宗教めいた考えかたを否定するにしろ、それは、男性の側から、やはり奥底では昔ながらの男の性生活における利己の習俗を、ちがった理窟と形とで肯定する立場で持ち出されていたという複雑な混乱があった。

　時代の振幅はひろかったから、解放運動に身を置いている若い男女の間にそういう問題があったばかりでなく、既に結婚生活に入っている者の感情にも、過去のしきたりが自分たちに強制した結婚や家庭生活に対して、公然の疑問と反撥をもって、古い狭い枠を犇々と押したのであった。

　片岡鉄兵の「愛情の問題」という小説は、当時、階級運動に従っていた男女の一部にあった誤った性関係の見かた――闘争への献身は、性的交渉について、女が自主的に選択し判断してゆく権利を棄てることである、という考えを、そのまま書いた作品として批判された。

　これに対して、窪川稲子の「別れ」は、荒い波の間に闘いながら互の愛を守ってゆく夫婦の物語がかかれている。同時に「別れ」は女が母となる、という自然なよろこびさえ、当時の活動の条件では自然なよろこびとしてうけとれなかった痛苦の物語でもある。

　この時代をめぐる前後の十年間に、家庭内の取材から次第に社会的な題材へと取材の輪をひろげて来た野上弥生子は、一九二八年（昭和三年）から長篇「真知子」を発表しはじめた。

　東京の上流とも云うような生活環境に育っている真知子は、帝大文学部の聴講生だが、何ぞというと身分とか体面とかを令嬢としての彼女に強いる家庭と、その周囲の生活気分に絶えず苦痛を感じている。友人の米子が、経済上の理由から聴講をやめ職業につくことになったのがきっかけで、学外の左翼活動に入って今は学生でなくなっている関三郎という人物と知り合う。作者が関という人物を、どう描き出しているかということが興味をひく。東北の或る村の水車小屋の息子として彼は生れた。そして、社会発展の歴史の新たな認識は血の問題だという信仰をもっている。彼が下宿している窓の下に脳病院があって、そこから聴えて来る狂人の咆哮を、関は寧ろ痛快に感じて聞く。はじめは純文学の仕事をする積りだったという関、階級闘争に参加している一方ではギリシャの古詩を愛読しているということを、関の性格を語るモメントとして、作者は描いている。

　関との初対面で真知子のうけた印象は、何て威張っているのだろうという気持と「変な不快さと気味悪さ」に交って「額と眼に特長のある蒼白な容貌には」文学をやっても屹度出来たのだわ、この人なら。と思えたという感想である。真知子をとおして代弁されている作者の、当時の青年の一つのタイプに対する感覚も面白く思われる。

　河井という考古学専攻の資産家の息子から真知子に対して示される関心、やがて彼からの求婚、それに対する周囲の卑俗なよろこびかたに対する反撥が、次第に真知子の心に関の存在をあざやかにして、彼等の生きかたへの好奇心と共感とが高まって来る。河井の求婚をことわった原因として、関との交渉を陳腐に臆測されたことが却って二人に心理的に作用し、真知子は遂に関に向って告げる。——「いつだって考えていたのです。今の生活から私を救い出してくれるのはあなただってことを。あなたに依ってだけ、私は生き直れることを。——」

　関が、当時らしい考えかたで血の問題と云っている出身階級の相異の点も、真知子は愛の力で克服し得ると信じる。関は真知子の愛を知り、自身の愛を認めながら、「もっと意地悪になれたら係蹄にはかからないんだ」と、ブルジョア出身の真知子との愛を係蹄と見るような考えかたを持っている。その場で愛の全幅的な表現を求める関を、真知子は「あなたと結婚した以上もう家には帰らない。——女の潔癖。この気持、男のあなたには分らないのよ」と明後日の晩、すっかり家を出て来る約束をする。約束の日の朝、米子の突然の訪問で、真知子は今日の関との結婚を告げたが、米子の白く膠着した唇から洩れた一言は「——あのひと私とも結婚してる筈だわ」という言葉であった。しかも米子は、関との間の子供の母となろうとしていた。

もしこの事で関に失望しないのならこのまま自分は大阪にかえってよい、という米子を、真知子は説得する。「生れて来るものの為にも、あなたの為にも、寧ろあのひとのためにも」関から離れてはいけない、と。そして「私はもうあの人を愛しちゃいないんだもの。はじめから愛してたんじゃないのかも知れないわ——多分。愛してたとすれば、あの人じゃなく、あの人たちの考えかただったのよ」とひどく観念的に飛躍した心持におかれるのである。

他の作品では極めて用心ぶかくリアリスティックであろうとして来ている作者が、この作品では関という人物も真知子も観念的に動かし、飛躍することを許しているところは、今日読者の関心をひくところである。深い混乱は、婚約破棄の場面で関と真知子とがとり交す会話に一層まざまざと浮上って来る。

「少くとも君に対してどんな悪いことを僕がしたんです。君は僕を好きだと云った。僕を踏台にして環境を飛び越えようとした。僕も君は好きだ。君の飛躍に手を貸そうとした。それだけ」関は、大庭米子のこともし真知子が訊いたらば話したであろうという。大庭への愛情は「亡くなった大庭（米子の兄）に対すると大差はないので、勿論君に感じるものとは性質が異っているから、僕自身としては気持に矛盾はない。努めて君をさけようとしたのは」と関の持ち出すのは、「個人は常に無であることを必要とする生活に、最も個人的な恋愛を入れるのは、どんな形においても無理だ」という考えからである。それが活動の妨げになる実例を関は見て来ている。大庭とのことは、「彼女が大阪へ行ったことは結末がついたようなもんだから」というのが関の云い分なのである。

一人の女性が否定的な環境から脱皮しようとするとき、その飛躍に手を貸す友情的な助力が結婚と同義語的に見られ得ることとなのだろうか。又、男同士の友情の延長だと、その妹に子をもたせるような関係に入ることが自然な人間性だとでもいうのであろうか。まして、米子が大阪へ行ったから、もうけりはついたと思ったという関の情理の粗末さは、あり来った男の無責任とどうちがうだろう。関のこれらの判断は混迷して非条理であるし又人間らしくもなければ、自覚ある男らしくもない。恋愛というものの内容に何の新しい本質も見出さないままで、ただ「私的」問題とされていることなどについて、作者は分析も疑問も与えていない。大庭との恋愛のいきさつについても作者は関を追求し得なかった。作者の観察と勉強によって作中につかまえられて来た関は、遂に作者の手に負えずそれはそれ、としたまま、真知子が「全女性のものであった憎みで」次のように叫んだことに作者としての感動を合わせている。「女がひとりで母親になれるとお思いになるんですか。あんたは望みもしなかったことを米子さんだけ望んだと仰云るんですか」と。ここで、テーマはいつの間にか、嘗て『青鞜』がそこを脱出し得なかった社会の段階へ、捩り戻されているのである。

人間のみんなから貧乏をなくするように、こういう女の苦しみもなくなるのでなかったら、何になるだろう。斯んな思いで苦しむ人が一人でもいる間は、どんな見事なくみ立てで未来の社会が出来上ろうとも、真知子には、決してそれが完全な社会ではないと思えるのである。

真知子の、この半分ものがわかり、半分はまるでものの分っていない疑いに答える関の言葉には、極めて真面目に歴史の中にとりあげ、見直されなければならない重大な錯誤がふくまれている。「人間に病気があるように、貧乏のない社会が来てもその種類の苦痛は多分残るでしょう。併し個人的な、特殊な限られた場合に於ける私事にしかそれは過ぎない。その日の民衆のかち得ているものや幸福、それを実現させているものに関係ない筈です。例えばこの社会で、どの家の誰かゞ歯痛に悩んでいることが、一般の飢や失業と関係はないのと同じで。——もしそれを何か関係があるように考えたり、一小部分の現象で全部の構成まで否定しようとしたりするのは、過去の個人主義的迷妄ですよ。」

　歴史の現実の歩みは、関の説明とは全く反対のものである。人々のかち得るもの、幸福と呼ばれるものの実体のうちに金銭問題以外に男女の生活の面で、過去の気まぐれで無責任であった関係を、より社会的な感情、社会的な責任ある連帯、社会的な施設に高め実現してゆくそのことがふくまれていなくて、何の幸福があり得よう。感情にはっきりしたよりどころもない性的交渉で、私的に生れようとする子供を抱えて、一人の進歩を希う若い女性が個人的に苦しむという状態が、そのままで「一小部分の現象」として、合理的の社会の全部に無関係にはめこまれて在るというような逆立ちした見とおしは、そのものとして全く奇怪である。階級の根絶ということは、階級社会のすべての社会悪の否定である。決して決して唯「貧乏がなくなる」というだけのことではない。社会生活の発展の現実は、各個人の感情そのもののうちにある過去の分裂を、統一に向わせるものではないのだろうか。物質的条件に立って実現する精神と性格の新しい展開こそ、人間の歴史のよろこびであるのではないだろうか。作中の一人物として、社会歴史の現実的展望を根本から誤って見ている関を典型として、その誤りに立脚してくりひろげられる関の思索に対立して「人間がめいめいの意欲をどう清算してゆけるか、その疑いで立ち往生した」真知子が全面的に正当とされている。読者の心にはつよい問いが湧いて来る。そういう関を分析し得ない作者として自然真知子のその疑問が導きのこされたのであろうか。それとも、真知子のその発言が表現されたくて、作者は関の非条理を許して来ているのであろうか、と。

関と結婚するつもりで家を出た真知子には、その関を否定した今、此（これ）からの自分がどこへ行くべきか分らない。わかっていることは唯関について行けないということだけである。真知子は、地方の町へ赴任している姉の婚家へ行ってそこに滞在した。かつて彼女から求婚を拒絶された河井が偶然その地方へ考古学上の発掘に来て再会する。彼は時代の激しい潮流に対しても、生ずべきものが生じつつある、と観（み）る人間である。「どんな社会でも、自分たちの過去ははっきりさせる願望を捨てないでしょうから」と専門の学問への確言をもちつつ「正直なところは、当分何事も起らないで、やりかけのものを落付いて続けて行ければそれが私には仕合せなのです」というのが河井の生活の感情である。

三月前とは心持の違って来ている真知子は、そこに「人間としての真実を見た」。やがて河井の資本系統の会社にストライキがおこり、それを知った真知子は、急に東京へかえる気になった。その汽車の中で河井が会社を職工の共同経営にまかし、研究所だけをのこして不動産の殆ど全部をなげ出すことにしたことを知らされる。真知子の周囲のものたちは、殆ど破産した河井と結婚しなかった彼女を「運の強い方よ」とよろこぶのであるが、「この時ほど河井に対する彼女自身の隠されていた愛を、はっきり感じたことはなかった」というのが、真知子の心の結果である。

米子は、自分たちの生活にある矛盾も不自然も遠いいつかは矛盾でなくなり、不自然でなくなるという漠然とした期待はもちながら、現在の悲しみによって一層関に結ばれている自分の心持を肯定し、その心持は「関に関係はないわ。私ひとりのこれは感情だもの。苦しむのは勝手に私が苦しむのだし、関までその中に捲（ま）きこみたくないの。そんなことをすればあのひとは私を軽蔑（けいべつ）するわ。あのひとを愛することが、絶えずあのひとを束縛することになるのだから、そんな愛されかたをする時間は、あのひとには当分ないのだわ」という心持のまま、この小説は終られている。この米子の心持のなかに語られている、愛されかた即（すなわ）ち愛しかたの問題こそは、この長篇のテーマにふれたものだけれども、それ以上には追求されないままに終っているのである。

真知子に与えられた世俗的な「運の強い方よ」という言葉は、別な内容として、この一篇をよみ終った読者の胸にも湧く感想ではないだろうか。何故なら、真知子を反撥させていた河井の大資産家としての生活環境やその母の権柄(けんぺい)などというものは、工場のストライキというひとの力で、労働者のおかげでその経済的な根拠を失わされ、真知子にとって、河井の生活へ結ばれてゆく、良心のなだめが運よくもつくられた。河井が自分の工場を職工の共同経営にゆだねるという態度も、真知子の好みにふさわしいし、まして、金にあかした研究室だけは、安全にのこされたということは、真知子にとって余り運がつよすぎることではないだろうか。真知子は、河井に結ばれるように自分の考えのかわったことが「後戻りしたなんて簡単に片づけられるの、厭(いや)なこったわ」と云っている。作者のある心の声がここに響いている。そう感じるのは間違っているだろうか。

作者の意企は、関に会う前の真知子、関とのいきさつの中にある真知子、そのいきさつの破れた後の真知子と、少くとも三つの段階を経て一人の婦人の内部成長の足どりを辿(たど)るところにあったに違いない。けれどもこの一篇の初めと終りとの間に果して真知子の本質的な発展があっただろうか。読み終って考えれば、真知子の時代的な冒険の歩みは、とどのつまりにおいて、彼女に、もとのままの彼女の中流的な物質と精神の必要、好み、時代おくれでもなく急進的でもない、自分にのこされた適合する良人、河井を見出させたハッピー・エンドの物語であるとも云い得る。そして、米子は、真知子の工合よくめぐり会わせのかげに無解決のまま、母となった米子のむずかしい人生はもう作者にとりあげられていない。

この長篇「真知子」は、野上弥生子の作家としてのつよい意図のもとに構成されている作品である。中流上流生活の姿も、常識的に描ける範囲ではこまかく描写されているし、関と真知子、河井と真知子などの間に交わされる会話には、芸術の価値についての論議、学問というものが存在しなければならないその意義についての対談もあり、コロンタイズムへの質疑もふくめられている。生きて動いている時代の脈動に対し、時代的なトピックに対する作家としての積極的な反応を示そうとした力作である。が、その作品の内部に、主観的に客観的につめこまれているはげしい混沌（こんとん）もまた何とこの作家の属している上層有識人たちの歴史的な性質を語っていることであろう。全体としてその混沌はこの階層の歴史的な諸要素を照りかえしながら、同時に、作品を貫いているテーマの発展とその帰趨（きすう）においては、この作家の精神の曲線の特徴的なカーヴが描き出されている。このことも亦（また）示唆に富んだ事実だと思う。

　ホトトギスに、厭味（いやみ）のない、あっさりとしたつつましい作品を発表して以来、この作家はその身辺の事象を作品の中に捉える観察の投げ輪を段々ひろげて、例えば「大石良雄」という作品においては、封建的な観念が忠義を典型とする良雄の復讐（ふくしゅう）という行動の動機を、経済の問題において観察する試みも企てた。

　真知子に到って、この作者の投げる輪は格段と拡がったのであるけれど、投げ輪の行く手を稠密（ちゅうみつ）に観察する読者は、投げられた輪がかなりのひろさに円を描いて社会の事情にふれてゆきながら、その輪はいつも一筋の常識の綱につながれていてやがて落ちついたところは、常に一定の安定した平面の上であることを見出しはしないだろうか。そして、そこに作者の人生態度の動きの原則めいたものを発見するのではないだろうか。一つの文学作品の全過程が、こまかく辿られた窮極において、その主人公と作者とが初めに出発した生活的地点の肯定に帰着するという創作の道ゆきは、注目されるべきところである。「真知子」は、一本の鉛筆で、ひろく大きく輪をかいたが、終りは、描き出しの第一点へ帰って来ている、という作品である。

一九二七年の冬からモスクワに暮していた中條百合子は、この頃から、「モスクワ印象記」その他の見聞記を日本の雑誌にのせはじめていた。一九三〇年の暮れ帰国して、三一年に、プロレタリア作家のグループに所属した。

* コロンタイ　一八七二〜一九五二年。ソ連の女性革命家。『赤い恋』『三代の恋』など、当時の恋愛の新しいモラルを描いた小説を発表し、そのなかで革命運動に携わる世代には、恋愛に多くの時間やエネルギーを費やす時間はないという理由で、愛情抜きのセックスを正当化する考え方を展開。「共産主義社会では性的欲望や恋愛の満足は、『一ぱいの水をのむように』簡単で、ささいな問題だ」という「水一ぱい式理論」としてスローガン化し、ソ連国内でも資本主義国でも、一部の青年のあいだにかなりの影響を及ぼした。

## 九、人間の像

### 一九三四―一九三七（昭和九年以後）

既に一九三一年（昭和六年）満州事変と云われた満州侵略戦争がはじまっていた。一九三二年三月の下旬に行われたプロレタリア文化団体に対する全国的な検挙は、この戦争と決して無関係でなかった。プロレタリア文化団体は、帝国主義の時期に入った日本の侵略戦争が、大衆の不幸であり、特に婦人の涙の谷であることを主張して来ていた。戦争に反対するすべての思想、作品、行為は政府の邪魔として弾圧され、一九三三年四年の初めまでにプロレタリア作家同盟も、演劇も科学者のグループも短歌と人生俳句のグループさえも解散しなければならなかった。大量に、そして長い期間に亘（わた）って、プロレタリア文学運動に参加していた婦人作家が男の仲間と同じように拘禁生活におかれた。小林多喜二が一九三三年二月二十日、築地署で拷問によって虐殺された事件は、文化の上に吹きすさんだ嵐の血なまぐさい惨虐の頂点をなした。

非常に広い範囲で愛読者をもっていた小林の死を知って、組織的な関係はちっともない夫人やよその若い娘というような人々が弔問に来た。が、その人々は、小林の家をとりまいていた杉並警察署のものにつかまえられて、留置場へ入れられた。葬儀さえ、友人たちの手によってはさせられなかった。そのとき、友人代表として世話をした古い仲間江口渙は、あとで検挙されたとき、小林の葬儀委員長をしたことについて、咎められるという有様であった。窪川稲子が、当時新聞に書いた「二月二十日のあと」という短い文章は、仲間たちの憤りと悲しみと、小林の老いた母の歎きの姿を描き出して、感動ふかいものである。

プロレタリア文学の運動は、こうして破壊され、数年来、この文学運動に反対して闘って来た一部の作家たちは、ひそかな勝利の感情を味ったかもしれない。しかし、日本の文学全体を展望したとき、プロレタリア文学がそういう過程で壊滅させられた事実は、文学にとってきわめて不吉な前兆となった。倒されたのは、プロレタリア文学ばかりではなかったのであったから。日本のおくれた近代性のなかで、ともかく世界的水準を目ざしつつ、日本文学そのものの客観的進展に努めて来ていたのは、プロレタリア文学運動であった。日本の人民の自主性と文化の自主性を願って絶対主義支配に抵抗し、文学運動をたたかっていた、そのプロレタリア文学が存在されなくなったということは、とりも直さず、日本文学の客観的な防衛力が文学そのものの領域から奪われたことを意味した。

今日かえりみれば、それからのちひきつづいて文学の世界に渾沌をもち来すばかりであった文学理論、批評の消滅の現象こそ、一九三七年七月中国に対する侵略戦がはじまってから、日本の殆どすべての作家、詩人が、軍事目的のために動員され、文芸家協会は文学報国会（＊）となって、軍報道部情報局の分店となり、日本の文学は、文学そのものとして崩壊しなければならないきっかけとなったのであった。

けれども、当時、このことは見とおされなかった。その文学理論を中心として対立していたプロレタリア作家と既成の作家、そればかりかプロレタリア文学の運動に参加していた人たち自身の間にさえ、プロレタリア文学運動の終熄は、プロレタリア文学に携っている一部の人々への弾圧、反対者にとって小気味よい光景として見られたのであった。そして、一九三二年の春以後は、すべての文学理論から、社会における現実である階級性を抹殺して語られることになった。この転化が単に文学と階級との問題ではないことに十分心づかず、野蛮な権力で、人々の命と生活とその発言とが奪われることの一表現であることを自覚しないで、作家は奴隷の言葉で語りはじめつつ、次第に自身の運命をも奴隷の境遇に導かれて行ったのであった。

一九三四年（昭和九年）頃から随筆文学が流行して内田百閒の「百鬼園随筆」、森田たまの「もめん随筆」などが盛んに流行した。

不安の文学という声に添うて現れた現代文学におけるこの随筆流行、随筆的傾向の擡頭は深い時代の陰翳を語っている。婦人作家の問題に直接ふれて注目をひかれるのは、この時期に入ると、婦人が文学を生み出して行く生活環境に対し、この随筆的気分が極めて微妙に影響しはじめたことである。

林芙美子や宇野千代が、自身の文学出発の条件として、計らざる幸運、便宜と計量したのは、自分が女性であるとともに、放浪した女性であり、給仕女であった女性であるということであった。そのような下積みの環境にある女性の、その暮しの流れをそれぞれの階調で描き出すところに、文学的一歩のよりどころは置かれた。そこには従来の所謂教養ある婦人作家のかたくるしさや、令嬢気質、奥様気質とはちがった、わけしり、苦労にぬれた女の智慧、風趣などが特色として現わされたのであった。

ところが「もめん随筆」のあらわれる頃から、婦人と文学の社会的な関係が、云わば逆転した形をとりはじめた。文学というものは婦人の生活との結びつきで、再び一種貴族趣味の、或はげてものめいた趣味、粉飾となり始めたのであった。「もめん随筆」などはその点で典型をなした。女心というものの扱いかたも、或る種の男の世界を対象として、そこで評価される「女心」のままにポーズして行っていて、天然欠くるところない女に生れながら女の生地を失って、「女形」の模倣するような卑屈に堕した。

神近市子というようなひとまで、この頃書いた故郷の正月を語る文章の中では、故郷の旧家の大仕掛な台処のざわめきの様を、愛着とほこりとをもって描くようになった。『青鞜』の日、若いこの婦人評論家は、その旧家の保守の伝統と重さに反抗して上京もし、生活の幾波瀾をも重ねて来たのであったのに。

岡本かの子が、多摩の旧家の﨟たきめの童としての自身を描きはじめたのが、この時代からであることも意味ふかい。

「不安の文学」が、不安にも徹しないで、やがて文学のうちそとでは、能動精神ということが云われはじめた。当時の日本の治安維持法という野蛮な暴圧のある社会。そのために文学における社会性階級性の問題も一九三三年以来はまともにとり扱われることのなくなった当時の日本の文学に流れ入っては、全く独特な変調をとげた。不安の文学という声が響いて以来、すべての中間的なインテリゲンツィアの心理に瀰漫した思惟と行動との不統一、分裂は遂にその低迷と無気力とで人々を飽きさせて来た。その沈滞を破ろうとする、「行動主義の文学」が求められ、能動精神が唱えられて来た。しかし、フランスを中心としておこったファシズムから文化を守ろうとし、人間性を守ろうとした人民戦線運動が、小松清その他によって日本に紹介された当時から、反ファシズムという、きわめて重大な民主的政治的文化活動の基本になる政治性つまり階級性というものを、日本での提唱者は極力抹殺した。文化文芸における人間復興の希望も、現実的に一貫した方向をもち得なかった。真の人間らしさ、輝やかしい人間性の群像からみれば、頽廃そのものは一つの非人間的な社会現象であるにも拘わらず、頽廃の人間的肯定をいう高見順の作品のような文学現象も見られた。人間らしいものと人情的なものと混同。人間の機能のうち感性的な面だけを自覚しそれを主張する生命主義的な傾向、所謂「知性の彷徨」の正当化。それらはすべて人間肯定の名によりながら、結果としては、各人各様の主観的な文学上の主張により立たせることとなった。川端康成の模造された美の文学世界。武田麟太郎の世塵の世界。北條民雄の死と闘う病者の世界。坪田譲治の稚きものの世界。尾崎士郎、石坂洋次郎などの作品とそれに背中合せのような島木健作の所謂良心的作品、阿部知二の「知性」の文章の世界などを展開させた。それらの種々雑多な作品の主観的な主張に対して、文芸批評は殆どその本来の性質を失っていて、客観的に社会と文学の統一的な現象としての作品研究や、評価にあたる任務に堪えなくなっていた。「批評文学」などという呼び名を生んだ随筆的批評の傾向さえ現れて、批評家たちは十何年も昔平林初之輔や青野季吉、蔵原惟人等によって、やっと、客観的な文芸の批評の基準がきずかれた貴重な到達点を、放棄してしまった。人間復興の声が、当時の社会の雰囲気のゆきづまり渋滞を破ろうとする要求から、文化の楯として要望されながら、人間性の恢復、人間主義の思潮にとってルネッサンス以来歴史的な本質であった批判の精神をすてていたことは、どんな声も無駄にする欠陥であった。自己愛護から批判精神を肯定克服出来なかったことは、日本の現代文学が、その後ひきつづいて陥った悲惨な過程の重大な動因をなしている。治安維持法は外から、文学の内部からはその法律の兇猛さにおされながら、しかも自分たち文学者が理性を喪失するのは、自分たちの責任ではなくて、これまで、社会性階級性を文学に強要したプロレタリア文学に対する正当な「人間復興」の一部分だという風な考えかたは、果もなく現代文学を崩壊させた。

　過去の日本文学のジャンルで、「随筆」と云われたものは、評論に期待される批判精神の骨格を求めず、小説に必要とされる構成も求められなかった。構成の本質は現実把握である。随筆流行が、決して、その時代の真剣な文芸思潮の高揚を語らないのは、世界の文学史をみてもわかる。気分や雰囲気を中心としてかかれる随筆的傾向に応じて出現した婦人作家が、社会的感覚において旧套に服しているのもさけがたいことであったかもしれない。間もなくこの「人間復興」の声が戦争進行の怒濤の下に巻き去られ、「生産文学」という方向へ動いて次第に文学作品から人間生活の像が追放されはじめた。戦争遂行のために生産は高められなければならず、農民は忍耐づよい増産にいそしまなければならず。この時代に間宮茂輔によって提唱された「生産文学」、有馬頼寧を頂く「農民文学」の会などは、すべて間接に戦争協力の方向に立った。やがて全く自主の世界を喪った純文学が、文学の外のよりつよい軍事的な政治力にすっかり圧倒されて、文芸協会は文学報国会となり軍情報部と情報局の役人をその理事に頂く有様となった。数年前は若い女性のために新しい場面を提供した『女人芸術』もその自由を萎縮させてしまった。これらの時期に送り出された何人かの婦人作家たち、例えば川上喜久子、小山いと子、岡本かの子などが、その創作のモティーヴにおいて、それ迄の人々とは著しく異った要素をもって来ている事実に注目しなければならない。

　嘗て横光利一が文学における高邁な精神ということを云った。だがその現実は、社会的生活者としての人間とその文学における思考と行為の収拾しがたい分裂への降服の叫びであった。現代文学は、この時期に入って益々そのギャップを救いがたいものにし、作家の「作品に対する意欲の烈しさを求める」という風な表現に転じた。一人の作家が人間として生きるどのような真実、実感、リアリティーを作品の世界に再現しているかという点は重要視されず、作家がどんな意欲の逞しさの自意識で題材に面しているかという点がとりあげられ、それは作品の生活的真実即ち文学的現実と切りはなして云われた。この創作心理の断層から、題材主義の文学が簇出し、生産文学というものにもなって行ったのであるが、この文壇的雰囲気が川上喜久子という一人の婦人作家の創作態度に反映した。そして「滅亡の門」その他が発表されはじめた。

「滅亡の門」が発表されたとき、室生犀星は評をして、作者の一生懸命な力みはわかるが、女が男の真似をするにも及ぶまい、女は女のことを書いて欲しいという意味のことを云った。男性の作家が、婦人作家に対するゆとりで、女は女のことをと、一段下につきはなしてみれば、川上喜久子という作者と作品との血肉関係の不自然さをとらえ得る室生犀星その人も、自分の作品に向うとその制作態度が、やはり時代的な意欲の逞しさに作用されて、偽悪の世界に四股をふんでいる姿であったのは面白い。

数年前『婦人公論』に短篇を発表した時代の小山いと子は、その作品のテーマを、意に添わない家庭生活の中に生きる女性の苦悩において描いていた。ところが、婦人作家がそういう題材を選ぶときまって日常生活の中で周囲からの世俗的できびしい悶着をおこし、少くない面倒をかもし出す。そんな理由からも、小山いと子という作家は段々「熱風」や「オイル・シェール」を書くように変化して行ったのであろうか。

この作家は、特長として、自然発生の生活力をもっていて、一種の行動性もある。おさえられている環境のために、絶えず刺戟され発熱している人生衝動がひそんでいる。そのためもあって、多くの婦人作家たちのように、あの気持、この気持を綿々と辿って、そこに女の文学と云われる曲線を描き出してゆくような文学境地を狭く息苦しく感じるらしい。そして、よりひろい空間と、よりひろい社会の場面に自分をふれさせ其を描きたい欲望が、彼女を「熱風」や「オイル・シェール」に向わせた。その意味では、婦人作家の中の異色ある性格として、積極に見られてもいいであろう。しかしながら、彼女がそういう作品に関心を示しはじめた時代の、戦争が万事であった日本の侵略的空気、技術も文学も、外国そのものさえ軍事目的をもって考えられた時代を背景として見た場合、彼女の題材の拡大には、文学上周到な省察が加えられなければならなくなって来る。

「熱風」にしろ「オイル・シェール」にしろ、婦人作家としては珍しく、見知らぬ外国を背景として、そこでの日本技師のダム工事にからむ事件や人造石油製造工業技術の発展に絡む人事などが扱われている。作者は熱意をもってそれらの事件の経緯を調べ、可能な限り見聞をあつめて描いているのだけれども、それらの作品が、題材負けしたことと、登場人物の心情が、生ける人間の姿として読者に迫って来ないことなどを共通な弱点とした。これは、何故であったろうか。

日本の女性全般が今日の社会生活の中でその肉体と精神を絡めとられている矛盾が、この作家一人の成長の道の上にも、深刻な困難として横わっているのが見られる。第一、この作者小山いと子が屢々創作慾を刺戟されているような巨大な土木工事というような社会的建設の複雑な場面に、日本の女性はどんな必然のつながりを持った経験があっただろう。日本にはまだ婦人の建築技師さえ出ていない。「支那ランプの石油」の著者アリス・ホバードが、アメリカの一女性として、スタンダード石油会社の勤人の細君として、中国で経験しただけの経歴さえも、日本の女性は持っていない。良人とともに外国住いした日本の妻たちは「あちらの婦人なみ」に話し、身じまいをして、彼女等のマンネリズムに順応するだけが精一杯でやって来ている。西欧の近代ブルジョア文化は、模倣に熱心な日本の女性にさえそんな苦労をさせるほど、物質的に、精神的に日本に先行しているのである。中国、朝鮮などに、日本の侵略と無関係なただの一人の日本婦人も行ったことはなかったと云えるような悲運におかれているのである。それかと云って、調べた文学として、題材を研究し調査しただけで、作品のリアリティを生むほど、日本の婦人作家は諸工業、技術、技術者の心理というものに通暁しているだろうか。その答えは、今日の日本の文化全体の水準から見ておのずから明白であろうと思う。ソヴェト同盟の老婦人作家シャギニャーンが、三年の間、日夜その事業の進行と共に建設する人々の中で生活して「中央水力発電所」という小説を書いた。婦人作家として、社会的条件の上で可能とされている、そのような情熱の具体化の道は、半封建の日本で小山いと子の前に開かれてはいないのである。「熱風」のような題材には、表面にあらわれた事件として作品に語られているいろいろのいきさつのもっと奥深いところに、決定的な事情として横わっている国際間の政治的な支配力と支配力との間の微妙な動きについての洞察が、文芸以前に現実をつかむ予備知識として作者に求められる。

歴史の現実に立つ社会関係、国際関係、その間に悩む人間関係等についての理解のせまさから、めくら蛇におじず風に謙遜でなくなって、現実への畏れを失い、作者の我が思うところにしたがって勝手に生活的真実を料理してゆくことになっては、作者が望むと望まないにかかわらず、「生産文学」が今日の社会と文学の現実に対して犯したと同じ誤りに陥ることをさけ得ないのである。

小山いと子という作家が、いつも勉強した題材によって作品を描こうとして小さい自分の身辺にからまるまいとする欲望を示していることは、十分注目され、鼓舞されなければならないと思う。それにもかかわらず、この作家は、自分の野望のたくましさと、それに矛盾する日本の社会的条件のわるさについて、あまり関心がなさすぎる。云わば呑気すぎ、無智すぎる。そういう社会的な理由に対する作者自身の無自覚に加えて文学の世界の人々は「熱風」や「オイル・シェール」の文学的失敗の結果についてだけやかましく云って、只の一言もその作の貧困をもたらしている日本の社会文化生活の貧困条件について、いきどおらない。このことを、私たち婦人作家は深く銘記させられる。小山いと子の貧寒は同時に日本の全作家が、男女にかかわらず、その生涯にわけもっている近代作家としてのマイナスである。そのようなマイナスを与え、一人のアリス・ホバードも、一人のパール・バックも生れ出られない旧い日本の生きかたに対しては、鋭いと思われ、思っている室生犀星の神経さえ一向に働かない。彼はただ女は女のことを書くように、と云えただけであった。新しく文学に登場した新しい失敗から、文学者のためになる批評、文学を発展させる能力となる反省は一つも導き出されなかった。「女は女のこと」と云われるとき、小山いと子の心に何が浮んだであろう。彼女は再び出口のない女の歎きにかえるしかしかたがないのであろうか。そして、その歎きを真実打開しようとする努力も失って、歎きさえ女の一つのしなのように描き出す修練に、文学をすりかえなければならないのだろうか。小山いと子が困難な前途において、彼女の生活力をどう発揮し自身の精力的な文学上の野望と殆ど歴史的な矛盾を、どう処理してゆくかということは、決して一人の小山いと子の問題に止らないのである。

この時代の日本の文学が、数年の間「人間復興」の声をあげつづけながら、社会と文学認識の封建制、軍事性に負けつづけ、ヒューマニズムの文学、能動精神の文学、より社会性のある長篇小説と求めつつ、一歩一歩と、文学の中から人間らしさと文学らしさとを喪って行った姿は、殆ど涙せしめるものがある。社会性を否定して、どんな生きた人間の心が描けよう。どんな人間も社会と階級以外のところに生きてはいないものを。長篇小説と云えば、バルザックをとりあげてみないまでも活社会の活人間を描く力量が必要である。人間をつかまえ切れない当時の長篇小説への欲求は、忽ち題材主義に赴いて、人間の生ける心情の追放となって行った。そして、この社会の現実として現れる人間関係を文学の中に生かす努力を放棄した敗北的な作家の専横とでもいうべきものは、一面では生産文学を生み出すとともに、他の反面では、一見正反対のようなロマンティックな芸術態度を生むきっかけとなった。それぞれの側からだけ見れば、生産文学と岡本かの子の濃厚な自己陶酔とはまるで異った世界をつくり出しているように見えながら、実は不幸な背中あわせの時代的双生児で、共通の一本の脊骨は、現実探求の放棄、創作過程における作者の恣意という因果で繋がれていたのであった。最近の二三年間に、特殊な歌人作家岡本かの子は彼女の命のあやを吐きつくした。この婦人作家の独特さは、現代の文学が一九三三年以後とめどもなく駈け降りつづけた異様な「人間肯定」の坂道の上にまき起った真空に、吸いよせられて、そこに咲き出したものであった。

『青鞜』の頃既に歌人として歌集『かろきねたみ』などを著していた岡本かの子が、小説の仕事にとりかかりはじめたのは、昭和七年ごろ、外遊から帰って以後のことである。

彼女にとって「初恋だ」と云われていた小説が、この時代に開花しはじめたについて、どんな内部の展開が経過されたのか、略伝に記されているとおり、外遊が薬となって利いたという点もあるにちがいない。ひろめられた見聞によって自分の情緒の世界に確信が与えられたということもあるだろう。多摩の旧家の愛娘で、小作人たちなどとは、言葉など交したりしないものとして育った一人の特殊な天稟のかの子と、「町の画家で生活を派手にするばかりに」十二のときから絵を習わされ、「あの円い膝にすがりつき心の底から泣くそのことによって過去世より生みつけられたこの執拗な捨鉢な道化者の心がさっぱり洗いきよめられる」ことを願って結婚した良人との生活で、この作家の経た心の風波は激しかった『かろきねたみ』に詠まれているように、

「いとしさと憎さとなかば相よりしをかしき恋にうむ時もなし」

いとしさと憎さの半ばする漫画家岡本一平との結婚生活の七年に、「愛のなやみ」の身を捩るばかりの感情世界をも経た。

「なやましき恋とはなりぬうらめしさねたましさなどいつか交りて」

「我が許へまことふた丶びかへり来し君かやすこし面変りせる」

　更に七年を経て大正十四年にまとめられた『浴身』では、「かの子よ、汝が枇杷の実のごと明るき瞳このごろやせて何かなげける」と、自身を歎じた悩みの時代はすぎたように見える。何か内的な展開がもたらされた。そして、このころからこの女歌人は、

「春寒にしてあしたあかるき部屋のうち林檎の照りをとみかう見つゝ」とうたい、やがて、そのリンゴの可愛さにひかれてリンゴを持ったまま朝湯につかっている女としての我が心のはずみを、我からめで興じ、いとしみ眺める域に歩み入っている。この時代に辛苦であった経済事情も、ある安定を得たらしく見られる。

「おのづからなる生命のいろに花さけりわが咲く色をわれは知らぬに」

「花のごとく土にし咲きてわれは見むわが知らぬわれのいのちの色を」

　昭和四年外遊の前に出た『わが最終歌集』では、

「舞ひ舞ひて舞ひ極まればわがこゝろ澄み透りつゝいよよ果なし」

と、成熟感が自覚されている。

　昭和十一年に晩年の芥川龍之介が登場する「鶴は病みき」が『文学界』に発表され、岡本かの子の作家としての出発が開始された。続いて「母子叙情」「金魚撩乱」「老妓抄」「雛妓」「丸の内草話」「河明り」その他昭和十四年の二月に急逝するまで、彼女の作品は横溢的に生み出された。

「をみな子と生れしわれがわが夫に粧はずしてもの書きふける」

とよむ状態のうちに送り出された。

　この作家の世界の特色は、作品の量の多産とともに、溢れる自己陶酔、濃厚な色彩の氾濫、「逞し

い生きの力」などとして見られる。同時に、このように生命力の多様な発現の姿に興味を示した作家の世界が、そのつよい色彩や濃い描線にかかわらず、いつも一種の暗さと頽廃を伴っているのはどういうものであろう。生命のあらわれ、その躍動として、人間万事のいきさつを見るこの作家は、それを全く自分の感性の世界においてだけ感じとり、くみ立てた。動き、進み、古葉をどんどんおとして更新しつつある歴史の足どりのなかに、それに相応ずる発現として「いのちの力」を把握する能力をもたなかった。従って、岡本かの子の主観的ないのちの感覚は、はげしさにかかわらず、自分一個の経験範囲、その伝統、その限界を超えることがなかった。その経験、伝統は、かの女によって少からず誇りをもって語られる旧家「しにせ」の環境であり、それは、どんなに溌剌としていそうでもつまりは旧い皮袋につめられた酒であった。高揚の状態が目ざましければ目ざましいほど、そのあてどない生命力の燃焼のかげは濃い頽廃に息づいた。「渾沌未分」にしろ、「やがて五月に」にしろ「母子叙情」においてさえも。

　このように、明るそうでありながら真実には暗い岡本かの子の文学の境地は、まざまざと当時の「人間復興」の不幸な本質をてりかえすものであった。いのちあふるる美しさとよろこびとは、それが人間生活のたゆみない営みの上に、何かよりよいもの、より幸福になる力としてふりそそぎ、つちかわれ育ってゆくからこそである。人間の溢るるいのちが、かの子の芸術におけるように、ひたすらに溢れ、夜もひるもあふれ虹を立て風にしぶきながら、しかもそれ以上は何の積極の作用も現実生活にもたらさない流転であるならば、旺なる横溢そのものに、哀愁が伴い虚無感が伴いそして恐怖がある。岡本かの子は、意味のわからない生命のあふれ、その浪費に頽廃と美しからざるものへの悲哀を感じれば感じるほど、一層はげしく一層身も心もうちかけて、現象的ないのちのあふれに美を装い、その人工のきらびやかさで暗さと恐怖をうち消そうとしたように見える。岡本かの子は、自分の心を休ませないそういう切ない熱望を、芸術的情熱という風に自覚し、更にそれを古風に、誇るべき家系の負担として語っている。それ故、かの子は、底に悲哀を湛えた自分のこころが追い求めている美への耽溺を、自己陶酔という評言で批評されることに反撥した。彼女の旺な生命力の讃美を、あてどのない氾濫から導き出して、それをいくらかでも生きるに甲斐ある現実人生の営みの上に、うち立てさせようとする理性の批判や暗示をきらった。たしかにそのような批評は、彼女の身について益々醗酵しはじめていた生の饐えた香り、美が腐敗にかわる最後の一線で放つ人を酔わす匂いをさますものであったから。そして、芸術家として、最も主観性のつよい、従って、己れにたのむこともつよい彼女はわが身のまわりに花環のような讃美というものをこのんだから。

　当時の「人間復興」が、人間のよって生きる歴史や社会との複雑な関連を無視していたために、どんな悲劇的な形で人間性氾濫に陥ったかということは、岡本かの子の文学の、撩乱たる空虚を例として、痛切に感じられる。岡本かの子の急死には、哀憐をさそうものがある。彼女が、作品に、また感情波瀾に、いのちをあふらしつくした最後の数年間は、色彩と影ばかりであった。実は空虚な横溢に、かの子は実在と感じていた美をもって追いかけ、それを内容づけようとし、云わば虚無と人工との競争であった。しかし、人生のリアリティーには作為をゆるす限度があった。その努力が、どんなにいじらしくあろうとも、虚構は真実にうちかてなかった。最後に、岡本かの子をのみこんだ淵は、彼女がその色濃い筆によって行った競争で、遂にとび越しきれなかった彼女の頽廃そのものであった。

　岡本かの子の文学によって、はっきりと示されたような主観的な生命主義の悲劇は、彼女の生涯とともに、日本文学の世界から消えさった問題であろうか。決してそうではないと思う。日本の近代社会は、封建の要素に深く浸透されていて、文学者たちが社会人としてもっている現実認識のうちには、どっさりの暗さがのこっている。自分が生きているその社会の歴史の本質と、自己との関係を具体的に発展の方向で把握しきっていない。その結果、文学についての理解にも、当然であるべき社会性が鈍くて、社会的人間としての各個人を把握する能力に乏しい。そのために、文学に実感を求めるときには、狭い主観的な経験にだけとじこもり、その経験を世代のうちにつきはなして評価する力量にかけている。人間の生存が社会と歴史との関係で正当に理解される時が来る迄、様々の形で岡本かの子の悲劇はくりかえされてゆく危険がある。

＊文学報国会　日本文学報国会。一九四二年五月二十六日、内閣情報局の指導のもとにつくられた、文学者を戦争協力に動員するための国策組織。会長は徳富蘇峰、事務局長は久米正雄。文学報国会の設立にともなって、文芸家協会は解散した。結成時、東京拘置所に拘束されていた百合子は、前身の文芸家協会員であったためそのまま会員とされた。四三年六月には文学報国会から自選作品集をだすからと呼びかけられて作品（「今朝の雪」）を送ったが、獄中の顕治に反対され、撤回した。

## 十、嵐の前

### 一九三七―一九四〇（昭和十二年以降）

この一二年間、婦人作家の活動が目立った。真杉静枝（ますぎしずえ）は短篇集『小魚の心』『ひなどり』などをもって、大谷藤子（おおたにふじこ）は『須崎屋』をもって、窪川稲子（くぼかわいねこ）『素足（すあし）の娘』、矢田津世子（やだつせこ）『神楽坂（かぐらざか）』、美川きよ『恐ろしき幸福』『女流作家』、円地文子（えんちふみこ）『風の如（ごと）き言葉』『女の冬』、森三千代（みちよ）『小紳士』、大田洋子『海女（あま）』『流離の岸』、中里恒子（なかざとつねこ）『乗合馬車』、壺井栄（つぼいさかえ）『暦』など、出版された作品集の数も近年になくどっさりあった。そして、もし次のことがそれぞれの婦人作家の永い文学の途上で何かを意味することであるならば、中里恒子は芥川賞をうけ、大田洋子は朝日の長篇小説の懸賞に当選した。壺井栄は十六年度の新潮賞をうけた。昭和十四年度には、「婦人作家の擡頭」というような文字もジャーナリズムの上につかわれたのであった。

しかし、これらの婦人作家たちの経て来た現実や、生れている作品の性格に親しくふれてみた場合、果してそれは、新鮮な社会と文芸との潮流を想像させるような「擡頭」と形容される本質のものだろうか。

十四年度に活動した婦人作家たちは、文学の道に入ってからの年月において、決して新進ではない。どのひとたちも、みんな殆ど十年の歳月を、文学の道に費して来ている。真杉、矢田、大田この三つの名は嘗て『女人芸術』が長谷川時雨によって出されていた時代から習作風な短篇とともに知られていた名であった。初めは戯曲家で出発した円地文子の名が、記憶にあるのは久しいことであるし、地味な大谷藤子が、ぽつりぽつりと発表して来ている作品の数も既に少くない。中里恒子という作家の一種の作風に馴染んでいた読者の層は、「乗合馬車」よりも、何年か昔にさかのぼって数えられるであろう。よそめには、一番新しく作品を書きはじめたように思われている壺井栄でさえも、十年ばかり前からいくつかの作品は書いている。池田小菊が「甥の帰還」という作品で示した一定のまとまりまでには、発表した作品も少くなかった。

何故これらの婦人作家たちの存在が、ほかならぬ昭和十四年において、俄かに、群れ立ったような印象で雑誌の文芸欄を賑したのであったろう。そこには極めて複雑な要因が潜められていた。

先ずこの現象を考えようとするとき、私たちを沈思させる点は、この時期の婦人作家たちの活動が、決して現代日本文学の興隆の表現でなかったし、そのような本質のものとして歴史的に見られるものでもないという事実である。

現代文学の一つの時期として眺めると、昭和十四年は経済界の軍需インフレにつれて、出版界の乱調子な無責任な活況がおこり、インフレ出版、インフレ作家という呼び名さえ生じた時期である。一方では、文学の質の低下という問題が、深刻に露出して来た時代であった。書き下し長篇小説というものが流行したが、それらの長篇小説は文学作品としてのゆたかさ、高さを示すよりもひたすらそれをひきうけた作家の健康にたよったように書きおろされ、売られ、しかも、文学らしい文学をもとめる人々の心の渇きは愈々医されがたいという状況にあった。十二年の七月以降、長篇小説への要望は益々急なカーヴを描いて生産文学、農民文学、大陸開拓の文学という方向へ流れ、それらの文学は、作家をつよい力で支配しはじめた戦争協力への要求、それを標準とした検閲などによって、出版され、売ることを許可される作品をつくり出すために、作家たちは自身の文学の中に辛うじて生産の場面、農村の場面、移民の状況という皮相な題材を把え得たばかりで、それぞれの題材が、現実の社会の中で、どんな矛盾、どんな錯誤とそれにからむ人間生活の相貌を呈しているかという、生活的真実を文学の真実として描き出す可能性を全然喪いつつあった。書き下し長篇小説の出版を可能にした軍需インフレーションは、そのような経済事情の変調をもたらす戦争によって日本の文学の真実の声を殺戮しはじめていたのであった。人間真実が失われて平然たる長篇小説流行に抗して、作家の内的な真実と作品の世界の統一をとり戻そうとする希望から、短篇小説の意味が再び注意をひきつけたのがこの時期であった。こけおどしのあやつり人形のような人物、筋ばかりの小説に対して、生活の偽りない物語を求める気分は、豊田正子の「綴方教室」だの小川正子の「小島の春」だのへ異常な興味をひきつけた。その観察や表現に偽りのすくないといううちから、川端康成によって「素人の文学」或は「女子供の文章」の評価が云われたのも、この時代であった。この現象を別の言葉であらわすならば、当時の文学は、遂に一番低いところを流れる自身の水脈をさえ荒廃させてしまって、今は、文学の外を流れるかぼそいせせらぎの音に懐しくも耳を傾けるという事情に立ち到った次第であった。こういう特別な時期に、近代文学の歴史の中ではいつも不遇である婦人作家たちが、いくらかの活動を示すことになった。

当時の文芸時評のなかで、或る作家が次のような意味を語った。婦人作家たちがひたむきに芸術至上主義に燃え立っているさまは見事で、今日においてはそのこと自身十分に意義を有している。しかしそれというのも、婦人作家たちが、外的世界に対して外延的な視力をもち合わさず、唯内側の狭い女心に執し、文学の香気や個性に立てこもって、依怙地(いこじ)なほど各自の風格を守っている。男の作家たちはこの数年来歴史の風波に揉(も)まれ現実に圧倒されて、芸術至上の余裕だの風格だのを失って、模索、焦躁におかれている。女性の作家たちは生々しい現実に下手(へた)に煩わされていないための怪我の功名が、現在の活潑(かっぱつ)な様相だとあれば、彼女たちの小説の評価はどうなるか、と。更につづけて、肝心なのは、このことが同時に日本における女性の生活状態の低さを物語っているという事実。いやあの芸術至上主義から自分を解放するようにつとめるのが、彼女たちの芸術至上主義の任務かもしれない、と。

この評言は、当時やや社会的な視角から婦人作家について云われた、殆ど唯一の文章であった。そして、今日までいろいろなところでこの見解が追随されている。

けれども、こまかに眺めると、この時評の言葉の中には、どっさりの課題が、比較的安易にいくらかの高飛車に投げ込まれていることがわかる。

この文章でも、「婦人作家」と云えば、その一人一人にどんな資質の相異があろうとも、その事実にはおかまいなく一からげにして扱って来た従来の習慣がくりかえされている。「婦人作家たち」がひとからげにして、その外界への視界の小ささを云われている。だが現実に即して観察したとき、果して、そのようにおおざっぱに云い切ってしまえるものであろうか。唯一人の婦人作家も、外界の現実に向ってひろげられていない視力を持ち合わしていないと、果して云い切ってしまえるものだろうか。

　更に、婦人作家たちがひたむきに燃え立っている芸術至上主義と云われているものについても、私たちにはそこに複雑な外界世界との錯交を見るのである。

　多くの婦人作家が、何故にただ内側の狭い女心に執し、文学の香気や自身の風格に立てこもることになったか。それは、「婦人作家らしい匂い」とか「婦人作家にしか描けない女心」とかいう批評の基準で、婦人作家の作品を扱って来た従来の日本文学の偏頗な好みと、切っても切れない因果関係にある。現代文学の水準で、「婦人作家らしくない」婦人作家であることは、よかれ、あしかれその婦人作家にとって、より大きな困難を約束することであった。たとえば小山いと子の「オイル・シェール」に対して「女は女のことを書いた方がいゝ」という評言が男の作家にとっても共通であった筈の、もっと重要であった文学上の諸問題をひとくるめに片づけてしまったように。

　昭和十四年の文学涸渇の時期に、婦人作家の作品が目立って関心を惹いた理由の中には、上述の婦人作家への苦言を、逆に返上したような芸術至上主義への愛好、生活感情の狭隘な世界の内側を、綿々と辿り描く文学の味を、やはり芸術性として過大に評価せずにいられない文学全般のおくれが暗黙のうちに大きく作用していた。婦人作家によって、芸術至上の欲求をみたされたのちは、それが婦人作家のおくれた社会性の表現である、と云って、批評し得たかのように思った作家たちは、何たる楽天家たちであったろう。そうまで文学の社会性が理解されているのであったら、どうして自身たちの文学が葉を苅りとられ、枝を折られ、その根さえ掘りかえされてゆく権力の暴圧に向って、文学を守って立とうとしなかったのだろう。「人間の復興」の時代から既に失われていた社会人としての人間の、真の現実事情を直視し、文学において常に貴重である素朴さをもって、その点に一般の憂悶を喚起しなかったのであろうか。

現代文学の精神のなかで、婦人作家と「女心」とがどう見られているかということは、日本のおくれた社会の歴史と、そこにつながる文学精神そのものの、全く日本的な歴史性を語ることなのである。

　さきに引用した文学時評のあらわれた前後に、社会の現実に生きているありのままの女、少くとも男の見る女とはちがうように多くの婦人作家は女を描いている、ということを一人の作家が注目している。「それが女の裸の心というわけではない」「女流作家たちは、人形に着物をきせるように、女の心をこういう風に装うのだ」きっと、「女そのものが装いなしには存在しないように、女の作家は自分の筆で装った女を私たちに見せるのだ。女流作家の芸術とは、そういう装いにあり、それを装いであるが故に嘘だとするのは私たちの短見なのだ。」そして、その装いのため一種の「絵中の女」となっている婦人作家の女たちが、「そのためにかえっていとおしくなるのを深く感じた。そしてそのことはそれでい丶わけなのだろう」と。

　ところで、ここに問題なのは、その文学の中に女心を装っている婦人作家たちが、今日男に「かえっていとおしく」思われる効力を自覚しないで、無心に、鏡に向って余念なく化粧する女のようなところで、女心をその作品のうちに装っているであろうか、ということである。

　作中の女を絵中の女としていとおしく思わせる男心の余波を、おのずからその作品を生んだ婦人作家の上にまでひきつけて来るわざを、全く度外において、婦人作家は、おのずから装われた女心のいとおしさにあるのであろうか。

　微妙なこの問題の中に、日本の婦人作家は半ば封建と近代文化との奇妙にまじり合った日本の女としての社会的境遇をむき出していると思う。

　宇野千代というような作家が、前時代の田村俊子に似たような系統に立ちながら、女心というものを決して「炮烙の刑」のようには表現していない。あのように生々しく、野暮に、女の心の自由を主張してはいない。遥かに世故(せこ)にたけて、その装いの風情(ふぜい)で女としての社会的、文学的存在を守ってゆく方向で出発したことはさきにふれたとおりである。その傾向は、その後文学全体の気流が世智(せち)に辛くなり、歴史の波瀾(はらん)と痙攣(けいれん)とにみたされて来るにつれて、益々己(おの)れを守る手法となって来たのは事実であった。

　昭和十四年前後のこの期間に、一応目立つ活動を示した婦人作家たちの大部分は、決してきのうきょう文学の道に入った人たちではなかった。略(ほぼ)十年の歳月が閲(けみ)されている。従って、女としての彼女たちの年齢は、過ぎて来た歳月を、もうとりかえせないものと感じさせていることは疑いない。日本の社会の伝統と慣習、家庭というものの中での婦人の立場などにとって、女が文学の仕事を志すという一事だけでさえ、少くない抵抗と闘って来ている。女の性格に、文学に向うような気質の幾分があるというだけでさえ、今日まで過ごした年月の内容は、その婦人たちにとって、成果ないものとして考えるに耐えない苦しいたたかいによって裏づけられていた。世間は、娘は年頃になったら嫁にゆくものとしている。これらの婦人作家たちは、その定石の第一歩から何かの意味で、時には失敗という形で自分を主張して来たであろう。結婚や結婚ならざる両性のいきさつにおいても種々の曲折を経て、婦人作家の多くは、今日の常識が定型としている女性の生活の型からあふれているのが実際である。彼女たちを昔ながらの女の生活にとりこめようとした世俗常套(じょうとう)の枠を、体あたりで打ちこわして来た年々は、彼女たちの多くを、今日檻(おり)もないが、同時に、風雨を凌(しの)ぐしっかりした庇(ひさし)も定かでない状態に置き放していると思う。世路(せいろ)の辛苦が彼女たちの身にしみていないとは云えない。今日の婦人作家にとって、そんな思いも経て、手ばなさずに来た自身の文学を確立させたいと願う熱意と、生活安定を約束する職業としての文筆の業を確立させたいと思う切実な焦心とは、複雑な心理のかげとなって、文学行路の上に射(さ)し落ちて来ている。一生懸命に文学を励んで行くしか生きとおす道はないのだと、健気に思いきわめた情熱は、その熱気で芸術至上の焔をちらつかせると同時に、自身を賭したその文学を、対外的にきわだたせ、存在させてゆこうとするてだてに関しては、やはり今の日本で男の規準がものを云うのだという事実について、苦労を重ねて来ているだけに敏く才覚がめぐるところもあるのはさけがたい。そして、その男の規準の多数決は「女心」に投じられることも学んでいるのである。

現代の婦人作家の多くが、その文学の世界に、一種の純粋な要求と通俗性とを奇妙に入れまぜて持っている理由の一つはそこにある。文学の対外的な確立について、婦人作家がどんな焦慮をひそめているかということは、昨今の婦人作家たちが、はにかみなしに自身が女流作家であるということを作品の中ででも、対世間の応待の中ででも、真先に対手にわからせてゆく態度にも現れて来ている。先ず人間であることからの悲喜と主張とにより立って書き、社会に向って発言しようとして来た態度から移って、岡本かの子の作品には彼女らしい角度と筆致とで、先生と呼ばれ尊敬される自身を描き出しているし、美川きよ、真杉静枝、大田洋子、円地文子などの作品では場合もちがい、各人様々のモメントをもちながら、いずれも女流作家を表に立てて強調している。

そのように、はにかみをすてて職業を強調した姿が、日本の社会歴史の或る段階において婦人が社会に向って積極的に己れを主張してゆく足どりであるというならば、なぜ、その文学の内容が、その積極とは全く矛盾した女心の風情や味いや粉飾にとじこもっているのだろう。田村俊子が書いた「女作者」は、明治以来、しきたりとなって来ているつつましい「女の生きかた」に対して反抗し爆発したおそるべき女の力を描き出している。

トルストイがどこかで語っている。「文学の第二流の作品では、男の作家の書いたものより、婦人作家のものに却ってすぐれたところがある」と。婦人の作家は、素朴であるかわりに、人生に対して、より人間らしく、より不正に対して敏感であり、真率な真心で読者の心をうつものをもっているというわけである。ジョルジュ・サンドの古典的ないくつかの作品。ポーランドの婦人作家オルゼシュコの「寡婦マルタ」、マルグリット・オウドゥの「孤児マリイ」その他パール・バック、アグネス・スメドレイ、丁玲、ワンダ・ワシリェフスカヤ等の作品はこの事実をうなずかせる。昭和十四年という歴史の頁の上で、少からぬ日本の婦人作家群のうちの何人が、少くとも、明治末・大正中葉の、女も人間であるというつよい主張に立って、自身の文学を自覚し制作していたであろうか。

すべての婦人作家は、婦人に人間らしいひろやかで自立した生活を求める心から、小説をかきはじめたのだと思う。婦人が文学に入り、小説をかきはじめる真実の動機は常にそこにあって、ヴァージニア・ウルフの云っているように、小説という文学の形式が未完成であって、女の手にとられやすいから、婦人が小説を書くというばかりでは決してない。

十八世紀に欧州の中流の婦人が、小説をかき初めたという歴史が語る真の意味は、その頃にやっと婦人に文学を許すところまで社会が進歩したということである。ジェーン・オースティンの「誇と偏見」が書かれた年は、ロバート・オーエンの『新社会観』が出版された時代であった。オースティンがユーモアをもって諷刺した英国中流人の女性観、結婚観、家庭観は、この世紀にメリー・ウォートンクラフトも、激しく社会革命の対象として論議したのであった。

日本の現代においても婦人作家の出発が、文学以前の人間らしい要求においては、婦人をめぐる重く苦しい伝習への疑問と抗議と解放への欲求から発足しているのに、文学の道を辿る何年かの間におのれのうしろに幾艘かのボートを焼きすてた果は、見捨てて出発した筈の旧い「女心」の擬態によって、文筆における婦人としての領野を辛くももちこたえなければならないのだとしたら、それは寧ろ惨憺たるものが感じられはしないだろうか。この意味では、婦人作家が、「生々しい現実に下手に煩わされていない」ための芸術至上主義と評されたその芸術至上主義こそ、現代社会の婦人に辛い生存事情によって最も悪質に蝕まれた結果の現象と云い得るのである。

この深刻な問題を、婦人作家が自ら打破し向上させて行こうとする努力は、どんな多難なものであるかという事実は、窪川稲子の「くれない」と「素足の娘」とをとりあげて書かれた或る批評の文章にもよくうかがわれる。

その文章の筆者によれば、「くれない」も「素足の娘」も、どちらも男性への抗議の書たる性格が最も濃厚だとされている。「現代の女性が自己解放ということに気負い立てば、男性への反撥や、男性との闘争が彼女の不可避の運命と考えられるのは十分に理由のあることだ。しかしそういう考えかたに終始している精神には、或る低さがある。」この作品は、「作者が高まろうとする意気込にもかかわらず、そういう低さを基調とした男性への抗議の書である」と感じとられて、そこから論議が発足している。

「くれない」「素足の娘」これらの作品は、男への抗議の書なのだろうか。私たち女が読めば、あれは男への抗議の書であるよりも、先ず女の苦しみの書であるとしか感じられない。女一人が、女として自分のうちにかくされている可能を見出し、培い、育ててゆこうとする過程に、その社会の歴史のおいめと習俗のきずなが、のびたい女自身の足をからめるばかりか、根本にはそれを助けようとする精神で一緒に暮している筈の男の脚をも引からめて、そこに悲しい相剋紛糾を生む。そういう女の苦しみの文学としか読みようもなく思われる。

「くれない」や「素足の娘」の作者のそれよりも一層高い精神は、男性と女性との間に、反撥や闘争ではない別個の関係を発見するに相違ないし、また別個の新しい、美しい関係を創り出す努力もし、そのための探求もするに相違ない、そういう努力や探求がなくては女性の解放などあり得ない、と、批評の筆者は力説している。けれども、それは現実にどういうものとして在り得ると考えられているだろうか。最も偏見の少い筈の文学の領域でさえも、さきにふれて来たように日本のまだおくれている社会感覚が、様々の角度から男女の作家たちにとって桎梏となっている時に。——

「くれない」の作品の世界に目をやれば、広介と明子という一組の男女は、所謂婦人解放論者の男女対立の関係とはちがう社会的関係を理解し、歴史の進みを示す別個の新しい美しい両性関係をつくり出す可能のある社会条件をうち立ててゆこうという意図で結ばれた夫婦として、登場しているのではないだろうか。昭和十三年に発表されたこの作品は、矛盾だらけの切ない封建日本から、男女をより自由な人間らしさにおく解放運動によって結ばれた広介と明子とを登場させている。自分たち夫婦がそういう積極の意企をもつ男女であるという自覚や、家庭というものをも、それにふさわしいものであらせようとする努力で、明子は「広介と共に、通例の家庭形式とは多少ちがった形式をうち立てていたということを非常に大きな達成のように」錯覚していたと作者は書いている。だが、それは、錯覚であったのだろうか、或は、普通と多少ちがった形式のよって来た真実の動因が、広介と明子との間で、くいちがっていたのではなかったのだろうか。作中の夫妻が作家であるとか、時代的な焦躁から来る矛盾とか云うところに作者が波瀾のモメントを見ていることを、批評は外的なものばかりに眼を外してと云っているが、広介と明子という、生ける一対の男女の生涯にとって、これらの具体的な社会事情は決して単に外的なことでなく、新しい美しい両性生活を建設し、その美しさとよろこびを実証しようとして生きて来た彼等の、肉体、精神の実体的な要因なのであった。広介と明子とがその広介、その明子という二人の男女として作品の世界に登場せられた第一歩からの必然なのである。

　さらに一層沁々とこの作品の空気に身を浸してみれば、「くれない」が男性への抗議ではなくて、むしろ自然発生の要素を多分にもつ女性の苦悩の書にとどまっているところにこそ、却ってこの作品の文学としての弱点が在ることが諒解されて来る。広介は「くれない」のなかで、この作者にして、と思わせるほど現象的な面でしか扱われていない。広介という一個の人物が明子にかかわりあって来る諸面に対して、この作家は明子の側からとしての積極的な性格解剖や心理穿鑿は一行も行っていない。広介という人物は、はっきり明子に向って云ったその言葉、その表情、その行動の範囲でだけ作品に現わされていて、明子はと云えば、全心全身のよろこびと苦しみとをふりしぼって、その広介の言葉、動き、表情に応じている姿があるばかりである。

「突きはなして扱えばまことに発見されるもの、多い世界」であると評されていることは、作者がもうすこし二人の登場人物を客観的に扱っていたならば、という読者の感想と結びつく性質のものである。明子の苦悩が読者の心を強く感動させながら、なお何となしその芸術に普遍性の足りなさを感じさせる弱点は、作者が十分深く広介と明子という男女の客観的に見れば発見されるべき諸矛盾、歴史からのおいめ、二人の男女の進歩している筈の社会観と、それにしては立ちおくれている現実の生活感覚などの錯綜に目をゆきとどかせきっていないところにある。素朴に男性への抗議の書となりきれない程度にまで、作者の心情は社会の歴史と個々の男女生活との関係に目ざめており、同時に広介にひかされているその明子の心情と作者の目とが一つになって、作者の客観的な追求を阻んでいるところに、この作の不十分さもかもされている。

「窪川稲子論」の筆者は決してこの婦人作家に対して不公平であろうとしているのではなかった。「この作者が一心不乱に、女性のなかにかくれ、潜んだ成長の力と云ったものを大切にし、それを顕わそうとしているその意力には打たれない訳にはいかなかった」と語っている。そして、心理的陰翳などの精妙な把え方や描写にあらわれるこの作家の優れた才能の根柢にあって「動かぬ生命それ自身の訴えるような」「結局長く残る美しくて真実なものは」この作家のその意力の美しさであることを語っている。アランの言葉などをひいて、筆者は情感を傾けその点の賞讃を惜しまないのであるけれど、そのようなものとして作者の生きる情熱の本質が見られ得るならば、何故に「くれない」の明子が、自身の努力と生とに絶望するほど苦しがるそのいきさつを、「当然うく可き刑罰で」あると冷酷らしく観ることが出来るのだろう。

理解をもっているらしく見えて、しかもとことんのところで、女の真情を理解しがたくされている日本の社会因習の心理の、その襞の間にこそ、多くの婦人作家たちの、救いがたい今日の「女心」の装いが棲息する場所を見出しているということを、明日への文学の精神は、率直に省みなければならない。

明子が、力んでばかり来た自分の横面がぴしゃっと張り倒されたような思いで泣けて泣けて、「ある時期にふと思い上ったということで自分は人生からこんな復讐を受けねばならないだろうか」と悲歎にくれる。その悲歎を稲子論の筆者は、精神の低いのに高いと思いちがえて、お茶を出すとか出さないとかいう些事にまで自分の成長を意識して来たその刑罰と肯定しているのである。

「くれない」の作者が、この「思いあがった」自分と表現した一句は、いろいろな方面に誤って解釈された。

この十分に内容をあらわしきっていない「思いあがり」という表現を、作品の全体から判断すれば、現実に社会が今日立っている歴史の限界やその矛盾、そして個性というものもそれからまだ自由になっていない限度や矛盾などが、互にからみあい複雑をきわめる現実の揉み合いに対して、人間、女としての自分の善意に我からたのみすぎた思い上り、対手の広介が、女として自分たちのもっている成長への善意と意欲を常にまともにだけ理解する能力をもっていて、真に新しく美しいものを二人の仲にこそ創りあげようと、いかなる場合いかなる瞬間にも揺がない心情を堅持していると思いこんで、馬鹿正直に生きて来た、その思いあがりを、云っているにほかならないと思われる。しっかりもののの女が、いい気になったという世俗の意味での思いあがりの意味ではないことは、明らかに理解される。我々の生きている現代というものの裡に、思いもよらない形に変化しながら、しかも実に重く、長く尾をひいてのしかかって来ている過去の因習の力に対して一人の女が真に人間らしく女らしく生きようとして来た半生の善意が、このような破綻を経験しなければならないとは思い初めなかった、その歎きが、思いあがりとして歎かれる。従って「くれない」の作者の精神の低さというならば、寧ろこういうおくれた社会の歴史の矛盾相剋が反映している作品の世界に、作者がきびしく足どりのつよい客観的な省察をもって触れてゆけないで、明子の思いあがりという風な概括でしか表現していない、そのつましさ、女らしさにこそ、云われるべきである。この「くれない」は女を主人公としたけれども、真実男が現代社会で人間たり男たるにふさわしい生きようをしようと意欲するとき、両性の問題、結婚生活というものの与える問題で、書かれるべき一冊の「くれない」もないのだろうか。この独特なとざしのきつい日本の社会の仕くみの中で、何ごとかを求めて生きて来た男性で、ましてや芸術に携わる男性で、現代の歴史のむごさを我が肌に痛感しなかった人が在るだろうか。ストリンドベリーの亜流が出現せず、ロマン・ローランの末流として擡頭するひともないのは、女性との関係では、或る程度まで思うままにふるまって来て、そのふるまいを理窟づけ、自分を何とか落つかせて来られた日本の旧いおくれた慣習のためである。けれども、深く現実に眼をくばって見れば、そのように、真剣にくみうつ女性との社会関係がなり立っていない安易さそのものこそ、もっと現代社会の本質のところで、もっとその命の根のそばで、あらゆる彼を息づまらせ、人間性を喪わせ、文学を壊滅させている野蛮な日本の権力の存続を許して来た近代人としての自覚のおくれなのではなかろうか。

やはりこの「くれない」について、婦人の生活に対しては進歩した理解をもっている筈の或る男の作家が、女主人公が、或る朝、二階を掃除しろという広介の言葉にそのまま従わなかった場面をとりあげて、何故素直に箒をとりあげないのだと、不快の感情で批評していたことがあった。この評者は、女房としてお茶をつぐ、つがぬことにこだわる明子に疳を立てて、「自分をそれほど大切にすることが彼女の人間を、彼女の女性としての在りようを、どれだけ高めているか、それは大きな疑問だと思う」と云っている。

こういう批評の中には、筆者たちが現代の日本の社会で中年を越した夫として暮している日常生活の習慣的な気分が思わず溢れて、文芸批評の埒をこえてしまうのは、私たち婦人にとって可笑しくも悲しく、はらだたしい現実である。二階の掃除にすらりと立てない明子の心持は、作品の前後のつながりでは自然なものとして肯けるように描かれている。珍しく子供たちのいない夫婦さし向いの朝の家を新鮮に感じて、若やいでいそいそと興を覚えている明子のそのときの心の初々しいはずみにかかわりなく、妻としては別な女を今や頻りと胸中に描いている広介は、明子が二人きりの朝をよろこんでいる気分に共感しようもなくひどく事務的に、女房に亭主が求めて来たしきたりそのもので、二階がひどいごみだという。その気分のくいちがいで明子はすらりと立てなかったのである。

日本の感情は、どうして文学者である男でさえ、男の云いつけることを、女がおとなしくきく、きかないに対して、こんなにも異様に敏感なのだろう。愛人たちの感情経緯のなかでは、愛の純朴を愚弄するくらいあれやこれやのコケトリーを容認しながら、良人と妻との日ぐらしの姿では、清純な女の愛のこころから行われる行為の選択さえ女の自然な味とうけとられず、女の反抗という感じでうけとられたり、かたくなさとして否定の面にだけみたりするのは、どうしてだろう。翻訳小説の中でなら、どんなに質量のつよい女性の生きかたも、人間の像、文学のリアリティーとして評価されるが、日本の文学、そしてそれが婦人によってかかれた小説では、明子の存在でさえも、日本の習慣の非近代性はもちこたえかねるのだろうか。

　文学以前の問題として、日本のこれまでの社会には、愛の営みとしての夫婦生活の建設が殆どなかった。結婚生活というよりも、あるのはおおかた世帯であった。せまく、小さく、その経済的基礎も弱くて、発展も変化もない世帯は、芸術の醗酵所とはなりかねた。現代日本文学は、「世帯」からの脱出に、徒労なもがきをつづけて来たとさえ思う。世帯という言葉のふくむあらゆる苦々しいしめっぽいものからの完全な脱出は、世帯そのものの本質が社会的に変えられなければ不可能である。美しくのびやかで、創造的な男女の生活関係を心から願うならば、この社会で一人の男一人の女が、これまで在ったよりも、もっともっと人間の自主性に立つことが出来る社会関係全体としての可能がうまれなければならないのと同じに。

「くれない」のテーマが、まだ将来に多くの課題を暗示して、未解決のまま終っていることは、今日、わたし達が生きている日本の社会の歴史的象徴であるとも思える。思いめぐらせば、この作品のテーマは、自身の完全な展開とその解決を可能にする力を、まだ今日の歴史の中には十分もっていないのだ。今日の地平線には、風雲ただならない雲の動きが感じられる。その波瀾を、この作者はどのようにしのぎ、「くれない」のテーマはどのように展開されてゆくのであろうか。

　丹羽文雄その他の数人の作家によって、所謂「系譜小説」と呼ばれる作品が送り出された。それらの作品の主人公が、常に女性であるという事実に、何人かの批評家の注意が向けられている。このことは、些細なようで実に興味ふかい着眼である。そして、系譜小説の作者たちは、それらの女性たちの過ぎ来しかたのあれこれを、その文学によって、ひたすら、しきうつし、なぞっているだけで、そこには一向社会的な視角に立ってのテーマの追究や展開が試みられていないことについても、言及された。

この社会で同じ一家の推移にしろ、波瀾にしろ、その激しさは一族中で最も受け身な女性の上に容赦ない反応をあらわすという現実が、系譜小説の出現によって暗示されている。現代作家の何人かは、一人の女の一生にうつし出された変転のまざまざとした形象に目をひかれて、その道行きを辿って再現するが、それがただの映し直し、現象の追随に止まっている原因は、「くれない」の批評に見られたと同じに、今日の文学世代の歴史と社会性とに対する把握の貧寒さから来ているのである。

ヴァージニア・ウルフの文学論では、婦人が自叙伝（としての小説）を書く時代は漸く過ぎたと云われている。けれども、果して今日の世界の歴史と、そのなかに生きるすべての婦人の現実はそういうものだろうか。イギリス文学のなかで常套となってきた自叙伝としての小説は、それは過去のものであるだろう。何故ならば明日の自叙伝は、きのうの自叙伝と全くちがったものである筈だから。一個の「私」はその奥行きと幅とをひろげて、その「私」の生きた時代とその歴史の特徴とを語るものになりつつある。パール・バックの「この誇らかな心」は、現代のアメリカの社会生活のなかにでも、やはりとりあげられるこういうモティーヴのあることを示している。日本の現代文学について云えば、婦人作家は過去の「私小説」の水準でさえ殆どまだ完き自叙伝的小説として書いていない。近代日本の文学の中で、ヨーロッパ文学の到達した点で、自分を知って、その上で書いたという婦人作家は殆どない。すべての婦人作家は、何かの形で自分というものの形成の過程、発見過程を文学にうつして来ているのである。それにもかかわらず、日本の挫かれた社会と文化の事情で、人間性がのびきらないうち、封建性と近代経済の二重の圧力によって、婦人作家は「女心」の擬態から自身を近代的に解放出来ずにいる。

今日の文学が、種々雑多な歪みだの、不如意だのを示しつつ、その姿なりに時代の性格を語り告げていることは意味ふかい真実である。権力がどのように荒々しい力を発揮したにしても、人間とその社会の生活がある限り、文学は息づいている。今日、このようにまで文学の水脈は涸渇させられた。が、この涸渇そのものによってその時代のうけている傷痕を物語るのも文学以外にはないのである。

日本の文学は明治以来、幾変転を重ねた。しかしながら、この一つらなりの跡づけの仕事のうちに明瞭に見られたとおり、日本の真の近代社会としての朝は明治維新によってはもたらされなかった。旧いものと新しいものとは、封建の濃い蔭とそれに絡む資本主義社会の末期的な現象との錯綜の形で私たちすべての社会生活、ものの考えかたや感じかた、精神のポーズにまで影響している。しかも今日、日本の社会と文学との野づらを吹く風は、決して駘蕩たるものではない。こわれて軒の傾いた現代文学の一隅に、女姿と女心とにより立つ婦人作家の存在が、高い波浪の間でどのように自身の文学成長を遂げて行くであろうか。昭和十五年の夏に婦選の団体が、十八年の歴史を閉じて解散した。このことは、婦人と文学の課題にとって、別世界に起った無関係な事実ではない。個々の私たちの生活感情にとって、女権拡張という範囲での婦人参政権獲得運動がどううけとられていたにもせよ、日本の歴史のひろい景観の中にこの事実をおいて眺めれば、この社会条件のなかで日本が更にひろやかに自分を成長させてゆくために役立つ一つのものを獲たのでないことだけは明白である。婦選の団体さえも存在理由を失った今日、社会一般に加えられている重圧の意味を、わたしたちは十分に知らなければならないと思う。このような事実を考えて来ると、再びヴァージニア・ウルフの文学についての考えかたが、省察にのぼって来る。ヴァージニア・ウルフは、十年ばかり昔に書いたその論文の中で、女性の文学的成長の可能を、次のようないくつかの条件の上に見出そうとした。「年五百磅のお金と自分ひとりの部屋を」「自由ある習慣と、自分の思うことをそのまま書く勇気とを得るならば」と、先ず経済的安定、時間、世俗的な慣習の放棄、精神の真の自立性とを得て百年も経てば、婦人も初めて文学らしい文学を創るであろうと予想している。ジョウジ・エリオット、ジェーン・オースティン、マンスフィールドその他の作家を近い先輩としてもっているイギリスで、ウルフが婦人の生活と文学の問題を考えたとき、希望するのが、このような条件であるということは、現代のヨーロッパ「文明」が婦人にとってなおどういうものであるかということを深刻に考えさせる。ウルフは第一次欧州大戦後、イギリスの文学にシュール・リアリズムを導き入れた芸術至上主義の立場の作家である。彼女の小説は、いつも現実の時間と空間とを飛躍した潜在意識の世界に取材された。そのように現実から翔び立つ作家が、その反面で、きわめて実際的に、イギリス中流の習慣的観念にとどまって、文学は生活安定と教養ある閑暇とから育つと語っていることは注目をひかれる。彼女はその証拠として最近百年間におけるイギリスの大詩人たち十二人のうち、三人だけが大学出でなかった、ことをあげている。「若くして死んだキーツだけがただひとり、暮しがよくなかった」「私をして敢て言わしむれば、もしブラウニングが裕福でなかったならば『サウル』や『指輪と本』など書くに至らなかったであろうと思われる」と。

富裕な教養的有閑というものだけが、人間を発展させ文学を展開させる唯一の「厳粛な事実」であるならば、私たち現代の日本の婦人作家どころか、文学者全体が、一人のこらず人間生活と文学の発展について絶望に陥らなければならない。何故なら、ヴァージニア・ウルフの云うような程度で富裕な婦人作家はおそらくただの一人もいないであろうから。仮にもしそれだけ金銭的に裕福な境遇というものがあれば、彼女をゆたかにしているその境遇の諸条件が、殆ど決して彼女を曲りなりにも一人の作家として生活させないほど、日本の富と保守とは結びついている。それどころか客観的に今日の日本の社会における婦人の生活からは、ますます、有形無形のいろんなものが奪われてゆく傾向なのだから。その第一の雄弁なあらわれこそ、文学における人間性の喪失とその発展方向の喪失である。賢明で、教養と云いならわされた教養は十分もっているウルフが、キーツの時代と今日との間に、どんな大きい歴史の動きがあったか、文学の世代が、本質的にどんなに変って来ているかということについて、全然把握していない点は、私たちをおどろかせる。彼女が婦人作家の新しいタイプとして認めているメアリー・カーマイクルの文学の世界は、メアリーが女性としてこの社会に既に獲ている有利な諸条件の認識から出発しているであろうか。それとも、女性が、まだ獲ていないものについて、獲たいと願うものについて新しい認識が生れていて、そこから彼女の創造がうながされたものだろうか。

カーマイクルの現実がそうであったように婦人と文学との歴史の過程で重大なのは、寧ろまだ獲ていないものに対して、その世代及び個人がどういう評価と認識をもって、獲て行こうとしたかという点である。これこそ、婦人をこの社会の歴史の中でより人間にしてゆく唯一の道であるし、文学が愈々強く美しく人間発展の希望をうつし、鼓舞するものとなってゆく道である。ヴァージニア・ウルフは知っていなければならない、彼女が婦人の文学的発展のために要求する金銭的安定も教養ある閑暇も、それがもし既成の社会の組立てのうちで求められ、与えられたものであるならば、必ずそれは文学そのものの芯(しん)をとめる世俗性と俗見の世界への屈伏を意味するであろうということを。何故(なぜ)かと云えば、今日の富と閑暇とは、社会において支配者であり、権力をもつ人々の層に片よって持たれている。支配者と権力者とには彼等のものの考えかたとモラルとがある。それは支配する者らしく考え感じ権力をもちいるものらしく感覚する。そのおきてに服して得た経済の安定や閑暇に、どうしてウルフの希望するような「自由ある習慣」だの「思うことをそのまま書く勇気」などが期待されよう。文学のためにより人間らしい生活のために、真実私たちには、生活の安定と時間と、自由とが必要である。けれども、これらの必要は、既に存在する社会の歪んだ枠の一端に自分の生涯を屈従させることによって獲られたものであっては、明日の社会と文学とにとって、何の価値ももち得ない。私たちの生存の安定、人間らしいゆとりと自由とは、まだ私たちが獲ていない新しい社会生活の現実の価値として私たちにもたらされなければならないのである。人間精神の本質に横わるロマンティシズムというものは、このようにしていまだ人間社会が到達していないより複雑な、より智慧の輝いた社会への私たちの雄々しい憧れとその努力でなくて何であろう。ロマンティシズムがそういう人間らしい本質をもつものでないならば、何故人類に火をもたらしたプロメシウスの伝説が、ホーマーよりも古いギリシャの昔から今日まで幾千年もの間一つの美として人間の歴史に生かされて来たであろうか。

たとえば林芙美子は獲ているものの僅少な一個の文才ある女性であった。宇野千代も獲ているものは大してない境遇に成長した一人の女性であった。この人々が、今日、嘗て得なかったもの、そして、現在得ているもの、その物質と精神のゆとりによって、どのように芸術の高揚を示しているだろうか。この疑問は、意地わるい詮索と、より深い人間と、文学とに対する問いの性質をもっているのである。

現世代の文学の土壌は、明治大正から次第に拡大され、特にプロレタリア文学運動がおこって、民衆の文化と文学を主張してからは窪川稲子、平林たい子などの婦人作家を生みながら野沢富美子の生活環境へまでひろがっている。これは、決して偶然のことではない。同時に今日の文学は、野沢富美子の出現と同じように自然発生におかれている。社会と自身との関係、そこに獲ていないものについての客観的な認識を欠いているために、「煉瓦女工」「長女」の作者は、無方向に放置されて、一部のジャーナリズムの消耗にまかせられている。

私たち日本の婦人作家は、嶮しい歴史の三角波を、一人一人の楫につけつつ、しかもやっぱり、ひたむきに文学の仕事をつづけてゆくであろう。一蹉跌ごとに粉飾ははぎおとされる。やがて、偽瞞のない婦人の社会生活とその文学とについての関係が理解されて、歴史の中にそのような条件を創ってゆくよろこびが芸術の美感と一致したとき、そこに咲く花として新しい文学が匂いたかくあらわれるにちがいない。そのときこそ男性と女性との間にも新しく美しい関係がつくり出されてゆく。絶望を拒んで、私たちは刻々のうちに社会と自分の全可能をとらえ、力をうちこめてわが生と文学とをすすめて行こうとしているのである。

（一九四六年十一月）

## 十一、明日へ
### 一九四一―一九四七（昭和十六年―二十二年）

一九三九年代（昭和十四年）に、婦人作家の活動が特別目に立ったということは、決して日本文学の興隆を語る現象ではなかった。反対に、日本文学が、三二年来の戦争強行と絶対主義的天皇制の専制に圧迫されて、社会、人生に対して批判と主張とをもつ人間らしい強力な芸術としての機能を喪って来た最後の小さい焔のきらめきのような本質のものであったことは、先にふれた。

一九三八年三月（昭和十三年）に石川達三が中央公論に「生きている兵隊」という小説をかいて発禁になった。これが、文学を文学らしいもののまま戦争と接合させようとした作品の殆ど最後のものであったと云える。石川達三は、当時所謂文壇に話題となっていた知性の問題、生と死の問題、芸術と科学の問題、行為の社会的価値判断の問題などを、そのまま中支辺の戦線へもち出し、その塹壕の中に応召して来ている誰、彼の前身に応じて、一つ一つそのテーマを背負わして、それをそれらの人間性のテーマとして、戦争という状況の裡に、その相剋や懐疑やを描こうとしたらしかった。が、この作品の試みは、窮極において、石川達三が設定した人間性の支柱としての諸問題が戦争そのものの野蛮な行動性に圧倒されて、何も考えない兵隊になってしまうこと、戦争とそれに伴う様々の非人道の行為を、非人道だと思いもしない兵になってゆくことを、「生きている兵隊」の現実として肯定することに終っている。

その作品さえも、情報局は、戦争反対の嫌疑で発禁した。思考力を失ってゆく過程とその承認さえ、なおそれは、人間には思考力が在るという現実を思いおこさせる刺戟となることを、軍部はきらったのであったろう。「生きている兵隊」における作者石川達三の失敗と放棄とは、決して彼一人の問題ではなかった。作品において、作家はテーマを失ったばかりでなく、それ以前に、文学を失った。

一九三七年七月、蘆溝橋ではじめられた日本の中国に対する侵略戦争は、忽ち、林房雄、尾崎士郎という人々を報道員として北支や上海にひき出した。岸田国士もゆき、島木健作も満州へ行って武装移民団視察を行った。「農民文学懇話会」の人々が、拓務省・農林省と一緒に「大陸開拓文芸懇話会」をつくり、「文芸家協会」「日本ペンクラブ」「日本女流文学者会」などは、軍部と検事局思想部の統制のもとに「文学報国会」となって、全く文学を軍事的な目的に屈従させてしまった。これらの組織だてのために大いに斡旋した人が、菊池寛、久米正雄、中村武羅夫等であり、中心的な指導者は、翼賛会の文化部長となった岸田国士、高橋健二、上泉秀信、今日出海等の人々であった。かつて、プロレタリア文学理論が、文学のもつ社会性、階級性について語ったとき、力をつくしてそれに反対し、芸術至上の「純芸術性」を護ると称した人々が、一九四〇年代には自ら文学殺戮の先頭に立ったということは、記憶されるべき事実であった。

同時に、国内の挙国的思想統制と並んで、保田与重郎、亀井勝一郎、檀一雄等の日本浪曼派の人々が、林房雄、中河与一、等と共に、「日本精神」戦争の謳歌を引き出す日本の「神ながらの道」たる絶対主義と天皇制の支配と伝統とを讃美した。ナチス文化とイタリー・ファシズムの宣伝も強力に行われて、日本の女詩人深尾須磨子はイタリーに行ってムッソリーニに会い、ファシズム謳歌の文筆活動を盛んに行った。軍御用の文学と、日本精神誇示の文学、軍と検事局はそれだけをみとめた。

一九三八年の秋二十二名の文学者が陸海軍から「ペン部隊」として出かけ吉屋信子、林芙美子もいろいろの報告をかいた。林芙美子の「北岸部隊」は漢口一番のり、という風な戦時的センセーションを背景として発表されたのであった。

一九三九年に、多くの婦人作家たちがその健筆と活動慾とを認められたということは、こういう時期に決してただではすまないことを意味した。戦争の強行に女子の勤労動員が益々大量になり、家庭を破壊された妻、母たちの生活不安が増大し、それは必然に前線の兵士たちの不安となって戦争を懐疑させようとするとき、故国から、よく感動も表現しそれをつたえる筆をもつ婦人作家たちを、前線慰問にやることは、軍部として最も近代的な文化性の発揮であったのだろう。軍は、女子勤労動員の一つの形として婦人作家たちを動員した。個人的な理由ではことわりにくいように動員した。婦人作家たちにとっては、その動員をうけるということが一つの存在保証であったし、男の作家の多くの人がそう考えたように、前線の経験は作家としての自分を豊富にするとも考えられた。日本の封鎖された社会生活、経済生活の貧困さは、こういう機会をさえ、自分の文学の発展の希望と結びつけて考えさせることとなったのであった。

一九四一年（昭和十六年）十二月八日に太平洋戦争を開始すると、日本の権力者たちは全く狂気の状態になって、全国の社会主義者、平和主義者と思われる評論家、作者、歌人までを逮捕投獄した。婦人作家ではその年の初めから作品発表を禁止されていた宮本百合子が捕えられ、投獄された。そして、一方には、益々婦人を重労働に動員しつつ婦人作家たちに海をわたらせ、南方の諸島だの、ビルマだのへやった。『主婦之友』がその雑誌の一頁ごとに、「米鬼を殺せ」と印刷し、往年の婦人参政権運動者たちは報国貯金、戦時国債の勧誘に全国を遊説し、すべての学校は学徒勤労、学徒動員で半ば閉鎖されているとき、婦人作家たちは何かの婦人代表のようにきおい立たされて、派遣されて行った。

窪川稲子のような婦人作家までも、その動員に応じなければならなかったことは、一部の人々に意外の思いをさせた。「キャラメル工場から」を書いた窪川稲子、「くれない」を書いた窪川稲子が、侵略戦争のために協力するということは会得出来ないことであったから。一九四六年六月の『評論』に発表された「女作者」という短篇の一節が、この時代のこの作者の心もちを語っている。「戦争に対する認識は、多枝の抱いていた考えのうちで変ってはいないのに、隠れ蓑を着ているつもりの感情が、隠れ蓑を着たまゝ戦争の実地も見て来てやれ、と思わせ、また、兵隊や兵隊をおくった家族の女の感情にもひきずられて、その女の感情で」中国へも立って行った、と。だが「女とは云え、それなりの作家根性でもうそれより先には日本の陣地はないというところまで進んで行った」心持は、林芙美子に漢口一番のりをさせた女ながらもと、どのように本質のちがったものであり得たろうか。

時の経たいま、そのときをふりかえれば、「女作者」の作者が告白しているとおりの現実でもあった。「隠れ蓑を着たつもりのまんまで、自己を失ったことに気づかず、軍指揮者の要求を果したのである。そして自分では、はっきりとこの目で日本の戦争の実相を見てきた、と思っていたのである。多枝の見て来たと思う実相は、日本の侵略戦争が中国側のねばりで、たじ〳〵である、ということだったのである。そして、女の感情で、兵隊の労苦を憤る前に、泣いたのである」「多枝たちの泣いて語る話が、手頃に必要だったのである」しかし、「女と云え、それなりの作家根性」が、現実の文筆にどう表現されただろう。第一、婦人作家があれだけ多数、のべ時間にしてあれだけ長期、各地に派遣されたのに、文学作品として小説は一つも創造され得なかった。このことは、現実がこれらの婦人作家たちを圧倒していたことを直截に物語っている。報告文学が書かれたが、その場合でさえ、森田たまのように、自分が前線でどんなにもてなされたかということを語るに急な例さえもあった。内地から来る彼女のために、タンスをそなえつけようとして間に合わなかったと云われたという風に。第二に、報告風の文章でさえも、「兵隊さん」に対する一種独特な感傷と、指揮者に対する信じられないような服従の表現がつかわれていて、敬語と下手の物云いとが、すべての婦人作家の報告的文章にあふれている。「おめにかゝる」何々して「いられる」その指揮者の「お子さんがた」「御自身の口から」云々。婦人作家自身、女ながらもと飛行機にのり、弾丸の来るところへ出てゆく、その行動と、文筆の表現の上に目立つ特別に封建的な敬語の矛盾は、当時の情報局が、そうさせたという限りのものなのだろうか。日本の女性は、いつも二重の重荷を負わされて来ている、働く女として、同時に古い女としての約束によって。いつも上官の前では小腰をかがめているこれらの婦人作家の前線報道は、そういう環境で「日本の女」というものに対して何が期待されていたか、推測するにかたくないように思える。

「女性たちも、今後は心と目とを内地からもっと拡げて、一人一人が一騎うちの覚悟で立てるつもりにならなければならないのではなかろうか」当時の窪川稲子の文章にこう云われている。そういう覚悟を文学のこととしたなら、どういうことになるのだろう。『続女性の言葉』というその一巻の中に「満州の少女工」という短文がある。満州の不具の小さい女の子ばかり集めて「満蒙毛織」会社は生産に必要な消耗品である、古新聞再生をやらせている、そこの見物記である。「十歳から十二三歳位の少女たちが、内職をやるあの手早い動作で、古新聞を捲いている。」「その動作はきびきびとしている。その手つき、肩のふりかたに、私は気を張った日本のおかみさんの姿を思い出すのであった。一分でも無駄に出来ないというあの気のはりかたである。手の動作はもう機械のようになっている。それが細かな仕事だけに子供らしさが消えている。手の動作を速くするために、腰から上をふって、目を据えている。」読者は、それが同じ作者によって観(み)られている光景であるということから「キャラメル工場から」を思い出さずにはいられない。十三歳のひろ子は、キャラメル工場で、やっぱり、目を据えて、体をふり、寸刻も手をやすめず働く女工たちと生活した。彼女もそうやって少女の肩をはり目をすえて働かねばならなかった。そうして少女たちをこきつかうこと、ましてやすい不具の少女たちを働かせる社長の才覚が、「そして、もっとおもしろいことは、びっこの子供などをこの仕事につかっていることだった」という風に、作者の観察の本質を理解させないほどの奴隷の言葉で表現されなければならないとき、作家の性根というものは、どういう場所におかれていたのだろう。

　新四軍から日本軍に捕えられて働かされている若い女性をこの作者が好意的に描こうとしても、唯(ただ)若い女の少女っぽい美しさ、可愛(かわい)らしさとしてしか語れず、僅(わずか)に、その娘が、今の境遇について「明らさまには申上げられません」と答えた、そのすばしこさに微笑するという位にしかかけないとき、しかもすべて読者は、書かれた範囲で読むしかないものであるとき、文学としての客観的な真実は作者の主観がどうであるにかかわらず、真実として保ち得なかったのであった。

　網野菊(あみのきく)が、ジャーナリズムから派遣されて初めの頃満州へ行ったが、その文筆のもち味が、必要なアッピールをもたないという理由からか、その後は却(かえ)って動員をうけなくてすんだという、笑えない笑い話さえ聞かれた。

　一九四五年八月十五日が来た。その年の五月までに民主国家の連合軍によってヨーロッパでナチズムは崩壊し、ファシズムもくずされた。日本の軍事的な天皇支配の権力は、はじめて数年間に及んだ偽りの勝利の面をぬいで、無条件降服した。ポツダム宣言を受諾して、封建的な絶対制をやめること、日本民主化の契約を世界の前にうけ入れたのであった。

二十年の間、日本の大衆の思考力、自由な発言従って自主的な判断を縛り、その生活と思想との近代的な発展を阻んで来た治安維持法は撤廃され、言論と出版と結社の自由とが戻って来た。文学も、よみがえるときが来た。奴隷の言葉、奴隷の習慣が、文学からぬぐいとられるときになった。民主主義文学の翹望(ぎょうぼう)は、日本の全社会の生活の進もうとする方向を反映する性質をもっておこって来たのであった。日本の文学の無慚(むざん)な廃墟(はいきょ)のなかに、謂(い)わば下ゆく水とでもいうように、細く、しかし脈々とつづいていた民主的な文学の渓流(けいりゅう)が、岩の下からせせらぎ出た。「新日本文学会」は、一九四五年の十二月おしつまって結成の大会をもった。

一九四六年一月は、久しぶりで、いくつかの雑誌が再発足をして、文学のための場所も設けられたのであったが、人々が何となくおどろきを感じたことは、先(ま)ず永井荷風(かふう)が、このジャーナリズム再開の花形として登場したことである。荷風の「浮沈」「踊子」「問わずがたり」などが、天下の至宝のように仰々しく掲載された。ひきつづき、正宗白鳥(まさむねはくちょう)、志賀直哉(なおや)、宇野浩二(うのこうじ)などの作品も現れた。一九四六年の初めの三分の一期は、こういう現象が非常に目立った。

中堅と云われる年配の作家たちは、殆ど全部、前線報道の執筆をして来ていたし、治安維持法が撤廃されたからと云って急に擡頭(たいとう)する民主的な新進もあり得ない。戦争にかかわる年齢は幸(さいわい)にすぎていて、経済の安定も保ちとおし、自分の文学をいくらか書きためることの出来ていた荷風が、無傷な、そして営業的に広汎(こうはん)な読者をもつ作家として着目されたのであった。この着目は、戦時中、とくにその後半期に、当時の文学の荒廃につかれた文学愛好者の間に、荷風の古い作品である「腕くらべ」「おかめ笹」などが再び愛読されていた、その機微をとらえたものでもあった。

思えば、荷風という作家は、彼独特のめぐり合わせで、日本の歴史的モメントにふれて来ている。一九三三年に、プロレタリア文学が壊滅させられて、文学が急速に萎縮(いしゅく)の道を辿(たど)りはじめた時、荷風の「ひかげの花」が発表された。そのとき、文学の発展的方向も定かでなくなった文壇は、「ひかげの花」をどんなに珍重したろう。称讃しないものは、文学を知らないものであるという風に、その「叩きこんだ芸のうまさ」を欣仰した。けれども、人間の自然として、やがて芸道讃そのものに疑問がもたれはじめた。そして、荷風の芸術の世界が、現実へ働きかける人間の意欲を反映していないことに不満がもたれて、能動精神というフランス渡来の主張が伝えられるようになった。

一九四六年にめぐりあった荷風の役割も、このくりかえしであった。ともかく芸術らしさのある作品で、高く低い様々の読者層の興味をひく作品、そしてその作者が戦争協力者でないことの確実な作家。――そして荷風が登場したのであった。

作品として見たとき、戦争は間接に荷風の芸術にも作用したことが感じられた。荷風が戦争から無関係らしいところに自身を置くことが出来た、というそのことは、日本じゅうの人々の痛苦から荷風は無関係であったこと、日本じゅうの不如意、空腹、涙から荷風は離れた人であることを犇々と感じさせた。「ひかげの花」の作者が十何年かの年を重ねたというだけではない、自分だけの生きかたをするものの枯渇が、荷風のデカダンスそのものを老衰させ、艶のぬけ、意力の欠けたものとしていることが発見されたのであった。

荷風によって代表されるジャーナリズムの老大家尊重の風は、深い意味を暗示している。ジャーナリズムの事大主義が依然としてどんなにつよいかということと、それを可能にする日本の社会と文化の保守的な要素が、どんなにつよく日本に存在しているか、ということである。この日本の保守勢力温存の傾向は、政府の構成から憲法の民主的改正にふくまれた巨大な矛盾の本質までを一貫している。

荷風の氾濫に対して、近代の人民生活のこころと歴史を物語る民主的文学を要求する声がおこった。それと並んで、その文学系列においてみれば荷風のエピゴーネンとも云うべき人々が、荷風のデカダンス世界の封建性に反撥しながら、そのデカダンスにおいては荷風よりもっと人間性、知性をぬき去って、性器に全存在の意識をまかせたような、デカダンス文学、エロティシズム文学をもって出場して来た。織田作之助、舟橋聖一、その他の作家の作品は、果して、文学というものの領域に入り得るかどうかという程度のもので現れた。同時に、文化の面における戦争協力の追及が、政府の保守、温存主義につれて緩漫なのがわかって来ると、はじめ、ジャーナリズムも本人たちも気配をうかがっていた躊躇をすてて、種々の作家が段々そのまま、再び活動を開始した。一寸挨拶に手拭をくばる、という風に、その作品の中に真実の浅い、思いつきの自己批判の数行を加えながら。

　紙の不足と新円の問題とは、ジャーナリズムと作家とを、ある意味では恥知らずとした。営利を主眼とするジャーナリズムはそれでよいとして、作家自身の問題とし、日本の文学の課題とし、この既成作家の殆ど全部隊が、血によごされたペンのまま、いかにも自主性の不足な日本の文学者らしく、お互にはあのときのことはあのときのこととしましょう、という風に今日動いていることは、何を意味しているだろう。それは十二年間に殺された現代文学の亡霊の登場にすぎない。文学精神の精髄において、社会と人間の真実を追求しようとするその精髄を喪った影の、彷徨にすぎない。これから文学に出発しようとする若い世代は、これらの亡霊的な影に、執拗に、巧妙に絡まりつかれないように自分を育てることが肝要である。

　作家の出版企業家風な動きは、株式会社鎌倉文庫に顕著であり、『婦人文庫』の中心的な一、二の婦人作家にも見られる。新円は彼等、彼女等を賢くして、利潤の再生産ということを理解させつつある。

　一方に、戦争の永い間、理性を封鎖されて暮した青年の間に、民主主義という、近代の社会政治の形態と本質との理解がのみこめず、暴圧の期間に蒙った精神の傷痕に拘泥してしか、社会と個性の発展を考えられない不幸な一握りの人々もある。

　文学の展望は、このように錯雑し、穢物に充ちてもいる。しかし、刻々に動く歴史の営みは偽りなくて、今日の紛乱と矛盾の下から、新しい日本の文学の、若く、愛すべき息づきが聴かれはじめた。『黄蜂』に「暗い絵」を連載している野間宏、『新日本文学』に「町工場」を発表した小沢清、『世界』に「年々歳々」を書いた阿川弘之。これらのまだ試作中と云える新人たちは、進歩的な知識人として、又勤労者として、既成の作家たちとは、全く異った素質に立って文学に歩み出している。たとえば「町工場」は、プロレタリア文学運動のあった十数年このかた、抑圧されながら根づよく保たれていた進歩的な勤労階級の生活感情に立って、ふっくりとした人間性と、理性の明るさによる気品をもったリアリズムをもって出現している。「暗い絵」のはりつめた神経と自己の追究とは、まだ良心の時代的な過敏さから病的に緊張されているが、その知識人の発展を辿る文学は、決して島木健作の現実糊塗に立った誠実へのポーズでもなければ、小林秀雄の、逆説にもなり得ない饒舌でもない。「私」にあくまで執しつつ、その「私」は歴史の背景の前に社会的な存在として作者に把握され、一箇の「私」は、一定の日本の歴史的な時期における数万の「私」となろうとする可能性を示している。旧来の「私」小説からのより社会的な展開の一つの方向がくみとられるのである。

　一九四五年八月から今日まで、十六ヵ月余りたつうちに、文学の荒廃のあとから、腐敗する古いものの醱酵のきつい臭いにつれて、青く、小さく、新しく萌え立ち初めた芽がある。その数はまだ少い。けれども、それは生のしるしであり、新しい種の兆候である。

　婦人作家は、こういう錯綜の間に、どういう活動を示して来ているのであろうか。

　中国への侵略戦争がはじめられて間もなく、左翼運動の理由で検挙され、警察で重体に陥って久しい間病臥にいた平林たい子は、一九四六年の二月の『中央公論』に「終戦日誌」を、『文芸春秋』別冊に「一人行く」を、そして秋には「こういう女」を発表した。
「終戦日誌」は信州に疎開していて八月十五日に遭遇した作者の生活と周囲の状況を記録したもので、それは、本当に日誌の整理されたものであろう。従って芸術作品とすれば未完成というより素材的なものである。信州のその一つの村の中で、軍関係にあった人が、どんなにあわてて、貯金通帳までを焼きすてたか。どんなに流言がとび、どんなに人々が、「誰がかえったかよりも何を貰って来たかに興がった」という現実が記録されている。深夜に急に還って来た弟の素振りの腑におちなさ「あゝわが弟、数年間なる軍隊生活にて何を覚えしにや、悟りしにや」「瘠せて目が落ち、疲れたる寝顔は、我が弟の顔にはあらで『現代日本青年』という題の塑像なり。終戦以来、前途に燃ゆる火ばかり見つめて来りし自分は、ガタリと今石に躓きたる思いがする。足許は暗し、暗し。彼方は明し。」こんな時勢に、真面目に固いことばかりやっていられるか、という弟に対して思わず激しく云い争うが、遂に黙ってそこに転がり、いつか微かな寝息を立てている弟の顔を見下して、作者の胸に湧き立った感慨は、読者をうつ真実性をもっている。「終戦日誌」は小説に描かれるべきたくさんの、当時らしい典型的な光景と人事にみちた一冊のスケッチ帳の趣をもっている。

　久しぶりで検閲をおそれず思うとおりにものが書ける。この激しい歓びは、作者の歓びと雀躍とが大きければ大きいほど、却って作者を舌たらずにし、感動に溺れさせる。「一人行く」の作品としての未熟さは、この作者が、「この世に生きて、苦しんでもがいた印をのこさずに死なれようか」と思いつめて、久しい間の病と闘い抑圧とたたかって来た今日、生けるしるしと作品に向った、その亢奮から結果している。

　作中の主人公私の、病的な亢奮と、作者の気分の高揚とが縺れあって、主観的になりすぎた。しかし、警察から出て、もう帰れない自分の家を電車の上から眺めながらお花さんの家へ行ってからの描写は迫真力をもっている。
「こういう女」は、素材としては「一人行く」とつながりながら、事件としてはその前におこった作者の経験を中心とした作品である。左翼の運動をしている良人が、原因のはっきりしない嫌疑で、くりかえし検挙され、三度目には逃亡した。その身代りに警察にとめられた妻である私が、その逃亡に加担していたばかりでなく、その警察の特高部長が職責上、逃亡を胡魔化そうとした、それにも参画しているというので益々虐待されながら拘留されている。逃亡した良人は、やがて十五日めに自首して来る。「私が捕えられたと知っては、必ず彼がそうするだろうことを私は前から信じていた。またそうも云った。『己惚れてやがる。この女め』と殴られたこともあったが、やっぱり、私が手綱を握っていることは、たしかだった」そして、「良人が出て来ずにはすまなかった口惜しさと安堵とで、思うさま泣けた」作者のこころもちで終っている。

　日本の治安維持法のひどさは、言語に絶していた。その犠牲の広汎であることは、戦争の犠牲の広汎なのと匹敵した。日本の文学は戦争と治安維持法のために、旧い野蛮な絶対制の権力のために、蹂躙されつくした。今日において、きのうの日本の社会と文化を語る文学作品として、寧ろ、この歴史的時期が真剣にとりあげられなさすぎるのは、奇異な心持さえする。作者たちは、そのようにも自分たちの人生を挫き、存在の意味を失わせた暴力が何だかということを自覚さえしないで生きて来ているのだろうか。無事に作家として生存して来たと思ってでもいるのであろうか。

　平林たい子が、戦時中逆境にいて生死の経験をし、これらの作品に、今は話せるその物語をとりあげたことは一つの業績としなければならない。「一人行く」よりも、「こういう女」は小説に馴れ、自分の声を自分できくことに馴れ始めた作者の筆致がある。
「こういう女」という題は、私はこういう女です、というよりも、もっとひろく、こういう女もきのうときょうとの日本の歴史の中には生きている、という作者の心もちではなかろうか。そうだとすれば、作者がこういう女に予期しているのは婦人の一つのタイプであるということになる。そのタイプとして描き出すには、客観性が不足した。運動をしているとだけかかれている「夫」には、読者にはっきりしたイメージを与えるようすがとしての名も与えられていないし、運動の性質、逃亡の必然、自首の必然も描かれていない。仮にも左翼の運動をして、妻がそれを誇りとするほど矜持をもつ人であるというならば、自首ということの敗北的な屈辱の意味も十分知っている筈である。逃亡が必然であるような背景があるならば、妻が「そとへ出られないとわかってからは、一人でさまよっているであろう彼」となって、自首したりするはずはない。そうだとすれば、逃亡に必然性がなかったと見るべきなのだろうか。必然の明瞭でない逃亡は、作品の中では「今度こそひどいし、それに余りばか〱しい犠牲だから、かくれて様子を見ることにしようかと思うんだ」という夫の言葉の範囲でしか表現されていない。この作品の主人公である妻たる「私」は、一種独特なその性格を横溢させつつ良人を深く愛しているのである。けれども、この小説が、権力との抗争を背景とするものとしてかかれている以上、この勇敢な、「丈夫で使い崩れのしない」妻「私はこの検挙以来、断じて支配者とは妥協の道のないことを、肝に銘じて確信した」（「一人行く」）その妻が、身代りに自分がつかまったと知ったら必ず自首する良人として、良人を確信し、それを自分たちの愛の証左のように感じているものとして描き出されている点は、読者を居心地わるく、ばつのわるい思いにする。そういう夫妻であるからには、良人の身代りに妻がいためつけられることはわかっていたろう。それこそ、治安維持法そのものの残虐な本質であった。階級人である夫婦にそれがわかっていない筈はない。階級的な立場で運動をし、あの時代に逃亡を思うほどの人ならば、妻一人がその身のかばいてであるという大衆との組織のない関係も不審に思えよう。

「こういう女」の作者が、これらの点に客観の目をむけ得なかったことは、一つにはこの作者の生活がまだ勤労階級の前衛としての立場まで歩み出して来ていない現実の限界を示している。又、この作品は、この作者に将来の作品のテーマも作品自身の中から提出している。「一人の人間の性格は他人から見える面だけで構成されていないように、自分から見える面だけでも構成されていないことを」痛感した私という一人の女性について、作者はたくさんの展開のモメントを「こういう女」の中に示した。その女性が「堅牢でがっしりした器物のように」堅牢な自分であると思いつつ、一方で、過ぎさった青春が、湯水のように使われたと感じ、浮々した跳躍をたのしんでいたのに、はじめての如くに現実の硬さ痛さにぶつかったと歎き、その原因は主として、警察での病苦から、財産の無い自分たちに思い到り、この辛い世の中に、養老院だの施療院だのという映画のセットのような実用にならぬものを当にして、見るべきものに目をつぶり、聞くべきものに耳を塞いで自分の歌ばかり歌って来た「家計簿の頁をくる代りに『国家、家族私有財産の起源』の頁を繰っていた視角からは、老後とか病時とかいう停滞の日は思うことも出来ない程生活は激しい流と見えた」ことへの反省であった。「財産――」一旦足蹴にして来たその地点に廻れ右しなければならなくなった「私」、その「私」に熱愛される「夫」である「彼も四十となり、情熱や感激に乗ってことをなす時は過ぎかかって、後半生は何に力を注ぐべきかを改めて思う年頃となった」(「一人行く」)

「こういう女」と「一人行く」との中には、このように意味深い人生過程の閃きが、いくところにかチラついている。日本の民主化の動き、そこにたぎる偽りのない熱意は、この作者にとって、微妙なそれらの諸点と、どういう角度で結ばれてゆくものであろうか。粘りづよい体温のたかいこの作者が、自由に作品の書けてゆく数にしたがってリアリスティックな客観性を深めひろめて、「こういう女」の蔵している真面目な諸モメントを社会的な視野で展開し、描き出して行ったとき、彼女の「施療室にて」が文学としてもった新しい意味は貫徹されるのである。

窪川稲子は、佐多稲子となった。この一つのことに、文学以前の婦人として、母としてのこの作家の未だ語らない幾多の思いがある筈である。彼女一人の思いとしてばかりではなく、「くれない」の女主人公の、後日につづく思いとして。よく生きようと努力しつづけているすべての女の思いとして。

自分というものに与えられた人間的可能を伸ばしひろげようとする熱心に燃え、女の消極を克服することに精魂を傾けて来た彼女は、連続した「私の東京地図」を第四回発表している。四回まで扱われた地域は、「キャラメル工場から」「ストライキと女店員」その他この作家の自伝的な作品に描かれた生活の背景となったところどころである。「私の東京地図」で、作者は、今日の日本の社会と今日の自身の生活と、このかつてのたたかいの跡である地域の思い出とを、明日へのどういう能動の方向で結び合わせようとしているのだろう。これまでの作品に描かれた下町、池の端、日本橋それらはどれも、そこにくりひろげられている発展のない小市民の環境とその中から脱出しようともがく若い女性の苦悩の場面として、捉えられていた。名所図絵風に、そこで有名であった老舗のかんばんや風俗をなつかしむ対象ではなくて、それらの風景にも若い女の心の苦しさで挑む風物として作者に存在した。久保田万太郎ではないこの作者が、女および作家としてなみなみでない過程を経て到達した今日という日、稚く浄い「キャラメル工場から」が、又新しく出版されてゆく今日という時代の動きの中で、よもや、己れの純真な生のたたかいのたたかわれた場所場所を、名所図絵として描き終ろうとするのではないだろう。やがて、描こうとするテーマが、作者にとって、その女の心に、その人間としての心に余り重く、痛ましくあるから、そのために、かえって作者は、遠くから、ゆっくり、その部分へ近づいてゆこうとしているのかもしれない。けれども、作者も読者も、この寸刻をゆるさず前進する情勢のうちに生きていて、特にこの作者は、急速に、戦争中の自身の奴隷の言葉を、作品によって、自身と人々の精神のうちに訂正しなければならない責任がある。「女作者」のうちに云われているとおり、逆用された文学の善意をしっかりわが手にとり戻して、この作者の文学のうちに自分たちの善意と人間意欲の手がかりを見出そうとして来たすべての人々の善意を、正当な位置と見とおしとにおき直す必要がある。そして、それは、作者の内心に期されている将来への確信やそこに到達する自分としての好みに合うテンポの如何にかかわらず、既に今日、激しく求められているものである。主観的な善意にたよる文学上の危険が、ここに、逆な形で作用することが警戒されてよかろうと思われる。「キャラメル工場から」そして「施療室にて」などが、民主日本の人民の文学の歴史に再び見直されるのは、その作者たちをふくめる日本の民衆が、どこまで遠く歩いて来たか、かえりみてなつかしい昔の道標としての意味なのである。

過去十二年の間に、抑圧によって、僅か三年九ヵ月しか執筆発表期間をもち得なかった宮本百合子は、「播州平野」「風知草」などを発表した。

一時、作品の世界も混乱して見えた松田解子は、未発表の長篇を完成させるに程近い。野上弥生子は、軽井沢に疎開生活を送りながら、この作者らしい勤勉さで、最近「狐」「神様」と、譬喩めいた題の作品を発表した。身辺的な限られた別荘村疎開生活者のあれこれであるが、そういう傍観的な環境の中にさえ、時代の変動は様々の形で反映する。その姿と、作者のこれまで黙させられていた平和的な自由市民であることを欲する感覚が、綯い合わされて表現されている。「狐」の若い主人公たちの有閑者としての境遇の変化の偶然性と、元海軍中将であった人の境遇の変化とが、偶然性の上に一致して、同時にテーマの解決ともなっているところは、この作者になじみ深い読者の注目をひかずにいない。「真知子」でも、この作者は、真知子が世俗的に不幸にもならず、経済的不安もなく、その上、良心の満足もあって落着ける条件を、客観的には安易な他動的な偶然の上に発見したのであった。

新しい日本の社会の空気と、それが作家に可能にしはじめた数々の偶然のより意味ある必然への転化は、この作者のリアリズムをどのように解放し、発展させるだろう。所謂女らしくなさやアカデミックなことでこの作者をきらっていた幾人かの男の作家たちが、文学そのものを破滅させた激しい現実をとおして、日本の婦人作家たちが、六十歳でなお休息しようとはしていない一人の先輩をもつようになったということは、意味ないことではない。

一九四六年四月の『世界』に発表された網野菊（あみのきく）の「憑（つ）きもの」は、ごく短い小説であり、当時格別の批評もなかった。しかし、二十年ばかりの間、この作者が真面目に、苦しみ多く、しかも内輪にかきつづけて来た作品の世界を知っている読者は、この「憑きもの」一篇をよみ終ったとき、しずかな涙が湧くのを覚えたろうと思う。処女作品集『秋』から『光子』『妻たち』『汽車の中で』『若い日』その他重ねられている網野菊の人生の図絵は「憑きもの」に要約して語られているとおり、日本の下町の複雑な家庭のいきさつとその中での女、娘の生きて来た姿であり、更に、大学を出て、哲学をやっても妻というものに対してはおどろくばかり旧い常識に立っていた良人との生活、その破綻（はたん）の図絵であった。しきたりのうちに育って、自分もそのしきたりに縛られているところもありながら、人間らしさで、人生の大半をそこにある不条理に苦しみつづけた作品の世界であった。作者は、これまでそのいきさつの中で揉（も）まれ、こづかれ、傷けられる女主人公の姿を追って、克明に描きつづけて来たが、決して、客観的に問題を展開して来なかった。日本の社会における婦人の問題、家の問題として構成してはとりあげず、芸術によって常識とたたかうことをして来ていなかった。そのために、この作者の作品は、地味な玉縫いの縫いつぶしのような効果で、一つ一つ見れば、「妻たち」にしても、心のうたれる作品であるのに、芸術として何か一つの力、何か一つのバネが欠けている感じを常に与えた。女主人公の境遇と心境の外へ作者は出られなかった。女主人公を芸術の世界で奮起させ、積極的にテーマを展開させる、そういう張りが不足していた。

「憑きもの」をよんだとき、この作者を知り、評価しているものの眼に泛ぶ涙は、ヒロと一緒にホッとして、一つの新しい境地に出て来られた作者への慶賀の涙である。

　この作者らしく「憑きもの」も沈んだ筆致で、最後の文章は「拍子ぬけの気持も感じるのであった」とかかれている。が、この作者が、「若し、ヒロが生れた時から既に日本の妻が夫と対等の身分でいたものであったら、ヒロも実母も一生の間の苦労は二人がすごしたものとは違ったものになっていたであろうに……。ヒロの子供時代の悲しみもなくてすみ、人生観も変っていたかもしれない……。」「敗戦は日本の婦人達に参政権を贈った。『女も哀れでなくなる時が来た』とヒロは思った」と書いているのをよむと、これまでの苦しい小説の世界から、今はこの作者も歩み出せた、と思うのである。そして、あの幾冊もの小説がかかれた生活経験の上に立つからこそ、こんなに素直に、こんなにまともに、民主的な日本になってゆこうとする社会の可能を迎えている作者の心の真実をいとしく思うのである。どっさりの小説を書いては来ているが、この作者が、その作品の中で「憑きもの」の終り四行に書かれたような表現で、社会の歴史と自分の人生とを照し合わせたのは、恐らくこれが最初のことではないだろうか。

「憑きもの」は網野菊という一人の婦人作家にとって、記念すべき作品であるばかりでなく、日本の大多数の婦人が、封建性を否定する情勢の動きによって、自分たちの運命に重く憑いていたものが何であるかを知りはじめた、その真面目で、率直な記念とも云える作品であると思う。そういう意味では、他のどの婦人作家も書かなかった意義をこめた作品であった。「谷間の店」の大谷藤子、「諸国の天女」その他の詩から、はじめて「帽子と下駄」で小説にうつった永瀬清子、「女一人」の芝木好子、「弥撒」を書いた阿部光子、その他の婦人作家たちの生活と文学も、これからの日本の動きの中では、精力的につよめられ、豊富にされ、のびやかにされてゆく条件も見出せよう。遠い雪山の稜角が日光に閃くような趣の北畠八穂の文学は、素木しづ子の短篇が近代化された姿で思いかえされる。『新日本文学』の作品コンクールは「死なない蛸」の作者譲原昌子と、「靴音」の作者高山麦子をおくり出した。

『婦人文庫』という雑誌が女流作家の特輯を出したりしているのを見て、心をうたれる思いがある。それはこういう場面に執筆している何人かの婦人作家たちは、ジャーナリスティックな意味では、新進であろうのに大変書き馴れていて、その大さなりに殆ど爛熟してしまっている点である。単に筆の上だけでない爛熟が感じられる。どこで、いつの間に、こうして、婦人の生活と文筆の才能とは、頽れるばかりのものとされて来ていたのだろう。

日本の女として、これまでに負わされて来た名状しがたいほどの苦痛と負担とは、一人一人の婦人作家についてみれば、誰一人として、そこから自由であったものはない。それぞれの形で、その人その人の角度で、みんな苦しく切なく生きて来ている。数百万の婦人たちと同様に。その苦しみは、婦人作家によって最も切実に描かれ、訴えられ、慰藉を与えられる筈だと考えるのは自然でないだろうか。すべての女に母性があるというならば、女らしい作品を要求されるのであるならば、男をこめての歴史的な傷とそれからの治癒の光となる文学が、婦人によって生れるのが妙なことであり得るだろうか。

それにもかかわらず、既成の婦人作家の大部分は、彼女たちに文学の仕事を可能にしていた妻としての、或は経済的にも成功者としての境遇の条件にすがって、この数年間の婦人大衆の涙とうめきと、笑顔とから遠のいて暮して来た。そして、今日、悪出版の氾濫の流れにのって、その作品を流しはじめたとして、やつれ、皺をふかめた日本の女性の言葉すくない犠牲と、そこからの沈黙の立ち上りに、何の心のよろこびとなり得るだろう。

戦争と一緒に国際結婚の問題、混血児の問題は、少数の家族の間にではあるが恐ろしい経験をもたらした。深い悲劇もある。中里恒子の「まりあんぬ物語」は、まだこの国際的な悲運、偏見、特に日本的な矛盾を、リアルに堂々と描き出し得ていない。その作者の特別な題材と特別な手ぎれいな風情の味わいとしての範囲に止っていることは遺憾である。

また、林芙美子の今日において、彼女の特徴とされていた詩趣というものが、その文学のエレジーとなっていることを、感じない人があろうか。「河沙魚」にしろ「あいびき」にしろ、題材としては、戦争がひきおこした男女の間の苦しい乱れをとりあげつつ、作者は、持ち味としての詩趣で、テーマを流し、苦悩への人間らしく、文学らしいまともな突こみをそらしている。嫁と間違いをおこしている田舎の農夫の爺について坂口安吾が自分について云うのと同じように、「相手が動物になってしまうと、もう与平にとって哀れでも不憫でもなくなる。意識はひどくさえざえとして来て、自分で、自分がしまいには不愉快になって来るのだ」と読まされるとき、読者は、明らかに愚弄された現実を感じる。孤児の運命、疎開中の家庭の崩壊、嫁舅のいきさつ。どれ一つとして、民衆の負わされている苦難でないものはない。国家の権力は、自分たちの権力でひきおこしたこれらの人間性の破壊を、どんな方法でも収拾しかねている。その今日人々が文学に求めるものは何であろうか。それが直接の解決でないからこそ、方便ぬきの真実をこそ文学に求めている。現実の錯雑と混乱を糊塗せず、そこを貫いて人間らしく生き得る人間真実の現実を文学に求めているのであると思う。小さく、境遇にしばられている女や男の「私」を、その枠から解放し、新しくより大きく生きさせる希望と美の力として文学を求めている。衷心のその願いなしに、どんな一人の作家が小説をかき、詩をかいて来ただろう。

婦人の個性と才能の発揮の願望は、明治以来、日本の文学伝統のなかで、困難な道を辿って来た。一葉（いちよう）のもがき、田村俊子（としこ）の色彩の濃い自我の主張、らいてうの天才主義の幼稚さえも、女性の生活拡張の願いのあらわれであった。その意味では、婦人作家の女らしさへの追随も文学に於（お）ける堕落さえも、日本の社会においての婦人のたたかいとその勝敗の姿であったと云える。

プロレタリア文学運動は、男対女の関係から、階級の対立する社会の現実に生きるそれぞれの階級の男女の問題として、婦人と文学との課題もとりあげ直した。今日、日本に云われる新しい民主主義は、ブルジョア民主主義の達成とともに、社会主義の民主主義にうつってゆく歴史の事情におかれている。この事実は民法改正草案一つをとって今日の社会の現実とてらし合わせても明瞭である。福沢諭吉（ゆきち）が「女大学」批判を発表した明治三十三年頃、もし今日の民法改正草案が出されたのならば、それは日本の資本主義興隆期と歩調をあわせ、封建的な民法のブルジョア民主的改正として、現実に婦人の生活を支える力ももっていたであろう。けれども、今日、五十年ばかりもおくれて、日本の資本主義経済が、最後の破綻におかれているとき、民法の上でばかり婦人の経済上の権利を認められ、財産の権利を認められたとして、その財産そのものが、日本中の誰の懐（ふところ）で安定を得ているというのだろう。人民層は破産している。婦人の失業は政府の政策として行われて来た。未亡人に対して、子供の母たる孤独な妻に対して、民法上の保護が、実際にどれほど効力を発するだろう。戦災によって住む家もないとき。外地から引あげて来て、貯蓄もないとき。

婦人も憲法上に独立人であるならば、それを生活の実際としてゆくために、婦人の職場の確保、母性の保護、すべての勤労によって生きる婦人が男と等しく働き、休息する権利を獲なければならないことは、今日すべての婦人の常識となって来ている。家庭の主婦の生活は、働く良人の社会的権利のうちに包括されて認められ守られなければならない。

婦人の一人一人の「私」がこのように社会的な網の結びめの益々しっかりとした一つ一つであるとすれば婦人の文学における「私」というものばかりが、半ば封建であった時のまま、狭く小さい「わたし」の中にとじこめられていなければならないわけがどこにあるだろう。一九三九年の時代に、文学の崩壊する無惨な光景の間で、婦人作家に社会性が乏しいからこそ守れたと云われた芸術性は、十年近い歳月を経て、変転した今日の社会事情のうちに、そのままでは決して婦人作家にとって歴史を漕ぎわたらせる船ではあり得なくなって来ている。文学における「私」は、現実にそれが生きているとおり、社会における「私」であることが十分自覚される時になっている。女たる「私」は社会的な意味では複数なるものとして自覚され、しかも、文学の母胎としてはそれぞれの「私」としての独自性がくっきりと、自覚されるべきときにある。

「私」の檻（おり）は開かれた。「私」は幾百万の私を底辺としてもち、したがってより強固な、より自覚され豊富にされた自分自身が確立されなければならない。日本の新しい民主主義の特殊な歴史の性格は、ヨーロッパのどの国ともちがう襞（ひだ）の折りめを、日本の婦人の社会生活とその文学の個々に可能としているのである。

　この一年間に、日本では四百万人の労働者が組織された。その活動の中で、若い勤労婦人たちのうけもって来た役割と、そこにあらわされた能力とは、目を瞠（みは）らせるような速度で発展して来ている。短い時のうちに刻々と推し進む情勢は、今のところ一どきにどっさりの困難を彼女たちに経験させている。勤労婦人の立場から経済的な自覚をもち、未来に勤労人民の自主的な政治の可能性を知り、その実現のために自分たちの実力がどういう意味をもつかということについての理解をもちはじめている。このことは文学における「私」の社会的な拡大と強化のために、重大な意義をもっている事実である。勤労階級の女性として、その胸にたたえられている希望と、計画と憧（あこが）れとを、婦人雑誌の通俗小説にそそがれる涙や溜息（ためいき）のうちに消費しないで、やがて自分たちの物語として物語り、自分たちのうたとして描き出そうとする意欲も息づいている。社会の生産において生産者であるこれらの若い数百万の勤労婦人は、文化においても、自身の文学をうむ者でありたいと願っているのは、当然のことではないだろうか。勤労青年の中から、小説をかく人が現れて来ている。婦人の作家という文化生産の領域も勤労婦人の中に、その新鮮な地盤をもって拡げられてゆく日も遠くない。あらゆる人民の人間性を発揮させる新しい民主主義文学の中核も、ここにある。日本が民主主義の社会になってゆく可能は、勤労階級とその協力者が保守陣営に対して不屈な民主的たたかいを貫徹して、はじめて実現される。勤労婦人の中から、彼女たちの文学が創（つく）り出されて来るとき、近代日本の婦人作家の苦難にみちた歴史は、真に発展した本質によってその新しい頁の上に立つようになる。プロレタリア文学運動が、婦人と文学との課題を、旧い男女対立の範囲から解放して、よりひろい社会的な新生活建設の課題として理解させた。その伝統をうけついで、よりひろやかに美しく開花させた日本文学の新しいゆたかさとしてあらわれ得るのである。

（一九四七年十月）

# 解説

岩崎　明日香

宮本百合子（一八九九〜一九五一年）は戦前・戦後を通じ、人間の尊厳と反戦平和を謳う作品で多くの人々に愛読された作家であるとともに、女性のさまざまな文化的・社会的運動を創り、広げる組織者として尽力した活動家でした。今年は没後七十周年となります。

本書は、百合子の評論集『文学にみる婦人像』（新日本選書、一九七三年）をもとに、新たに二編を加え、今日でも新鮮な中身を持つ七編を収録したものです。この解説では、百合子の歩みを大づかみに辿りつつ、各編の執筆の背景なども紹介したいと思います。

作家としての出発は早く、一九一六年、十七歳で小説「貧しき人々の群」が注目を浴びました。ニューヨーク留学中に出会った古代東洋語の研究者と二十歳で結婚し、「家」制度のもとでの家庭生活に苦しんだ末、二十五歳のとき離婚。この体験に取材した『伸子』は初期の代表作です。

本書収録のうち最も古い「アンネット」は、一九二七年に書かれた評論（掲載誌『婦人公論』編集部の課題は「私の好きな小説の女主人公」）です。百合子は十代の頃からロマン・ロランに影響を受け、作中の個性あふれる女性たちに関心を寄せていました。非婚の母に対する差別と侮辱にも、雇主からのハラスメントにも負けず、誇り高く生きたアンネットの姿は現代の読者にとっても魅力的です。

同年十二月、百合子はロシア文学者の湯浅芳子とともにソ連を訪れました。それまで社会的な運動に協力しつつ、己の本分は創作だと考えていた百合子にとって、決定的な転機となりました。当時のソ連はスターリンによる独裁体制が確立する前の時期にあたり、労働者の権利と生活向上のための積極的な政策が、試行錯誤を伴いながらも実施されていました。特に、男女平等の実現へ潑溂と活動する女性たちの姿が百合子を強く惹きつけました。欧州各地の歴訪も経て三年ぶりに帰国した百合子は、プロレタリア作家同盟に加盟し、翌年、非合法下の日本共産党に入党。雑誌『働く婦人』の編集責任者を務め、自らも学びつつ職場や農村で女性の書き手を育成しました。

それらの活動の中で出会った宮本顕治と三二年に結婚した直後、弾圧で百合子は検挙され、翌年末には顕治がスパイの手引きで捕らえられます。虐殺された小林多喜二をはじめ、指導者を次々奪われたプロレタリア作家同盟は、百合子の勾留中に解散へ追い込まれました。文壇全体も混迷を極める中、百合子は検挙や拷問に屈せず執筆を続けました。中国への全面侵略戦争が始まる三七年に獄中の夫へ送った「私たちの作家としての存在そのものが、現在にあっては抗議的存在」（四月二日付）との言葉は、当時の百合子を象徴しています。

「『或る女』についてのノート」は、百合子が治安維持法違反で起訴され、懲役二年執行猶予四年の判決を受けた後、療養中に口述したものを友人の壺井栄が筆記したものです。人道主義的な作家・有島武郎は、古い社会への不同意を抱きながらも打開の方向に確信を持ちきれず、心中自殺に至りました。その矛盾と限界が「或る女」に表れていることを炙り出しています。

「歴史の落穂――鷗外、漱石、荷風の婦人観にふれて」は、渡欧経験のある三人の男性が描いた女性像を比較して論じています。特に、鷗外の女性観から未来への期待を読み取っている点は、鷗外がドイツ留学時代に女性解放運動に感銘し、帰国後も女性の文芸活動を支援していたこととも合わせて注目させられます。

三七年末、百合子は執筆禁止で作品発表の場を奪われました。経済的・精神的な打撃を被る中でも、百合子はマルクスの『資本論』など科学的社会主義の古典を集中的に学び、自らの半生にもメスを入れて批評の力を鍛え上げます。三九年に執筆禁止が一時的に緩んでからは、「書ける間に出来るだけ書くという心持」（自筆年譜）で、小説のほかに約二百編の評論・随想を発表しました。

本書第二編の「婦人と文学」は、三九年春から四〇年秋にかけて『中央公論』『改造』『文芸』で連載された十三編の作家論を原形としています。作家らが雪崩を打って戦争に加担させられていく中、「人生と文学とを愛すこころに歴史をうらづけて、それを勇気の源にしたかった」（前がき）との願いで書かれた、不朽の文学史論です。女性たちが社会的経済的基盤の弱さにつけこまれ、男性中心の文壇と商業主義に都合良く「女流作家」と持てはやされた挙句、戦時には従軍作家として最大限利用されたことを究明し、女性たちに対して、自身の客観的立場を見極め、「歴史的な傷とそれからの治癒の光となる文学」の創造に向かうことを熱烈に呼びかけています。女性作家のみならず日本の近代文学の流れ全体を解き明かした、百合子のライフワークの一つでもあります。二度目の執筆禁止（四一年二月）で単行本化が見送られ、戦後、検閲による不自由な表現と構成を改めて刊行されました。

「婦人と文学」ノート

太平洋戦争開戦の翌日、百合子は理由なく検挙され、七ヵ月間の勾留中に熱射病で重体となり、蘇生後も視力・言語障害が残りました。非転向を貫く夫の獄中・公判闘争をともにたたかい、信念を守り抜いて敗戦を迎えました。

　戦後は新日本文学会や婦人民主クラブなどの創立に携わり、放送委員なども務め、オピニオンリーダーとして活躍しました。毎日出版文化賞を受賞した小説『播州平野』『風知草』に続き、『二つの庭』と大作『道標』を書き、一人の女性の自己変革を世界史の激動の中でリアルに描く画期的な作品を発表します。同時に、日本共産党の「婦人行動綱領」の作成に関わるなど、新しい日本国憲法に記された個人の尊厳の擁護と男女平等を社会のあらゆる分野で実現するため、評論に加えてラジオや大小さまざまの講演で多彩に発信しました。

「女性の歴史――文学にそって」は四七年の総選挙の際に行なった文芸講演の速記録です。なぜ今まで女性の芸術家が少なかったのかについて、歴史を辿ってその要因に迫り、プロレタリア文学によって初めて「人間として伸びようとする女性の声が文学のなかへ現れはじめた」ことを強調しました。すべての人に「社会と自分のために労作し、生を愛するうたを歌う権利がある」という激励は、戦争の傷跡深い聴衆を鼓舞したことでしょう。

「衣服と婦人の生活――誰がために」は、新編の本書で追加された評論です。衣服一つをとっても社会の仕組みと不可分であることが、神話や古典文学、戦時下の統制なども挙げて明らかにされています。ジェンダー差別の服装規定をなくす運動が、政治を動かし、職場を変えつつある今、示唆に富む内容です。

　同じく新たに加わった「明日の知性」は、トーマス・マンの娘エリカ・マン（一九〇五～六九年）やキュリー夫人の娘エヴ・キュリー（一九〇四～二〇〇七年）の反ファシズム闘争を紹介しています。女性たちが侵略戦争に動員された日本で、今こそ真の民主主義と平和の築き手として新しい知性を持とうという訴えが切々と響きます。

これらを書いた四七年以後、情勢は緊迫します。アメリカの占領政策の転換で、労働組合や共産党への弾圧、戦争協力者の公職追放解除など、政治の反動化と再軍備が進み、五〇年五月には朝鮮戦争が勃発。百合子は弾圧の後遺症で健康を奪われていましたが、「平和は眠りを許さない」(「平和への荷役」四八年)と反戦の論陣を張り続け、五一年一月二十一日、電撃性髄膜炎菌敗血症のため、五十一歳で急逝しました。絶筆の「『道標』を書き終えて」は、次の一文で締めくくられています。

「わたしたちの最もゆるぎないはげましは、誰にとってもあきらかなとおり歴史のすすみそのものによる実証である」

百合子の死から今日までの七十年の歴史は、女性とその創造的活動をめぐる社会条件を大きく前進させてきました。国際社会では人類のめざす方向としてジェンダー平等が太く据えられ、世界でも日本でも、性暴力と性差別をなくそうと声を上げ、それに連帯する流れが広がっています。国境を超えて読まれるフェミニズム文学も人々の背中を押しています。

百合子の生前には今日のジェンダーという概念は無かったものの、その萌芽といえる中身が本書や『新編　若き知性に』(新日本出版社、二〇一七年)所収の評論に豊かに含まれています。「新しい船出」(一九四〇年)では、「女らしさ」が歴史的・社会的に形成され押し付けられてきたものだと看破し、その固定観念への闘争によって将来的に「古語になるだろう」と予見しました。また、女性の人権が保障されない社会は男性の可能性をも圧殺しており、男女を抑圧してきた歴史を根本から変えていくための協力の意義を唱えました(「明日をつくる力」四七年)。

百合子の先駆的な作品と波瀾の生涯は、私たちに先人の苦闘を教え、未来への希望を育んでくれます。本書が読者のみなさんにとって、百合子との新たな出会いの契機となることを願っています。

(いわさき・あすか＝日本民主主義文学会会員、多喜二・百合子研究会運営委員)

## 新編にあたって

収録にあたっては新版『宮本百合子全集』を底本としました。一九七三年刊行の『文学にみる婦人像』の構成をもとに、新たな評論（✸）を加えるとともに若干の取捨選択をしました。また、今日の読者の理解を助けるために、最小限の注（＊）と補足（〔　〕）を付けました。収録作品の初出・新版全集収録巻は次のとおりです。

女性の歴史――文学にそって　一九四七年四月、岡山市における「文芸講演会」の講演速記。『女性の歴史』（婦人民主クラブ出版部、一九四八年四月）、『若い女性のために』（市民文庫――河出書房、一九五一年五月）等に収録・第十七巻

✸衣服と婦人の生活――誰がために　『働く婦人』一九四七年十月号に掲載・第十七巻

✸明日の知性　『女性改造』一九四七年二月号に掲載・第十六巻

アンネット　『婦人公論』一九二七年秋季特別号に掲載・第九巻

「或る女」についてのノート　『文芸』一九三六年十月号に掲載・第十二巻

歴史の落穂――鷗外・漱石・荷風の婦人観にふれて　『国文学解釈と鑑賞』一九三八年一月号に掲載・第十三巻

婦人と文学　原型となったのは一九三九年春から四〇年秋にかけて『中央公論』『改造』『文芸』に掲載された連載で全集十四巻に収録。戦後全体にわたって手を加えて、『婦人と文学――近代日本の婦人作家』（実業之日本社、一九四七年十月）として刊行・第十七巻

（編集部）

宮本百合子（みやもと　ゆりこ）
1899 ～ 1951
新日本出版社の主な刊行書
〈宮本百合子名作ライブラリー〉全８冊
1　貧しき人々の群れ　ほか
2　伸子
3　三月の第四日曜　ほか
4　播州平野・風知草
5　二つの庭
6　道標　第一部
7　道標　第二部
8　道標　第三部
『新編　若き知性に』
文庫版『十二年の手紙』（上・下）
（宮本百合子・宮本顕治 共著）

新編（しんぺん）　文学（ぶんがく）にみる女性像（じょせいぞう）

2021 年 1 月 15 日　初　版

著　者　宮本百合子
発行者　田所　稔

郵便番号　151-0051　東京都渋谷区千駄ヶ谷 4-25-6
発行所　株式会社　新日本出版社
電話　03（3423）8402（営業）
03（3423）9323（編集）
info@shinnihon-net.co.jp
www.shinnihon-net.co.jp
振替番号　00130-0-13681
印刷　亨有堂印刷所　　製本　小泉製本

落丁・乱丁がありましたらおとりかえいたします。
ISBN978-4-406-06554-2 C0095　Printed in Japan